인생에서 단 한 번
첫경험에 대한 41인의 고백

국립중앙도서관 출판시도서목록(CIP)

인생에서 단 한 번 첫경험에 대한 41인의 고백 : 다시 첫사랑의 시절로 돌아갈 순 없을까/
지은이: 하워드 B. 쉬퍼 ; 옮긴이: 김인숙. -- 서울 : 디오네, 2006
p. ;   cm
원서명: First love : remembrances 원저자명: Schiffer, Howard B.
ISBN 89-89903-93-9 03840 : \12000
334.225-KDC4
362.7-DDC21   CIP2006001533

다시 첫사랑의 시절로 돌아갈 순 없을까

인생에서 단 한 번

하워드 B. 쉬퍼 지음 | 김인숙 옮김

첫경험에 대한 41인의 고백

디오네

첫사랑과 첫경험은 평생 기억되는 중요한 일이다

나는 아들과 대화를 나누다가 십대들이 성 문제로 심각하게 고민한다는 사실을 알게 되었다. 십대들은 정말로 무방비 상태에서 첫사랑을 하고 첫경험을 겪었다. 그러다 보니 불을 만졌을 때처럼 큰 화상을 입는 경우도 생겼다. 하지만 불이 무서운 것이 아니라는 것을 잘 알 것이다. 누군가 불에 대해 잘 알려준다면 유용한 도구로 사용할 것이다. 성도 마찬가지라고 생각한다. 누군가 솔직하게 잘 알려준다면 좀더 현명하게 첫사랑을 하고 첫경험을 치를 수 있을 거라고 본다.

나는 내 아들이 여러 사람의 경험에 귀를 기울이기를 바랐다. 각기 다른 나라에 살면서 다른 문화와 경제적 배경을 가진 여러 사람이 어떻게 처음으로 섹스를 하게 되는지 알려주고 싶었고, 여학생들이 섹스를 하고 싶어 안달 난 남학생들을 보며 어떤 생각을 하는지도 알아야 한다고 생각했다. 또한 어린시절에 내린 섹스에 대한 결정이 그 사람의 삶에 어떤 영향을 미치는지도 알려주고 싶었다. 무엇보다도 중요한 것은 성에 대한 경험이 자신만 겪는 과정이 아니며 언제나 혼자가 아니라는 점을 가르쳐주고 싶었다.

결국 나는 첫경험과 첫사랑과 연애에 대한 이야기를 솔직하게 해줄 사람들을 찾아 인터뷰 형식의 책을 만들기로 결심했다. 인터뷰를 하는 동안 우리 모두 긴장했지만 그들은 마치 선물을 하듯 자신들의 경험을 기꺼이 나눠주었다. 그들은 자신들의 솔직한 이야기가 오늘을 사는 젊은이들에게 도움이 되기를 원했다. 인터뷰 내내 말하는 사람은 물론 나까지도 가슴이 뭉클해지는 순간이 많았다. 그들은 우리가 생각하는 것보다 훨씬 대단한 사람들이었다. 그 속에는 아주 솔직한 이야기도 있었고, 복잡하게 얽히고설킨 이야기도 있었고, 굉장히 충격적인 이야기도 있었다.

첫경험으로 임신을 한 후 낙태를 하거나 아기를 낳아 입양시켜야 했던 여성들의 이야기들은 피임의 중요성과 섹스가 가져오는 심각한 결과를 깨닫게 해주었다. 또한 남자들은 십대 때 자신의 몸과 여자의 몸에 대해서 아무것도 몰랐고, 어떻게 해야 두 사람 모두 즐거운 섹스를 할 수 있었는지 몰랐음에도 모든 걸 다 아는 척해야 했던 어려움을 털어놓았다. 반면 여자들은 첫경험 때 많이 아플까봐 두려워했고 섹스를 즐길 수 있게 되기까지 얼마나 오랜 시간이 걸렸는지 이야기해주었다.

그들은 어색함과 고통과 수치심으로 괴로운 시절을 보냈지만 진정한 관계를 찾기 위해 우리 모두가 노력하는 힘든 과정을 이미 다 겪어낸 사람들이었다. 그 속에서 나는 그들이 간직한 내면의 아름다움도 엿볼 수 있었다.

수백 명이나 되는 사람들의 이야기를 들으면서 나는 우리 모두가 얼마나 무지한 상태에서 첫경험을 시작하게 되는지 깨달았다. 끓어오르는 충동을 이기지 못해 미지의 세계에 발을 들여놓고는 늘 잘 해낼 수 있는 척 힘들어한다. 사람마다 모두 배울 점이 있는데도 우리는 대개 닥치는 대로 첫 섹스를 치른 후 완전히 혼자라는 생각을 하며 관계를 끝낸다. 또한 나는 20대든 80대든 나이에 상관없이 모든 사람이 자신의 첫경험을 놀라울 만큼 정확하게 기억하고 있다는 것을 알았다. 첫경험은 많은 사람의 삶에 오랫동안 심각한 영향을 끼쳤지만 그들은 그런 이야기를 하지 않은 채 수십 년 동안 꼭꼭 묻어두고 살았다.

하지만 이 책을 쓰며 새롭게 알게 된 사실이 하나 있다. 사람들의 경험이 대부분 비슷하다는 것이다. 세계 각지의 사람들을 만나면서 나는 은근히 뭔가 다른 이야기를 듣게 되길 바랐다. 그러나 사는 환경은 달라도 성에 눈을 뜨는 과정은 모두들 얼마나 흡사한지 놀라웠다. 우리는 모두 본능에 따라 성을 접하게 된다. 그리고 남자들은 모두 잘 아는 척하고 싶은 충동에 빠진다. 그는 자신이 얼마나 흥분되는지 표현하고 여자에게 터프해 보이고 싶어하지만 정작 그 자리에서 어떻게 해야 할지 몰라 당황하곤 만다. 또한 그냥 하는 섹스와 좋아하는 사람과 하는 섹스가 확연히 다르다는 것을 모르는 사람은 아마 없을 것이다. 사람들은 그런 과정을 통해 자신을 격려하고 도우면서 우리를 있는 그대로 봐주는 사람, 마음의 벽을 허물고 황홀한 즐거움을 함께 누릴 수 있는 그런 사람을 찾는 법을 배우는 것이다.

그러나 진정한 즐거움을 누리기 위해서는 많은 고통을 감내해야 한다. 이미 겪었던 과거를 바꿀 수는 없지만 행복한 결말을 바랄 수는 있다. 여러 사람의 이야기를 듣고 많은 걸 깨달은 젊은이들이 인터뷰에 응한 사람들보다 훨씬 이성적인 선택을 하게 되길 바라면서 말이다. 첫경험은 인생에서 딱 한번뿐이며 당신이 추억하고 싶은 대로 만들 수 있다. 그래도 첫경험이라 왠지 어색하고 서투르고 불편할 수도 있겠지만 좋아하는 사람과 애정을 갖고 치른 경험이라면 그 모든 걸 이겨낼 수 있을 것이다.

이 책은 십대들에게 사랑과 성에 대해 알려주기 위해 쓴 책이다. 나는 젊은이들이 스스로 바람직한 결정을 내리고 눈과 마음을 활짝 열어둔 채 성에 대한 여정을 시작했으면 좋겠다.

차례

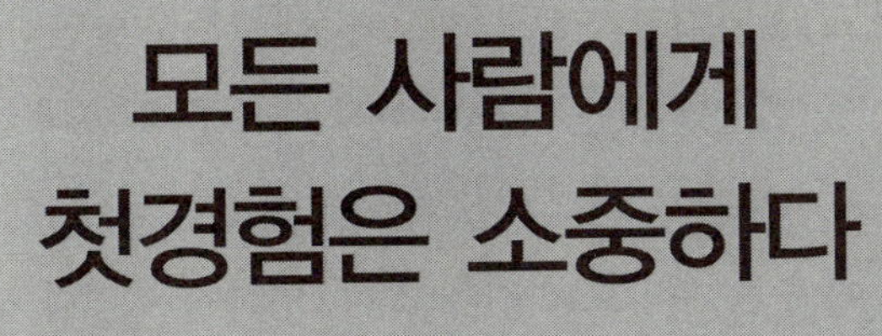

모든 사람에게
첫경험은 소중하다

♡

　십대 시절은 영화 「본 아이덴티티(The Bourne Identity)」의 내용과 비슷하다. 죽음을 무릅써가며 자신의 진짜 모습을 찾아 헤매는 영화 속의 주인공은 지금 십대인 바로 당신의 모습이다. 다시 말해 당신은 자신의 진짜 모습을 알고 싶어한다. 하지만 주위 사람들은 당신을 대할 때 그들이 예전부터 알던 대로 혹은 자기들이 당신에게 바라는 모습대로 행동하곤 한다.

　우선 십대에 접어들면 부모님의 기대가 엄청나게 커진다. 학교생활도 잘하고 사춘기도 잘 넘기고 진로 문제도 잘 해결하길 바란다. 또 부모들은 대부분 자신들이 알고 있는 자식의 어릴 때 모습을 고이 간직하고 싶어한다.

　한편 친구들이 주는 부담도 만만치 않다. 영화를 보거나 하이킹을 하거나 거리를 쏘다니면서 같이 어울리자고 한다. 도덕적인 생활을 강조하는 종교적 지침을 늘어놓는 친구들도 있다. 선생님들은 이런저런 특별 활동에 참여하라고 재촉하고, 이성친구는 당신만 보면 늘 성적인 부분에만 관심을 보인다. 엉망진창인 집안 꼴이 참을 수 없게 느껴져 가출하는 십대들도 있다.

　이런 혼란의 중심에는 자신을 드러내고 싶어하는 자아가 있다. 운이 좋은 편이라면, 당신은 아직 조금도 손상되지 않았으며 앞으로 여러 가지 변화를 겪으면서도 순수한 상태를 그대로 유지하려는 강인한 자아가 있을지도 모른다. 이 시기의 자의식은 매우 역동적이다. 십대들은 부모님의 기대에 부응하기 위해 노력하는 동시에 친구들과도 함께 있고 싶어한다. 여자친구나 남자친구는 서서히 당신에게 뭔가를 바랄 것이다. 결국 당신은 어느 것도 놓치지 않기 위해 다섯 개나 되는 공을 동시에 놀리며 마치 곡예라도 하듯 이리 뛰고 저리 뛰게 된다. 그러므로 이때는 당신의 능력을 시험하려는 듯한 힘든 시기라고 할 수 있다.

이렇게 혼란스러운 때는 성적인 관심도 생기면서 또다시 많은 유혹에 직면하게 된다. 부모님은 당신이 순결을 지키기를 바라지만 당신 또래의 십대들은 그 나름대로 각자의 기준이 있다. 경우에 따라 당신은 성과 관련된 문제에 너무 빨리 다가갈 수도 있고, 너무 늦게 접하게 될 수도 있다. 이성친구는 당신이 'Yes'라고 말하기만을 눈이 빠지게 기다릴 수도 있고, 아니면 당신의 제안을 적당히 거절하기 위해 고심 중일 수도 있다. 하지만 모든 선택은 자신에게 달려 있다. 사람들이 무리한 요구와 강요를 한다고 해도 중요한 것은 남들이 아니라 자신이다. 내 안에서 내가 중심에 섰을 때에만 후회없는 선택을 할 수 있을 것이다.

나는 십대 때 늘 남자에 빠져 있었다. 남학생들만 있으면 난 완전히 딴 사람이 되었다. 다른 데는 별 관심도 없었다. 우리는 늘 남자애들 이야기만 했다. 어떻게 생겼으며 어디에 가면 볼 수 있고 어떻게 만날 계획이며 그 애들과는 몇 번이나 전화 통화를 했는지를 얘기하느라 정신 없었다. 친구들은 대부분 열다섯이나 열여섯 살이 되면서 성과 관련된 부분에 적극적이었다. 하지만 나는 그렇지 못했다.

나는 루이지애나 주의 한 작은 마을에서 자랐다. 그 마을은 그저 조금 작은 정도가 아니라 매우 작고 아담한 곳이었다. 그 당시 바이블 벨트(Bible belt 미국 동남부의 전통적인 기독교 세력권-역주) 지역에 살고 있던 우리에게 종교는 큰 영향을 끼쳤다. 성과 성별로 구분되는 자신의 모습은 종교에 의해 명확히 규정되었다. 결혼 전에 성 관계를 갖는 일은 나쁜 짓이라는 내용이 종교가 전하는 주된 메시지였다.

드디어 나는 열다섯 살이 되던 해에 대런이라는 남학생과 데이트를 했다. 우리는 함께 댄스파티에도 가고 영화도 보러 다녔다. 그 애는 우리 집에도 꽤 자주 왔다. 그런 날이면 우리는 아래층으로 내려가서 TV를 보며 온종일 함께 지냈는데 그 정도도 상당히 큰 발전이었다. 그와 함께 보낸 시간은 매우 즐거웠다. 나는 그와 성 관계를 갖지 않으리란 것을 잘 알고 있었다. 우리는 그냥 키스만 했다. 그는 진심으로 나를 원했지만 부담을 주지 않으려고 노력하는 것 같았다. 그와 함께 있으면 정말 내가 안전하다는 기분이 들었다. 나는 그가 정말 좋았고, 그 애 역시 내게 완전히 넋이 나가 있었다. 사실 내가 그를 좋아하는 것보다 그가 날 더 좋아하긴 했지만 나 역시도 그를 무척 좋아하고 있었다.

가끔 차를 타고 드라이브를 나가면 그는 옷을 홀딱 벗어 던져서 날 웃게 하기도 했다. 처음부터 서로의 몸을 만지는 단계까지 가지는 않았고, 그저 키스를 하고 손을 잡는 정도였다. 우리는 주말마다 만났는데 그때마다 나는 내가 자제력을 유지한다는 사실에 기분이 좋았다. 나는 정말 자제력을 잃은 적이 없었다. 반드시 그래야만 한다고 배웠기 때문에 자제력을 잃게 될까봐 너무 두려웠다. 하지만 언니는 살금살금 집을 빠져나가 성 관계를 갖고 돌아오곤 했다. 내가 보기에 언니는 제정신이 아니었고 완전히 인생을 망치려는 사람처럼 보였다. 그녀에게는 별로 해줄 말도 없었다.

고등학생이 되자 우리는 오럴 섹스를 하기 시작했다. 물론 좋긴 했지만 그때마다 나는 늘 죄책감에 빠져들곤 했다. 그래서 우리는 "지금이야, 얼른 하자"라는 말은 절대 하지 않았고 두 번쯤 짧게 했던 것 같다. 그러나 그것은 분명 성 관계는 아니었다. 황홀했지만 나 자신이 아직 성숙하지 못하다는 생각 때문에 완전히 몰입할 수가 없었다. 또 그때는 아직 부모님의 단속을 받고 있었고, 내가 한 짓을 알면 화를 낼 것이 틀림없었다. 나는 너무나 엄청난 죄책감에 시달려야 했다. 하지만 남자친구는 몹시 흥분해서 오르가슴을 느끼는 것 같았다. 그것을 보고 나는 그가 나와 결혼하고 싶어할 것이라고 생각했다.

고등학교 때 이미 성 경험이 있는 친구들을 보면 그 애들이 꼭 실수하는 것처럼 느껴졌다. 나는 늘 친구들에게 그러지 말라고 얘기하면서 성 관계 때 피임 기구는 사용하는지 묻곤 했다. 친구들은 대부분 남자친구들의 설득에 의해 하는 경우가 많았다.

고등학교를 졸업하고 대런과 나는 같은 대학에 입학했다. 대학생이 되자 마침내 우리는 성 관계에 대해 구체적으로 생각하게 되었는데 이것은 일종의 발전이었다. 나는 집을 떠나왔고, 부모님의 통제권에서 벗어나 있었다. 그리고 난 교회에도 전처럼 자주 가지 않았다. 이젠 준비가 된 것 같았다. 섹스는 내가 충분히 자라서 성숙한 어른이 되었다고 느꼈을 때 하는 여러 선택 가운데 하나라고 생각했다.

대런과 나는 날마다 만나서 하루 종일 함께 지냈고 잠도 늘 같이 잤다. 나는 거의 매일 밤을 대런의 기숙사 방에서 보냈다. 그러다가 마침내 내가 왜 이러고 있으며 대체 무슨 짓을 하고 있는 건가 하는 생각이 들었다. 우리는 함께 공부도 했지만 영원히 끝나지 않을 것처럼 몇 시간씩 키스를 하기도 했다. 우리가 한 것이라고는 그게 전부였다. 그때는 정말 몇 시간이나 입을 맞추었다. 키스는 너무나 황홀했고 전혀 문제될 게 없어 보였다. 키스만이라면 나는 언제까지라도 할 수 있을 것 같았다. 나는 우리의 애정 표현이 더 진행되지 않고 이 정도 수준에 머무는 것이 행복했다. 지금 생각해보면 그 시절의 나는 무언가로 말미암아 내 감정을 억누르고 있었다. 바이블 벨트에서 자란 것만으로도 이유는 충분했으니까.

좀더 일찍 선을 넘었다면 좋았을 것이라는 생각도 들지만, 나는 열넷이나 열다섯 무렵에 성 관계를 갖지 않기를 정말 잘했다고 생각한다. 분명한 것은 우리 둘 다 술을 마시기 시작한 다음부터 성 문제에 더욱 대담해졌다는 것이다. 술을 마시면 마시지 않았을 때보다 모든 것이 느슨하게 풀어지고 마음도 훨씬 편해지기 때문이다.

그때는 이제 막 학기가 시작된 가을이었다. 아마도 아름다운 9월이었을 것이다. 우리는 산악 지대에 있는 학교로 돌아가 지저분한 기숙사 방에서 함께 시간을 보내곤 했는데, 나는 늘 대런의 룸메이트가 위층에서 자고 있는 것은 아닌지 불안했다.

어느 늦은 오후, 저녁 식사할 무렵이었으니 아마 5시 반쯤 되었을 것이다. 기숙사 학생들은 항상 낮잠을 자곤 했는데 우리 역시 낮잠에 취해 있었다. 잠에서 깬 우리는 카드를 꺼내서 게임을 하기 시작했다. 대런과 나는 항상 옷 벗기를 벌칙으로 정하고 포커를 쳤고 그날도 마찬가지였다. 계속 대런이 이기고 있었지만 사실 나는 게임에 그리 열중하고 있지 않았다. 그리고 그날은 왠지 섹스라는 것이 별로 대수롭지 않게 여겨졌다. 이제 나는 스무 살이었다. 누가 먼저랄 것도 없이 우리는 함께 침대로 올라갔다. 나는 충분히 준비가 됐다고 생각했으며 그와 함께 있어 안심이 되었다. 대런은 자상한 남자친구였기 때문에 강요당하는 기분은 전혀 들지 않았다. 오히려 이 일이 내게 무척 중요한 것처럼 느껴졌다. 조금도 불안하지 않았고 별일 아닐 거라는 생각도 들었다. 그렇다고 막 신나는 건 아니었다. 대런은 아무것도 걸치지 않은 상태였지만 나는 서츠를 입고 있었다. 그가 내 위로 올라왔다.

마침내 그의 일부가 내 몸으로 들어오자 무척 기묘한 느낌이 들었다. 그리고 어쩌면 이 일은 엄청난, 아주 엄청난 일이 될지도 모른다는 느낌에 사로잡혔다. 그래서 나는 이렇게 생각하려고 애썼다. '괜찮아, 별일 아니야.' 그때 우리는 피임도 하지 않았는데 정확히 말하면 피임할 생각조차 못했다는 것이 맞을 것이다. 처음 가진 관계였지만 아프지도 않았고 출혈도 없었다. 아마 20분 정도 계속되었던 것 같다. 섹스도 나쁘지는 않았지만 나는 키스가 훨씬 좋았다. 대런은 아마 섹스만 하면 오르가슴에 도달하여 극도의 쾌락을 느끼게 될 것이라고 생각했을 것이다. 관계가 끝나자 우리는 곧장 옷을 입고 저녁을 먹으러 구내식당으로 갔다.

우리는 그 일에 대해 대화를 나누었다. 즉 그 일이 무엇을 의미하는지 이야기를 나누었다는 뜻이다. 나는 거의 하루 종일 그 이야기만 했다. "이게 무슨 의미지? 이제 어떡해야 하지?" 대런과 섹스를 했다는 것은 그와 결혼해야 한다는 의미였는데 나는 도무지 확신이 서지 않았다.

나는 성교육을 전혀 받아본 적이 없었으며 여기저기서 주워들은 이야기가 전부였다. 그래서 아는 것이 별로 없었다. 집이나 학교에서는 아무런 정보도 얻을 수 없었다. 어른들은 그저 이렇게만 말했다. "그런 짓은 절대 하면 안 되는 거야." 아마 그 말이 나나 내 또래 친구들이 받은 성교육의 전부였을 것이다.

나중에 대런은 이렇게 말했다. "그날은 정말 기쁜 날이었어." 그는 정말 행복해 보였다. 그는 마치 '바로 그 순간을 위해 사춘기 시절을 고스란히 기다려온' 사람 같았다. 사실 대런은 바로 나 때문에 어느 누구와도 성 관계를 갖지 않았다. 그 역시 그때가 처음이었던 것이다. 우리는 서로를 잘 알고 있었고 또 가장 좋은 친구였다. 우리는 둘 다 그 일이 서로에게 첫경험이었다는 것을 알고 있었다. 대런과 나는 3년 동안 사귀면서 다른 사람은 한 번도 만난 적이 없었다. 나는 섹스란 경험을 통해 차차 배워가는 것이라고 생각했고, 어느 누구에게도 우리의 일을 말하지 않았다.

이제 나는 내가 선을 넘었다는 것을 깨달았다. 그 일은 대런과 나의 관계에 매우 중요하고도 새로운 의미를 부여해주었다. 그 일을 겪은 후 우리는 결혼 이야기를 하기 시작했고, 나는 내내 이런 생각이 들곤 했다. '어쩌지, 정말 큰일 났네!' 나는 결혼하기에는 내가 너무 어리다고 생각했지만 대런은 결혼을 원하는 것 같았다.

사실 섹스는 우리 두 사람의 관계에서 그리 큰 부분을 차지하지는 않았다. 나는 아직도 분명히 확신할 수가 없었다. 우리는 늘 서로 합의하에 섹스를 했지만 나는 그와 결혼하고 싶다는 확신이 없었기 때문에 늘 조금씩 죄책감을 느끼곤 했다. 그럴 때는 자꾸 뒤로 물러서고 싶은 마음도 들었다. 그 일 이후 우린 하루에 한 번씩 거의 매일 기숙사 방에서 섹스를 했다. 그때는 둘 다 술을 마실 때여서 주말에는 늘 술을 마신 뒤 관계를 가졌다.

사실 나는 섹스가 그리 즐겁지도 않았을 뿐더러 오르가슴은 한 번도 느껴보지 못했다. 대런은 밤늦게까지 책을 뒤지며 어떻게든 멋진 연인이 되도록 노력했는데 나는 그 점이 늘 고마웠다. 그는 언제든 섹스할 준비가 돼 있는 사람 같았고, 우리 두 사람의 관계에서 섹스가 중요한 부분을 차지하기를 바랐다.

반면 나는 늘 자제하는 편이었다. 특별히 섹스를 하고 싶거나 하기 싫은 것도 아니었고, 그다지 좋거나 나쁘지도 않았다. 사실 나는 결혼 전에 섹스를 하리라곤 상상조차 해보지 않았다.

그 후 1년이 지나자 우리의 관계는 점차 시들해졌다. 나는 곧 다른 사람을 만나기 시작했다. 내가 헤어지자고 하자 대런은 미치광이처럼 돌변했다. 그는 울음을 터뜨리며 돌아와달라고 간청했고 선물 공세를 펼치기도 했다. 나는 삶의 의욕을 완전히 잃은 사람처럼 보이는 그가 몹시 안됐다는 생각이 들었다.

대학에 들어온 이후 나는 대런 말고는 어느 누구와도 데이트를 하지 않았다. 그는 내 첫 남자친구였지만 이제 내 마음속에는 다른 사람과 색다른 경험을 해보고픈 바람이 더 크게 자리 잡았다. 내게 관심을 보이고 데이트를 신청하는 남자들도 꽤 있었다. 나는 그런 남자들이 많을수록 더 즐거웠고 정말 좋았다.

나는 일찍부터 교회의 영향을 받아 종교적인 관념에 치우친 삶을 살았던 것 같다. 만일 당신도 나와 같은 경험을 했다면 아마 매우 오랫동안 성에 대해 혼란스러웠을 것이다. 내 경우에는 대학에 들어와서야 그런 면이 조금씩 바뀌었다. 결국 나는 교회를 떠났다. 말하자면 대학을 졸업할 때쯤에 페미니즘으로 개종했다고 할 수 있다. 그리고 전혀 다른 방식으로 내 몸이 원하는 것을 당당하게 요구할 수 있게 되었다.

종교적인 가르침은 딱딱한 호두를 씹는 것만큼이나 어렵다. 하지만 나는 다른 친구들이 하지 못한 방법으로 사춘기 시절의 자아를 고스란히 지킬 수 있었다. 남자 애들 때문에 내 자의식을 포기하지는 않았으니 말이다. 나는 현재 동료와의 관계도 훌륭하게 유지하고 있으며 그들의 지지를 얻기 위해 내가 해야 할 일들에도 세심하게 신경 쓰는 편이다. 지금도 그들의 도움이 필요하긴 하지만 절실하지는 않다.

나는 원하는 것을 직접 선택하며 살고 있다. 정말 내 안에는 성적인 요소와 영적인 요소가 한데 뒤섞여 있는 것 같다. 나는 모든 일을 내가 직접 선택했다. 결코 내 선택을 다른 사람이 하도록 내버려두지 않았다. 하지만 고등학교 친구들 중에는 낙태를 하고 깊은 자책감에 빠진 아이들이 무척 많았다.

나는 젊은이들이 자기 자신을 다른 사람과 공유하기 전에 먼저 뚜렷한 자의식을 가졌으면 한다. 가끔 나는 결혼 전에 더 많은 남자와 관계를 가져볼 걸 하는 생각을 한다. 내가 만났던 모든 남자들과 말이다. 그랬다면 아마 수십 번은 되었을 것이다. 그러나 나는 '정말 굉장할 거야' 라는 상상만 했을 뿐 그렇게 하도록 나를 내버려두지 않았다. 아마 꽤 오랫동안 한 남자만 만나면서 갖게 된 사고방식 때문이었을 것이다.

가끔 나는 이런 생각을 한다. 나이 지긋한 인생의 선배가 있어 날 이끌어주고, 많은 것을 알려주고, 내 삶에서 새로운 무언가가 시작될 때 갖춰야 할 태도 같은 것을 미리 알려주었더라면 얼마나 좋았을까? 그런 이가 없다는 것이 아쉬울 뿐이다.

<hr>

Tip : 당신이 믿고 의지할 수 있는 사람을 찾아 현재 겪고 있는 일을 솔직히 털어놓자.

피오나(42세/ 배우/ 캘리포니아 주 노스 할리우드)

나는 아마도 태어나던 순간부터 남자에게 빠져 있던 것이 아닐까 하는 생각이 든다. 나는 내가 지닌 여성스러움으로 인해 내가 무척 정숙한 소녀라고 생각했다. 유치원에 입학한 첫날, 나는 코르덴바지를 입고 방을 가로질러 걸어오던 리 제이콥스를 보면서 이렇게 생각했다. '여기에도 잘생긴 남자가 있었네.'

내 아빠는 매우 난폭한 사람이었다. 무척 잔인하고 비열했으며 자상함이라곤 눈곱만큼도 없는 사람이었다. 내가 집을 나오던 무렵 엄마와 아빠 사이에는 아무런 애정도 남아 있지 않았다.

나는 6학년 때 처음으로 꽤 오랫동안 진짜 남자친구를 사귀었다. 그 소년의 이름은 보위 당바쉬었는데 키가 나보다 훨씬 작았고 얼굴도 못생긴 편이었다. 하지만 부드러운 머리칼과 앞머리를 자연스럽게 늘어뜨린 모습은 정말 멋져 보였다. 그 애는 정말 훌륭한 아이였다. 남자애들을 귀찮게 따라다니지도 않았고, 인기 있는 애들에게 비열하게 굴지도 않았다. 보위는 가끔 정말 로맨틱한 모습을 보여주기도 했다. 토요일 오후가 되면 하얀 셔츠에 한껏 멋을 내고는 우리 집에 와서 나를 데리고 시내로 나가 영화를 보여주거나 때로는 나를 위한 시를 쓰기도 했다. 그 애는 아주 영리했고 더할 나위 없이 내게 훌륭히 대해주었다. 우리는 분명 서로 사랑했고, 그 점에는 의심할 여지가 없었다. 영화를 볼 때도 손을 꼭 붙잡고 있을 정도였다.

어느 토요일 오후 우리는 한 지하도에서 만나기로 했다. 그곳은 늘 어두침침하고 은밀한 곳이었기 때문에 약속 장소로 택한 것이었다. 그 애는 나와 키스할 때 밟고 올라설 커다란 여행 가방까지 들고 나타났다. 나는 브래지어 속에 화장지를 뭉쳐서 넣어두었는데 키스할 때마다 바스락거리는 소리가 들려 무척 거슬렸다. 우리는 모든 것을 미리 계획해두었다. 그때 그 애와 한 키스는 내 인생에서 처음으로 경험한 진정한 키스였다. 정말 황홀했다. 나는 섹스에 대해서 어느 정도 알고 있다고 생각했으며, 무서울 거라는 생각은 전혀 하지 않았다. 보위와 첫 키스를 하고 나자 갑자기 머릿속에 환한 불이 켜진 것 같았고 나는 이렇게 말했다. "오, 이제 알 것 같아."

중학생이 돼서는 여러 남학생과 장난삼아 사귀어봤지만 다 비슷비슷할 뿐 별다른 건 없었다. 그중에서 키스를 제일 잘했던 남자애는 딘 로버트슨이었던 것으로 기억한다. 놀라운 것은 그 당시 어린 소녀에 불과했던 우리도 명확한 선을 긋고 그것을 넘어서지 않으려 했다는 사실이다. 여학생들은 키스 이상의 행위는 하지 않겠다고 마음먹었고 실제로도 그 결심을 지켰다. 남학생들은 좀더 깊이 있는 관계로 발전시키려고 노력했지만 여학생들은 더 이상은 안 된다며 단호한 태도를 고수했다.

8학년이 다 끝나가고 고등학교 진학을 앞둔 무렵, 나는 한 친구의 오빠를 알게 되었다. 그의 이름은 폴 켄드릭이었는데 눈부실 만큼 근사하고 멋진 사람이었다. 내가 열네 살이었으니 그는 아마 열여섯 살쯤 되었을 것이다. 내가 정말로 데이트다운 데이트를 해본 사람은 그 오빠가 처음이었다. 나는 그를 만난 후부터 본격적인 사랑 놀음을 시작했다. 우리는 늘 차 안에서 서로를 진하게 애무하며 데이트를 즐겼고, 사랑한다는 말도 곧잘 했다. 가끔 한적한 곳에 차를 세워놓고 짜릿한 흥분과 쾌감을 만끽할 때면 나는 가슴을 만져도 좋다고 허락하기도 했다. 나 역시 오빠의 몸을 어루만지고 애무해주면서 흥분되는 걸 느꼈다. 내가 애무해주면 오빠는 오르가슴을 느끼는 것 같았다. 그 후에도 우리는 틈만 나면 껴안고 입을 맞추었으며 늘 함께 있고 싶어했다.

고등학교에 막 입학했던 때가 생각난다. 상급생 오빠들은 갓 입학한 여학생들을 하나하나 훑어보고 다녔다. 다른 남학생들이 내게 관심을 보이자 폴은 은근히 질투를 했다. 남학생들의 말을 빌자면 나는 "음, 괜찮은데?" 하는 축에 속한다고 볼 수 있었다. 얼마 뒤 가장 인기 있는 상급생으로 꼽히던 마크라는 오빠가 내게 관심을 보이기 시작했다. 그 오빠는 여학생 킬러로 명성이 자자했는데 그 무렵 나는 어디를 가든 그와 자주 마주치게 된다는 것을 알았다. 학업 성적은 전혀 신경 쓰지 않았다. 남학생들이 내게 관심을 보이는 것이 그저 좋기만 했다. 난 아빠의 사랑을 대신할 그 무언가를 찾고 있었던 것이다.

드디어 마크가 데이트를 신청했다. 그는 데이트를 하던 중 "이런, 기름이 바닥나겠는데"라고 말하는 아주 고전적인 방법을 이용해 한적한

 인생에서 단 한 번 첫경험에 대한 41인의 고백

곳으로 가서 차를 세웠다. 그의 차는 매우 고물이었지만 좌석이 뒤로 젖혀지는 차였다. 그런데 맙소사 마크가 갑자기 내 좌석을 뒤로 젖히려고 했다. 그때 나는 분명하게 이렇게 말했다. "난 그런 애가 아니야!" 그러자 마크는 내가 다른 아이들과 다르기 때문에 날 사랑하게 되었다고 말했다. 하지만 나는 정말 사랑해서가 아니라 자신이 정복한 여자의 숫자를 늘리기 위해 수작을 거는 남자들이 많다는 것을 알고 있었다. 나는 절대 그런 남자들의 상대는 되고 싶지 않았다.

그 일이 있은 후 마크는 나를 진지한 데이트 상대로 생각하기 시작했다. 우리는 함께 저녁도 먹고 여기저기 돌아다니기도 했다. 주말에는 그의 부모님 별장에도 놀러 갔다. 우리는 많은 것들을 함께했다. 그는 정말 내게 잘해주었고 나는 완전히 그의 여자가 된 것 같았다.

마크하고는 아마 6개월 정도 만났던 것 같다. 우리는 키스를 하고 정열적으로 사랑했다. 둘 다 열정에 불타올랐으며 모든 것이 너무나 좋았다. 마크와 나는 늘 서로 애무해주었는데 그와 함께 있으면 모든 것이 편안하게 느껴졌다. 성급하게 밀어붙이거나 강요당하는 기분은 전혀 들지 않았다.

마크와 있을 때는 모든 것이 정말 순수하게 느껴졌다. 나는 아주 운이 좋은 아이였다. 때로는 사랑의 기술을 가르치는 명문 학교에 다니는 기분까지 들기도 했다.

마크의 부모님은 두 분 다 직장에 다녔기 때문에 우리는 그의 집이든 우리 집이든 사랑을 할 수 있는 곳이면 어디든 찾아다녔다. 그와 나는 아주 아주 열정적이었다. 우리의 사랑은 정말 순수했기 때문에 나는 절대 변치 않을 것이라고 생각했다. 이제 나는 그와 사랑을 나누고 싶었고, 그가 날 얼마나 염려하는지도 알고 있었다.

처음 사랑을 나눈 곳은 우리 집, 정확히 말해서 우리 부모님 집이었다. 수업이 끝난 뒤 우리는 내 방으로 왔다. 우리 둘 다 옷을 모두 벗은 것은 그때가 처음이었다. 그날 마크와 나눈 섹스는 정말 굉장했는데 그 이후에도 그와의 섹스는 언제나 좋았다. 그는 내가 처음이 아니었지만 나는 처음이었고 그도 그 사실을 알고 있었다. 섹스를 하기 전에도 우리는 무수히 많은 키스를 나누었고 틈만 나면 서로 애무해주었다.

그는 전에도 여자친구와 성 관계도 갖곤 했지만 진정한 사랑을 느낀 사람은 내가 처음이라고 했다. 젊은 혈기로 넘쳐나던 우리는 그야말로 뱃가죽이 등에 딱 들러붙어 버릴 만큼 열정적인 키스를 했다. 처음 나눈 섹스로 약간의 통증은 있었지만 섹스를 하고 나니 그가 더욱 가깝게 느껴졌다. 나는 계속 이런 생각이 들었다. '어떻게 더 가까워질 수 있겠어? 어떻게 이보다 더 가까워질 수 있냐고!' 첫 섹스는 비록 짧게 끝났지만 우리는 아주 자연스럽고 편안하게 몰입할 수 있었다.

그날 이후 마크와 나는 주기적으로 성 관계를 가졌다. 나는 살며시 집을 빠져나와 그의 고물차에 올라타곤 했다. 그가 자동차 뒷좌석에 푹신한 담요를 갖고 다녔기 때문에 우리는 공원 같은 곳에서도 열렬한 사랑을 나눌 수 있었다.

주말이면 마크 부모님의 별장으로 갔는데 그곳은 우리의 프라이버시가 철저히 보장되는 완벽한 곳이었다. 우린 정말 행복했다. 원하면 언제든 사랑을 나누고, 함께 비밀을 간직하고, 많은 시간을 둘이서 보낼 수 있었으니 말이다. 우리는 여러 가지 방법으로 섹스를 하면서 정말 환상적인 성 생활을 즐겼다. 그와의 섹스는 완벽하리만큼 훌륭했고 더할 나위 없이 편안했다. 우리는 언제 어느 곳에서든 끊임없이 섹스를 했다. 함께 있을 수 있는 곳이면 어디서든 관계를 가졌는데 적어도 일주일에 두 번 이상은 했다.

우리는 둘 다 새로운 것을 좋아하고 모험을 즐겼기 때문에 여러 방법을 섹스에 적용해보기도 했다. 오럴 섹스를 비롯해 할 수 있는 자세는 어느 것이든 다 해보았다. 그와 나 사이에는 멋진 공감대가 형성되었고 서로 매우 잘 맞았으며 둘 다 모험을 좋아하고 열정에 넘쳤다. 우리는 섹스를 무척 좋아했고 서로 열렬히 사랑해주었다. 마크는 날 무척이나 아껴주었다. 섹스를 할 때는 나도 오르가슴을 느낄 수 있도록 늘 배려했기 때문에 더욱 즐겁게 빠져들 수 있었다. 그는 결코 자기만 아는 이기적인 애인이 아니었다. 그는 여자를 사랑할 줄 알았고 섹스의 묘미는 두 사람이 함께 황홀함을 느끼는 데 있다는 것도 알고 있었다.

우리는 그의 별장과 우리 집, 지하실, 차 안, 친구네 집, 들판 등 어디서나 사랑을 나누었다. 때로는 사람들의 눈을 피해 마크가 '블루문(Blue Moon)'이라는 모텔에 미리 잡아둔 방으로 숨어들기도 했다. 그 모텔은 혼잡한 고속도로 변에 있는 싸구려 호텔이었지만 값이 쌌기 때문에 가끔 애용하곤 했다. 우리는 서로를 정말 뜨겁게 갈망했다. 그때 나는 열네 살이었다.

우리의 관계는 고등학교 내내 약 2년 동안 계속되었다. 마크가 대학에 들어간 뒤에도 오래도록 변치 않으려고 노력했지만 알다시피 그는 여자들을 좋아하는 편이었고, 나 역시 다른 남자들과 데이트를 하기 시작했다. 그래서 마크와 헤어질 때는 이미 마음의 준비가 돼 있었다. 나는 꽤 인기가 좋았기 때문에 한 사람과의 관계에만 머물기가 쉽지 않았다. 비록 다른 남자들을 만나기도 했지만 고등학교 때는 마크 외에 어떤 남자와도 섹스를 하지 않았다.

고등학생이 될 무렵, 나는 학생들이 술을 마시고 취하기까지 한다는 사실에 적잖은 충격을 받았다. 파티가 열리면 어떤 여학생들은 너무 취한 나머지 욕조를 얼음물로 가득 채우고, 그 속에 뛰어들기도 했으며 침대에 드러누워 죽은 듯 늘어져 있기도 했다. 한번은 술에 취해 정신을 완전히 잃은 여자애가 남학생들에게 집단 성폭행을 당한 적도 있었다.

나는 고등학교에 다니는 동안 술을 마신 일은 단 한 번도 없었다. 내 부모님이 모두 알코올 중독자에다 흡연자였다. 그들이 술과 담배를 한 뒤 어떻게 망가지는지 보고 자란 것이 일부 요인으로 작용했던 것이다. 나는 남학생들에게 존중받는다는 사실을 매우 의미 있게 생각했다. 술을 마시지 않은 것도 큰 효과가 있었는데 사실 왜 술을 마시지 않게 되었는지 정확한 이유는 잘 모르겠다.

나는 술에 취해 있지 않았기 때문에 파티 때 남학생들이 하는 이야기를 들을 수 있었다. 그때마다 남학생들이 여학생들을 어떤 식으로 취급하는지 알 수 있었다. 나는 그런 부류의 여자는 절대 되고 싶지 않았다. 지금 생각해보면 술을 마시지 않은 것이 날 지켜준 셈이다. 술을 마시면 자제력이 약해지기 때문에 좋아하지 않는 사람과 잘 수도 있고 강제로 성폭행을 당하게 될 수도 있다.

어떤 여학생들은 자기보다 더 인기 있는 남학생이 자기를 좋아하게 만들기 위해 일부러 그 남자와 자기도 했지만 난 그런 짓은 결코 하지 않았다. 요즘 고등학생들이 술과 마약을 너무 쉽게 접하게 되면서, 체면도 생각하지 않고 부끄러운 행동을 하거나 생명을 잃을 만큼 위험한 짓을 하는 것은 정말 심각한 일이다. 모두 술에 취하면 'No' 라고 말하기가 어려워지기 때문에 일어나는 일들이다. 때로는 파티에서 멀쩡한 채로 남아 있는 사람이 나뿐인 적도 있었다. 내 파트너였던 남학생들은 늘 내 그런 점을 마음에 들어했고, 나를 절대적으로 존중해주었다. 나는 무척 잘 해냈다. 술을 마시지 않은 것은 엉망진창이었던 내 인생에서 날 위해 했던 유일한 일이었다.

고등학교를 졸업하고 배우 일을 하면서 나는 많은 성 경험을 갖게 되었지만 내게 섹스란 언제나 사랑하는 사람과의 결합이었다. 내 존재를 마치 전리품처럼 여기는 남자와는 절대 자고 싶지 않았다. 나는 늘 사랑이라는 관계 안에서만 섹스를 했다. 내가 만났던 남자들 가운데 미혼인 사람에게는 지금도 전화로 안부를 물으며 여전히 좋은 친구로 지낸다. 그들을 대할 때마다 나는 늘 존중받는다는 느낌을 받는다. 하지만 나도 딱 한번, 술을 마시고 실수한 적이 있었다.

나는 애인이 무척 많은 것이 매우 만족스러웠다. 물론 모두 다른 시기에 사귄 애인들이다. 언제부터인가 갑자기 섹스를 쉽게 받아들이게 되었는데 그때는 이미 피임도 알아서 조절할 수 있었고, 에이즈 같은 병도 몰랐던 때였다. 그러나 남자를 볼 때는 내 나름대로 따져보는 조건들이 있었다. 인종차별주의자나 욕을 하는 남자는 절대 안 된다. 반드시 좋은 사람이어야 했다. 나는 늘 점잖은 시인 풍의 자상한 남자를 택했다.

내가 바뀌었으면 하고 바라는 가장 큰 소원은 바로 아빠를 갖는 것이다. 건강하고 자상하며 자주 안아주고 늘 눈으로 내 뒤를 좇으면서 날 염려해주는 그런 아빠 말이다. 내게 만약 그런 아빠가 있었다면, 나는 학교 생활과 내가 사랑했던 모든 관계 안에서 더욱 발전할 수 있었을 것이다.

또한 한 인간으로서 내 자신에게 더욱 많은 관심을 기울일 수 있었을 것이다.

TV에서 흔히 보게 되는 장면들이 있다. 해변에서 여자들이 윗옷을 벗어 던지고 가슴을 흔들어대면, 손에 맥주를 든 남자들이 그 옆에 서서 '좋아, 죽이는데!' 하는 소리를 연발하는 모습이다. 또 봄 방학 시즌이면 여학생들이 남근처럼 생긴 술통에 입을 대고 뺨이 불룩해질 만큼 술로 입 안을 가득 채운 채 남학생들에게 둘러싸여 있는 모습도 볼 수 있다. 예나 지금이나 변한 것이 하나도 없다. 이런 모습은 좀 바뀌었으면 좋겠다. 나의 가장 큰 바람은 이렇게 추하고 상투적인 모습들은 제발 좀 사라지고, 진정한 섹스는 상대에 대한 애정과 진실한 관계 속에서 비롯된다는 점을 사람들이 깨닫는 것이다. 바로 그때야 우리는 상대방을 더욱 뜨겁게 갈망하고 열정에 불탈 수 있으며, 그야말로 미친 듯 사랑할 수 있다. 우리 모두가 진정으로 찾고 있는 것이 바로 그런 관계가 아닐까?

Tip : 자신의 첫경험이 어떠했으면 좋겠는지 미리 생각해보자. 자신이 원하는 이미지를 만들어 현실과 비교해보고 잘 맞지 않다면 그만 두자.

누구에게나
사랑할 시간이 찾아온다
2

    십대 시절은 뭔가를 풀어나가기 시작하는 시기이다. 적어도 노력해보거나 노력하는 척이라도 하는 시기이다. 물론 가장 궁금한 질문은 바로 이것일 것이다. '나는 누구인가?'

    누구나 마음이 맞는 또래 친구들을 찾아 그 속에서 어울리고 싶어한다. 하지만 그게 잘 안 된다고 해도 너무 두드러지게 따로 놀아서는 안 된다. 또 이 시기에는 틈만 나면 거울을 들여다보며 자신의 얼굴이 제대로 생겼는지 확인하곤 하는데, 사실 이때는 끊임없이 그 모습이 변하는 시기이다. 「터미네이터 2」에서 자유자재로 형태가 변하는 악당처럼, 당신의 모습은 계속 변하거나 새롭게 만들어지고 있다. 때로 당신은 옷이나 말투나 머리 모양 등을 통해 자신의 모습을 바꿔보려고 노력하기도 한다. 하지만 그런다고 해서 세상에 대한 당당한 자신감이 생기는 것은 아니다.

    학생들이 가장 불안해하고 자신 없어 하는 일이 바로 성과 관련된 부분이다. 자기 내부에서 어떤 변화가 느껴지고 무언가 하고 싶어지기는 하지만, 여학생에게 데이트 신청을 하거나 친하게 지내고 싶은 친구에게 인사를 건네는 일이 도저히 넘을 수 없는 장애물처럼 어렵게 느껴진다. 7학년 때 이브 글리디스라는 아이를 며칠 간 지켜보았던 일이 생각난다. 그때 나는 어떻게 하면 그 애에게 데이트 신청을 할 수 있을까 계속 고민했다. 하지만 늘 새침한 그 애를 보면 도저히 입이 떨어지지 않았다. 그러던 어느 날, 야구장 구석에 혼자 서 있는 그녀를 발견하고 나는 용기를 내서 함께 춤추러 가지 않겠느냐고 물었다. 그러자 그 아이는 등을 홱 돌리더니 곧바로 싫다고 대답했다. 전혀 예상하지 못했던 일이라 갑자기 머릿속이 캄캄해졌다. 그 아이가 어떤 반응을 보일지 아무런 준비도 하지 않았기 때문이다. 왜 싫은지 그 이유를 물어보거나, 다른 걸 하자고 다시 물어야 했을까? 천만에 그때는 절대 그러고 싶지 않았다. 마음에 드는 여자로부터 데이트 승낙을 얻어낸 남자들은 그 다음 단계, 즉 춤추러 갔다가 여자의 집까지 바래다주고 작별의 키스를 나누는 그런 과정들이 마냥 신비롭게만 느껴질 것이다.

한편 여자들은 끌리는 남자가 있어도 그 사람이 자기를 봐줄 때까지 무작정 기다려야 한다고 생각하고, 남자들은 묘한 감정이 샘솟거나 흥분이 느껴지는 여자가 곁에 있어도 다가가 관심을 표현하고 싶어도 매우 망설인다. 여자든 남자든 모두 관심은 있지만 두려움 때문에 행동으로 옮기지 못하고 그저 생각만 하다가 포기한다.

젊은이들 중에는 이성과 가까워질 기회가 있어도 어떻게 해야 할지 몰라 당황해하는 사람이 많다. 이런 모습을 가리켜 조급한 친밀함(premature intimacy)이라고 한다. 그들은 자기도 모르게 끌리는 이성의 주위를 맴돌면서 뭔가 특별한 일이 일어나기를 간절히 바라지만, 성적으로나 정신적으로 가까워지는 것은 아직 건널 준비가 안 된 다리와 같다. 이런 생각은 여러 가지 혼란스러운 상황으로 이어진다. 어떤 사람은 데이트를 신청하거나 신체적인 접촉을 시도했다가도 실제로 일이 진행되면 갑작스럽게 모든 걸 중단해버리기도 한다. 그 자신이나 상대방이나 혹은 두 사람 모두 어떻게 해야 할지 모르거나, 상처를 받을까봐 두렵거나, 첫 단계를 내디딜 만한 충분한 확신이 서지 않았기 때문이다. 또 스스로 말솜씨가 부족하다고 생각하는 사람은 아예 아무 말도 못하고 기회를 놓쳐버리는 일이 허다하다.

시작도 못 해보고 끝을 맺은 사람들은 '그는 내가 싫었던 걸까?' '내가 그녀에게 매력이 없었던 것일까?' '내가 뭘 잘못했지?' 와 같은 생각에 잠긴 채 또다시 혼자 남겨지는 것이다. 가장 결정적인 상황은 옷을 벗고 이제 막 성 행위를 하려 했다가 갑자기 중단해버리는 것이다. 그때는 자신을 숨기기가 더욱 힘들다. 몸을 가릴 새도 없이, 완전한 무방비 상태로 혼자 남겨지는 것이다. 그러므로 이성을 사귀기 전에 자신에 대해 충분히 생각할 시간을 갖지 않으면 위태로운 시작으로 이어질 가능성이 매우 크다.

좋아하는 여자로부터 '넌 싫어' 라거나 '너한테는 관심 없어' 라는 소리를 듣는 것은 내게 정신적인 죽음이나 다름없었다. 나는 내가 좋아하는 사람이 나를 좋아하지 않을까 봐 무척이나 두려웠다. 잭 캔필드(『영혼을 위한 닭고기 스프』의 저자)의 말에 따르면, 어떤 사람들은 원래부터 매우 많은 포커 칩을 갖고 있어서 그중 절반을 내기에 걸어도 남은 칩이 여전히 산더미 같다고 한다.

반면 어떤 사람들은 갖고 있는 칩이 서너 개 밖에 없기 때문에 모험을 싫어한다는 것이다. 만일 당신이 칩 하나의 절반만 갖고 있다면 당신은 어떤 모험도 하려 들지 않을 것이다. 나는 마치 칩 하나의 1/10조각을 갖고 있는 사람 같았다. 괜한 모험을 했다가 거절당하는 것이 너무나 두려웠기 때문에 나는 늘 혼자였다. 나는 사람들에게서 완전히 잊혀진 존재였다.

나는 춤추러 가본 적이 한 번도 없었다. 늘 수줍음이 너무 많았는데 그건 지금도 마찬가지다. 맘에 드는 여자에게 데이트 신청을 못했던 이유는 만나면 뭘 할 것이며, 어디에 어떻게 갈 것인지 등등 구체적인 데이트 내용을 계획할 줄 몰랐던 탓도 있었다. 심지어 나는 어떻게 시작해야 하는지도 몰랐다.

부모님은 절대 성에 대한 이야기를 입 밖에 꺼내지 않았다. 5학년이 되자 학교에서는 기본적인 인체 구조와 아기가 태어나는 과정에 중점을 둔 성교육을 실시했다. 당시 매우 건강한 식습관과 자연 친화적인 생활 방식을 지향하던 아빠는 스스로 몸을 깨끗이 해야 내 몸의 일부를 공유하게 될 여성도 깨끗해질 수 있다고 했다. 도대체 무슨 말인지……. 아빠뿐만 아니라 다른 가족들도 늘 이와 비슷한 이야기만 늘어놓았다.

중학교 과학 시간에 같은 실험대를 쓰면서 제니스 하트만이라는 여자애를 알게 되었다. 한창 성숙해가던 그 아이는 정말 눈부시게 아름다웠고, 당시 또래들보다 훨씬 성숙한 몸매였다. 그때 열두 살이었던 나는 그아이와 데이트를 하거나 데이트를 청하는 것조차도 그저 상상만 할 따름이었다. 수업 시간에는 어떻게든 그 애와 조금이라도 몸을 스치고 싶었고, 실험할 때도 그 애 곁에 서려고 애썼다. 그렇게 가까이 있는 것만으로도 나는 만족스러웠다.

대학교 1학년 겨울에 나는 멕시코를 여행하면서 마싸틀란에 있는 호텔에 묵은 적이 있었다. 어느 날 오후 수영장 근처를 거닐고 있는데 갑자기 한 오스트레일리아 여자가 달려오더니 내게 덤벼들어 키스를 했다. 물론 성 관계는 하지 않았다. 남녀의 애정 행위나 구애 따위와는 전혀 거리가 먼 행동이었다. 그녀는 술에 취해 내게 덤벼든 것이 분명했다. 나로서는 그때가 정말 '첫 키스'였다. 담배도 피웠던 모양인지 그 여자의 입에서는 심한 악취가 풍겼다. 하지만 첫 키스는 감미로웠다. 그 일을 겪은 후 나는 닫혀 있던 마음의 문이 세상을 향해 찰칵하고 활짝 열리는 듯한 기분을 느꼈다.

몇 달 후 나는 남학생 기숙사 파티에서 아니를 만났다. 그때 나는 막 유럽 여행에서 돌아와 일본에 교환 학생을 신청해둔 상태였다. 그런데 마침 그녀가 일본계여서 우리는 일본에 대한 이야기를 화젯거리로 삼았다. 잠시 후 아니와 나는 밖으로 나가 한참 동안 키스를 나누었다. 결국 침대까지 오게 된 우리는 격렬한 애무를 주고받았고 곧 그녀가 옷을 하나씩 벗기 시작했다.

그러나 여체에 대해 내가 알고 있는 지식이라고는 성교육 시간에 배운 것이 전부였다. 그래서 갑자기 우리 사이는 김이 빠지고 말았다. 인체의 구조에 대해서는 어느 정도 알고 있었지만 여자를 기쁘게 해주는 방법은 거의 몰랐기 때문이다. 그녀는 자신의 성기와 클리토리스와 가슴을 만져주기를 바라는 듯했는데 나는 어떤 식으로 해야 할지 도통 알 수가 없었다.

나는 차마 그녀에게 아직 여자와 자본 적이 없다는 말을 하지 못했다. 그녀는 자그마한 몸집과는 달리 가슴이 매우 풍만했다. 결국 섹스를 했지만 나는 무척이나 서툴렀고 절정에 이르지도 못했다. 그녀는 자신에게 뭔가 문제가 있어서 내가 만족하지 못한 거라고 걱정하는 것 같았다. 아니가 마음 상해하자 결국 나는 이번이 처음이었다고 털어놓고 말았다. 그녀는 '절대 그럴 리 없다'는 반응을 보였다. 그때 내 나이가 스무 살이었기 때문이다. 돌이켜보면 좀더 일찍 말했어야 했다는 생각이 든다. 하지만 나는 그녀가 놀라 달아나 버릴까봐 걱정되었다.

　비록 그 첫경험은 나와 상대방 모두 만족스럽지 못했지만 그래도 내게는 첫경험이었고, 그것만으로도 매우 깊은 의미가 있었다. 여자와 자는 것은 내가 넘어서야 할 문턱 같은 것이었다.

　그 후 내가 일본으로 떠날 때까지 아니는 약 1년 동안 내 여자친구가 돼주었다. 나는 대학교 2학년이 되었고, 한 살 어린 아니는 1학년이 되었다. 우리는 서로 진심으로 사랑했고 갖가지 방법으로 사랑을 나누었다. 아니와의 관계는 내 인생에서 처음으로 경험한 성적인 관계였으며 사실 여자와 맺어본 유일한 관계이기도 했다.

　당시 나는 요트에 매우 관심이 많았는데 그녀 역시 나와 함께 요트 타는 것을 좋아했다. 우리는 매우 즐거운 시간을 함께 보냈다. 그녀는 성에 대한 여러 기술을 내게 가르쳐주기도 했다. 그녀가 몇 명이나 되는 남자들과 자봤는지 확실히 알 수는 없지만 그 가르침 덕에 나는 그녀가 좋아하는 것과 싫어하는 것을 분명히 파악하게 되었다. 그리고 그녀는 아무 거리낌 없이 자신의 느낌을 내게 말해주었다.

　어렸을 때 '내가 잃을 게 뭐 있어?' 라고 생각할 수 있는 배짱이 있었더라면 좋았을 것 같다. '싫어' 라는 말이나 '다음에 생각해볼게' '넌 내 이상형이 아니야' 라는 말도 기꺼이 듣고 넘길 수 있는 용기가 있었다면 얼마나 좋았을까. 나는 그런 말들에 대응하는 것이 무척이나 두려웠다. 내가 늘 얼어붙어 있던 이유 중에는 "넌 정말 아름다워. 너와 함께 시간을 보내고 싶어"라는 말 외에 다른 말은 할 줄 몰랐던 탓도 있었다. 좋아하는 사람 앞에만 서면 평소의 내 모습을 잃어버렸다. 그래서 나는 늘 기가 죽었다.

내게 위험을 감수할 수 있는 능력이 조금만 더 있었더라면, 아예 아무 것도 하지 않는 것보다는 쓰라린 경험을 통해서라도 뭔가 배우고자 하는 마음이 있었더라면 얼마나 좋았을까 하는 생각이 든다.

Tip : 거절당할지 모른다는 두려움으로 바보처럼 굴지 말자. 때론 아무것도 하지 않는 것보다는 쓰라린 경험을 하는 편이 낫다.

조니(39세/ 시인/ 아일랜드 콜크 시티)

나는 여러 가지 면에서 조금 늦게 깨우치는 편이었다. 고등학교 때는 운동을 하는 아이들 틈에서 어슬렁거렸는데 그 애들은 인기도 많고 파티에도 빠짐없이 초대받았다. 고등학교 때 내 소원은 그런 애들과 어울리며 인기를 얻는 것이었다. 나는 내 생각이나 의견은 절대 말하지 않았다. 남들에게 비판을 받을까봐 걱정되었기 때문이다. 좋은 사람들과 진정한 우정을 맺을 생각은 하지 않았다. 나는 우스갯소리나 하는 인기 좋은 아이들과 어울리면서 그 생활에 푹 빠져들었다. 그때 내게는 정신을 차리게 해줄 뭔가가 필요했다.

인기가 좋았던 내 친구들은 틈만 나면 여자들 뒤를 쫓아다녔고 나도 늘 그 애들과 함께 어울렸다. 그러다가 고등학교 3학년 때 처음으로 사귄 여자친구를 진심으로 사랑하게 되었다. 우리는 키스와 격렬한 애무만 나누었을 뿐 섹스는 하지 않았다. 나는 그녀를 온몸으로 느낄 수 있을 만큼 사랑했다. 어느 날 밤에는 그 애 방으로 몰래 숨어들기도 했지만 아무 짓도 하지 않았다.

사실 나는 동정을 잃을 기회가 무척 많았다. 실제로 하지는 못했지만 말이다. 첫경험을 치르기 전까지 많은 여자애가 손으로 만족시켜 주었는데 그때마다 너무나 황홀했다. 하지만 그런 짓을 했다는 이야기는 절대 입 밖에 꺼내지 않았다. 누구든 그런 이야기는 할 수 없을 것이다. 성행위는 할 수 있어도 그런 이야기를 직접 말하는 것은 어렵기 때문이다. 그래서 그냥 이런 식으로 말하고 마는 경우가 많다. "나 당했어!"

이 여자 저 여자 닥치는 대로 사귀는 남자들도 무척 많았지만 나는 6년 동안 오로지 한 여자에게만 집중했다. 하지만 내 친구 하나가 그녀와 관계를 맺었고, 그 다음 주에 그녀를 차버렸다. 나는 늘 "음, 조금만 기다려 줘" 하는 식이었는데 내가 좋아하던 그녀는 내 친구 같은 녀석들에게 매력을 느꼈던 모양이다.

나는 여자들과 숲 속을 산책하다가 벌거벗고 일을 벌인 적도 몇 번 있었다. 우리는 섹스를 하며 별의 별짓을 다 했지만 진정한 관계를 맺었다는 생각은 들지 않았다. 그런 일을 벌이고 나면 늘 기분이 불쾌했다. 지금 생각해보면 '그때 내가 왜 그랬지?' 하는 생각이 든다.

아빠는 항상 여자를 진정으로 아껴주고 즐겁게 해주고 절정에 이르도록 해주라고 말했다. 부모님은 이혼했는데 아빠 주위에는 늘 여자들이 많았다. 가끔은 아빠가 위층에서 섹스하는 소리가 들릴 때도 있었다. 아빠는 여자와 관계를 갖고 나면 잠시 함께 누워 있다가 여자를 꼭 안아 준 뒤, 욕실에서 따뜻한 물을 적신 수건을 가져와 누워 있는 여자를 깨끗이 닦아주기도 한다고 말했다. 여자들은 그렇게 해주는 것을 정말 좋아한다는 것이다.

엄마가 내게 해준 유일한 충고는 "절대 임신시켜서는 안 된다. 콘돔은 갖고 다니니? 아기에 대한 계획은 있는 거니?"였다. 엄마는 스무 살 때 임신했다고 한다. 엄마의 두 가지 신조는 '절대 임신시키지 마라'와 '감옥에서 인생을 끝내지 마라'였다. 이 두 가지만 조심하면 그밖에는 뭐든지 다 할 수 있었다.

고등학교 3학년을 마치고 나는 열여덟 살이 되었다. 키티는 같은 합창단에 있던 여자애였다. 그 애는 가끔 술에 취하면 내게 열렬한 관심을 드러내기도 하고, 우리 집 옆을 지나면서 내게 전화를 걸기도 했다. 그 애는 분명히 내게 관심이 있었지만 꼭 술에 취했을 때만 그런 마음을 드러냈다. 가끔 그녀가 집에 오면 우리는 섹스를 하기도 했다. 그 애는 얼굴이 무척 예뻤고 풍만한 가슴도 매우 아름다웠다.

어느 날 밤 키티가 내 방으로 찾아왔다. 그녀는 그때 역시 취해 있었다. 우리는 곧바로 섹스를 하기 시작했다. 나는 그녀의 바지를 내리고 팬티를 벗긴 뒤 콘돔을 착용했다. 그런 다음 곧바로 삽입했지만 그리 오래가지 못했고 곧 끝나버렸다. 그러고 나서 키티는 바로 돌아갔다. 그게 전부였다. 나는 밖으로 나와 잠시 거닐었다. 그날은 무척 더운 여름밤이었다. 달이 환하게 떠 있었고 바람도 살랑살랑 불어왔다. 꼭 아침 같았다. 나는 마음이 약간 혼란스러웠다. '도대체 뭐 하는 짓이지? 왜 이런 짓을 하고 있는 거야? 그냥 이러고 말면 다란 말인가?' 정말 평소와는 전혀 다른 기분이었다. 그날 이후 키티와 나는 그 일에 대해 한마디도 언급하지 않았고, 그 이후로는 관계도 갖지 않았다. 그녀의 집에서 함께 있었던 적이 한 번 있었지만 섹스는 하지 않았고 그냥 보통 때처럼 어울려 놀기만 했다.

나는 내 인생에 대해 가끔 회의적일 때가 있다. 만약 내가 십대 때 누군가로부터 뭔가 바람직한 충고를 들었더라면 지금과는 많이 달라졌을 것이다. 나는 늘 사람들에게 비칠 내 모습과 생각을 감추기에 여념이 없었다. 그들에게서 소외되고 거절당할까봐 너무나 두려웠기 때문이다. 그래서 늘 조금 '부족한' 사람처럼 행동했다.

그로부터 14년이 지나고 나서야 결국 깨달았다. 나는 누군가가 내게 다가와서 "너는 정말 완벽해"라고 말해주길 바랐던 것이다. 30대 초반에 만나 사랑에 빠졌던 에이미와 이런 경험을 함께했더라면 얼마나 좋았을까 싶다. 그녀는 나라는 존재를 분명히 느끼게 해준 사람 가운데 하나였다. 나는 그녀와의 관계를 통해 '그래, 나는 완벽해. 나는 정말 완벽하기 때문에 누군가를 즐겁게 해줄 수 있어' 라고 생각하게 되었다.

여자를 즐겁게 해주는 것이야말로 남자가 할 수 있는 가장 멋진 일 중 하나라고 누군가 말해주었다면 좋았을 것이다. 여자에게 멋진 선물을 하면서 자기만족도 느낄 수 있는 것이 바로 사랑을 나누는 일이다. 사랑을 준다는 것, 나는 그 의미를 몇 년이 지난 후에야 깨달았다.

Tip : 섹스는 두 사람만의 비밀스러운 경험이다. 어떤 섹스를 하건 당사자 두 사람이 그 섹스를 즐기기만 하면 변태 같은 짓을 했다고 괴로워할 필요는 없다. 단 묘한 제의에 거부감이 들었을 때 거절하는 것은 전혀 미안한 일이 아니다.

순결은
언제까지 지켜야 할까

3

♡

성에 대한 당신의 관심이나 행동은 부모가 받아들이기에 매우 어려워하는 부분 중 하나다. 부모들은 당신이 상처받거나 정신적인 준비도 제대로 안 된 상태에서 너무 깊이 빠져들지는 않을지 진심으로 염려한다. 아빠들은 딸이 임신하거나 강제로 당하지는 않을까 걱정하며, 엄마들은 아들이 하고 싶은 대로 하도록 내버려두어도 될지 가끔 고민스러워한다. 부모들이 순결하게만 자란 자녀와 진정한 작별 인사를 나누어야 할 때가 바로 이 시기다.

모든 부모가 자녀의 이런 변화를 우아하게 받아들이는 것은 아니다. 도덕적이거나 종교적인 이유 때문에 혹은 솔직히 자신의 자녀는 아직 성을 받아들일 준비가 되지 않았다고 생각하기 때문에 자녀에게 족쇄를 채우려는 부모들도 있다. 이런 부모들은 점점 성숙해가는 자녀의 성을 절대 인정하려 하지 않는다. 그들이 제시하는 유일한 해결책은 자녀의 사교 생활을 철저히 억제하고 엄격하게 통제하는 것이다. 자기 자녀의 성에 대한 욕구가 지나치게 크다고 생각하는 부모들은 더욱 엄격하고 잔인하기까지 한 방법을 사용한다. 아이 때문에 충격을 받은 부모들은 자녀에게 창피를 주거나 모욕을 주기도 하고 급기야는 "어떻게 네가 그럴 수 있니?"라는 전혀 무의미한 질문을 던진다.

자녀의 행동을 그냥 방관하는 부모들도 있다. 그들 역시 자녀가 성에 눈뜨는 것을 받아들이려고 하지는 않지만, 그런 자녀를 막기 위해 별다른 조치를 취하지도 않는다. 그들은 현실을 직시하려 하지 않고 '나는 알고 싶지 않다' 는 반응을 보인다. 혹은 '우리 아이는 벌써 알 건 다 알고 있을 거야' 라고 확신하고 아무 행동도 취하지 않은 채 가만히 있거나 기껏해야 별 도움도 되지 않는 책이나 건네줄 뿐이다. 일부 용감한 부모는 용기를 내서 아이와 '성에 대한 대화' 시간을 마련하기도 하지만 정작 이야기가 시작되면 대부분 자기들의 생각만 강요하고 끝낸다. 결국 자녀가 깨닫는 것은 부모도 그들과 마찬가지로 성에 대해서는 난처하고 불편하게 생각한다는 점이다.

결국 당신은 스스로 문제를 해결해야 한다. 당신은 암흑 속에서 헤매며 친구나 책으로부터 조그만 정보라도 얻기 위해 애써야 할지도 모른다. 그 정보가 얼마나 정확한지 알지도 못한 채 말이다. 당신은 계속 넘어지면서 도전의 짜릿함과 흥분, 좌절, 유약함을 느끼게 될지도 모른다. 때로는 이 모든 것이 성과 관련된 것 같아 복잡한 기분이 들 때도 있다. 수많은 십대가 이런 과정을 혼자 감당해야 하는 여정이라고 생각한다. 때로 몇몇 친구들과는 공유하기도 하지만 부모에게는 대부분 감추려 든다.

부모들은 당신에게 아무 변화도 일어나지 않았다고 확신하고 있으므로 당신이 이미 성경험이 있다는 사실을 알게 되면 엄청난 충격에 휩싸인다. 그들은 당신이 선을 넘었다는 사실을 믿으려 하지 않는다. 결국에는 서로에 대해 엄청난 배신감만 느끼게 된다. 당신은 문득 누군가에게 심판받는 기분이 들 것이다. 그리고 자연스러운 탐구라고 생각했던 것이 수치스러운 행동이 되고 말았음을 깨닫게 될 것이다. 대부분의 십대는 바로 이럴 때 부모와 크게 멀어지기 시작한다. 안타까운 점은 당신이 부모님의 지지와 이해를 가장 절실히 원할 때 이런 단절이 초래된다는 것이다.

케리(27세/ 유치원 교사/ 오하이오 주 신시내티)

"남자들은 모두 네 바지 속으로 들어갈 궁리만 하는 족속들이다." 바로 이 말이 아빠가 내게 남긴 가장 큰 교훈이다. 당시 나는 그 말을 그대로 믿었고 절대 그런 일이 일어나지 않기를 바랐다. 엄마는 한 번도 성에 대한 이야기를 한 적이 없었다. 우리 집에서는 '성' 이란 단어가 금기시되었다. 그래서 내가 알고 있는 성에 대한 지식이라고는 친구들로부터 얻어들은 것이 고작이었다.

부모님이 안 계실 때 나와 친구들은 어린 동생들을 돌보곤 했는데 동생들이 잠들면 우리는 부모님 침실로 들어가 잡지들을 찾아내서 정신없이 읽어보곤 했다. 나는 여자가 남자에게 해준다는 오럴 섹스에 대한 글을 처음 읽었을 때 엄청난 충격을 받았다. "네 부모님도 다 하실 텐데, 뭘." 내 친구가 이렇게 말하자 나는 "아니야, 우리 부모님은 절대 안 그래."하고 대답했다. 당시 8학년이었던 나는 생각만으로도 몸서리쳐졌고 부모님이 그런 짓을 한다는 것을 도저히 믿을 수 없었다. 부모님이 섹스를 한다는 것은 알았지만 엄마가 아빠의 성기를 입에 물고 있는 모습은 상상조차 하고 싶지 않았다. 나로서는 절대 받아들일 수 없는 것이었다.

아빠는 군인이었다. 나는 군기지에서 태어났고 그 안에서 고등학교를 졸업했다. 아빠는 24년을 군인으로 보낸 분이었다. 고등학교 때는 텍사스 주 중부에 있는 포트 후드 육군 기지에서 살았다. 어렸을 때부터 여기저기로 이사를 다니며 많은 친구에게 작별을 고해야 했기 때문에 친구를 사귀는 방식도 그에 따른 영향을 받을 수밖에 없었다. 나는 호감을 느끼는 아이에게도 늘 신중히 다가섰고, 여러 명을 사귀기보다는 한두 명하고만 친하게 지내는 편이었다.

내가 다녔던 고등학교는 기지 내의 학교가 아니라 집에서 조금 먼 한적한 마을에 있는 곳이었다. 당시 나의 사교 생활이라고는 친구들과 함께 잘 알지도 못하는 사람들의 파티에 어울려 다니는 것이 전부였다. 파티가 열린 집에는 발 디딜 틈도 없을 만큼 많은 사람이 모여 있었는데, 우리는 그곳에서 맥주를 마시곤 했다. 사실 나는 술 마시는 것을 싫어했기 때문에 그리 많이 마시지는 않았다.

내 친구들은 나보다 남자들과 이야기하는 것에 더 관심이 있었다. 한번은 파티에서 어떤 남자가 내 엉덩이를 움켜쥔 적이 있었다. 알다시피 그런 곳은 무척 혼잡하기 때문에 누군가의 몸을 더듬기란 그야말로 식은 죽 먹기였다. 그가 내 엉덩이를 움켜쥐자 나는 곧바로 돌아서서 그의 뺨을 찰싹하고 올려붙였다. 내 친구들은 "맙소사!" 하는 반응을 보이며 놀란 눈치였고 약간 화가 난 듯 보이기도 했다. 마치 '그냥 얌전히 있지 그랬니.' 하는 투였다. 나는 그런 식의 관심은 정말 받고 싶지 않았다. 아무렇게나 즐기는 성의 대상이 되고 싶지는 않았던 것이다. 나를 제외한 나머지 사람들은 그냥 무작정 즐기자는 생각인 것 같았다. 나는 그런 생각들에 화가 났고 누군가에게 침략당하는 기분이었다.

나는 열다섯 살 때 처녀성을 잃었다. 상대는 고등학교 2학년 때 사귄 남자친구 마틴이었다. 크고 마른 체구에 갈색 머리와 푸른 눈동자를 갖고 있던 그는 열여섯 살로 고등학교 3학년이었으며 무척 잘생긴 남자애였다.

그와 나는 가끔 학교에서 만나기는 했지만 우리 집에는 절대 오지 않았다. 늘 내가 그의 집으로 가는 편이었다. 그의 부모님은 아들에 대해 전혀 간섭을 하지 않았다. 우리는 그의 방으로 올라가 영화를 보기도 하고, 이것저것을 하며 함께 놀기도 했다. 우리는 만난 지 한 달 만에 키스를 하고 서로의 몸을 만지기 시작했다. 그때 나는 남자를 사귀고 키스를 할 준비가 이미 돼 있다고 생각했다.

처음에는 둘 다 옷을 입은 채 서로의 몸을 어루만졌을 뿐 옷 안으로 손을 넣지는 않았다. 사실 우리는 별다른 짓을 한 것도 아니고 그냥 시늉만 했을 뿐인데 너무나 흥분된 나머지 나는 거의 오르가슴을 느낄 뻔했다. 나는 마틴과의 애무가 무척 즐거웠고 죄의식도 들지 않았다. 다른 가족들이 모두 집에 있는데 우리 둘이서 침실에 있다는 사실만으로도 그냥 재미있고 흥분되었다. 그런 상태가 더욱 오래갔더라면 훨씬 좋았을 것이다.

내 친구들과 나는 성에 대한 이야기도 터놓고 하는 편이었다. 제일 친한 친구 몰리는 이미 남자친구와 성 관계를 가졌다면서 "이제 다음은 네 차례야"라며 은근히 부담을 주기도 했다. 그 애는 섹스한 횟수를 늘 세고 다녔는데 나를 만날 때마다 "스무 번이야." "스물다섯 번." "백 번이나 했어." 하고 말하곤 했다. 백 번이나 했다는 말을 들었을 때 내가 했던 말이 기억난다. "어머, 정말 많이도 했구나!" 나는 이런 몰리의 행동이 부담스러웠고, 왠지 나도 그 애를 따라잡아야 한다는 생각마저 들기도 했다. 몰리는 남자친구와의 관계나 섹스를 할 때 느껴지는 기분 같은 것은 절대 이야기하지 않았다. 그냥 "우리 또 했어. 이번이 몇 번째야. 자, 이건 피임약 복용법이야." 하는 식이었다. 나와 함께 병원에 가주었던 것도 바로 몰리였다. 나는 부모님에게는 이 모든 것들을 철저히 숨겼다.

그 역시 처음이었기 때문에 전혀 강요는 하지 않았다. 우리는 동등한 위치에서 함께 새로운 것을 탐험하는 기분이었다. 그가 운전면허를 딴 후에는 그의 방에만 드나들지 않고 함께 차를 타고 이리저리 돌아다녔다. 점차 나는 부모님께 거짓말을 하기 시작했다. 부모님께는 "몰리와 시내에 갈 거예요. 농구 시합을 보기로 했거든요."라고 말하고는 남자친구와 차를 타고 교외로 나와 그의 자동차 뒷좌석에 누워 있곤 했다. 그의 차는 왜건이어서 뒷좌석이 완전히 침대 같았다.

오럴 섹스를 해본 건 그때가 처음이었다. 그가 내게 오럴 섹스를 해주었던 것이다. 그건 정말 엄청난 일이었고 내 생애 처음으로 경험한 굉장한 일이었다. 나는 그저 넓은 밤하늘을 올려다보며 별들만 바라보았던 기억이 난다. 그때 느꼈던 기분은 말할 수 없는 황홀경 그 자체였다. 나는 아무 생각도 할 수 없었다. 그저 "맙소사, 정말 최고야"라는 생각만 들었고 너무나 행복했다. 정말 대단했다.

어느 순간 우리는 서로의 옷을 벗기고 온몸을 애무했다. 우리는 고등학교 2학년 초에 만났는데 실제 섹스를 한 것은 2학년이 다 끝나갈 무렵이었다. 서로 만났던 아홉 달 동안 진짜 섹스를 하지는 않았지만 여러 가지 방법들로 서로를 충분히 탐닉했다. 시기를 이렇게 늦출 수 있었던 것은 순전히 나 때문이었지만 그가 아직 경험이 없어서 잘 알지 못했던 것도 한 가지 이유였다. 그날 우리는 애무만으로 둘 다 오르가슴을 느꼈다. 매번 그렇지는 않았지만 그날은 굉장한 만족을 느꼈다.

그날은 원래 첫경험을 치를 생각이 없었다. 그러나 속으로는 언제든 할 수 있다고 생각했던 것 같다. 이른 봄날 우리는 둘 다 학교 수업을 빼먹고 그의 집으로 갔다. 우리 학교에서는 학생이 결석을 하면 다음날 본인이 사유서를 가져오거나 결석 당일 부모가 전화를 걸어 그 이유를 설명하는 것이 기본 방침이었다. 나는 가짜 사유서를 제출하는 것이 너무나 두려웠다. 그래서 마틴이 우리 아빠인 척하고 전화를 걸어 결석한 이유를 설명하기로 했다. 그가 전화를 거는 동안 나는 다른 방에 들어가 있었다. 전화 내용조차 듣기 싫었기 때문이다. 나는 마틴을 불안하게 만들고 싶지 않아서 무슨 말을 했는지 묻지도 않았다. 전화를 걸고 나서 우리는 곧장 그의 방으로 들어갔다.

한편 전화 내용을 수상쩍게 생각한 선생님께서는 다시 확인을 하기 위해 우리 집으로 전화를 걸었다. 아빠는 출근했고 집에는 엄마 혼자 있었다. 선생님은 이렇게 말했다. "케리가 아프다고 남편 분께서 전화를 하셨기에 확인 차 다시 전화 드렸습니다." 그러자 엄마가 말했다. "뭐라고요?" 그리고 엄마는 아빠에게 전화를 걸어 이렇게 말했다. "왜 학교에 전화를 해서 케리가 아프다고 말한 거예요?" 그 말을 들은 아빠는 즉시 상황을 짐작했다. 아빠는 이렇게 말했다고 한다. "지금 무슨 소리를 하는 거요? 무슨 일이 벌어졌는지 아직도 모르겠단 말이오?" 그 즉시 일을 중단한 아빠는 어디로 가야 할지 정확히 알고 있었다. 내 남자친구의 집으로 곧장 직행한 것이다.

그때 우리는 첫 섹스를 막 끝내던 참이었다. 섹스 자체는 그야말로 형편없었다. 그는 성기를 삽입하자마자 곧장 절정에 이르렀고 그것으로 끝이었다. 나는 너무 아프기만 했다. 처녀성을 잃은 표시로 나는 핏자국을 남겼고, 꼭 생리통을 앓는 것처럼 뻐근했다. 그날의 섹스는 사실 하나의 형식에 불과했다. 그저 그의 성기가 내 몸을 꿰뚫는 기분이 들었을 뿐이다. 그가 내게 처음으로 오럴 섹스를 해주던 날 밤, 차 안에서 느꼈던 그 황홀한 기분과는 전혀 거리가 멀었다.

어쨌든 그때까지 침대 속에서 벌거벗고 있었던 우리는 자갈 위를 구르는 자동차 바퀴 소리를 들었다. 나는 창밖을 내다보고는 기절할 것 같았다. "난 몰라, 우리 아빠잖아." 당황한 우리는 둘 다 어쩔 줄 몰랐다. 물론 아빠는 노크 같은 것은 하지도 않았다. 단숨에 현관문까지 다다른 아빠는 곧장 집 안으로 걸어 들어와 우리가 있는 방으로 향했다. 문에 잠금장치가 없었기 때문에 마틴이 내가 옷을 입도록 가까스로 문을 붙들고 있었다. 나는 옷을 찾기 위해 침대를 더듬거리다 울음을 터뜨리고 말았다.

아빠는 마틴보다 몸집도 훨씬 크고 힘도 셌기 때문에 문을 부숴버렸다. 마틴은 바닥으로 나동그라졌고 나는 거의 이성을 잃은 채 울부짖고만 있었다. 마틴을 일으켜 세운 아빠는 그에게 손찌검을 했다. 그때까지도 나는 침대에서 옷을 찾고 있었고 아빠는 화가 나서 펄펄 뛰고 있었다. "내 딸이 임신했으면 결혼이라도 할 건가?" 나는 너무나 부끄러웠고 또 무서웠다. 정말 끔찍할 만큼 굴욕스러웠다. 나는 울면서 이렇게 말했던 것 같다. "아무 말 마시고 그를 놔주세요, 아빠." 아빠는 이렇게 말했다. "어서 옷이나 입어라." 옷을 다 입자 아빠는 날 차에 태워 집으로 향했고 도착할 때까지 한마디도 하지 않았다.

집에 도착하자마자 나는 욕실로 들어가서 몸을 씻으며 엉엉 울었고 부모님은 부엌에서 대화를 했다. 나는 어떻게 해야 할지 몰라 한참 동안 욕실 바닥에 앉아 있었다. 이제 나는 어떻게 될까? 나는 최대한 오래 욕실에 앉아 있다가 결국 용기를 내서 부엌으로 가 직접 부딪치기로 했다 "이 일에 대해 이야기 좀 하자." 뭐 그런 반응을 예상하고서 말이다. 부엌으로 가기가 너무 어색했지만 물을 마시는 척하고 부엌으로 들어갔다. 엄마 곁을 지나칠 때 엄마는 이렇게 말했다. "너 때문에 창피해서 견딜 수가 없구나." 바로 이것이 나의 첫경험, 즉 내가 처음으로 섹스를 했던 때의 이야기다. 부모님은 내 스스로 자신을 창녀처럼 여기게 했다. 이 기분은 고등학교 내내 결코 지워지지 않았다. 나는 남은 고등학교 시절에도 줄곧 마틴과 붙어 다녔다. 그와 헤어지지 않은 주요 이유 중 하나는 '이제 나는 그와 섹스를 했으니 결혼도 해야 해'라고 생각했기 때문이다. 그때는 정말 그렇게 생각했다.

그로부터 일주일 후 아빠는 회의를 하기로 결정하고 나와 마틴, 엄마, 마틴의 부모님까지 모두 참석하게 했다. 장소는 마틴의 집이었다. 부모님들은 모두 식탁에 둘러앉았고 마틴과 나는 거실 소파에 앉아 있었다. 우리는 그저 듣기만 했다. 아빠가 내놓은 주요 문제 중 하나는 '내 딸이 임신이라도 한다면 어떻게 해야 할 것인가?'라는 것이었다. 그날의 일은 내 인생 전반을 통틀어 가장 수치스런 경험이었다.

내가 처녀성을 잃은 것이 완전히 까발려져 가족 모두의 논쟁거리가 된 것이다. 그날 이런 이야기는 단 한 번도 나오지 않았다. "아시겠지만 이 일은 케리에게 매우 중요한 문제입니다. 무척 민감한 부분이기 때문이죠." 아무도 그런 뜻을 비치지 않았다는 사실이 나를 너무나 슬프게 했다.

나의 바람은 젊은이들이 정말로 강인한 자아개념을 가졌으면 한다는 것이다. 사실 이것은 좀 힘든 부분이다. 그 시기에는 자아가 너무나 역동적이어서 믿기지 않을 만큼 강렬하게 성적인 경험을 열망하게 된다. 당시 나는 전혀 준비가 되지 않은 상태였다. 그처럼 강렬한 흥분의 도가니에서 자신을 지켜내기란 정말 힘든 일이다. 자아개념이 강한 사람은 누군가와 성 관계를 맺기 전에 자신의 존재와 함께 자신이 진정으로 원하는 것이 무엇인지 생각할 시간을 마련할 수 있을 것이다. 하지만 그렇게 하기란 정말 어렵다. 어른들마저도 무척 어렵게 여기는 부분이다. 새로운 성 경험을 하거나 새로운 섹스 파트너를 만나게 되면 완전히 별천지에 있는 듯한 기분이 들어서 감정에 흔들리지 않고 상황을 똑바로 인식하기가 매우 어려워진다.

Tip : 어린 나이에 첫경험을 가진 사람은 다시 섹스를 하기까지 조금 오랜 시간이 걸릴 수도 있다. 또다시 상처받는 일이 생길지 모른다. 따라서 좀더 성숙할 필요가 있다는 생각이 들면 그렇게 하는 것이 좋다. 어른이 돼가는 과정에서 성에 탐닉하게 되는 십대들에게는 그들을 붙잡아줄 부모의 존재가 반드시 필요하다. 자녀가 올바른 경험을 하도록 이끌어주고 보호해줄 수 있도록 말이다.

성에 대해 솔직하게 터놓고 얘기하자

4

♡

　　고등학교 시절은 자신의 변화에 대해 뭐든 다 아는 척해야 할 것 같은 부담감이 매우 커지는 시기다. 남학생들은 잘난 척 농담을 하면서 마치 모든 걸 다 안다는 듯한 태도로 돌아다닌다. 여학생들은 도대체 무슨 말인지 몰라 궁금해하다가 결국 자신들보다는 남학생들이 세상물정을 훨씬 많이 안다고 인정해버리기도 한다. 사실 어떻게 열셋이나 열다섯 살밖에 안 된 아이가 성을 다 안다고 할 수 있겠는가? 어느 정도 탐구해보았을 수는 있다. 그러나 성을 편하게 생각하고 그에 대해 자유롭게 이야기하기까지는 몇 년 정도 시간이 더 걸리게 마련이다.

　　그때가 될 때까지는 실제 아는 것보다 더 많이 아는 척하는 것이 정상이며 누구에게도 별다른 이야기는 하지 않는다. 이미 성 경험이 있더라도 말이다. 좀더 정확히 말한다면 누군가와 의논을 하는 대신 무언의 타협을 하는 경우가 많다. 그것은 종종 잘못된 지식 전달로 이어진다.

　　잘못된 지식 전달은 대개 집에서부터 시작된다. 부모들은 대부분 자녀에게 성에 대한 정확한 지식을 전달하지 않는다. 또 집에서는 성에 대해 솔직히 이야기하기가 힘들다는 것이 더욱 심각한 문제이다. 내가 막 아홉 살이 되었을 때 우리 집에서 기르던 개가 강아지들을 낳았던 일이 기억난다. 아빠와 함께 외출했다가 집에 돌아온 나는 너무나 흥분해서 천진난만한 얼굴로 개가 어떻게 강아지를 낳았는지 엄마에게 물어보았다. 잠시 머뭇거리던 엄마는 진지한 표정으로 내게 거짓말을 했다. "응, 입으로 낳았단다. 토해내듯 말이야." 그래서 나는 그 후로 몇 년 동안이나 엄마의 말을 믿고 있었다. 인간의 성에 대해 알기 시작했을 때도 개는 엄마가 말한 특별한 방법으로 강아지를 낳는 줄 알았다. 이런, 쯧쯧.

고등학교 때도 성에 대한 지식의 결핍 상태는 계속된다. 성에 대해 물어볼 데도 없고 이야기할 사람도 없다. 이렇게 되면 정확한 정보가 있어야 할 자리를 과장된 허풍, 가십들, 남들에게 들은 놀라운 이야기들이 차지하게 된다. 어떤 사람은 오럴 섹스는 정말로 섹스하는 것이 아니며 돈을 주고 사는 행위라고 말하기도 한다. 친구는 여자와 자봤다고 하는데 당신은 그게 어떤 기분인지, 처음에는 어떤 느낌이 드는지, 뭐 어려운 점은 없는지 물어볼 기회조차 없다. 그렇기 때문에 이 시기에 당신이 얻는 지식은 고작 해야 수박 겉핥기 정도에 불과하다.

이성에게 성적 관심이 많은 십대는 제대로 의사소통을 할 수 없을 경우 무언의 타협을 하거나 혼자 상상을 해서 결정하기도 하고, 어색한 침묵으로 일관하기도 한다. 남학생들은 발기하는 데 문제가 있거나 콘돔 사용법을 모를 수도 있고, 여자친구는 준비가 된 것 같은데 자신은 너무 당황해서 무슨 말을 해야 할지 모르는 경우도 있다. 한편 여학생들은 첫 경험이 생각만큼 만족스럽지 않다는 사실에 놀라기도 하며, 너무 빨리 절정에 도달한 남자친구에게 실망할 수도 있다. 또 섹스가 그리 즐겁지 않은 여학생들은 어떻게 하면 남자친구의 기분이 상하지 않게 그 문제를 이야기할 수 있을지 고민할 수도 있다.

많은 커플이 눈먼 장님이 허세부리는 것처럼 첫경험을 치른다. 남자나 여자 모두 올바른 방법을 가르쳐줄 사람은 아무도 없는 상태에서 실제보다 더 많은 지식이나 경험이 있는 척하면서 잘하려고 애쓰는 것이다. 남자든 여자든 함께 방법을 찾으려고 노력해야 하는데 일단 침대에 들어가면 함구령이 내려지기라도 하듯 둘 다 입을 다물어버린다.

　남녀 모두 뭔가 문제가 있다는 것을 알면서도 둘 다 말을 하지 않으면 또 다른 문제가 유발된다. 특히 요즘은 상대방의 성 편력을 모르고 관계를 가졌을 때 성병에 감염될 위험이 매우 크다. 그것은 건강에 치명적인 위협이 될 수도 있다.

　뭐든지 알아야 더 잘할 수 있는 것은 당연하다. 일단은 자신이 무지하다는 사실을 인정하는 태도부터 갖추도록 하자.

성에 대한 왜곡된 두려움과
수치심을 버려라

빅터(52세/ 안무가/ 캔자스 주 캔자스시티)

성에 대해 내가 아는 것은 남학생 탈의실에서 들은 것이 전부였고, 그 중 대부분은 실제 성 관계를 가졌다고 주장하는 친구들이 아무렇게나 내뱉은 못된 표현들이었다. 한 녀석이 이렇게 말한 적이 있었다. "나 어젯밤에 내 여자친구 따 먹었다." 그러자 모두 물어보았다. "어떻게 했는데? 기분이 어땠어?" 나는 그가 무슨 소리를 하는지 알아들을 수가 없었다. 정말 뭐 먹을 것이 있는 건가? 그 친구는 이렇게 말했다. "정말 맛있었지, 먹기 전까지는 말이야." 이 말에 모두 킬킬대고 웃었다. 나는 지금도 그가 무슨 소리를 했는지 이해할 수가 없다.

고등학교 때는 체육실 사물함에 면도용 크림 스프레이를 뿌려놓은 녀석도 있었다. 누군가 "그게 뭐냐?"라고 묻자 그는 이렇게 대답했다. "응, 지금 막 사물함 안에다 사정했거든." 그러자 모두 웃고 난리였다. 나는 어떻게 해야 사정하는지 전혀 몰랐다. 정액이 그렇게 거품처럼 나오는 것이 맞는지도 알 수 없었다.

우리 집에서는 아무도 성에 대해 이야기하지 않았다. 아니, 그런 일이 딱 한 번 있었다. 내가 여섯 살 때 열 살이었던 형이 이런 말을 했다. "발가벗은 여자애를 생각하면 거기가 딱딱해질 거야." 형이 말한 대로 했더니 정말 그렇게 되었다. 나는 '와, 진짜 신기하다' 라고 생각했다.

나는 가끔 아빠가 읽던 책들을 훔쳐보곤 했다. 표지에 하늘거리는 나이트가운을 입은 여자가 바위에 앉아 있는 그림이 그려져 있는 로맨스 소설이나 스릴러물 같은 것이었다. 그런 그림을 보면서 나는 이런 생각이 들었다. '정말 자극적이고 신비롭다.'

나는 중학교나 고등학교 때도 진짜 여자친구는 사귀지 않았다. 물론 친구로 지내는 여자애들은 몇 명 있었다. 규모가 매우 작은 학교에 다녔기 때문에 여자친구를 고를 수 있는 선택의 폭이 너무나 좁았다.

그런데 앞 반에 내 눈길을 사로잡은 소녀가 한 명 있었다. 나와는 전혀 다른 아이라는 것을 알고 있었지만 왠지 무척 끌렸다. 나는 그녀의 몸매에 마음이 사로잡혀 그녀에게 열중하기 시작했지만 아무 소용이 없었다. 그녀는 완전히 바보에다 멍청이 같은 녀석을 남자친구라고 사귀고 있었던 것이다. 나는 남자친구를 고르는 여자들의 기준을 도무지 이해할 수가 없었다.

나는 데이트다운 데이트를 한 번도 해보지 못했다. 고등학교 2학년 때, 학년 말 댄스파티 때문에 데이트를 한 번 해보긴 했지만 모든 게 뜻대로 되지 않았다. 식당에서는 빵에 버터를 바르려다가 버터 조각이 공중으로 날아가 바닥에 떨어졌다. 또한 댄스파티 장소로 가는 도중에 내 파트너는 자동차 뒷자리에서 뭔가 해주기를 기대하는 눈치였지만 나는 그녀의 바람을 만족시켜 주지 못했다. 나는 그녀가 자신을 위해 문을 열어주거나 손을 잡아주기를 바라는 줄 알았다. 아니면 버터 사건을 생각하고 있는지도 모른다고 생각했다. 결국 파티장에 도착한 그녀는 나와는 아무것도 하지 않으려고 했다.

열일곱 살 때 나보다 한 살 많은 로빈이라는 소녀를 알게 되었다. 나는 그녀를 무척이나 좋아하게 되었고 진심으로 마음이 끌리는 것을 느낄 수 있었다. 그녀는 짧은 금발머리에 피부는 눈부실 만큼 하얗고 가슴과 다리도 너무나 매혹적이었다. 나는 그녀와 이야기를 나눈 적도 없었기 때문에 사실 별다른 관계는 아니었다. 같이 데이트를 해본 적도 없었다. 우리는 학년말에 친구의 집에서 열린 파티에 함께 갔는데 친구의 부모님은 외출 중이었다. 로빈과 나는 손을 잡았다. 그녀는 내 손을 잡고서 침실로 이끌었다. 우리는 단 한마디도 하지 않았고 바로 옷을 벗기 시작했다. 그녀의 몸은 정말로 아름다웠다. 우리는 섹스를 했고 그것이 내게는 첫경험이었다. 그런데 다시 생각해봐도 너무나 이상한 일이었다. 그날 나는 오르가슴을 경험하지 못했고 삽입할 때도 왠지 차갑다는 느낌만 들었다. 그녀와 섹스를 하며 나는 '이게 바로 그 녀석들이 말했던 거였구나!' 라는 생각을 하고 있었다. 나는 몹시 실망했다. 바로 그때 한 친구가 방으로 들어와 사다리로 올라와서는 우리를 발견했다. "오!"라는 짧은 말을 남긴 채 그는 곧바로 돌아서서 방을 나갔다. 일을 마친 후 나는 그녀에게 어땠는지 묻지 않았고 친구가 들어온 일에 대해서도 한마디도 하지 않았다. 우리는 그대로 옷을 입고 다시 파티장으로 돌아왔다. 잠시 후 집에 돌아온 친구의 부모님은 우리 모두를 집으로 돌려보냈다. 로빈도 분명히 내가 자신에게 실망했다는 사실을 알아차렸을 것이다.

하지만 나는 그녀의 기분을 알지 못했고, 그 점이 마음에 걸렸다. 로빈은 나와 좋은 시간을 보내고 싶었을 것이다. 그녀는 정말 나를 좋아했던 것 같다.

나는 이제 막 성에 눈을 뜨고 관심을 두게 된 젊은이들이 섹스에 대해 정확하고 올바른 지식을 갖추었으면 좋겠다. 그렇게 해야 두려움과 수치스러움을 없애는 데 도움이 되고 즐거움과 쾌락도 마음껏 누릴 수 있기 때문이다.

Tip : 준비가 됐다는 생각이 들 때까지 기다리자. 친구들이 하니까 덩달아서 해야겠다는 생각은 하지 말자. 친구들은 이미 마음의 준비가 되었을 수도 있고 가깝게 지내도 될 만한 좋은 사람을 만났는지도 모른다. 당신 눈에는 보이지 않겠지만, 때로는 옳지 못한 이유로 섹스를 하는 친구들도 있다.

마틴(40세/ 화학 기술자/ 미주리 주 세인트루이스)

나는 여자 친구의 부모님 침대에서 처음으로 성 관계를 가졌다. 나는 고등학교를 졸업한 후 잠시 일했던 여름 캠프장에서 멜로디 메이젤을 만났고 몇 번인가 데이트도 했다. 하루는 다른 친구 커플들과 함께 캠프에서 30분 거리에 있는 그녀의 부모님 여름 별장에 갔다. 물론 그녀의 부모님은 외출 중이었다. 나는 그때까지도 동정을 간직하고 있었고, 멜로디 역시 처녀였다. 우리는 캠프에서도 서로 몸을 애무해주었지만 이상하게도 나는 발기가 되지 않았다. 아침에 일어나 보면 발기가 되어 있곤 했지만 곧 사그라졌고 그녀와 함께 있을 때는 도저히 그 상태를 회복할 수가 없었다. 그녀는 170센티미터 정도 되는 키에 날씬한 몸매와 긴 갈색 머리를 갖고 있었다. 호숫가에서 그녀가 수영복을 입은 모습을 보기도 했다. 여름캠프가 시작될 무렵에는 사실 별 관심이 없었지만 캠프가 진행되면서 점차 그녀에게 호감이 싹트기 시작했다. 나는 진심으로 그녀와 잠자리를 갖고 싶었지만 한편으로는 무척 두렵기도 했다.

그날 저녁, 우리는 별장 거실에서 카드놀이를 하며 포도주도 조금 마셨다. 그러고 나서 그녀의 부모님 침실로 들어갔다. 옷을 벗고 나자 나는 몹시 흥분되었는데 역시 발기는 되지 않았다. 정말 난처했다. 우리는 아무 말도 하지 않았고 어떻게 해야 할지도 몰랐다. 나중에도 그 일에 대해서는 한마디도 하지 않았다.

우리는 캠프가 끝날 때까지 계속 데이트를 했다. 헤어지자고 공식적으로 말하지는 않았지만 결국은 나 때문에 끝이 났다. 나는 그녀와의 일들이 무척 혼란스러웠다. 크리스마스 파티에서 그녀를 다시 봤지만 나는 말을 걸지 않았다. 그녀의 얼굴을 보는 것이 무척 당혹스러웠고 그 후 누구에게도 그녀와 있었던 일을 언급하지 않았다.

대학교 4학년이 끝나갈 무렵, 내게는 러스티 윌킨슨이라는 새 여자친구가 생겼다. 그녀는 대학 2학년이었고 내가 진심으로 사랑한 최초의 여자였다. 그녀를 만난 건 역사 수업 시간이었다. 3월 말인가 4월 초, 봄 방학이 끝났던 때로 기억된다. 나는 4학년 말이었기 때문에 느긋한 마음으로 수업에 임하고 있었다. 러스티는 주황색이나 짙은 노란색 같은 화사한 색상의 몸에 꼭 끼는 옷을 즐겨 입었다. 그녀의 아름다운 금발머리 역시 매우 밝은 빛깔이었다. 우리는 여기저기서 마주칠 때마다 몇 마디씩 주고받았고 세 번의 데이트를 거치고 나서야 첫 키스를 했다. 내가 무척 조심스러웠기 때문이다. 우리는 서로 진심으로 좋아했다.

남은 학기 동안 나는 날마다 러스티를 만났다. 한두 번 같이 잔 적은 있지만 성 관계는 하지 않았다. 가끔 둘 다 옷을 벗고 서로를 애무하거나 오럴 섹스를 하기도 했지만 발기는 되지 않았다.

여름 방학이 되자 러스티는 집으로 돌아갔고, 나는 주말마다 차를 몰고 그녀를 보러 갔다. 나는 5월 말에 대학을 졸업했다. 그로부터 한 달이 지난 어느 날 밤, 친구들과 묵고 있던 아파트에 매춘부들을 데리고 왔다. 친구들인 로저 울머, 왈트 매튜즈, 프레드 랭포드와 함께 센터 애버뉴에 갔다가 그녀들을 발견한 것이다. 어떻게 해야 할지 몰라 당황하고 있을 때 로저의 형이 자신의 흰색 BMW를 빌려주었다. 그날 일은 거의 다 내 생각이었지만 나는 아무 말도 하지 않은 채 친구들과 함께 아파트로 왔다. 내 차례가 되었지만 발기가 되지 않았다. 매춘부 하나가 내 페니스를 만져주었는데도 역시 발기는 되지 않았다. 그럴 거라는 생각은 이미 하고 있었다. 지금껏 세 번을 시도했지만 한 번도 된 적이 없었기 때문이다. 그 일이 있은 후 나는 친구들이 물어도 아무 말도 하지 않았다. 그냥 "응, 괜찮았어." 하고 웅얼거렸을 뿐이다.

그해 여름 그녀가 부모님과 함께 지내고 있었기 때문에 나는 주말마다 그녀를 보러 갔다. 어느 토요일 밤, 나는 러스티와 시내로 나가서 '테이크 5'라는 이름의 작고 근사한 재즈 클럽에 갔다가 졸리 로저(Jolly Roger)라는 놀이동산에 갔다. 차를 세워둔 곳까지 걸어서 돌아온 우리는 멈춰 서서 서로 껴안고 키스를 했다. 그날 나는 그녀의 아랫도리까지 만져보았는데 짧은 치마와 끈 달린 탑을 입고 있던 그녀는 무척이나 섹시해 보였다. 그녀의 집에 도착하니 열두 시가 조금 넘었고 부모님은 잠들어 있었다. 그녀가 골방으로 가서 섹스를 하자고 제안했고 나 역시 흔쾌히 수락했다.

나는 그녀를 진심으로 사랑했기 때문에 더욱더 흥분되었지만 한편으로는 다시 걱정스러웠다. '오늘은 발기가 될까? 할 수 있을까?' 그녀가 내 성기를 입에 넣고 애무해주었지만 발기는 되지 않았고 오르가슴 근처에도 도달하지 못했다. 하지만 그만둘 수는 없었다. 우리는 그때까지 옷을 입고 있었는데 갑자기 러스티가 치마를 내리고 탑의 끈도 풀어버렸다. 나도 바지를 내렸지만 그녀의 부모님이 우리들의 소리를 듣지는 않을지 염려되었다. 드디어 그녀에게 삽입해도 될 만큼 내 성기가 부풀어 올랐다. 사실 그때 나는 내가 무슨 짓을 하고 있는지조차 몰랐던 것 같다. 어느 순간 그녀와 나는 하나가 되었다. 몹시 흥분한 그녀는 땀에 흠뻑 젖어서 뜨겁게 달아올랐다. 그러나 나는 절정의 순간을 맛보지 못했다. 절정에 도달하지 못했기 때문에 동정을 잃었다는 사실조차 실감나지 않았다. 그녀는 오르가슴을 느낀 것 같았지만 확실하지는 않았다. 러스티는 소리를 내지 않으려고 손으로 입을 막고 있었다. 그녀는 극도로 흥분한 것 같았다. 우리가 사랑을 나눈 시간은 아마 5분에서 10분 정도였을 것이다. 러스티와 나는 위층에 계신 그녀의 부모님이 눈치챘을까봐 걱정스러웠다.

그날 이후 나는 러스티로부터 편지 한 통을 받았다. 편지에는 우리가 '사랑이라는 감정을 나누었다'고 쓰여 있었다. 너무나 기분 좋은 글이었다. 나는 친구 스콧과 함께 밴에 앉아서 그 편지를 읽었는데 "와, 이 글 좀 봐." 하며 스콧에게 몇 번이나 그 부분을 읽어주었다.

나는 서른세 살 되던 해에 제니퍼를 만나고 나서야 진정한 관계를 가질 수 있었다. 그때 그녀는 스물세 살이었지만 성에 대해서는 정말 노련한 전문가라고 할만 했다. 제니퍼는 열다섯 살 때부터 적극적으로 성생활을 즐겼고, 남자에 대해서도 무척 많이 알고 있었다. 입으로 나를 오르가슴에 이르게 해준 여자는 그녀가 처음이었다. 나는 제니퍼와 함께 난생처음 해보는 여러 방법으로 섹스를 즐겼다. 그녀는 어떻게 하면 자기가 흥분하는지도 잘 알고 있었다. 제니퍼는 성에 대한 훌륭한 선생님이자 코치였다. 마침내 나는 그때까지 나를 괴롭히던 굴레에서 벗어날 수 있었다.

　나는 성을 편하게 생각하라고 충고하고 싶다. 편안해질 수 있는 방법을 찾아보자. 나는 그렇게 될 때까지 무척 오랜 시간이 걸렸다. 대화를 나눌 수 있는 사람을 찾는 것도 좋은 방법이다. 내 부모님은 섹스란 것이 아예 없는 것처럼 생활했다. 아빠는 처음으로 나를 데리고 국부 서포터가 부착된 운동 바지를 사러 갔다가 무척 당황해했다. 젊은이들에게 내가 하고 싶은 딱 한 가지 충고는 말을 하라는 것이다.

Tip : 대화야말로 멋진 섹스를 할 수 있는 비결이다. 사랑하는 사람과도 좋고, 또 다른 사람이라도 괜찮다. 대화를 나눌 수 있는 상대를 찾도록 하자.

9학년 때 나는 친구 엠마와 함께 한밤중에 남자애들 두 명을 집으로 불러들였다. 그 애들은 지하실 창문을 통해 들어왔다. 엠마와 그녀의 남자친구는 서로의 몸을 더듬느라 정신이 없었다. 나는 올리버라는 남자애와 입을 맞추었다. 사실 나는 그 애한테 별다른 감정을 느끼지 못했기 때문에 기분은 별로였다. 그는 내가 관심을 가질 만한 타입이 아니었다. 그러나 친구들 중에서 가장 늦게 남자와 키스를 한 사람이 나였기 때문에 이 참에 그냥 '끝까지 가볼까?' 하는 생각도 했다. 그와 더불어 이런 걱정도 들었다. '내가 잘하는 걸까? 이 애는 어떻게 생각할까?' 그 남학생은 여자 경험이 매우 많은 아이였고, 나는 말 그대로 열세 살짜리 소녀였다.

10학년 때는 레비라는 남학생과 데이트를 했다. 나는 검은 피부에 키가 나만했던 그 애와 키스를 하고 옷도 벗어보는 등 여러 가지 경험을 해보았다. 레비는 나를 배려하는 면이 부족했는데 나는 그 점 때문에 늘 불쾌했다. 나는 그 애에게 가슴도 만지게 해주었고, 조금 아래를 더듬는 것도 허락해주었다. 하지만 늘 이런 생각들이 머리를 떠나지 않았다. '애는 지금 어떤 생각을 하고 있을까? 날 조금이라도 좋아하는 걸까? 내 몸매가 마음에 들까?' 그러면서 나도 그 애의 몸을 조금씩 만져보았다.

고등학교 때 나는 남자들과 성 관계를 갖거나 몸을 허락한 남자에게 생긴 감정적인 끈 때문에 상처를 받는 친구들을 많이 보았다. 남자들은 여자들을 그냥 이용하기만 하는 것 같았다. 나는 그런 여자는 절대 되고 싶지 않았다. 10학년 때 내 친구들 절반은 이미 성 경험이 있었다. 친구들은 첫경험 때 피를 흘렸는지, 그리고 정말 아팠는지 등에 대해 여러 이야기를 주고받았다. 그런 문제는 내게도 중요했기 때문에 나도 항상 주의 깊게 들었다.

브레트를 만난 건 대학교 2학년이 끝나갈 무렵이었다. 그는 아이다호 출신이었는데 몬태나 주 보즈만에 있는 학교에 입학하기 위해 기숙사 배정을 기다리느라 강의는 두 개만 신청한 상태였다. 우리는 같은 식당에서 일하면서 만났다. 그는 나를 보자마자 첫눈에 호감을 느끼는 눈치였지만 나는 처음에는 별로 끌리지 않았다. 그래서 그냥 친구처럼 지내다가 그를 좋아하게 되었다. 그는 무척 낭만적인 남자였고, 이상주의자여서 늘 멋진 일들을 계획했다. 그에게는 사람을 놀라게 하는 재주도 있었다. 그는 크리스마스 때 선물로 비행기 티켓을 내밀었고, 우리는 함께 샌프란시스코로 날아갔다. 그는 고풍스럽고 근사한 쉐라톤 팰리스 호텔에 예약까지 해놓았다. 룸에 도착해보니 샴페인 한 병이 우리를 기다리고 있었다. 샴페인을 마시며 시간을 보낸 뒤 우리는 쿨레토라는 멋진 레스토랑에서 저녁 식사를 했다. 그때 나는 마치 공주라도 된 듯한 기분이었고 모든 것이 마술처럼 느껴졌다. 그는 그 비용을 마련하느라 아마 한 달 동안 꼬박 일을 해야 했을 것이다. 확실히 나와는 다른 사람이었다. 저녁 식사를 마치자 그는 나를 데리고 브로드웨이로 가서 순회공연 중이던 뮤지컬 「렌트」를 보여주었다. 정말 근사한 저녁이었다.

브레트와 내가 첫 키스를 한 건 할로윈 때였다. 우리는 친구들과 어울려 다 같이 놀러 나갔다. 모두 나름대로 멋지게 차려입고 시내의 한 술집에서 열리는 가면무도회에 갈 계획이었다. 나는 모델처럼 짧은 미니스커트를 입었다. 학교에서는 늘 선머슴 같은 옷만 입고 다녔기 때문에 브레트는 내 다리를 본 게 처음이라며 놀려댔다. 학교에서는 다들 편하게 입고 다녔고 대부분의 시간을 그런 차림으로 지냈다. 우리는 한 친구의 집에 모여서 옷을 갈아입었는데 갑자기 브레트가 복도에서 나를 멈춰 세웠다. 마침 주위에는 아무도 없었고 우리는 키스를 했다. 그날 밤 데이트에 그런 불꽃이 일어나자 나는 너무나 흥분되었다. 가면무도회가 끝난 뒤 우리는 길고 긴 키스를 나누었다. 정말 황홀한 밤이었다.

그 일이 있은 후 모든 것이 빠르게 진행되었다. 그날은 11월 18일이었고, 우리는 그의 집에 함께 있었다. 정말 뜻하지 않게 그런 상황이 된 것이었다. 그와 나는 지금까지 몇 명하고 자봤는지 솔직한 이야기를 나누었다. 이야기를 먼저 꺼낸 건 브레트였다. 나는 그렇게까지 책임감 있는 남자를 본 적이 없었기 때문에 적잖은 충격을 받았다. 우리는 그의 방에 있었고, 브레트는 내게 너무나 자상하고 친절하게 대해주었다. 나는 전혀 아프지 않았고 피도 흘리지 않았다. 그는 서두르지 않았다.

그러나 일이 끝난 후 나는 '겨우 이런 기분인가?' 하는 생각이 들었다.

오르가슴 같은 것은 느껴지지 않았다. 나는 매우 황홀한 느낌과 함께 오르가슴을 경험하게 될 거라고 기대했지만 내 첫경험은 비교적 짧게 끝나고 말았다. 당시 브레트는 여자가 남자의 삽입으로 흥분을 느낀다고 생각하는 것 같았다. 그래서 클리토리스 같은 부분은 거의 만져주지도 않았다. 삽입하기 전에는 얼마간 손으로 애무해주었지만 일단 삽입하고 나자 브레트는 그 일에만 몰두했다. 그 일이 있은 후 얼마 동안 나는 좀 혼란스러웠다. 직접 해보니 생각만큼 굉장하거나 흥분되지 않았기 때문이다. 하지만 그 일로 나는 어른들의 세계에 첫 발을 내디딘 기분이었고, 그들의 세상을 새로운 눈으로 바라보게 되었다.

우리는 한동안 서로 부끄러워서 그 일에 대한 이야기는 하지 않았다. 그는 내가 처음인 줄도 모르고 있었다. 그때 나는 열아홉 살이었고, 그 나이 정도라면 벌써 경험이 있어야 한다고 생각했기 때문에 남자와 자 본 적이 있다고 그에게 거짓말을 했던 것이다.

그 후 나는 피임약을 먹기 시작했고, 우리는 주기적으로 성 관계를 가졌다. 처음에는 콘돔을 쓰기도 했지만 함께 에이즈 검사를 받고 난 다음부터는 사용하지 않았다. 그 무렵에는 오럴 섹스를 하기 시작했기 때문에 섹스가 더욱 즐거워졌다. 오럴 섹스를 받을 때는 정말 황홀했는데 나보다 그가 더 좋아하는 것 같기도 했다. 처음에는 조금 부끄럽기도 했지만 긴장을 풀고 편하게 생각하기로 결정하자 오럴 섹스야말로 정말 즐거운 행위였고 오르가슴도 느끼게 되었다. 물론 시간이 좀 걸리긴 했지만 말이다. 우리는 일주일에 서너 번씩 오럴섹스를 했다. 이제 그의 성기가 내 몸에 삽입되어도 전혀 아프지 않았고, 그와 이처럼 밀착되어 있다는 생각에 기분도 너무 좋았다. 오럴 섹스 후에는 완전히 만족감이 들지는 않았지만 서로 안고 있는 것만으로도 좋았다. 사실 나는 실제 성 관계로는 그리 큰 즐거움을 얻지 못했다. 그냥 그가 날 즐겁게 해주었으니 나도 그를 즐겁게 해주어야겠다는 생각이 컸다.

처음에 나는 늘 하고 싶은 말을 참았다. 즐거운 성 관계를 위해 그에게 바라는 것이 있어도 제대로 말하지 못했다는 뜻이다. 나는 그가 생각하는 것처럼 섹스가 즐겁지 않았다. 그가 그렇게 생각하는 것은 나 때문이라는 생각도 들었다. 그리고 나는 좀더 섹스를 즐기고 싶었다. 결국 나는 말하기로 결심했다. 그때는 이야기를 꺼내기가 무척 힘들었지만 솔직히 말하고 나자 그는 이렇게 대답했다. "왜 좀더 일찍 말하지 않았니? 그런 말을 지금껏 하지 않고 있었다니 널 정말 이해할 수가 없다." 그때부터 우리는 섹스를 할 때 훨씬 솔직할 수 있었고, 나는 더 큰 만족을 얻게 되었다. 그 말을 한 후에도 한동안 나는 부끄러웠다. 그러나 사실 빨리 모든 것을 다 이야기했어야 했다.

나는 나이가 들수록 섹스가 훨씬 더 좋아진다고 말하는 사람이 있었으면 좋겠다. 사실 섹스가 늘 첫경험 같은 것은 아니다. 앞에서도 말했듯이 첫경험 후 나는 솔직히 불만스러웠고 '이게 다야? 이걸 위해 그토록 기다렸던 거야? 별것도 아니잖아' 라는 생각마저 들었다. 나는 소녀들이 남자친구에게 솔직해졌으면 좋겠다. 부끄럽게 생각하지 말고 자기가 바라는 것을 솔직히 말하는 것이다. 나는 그렇게 하지 못했기 때문에 힘들었지만 지금 생각해보면 그렇게 하는 것이 바로 즐거운 섹스를 누리는 비결이었던 것 같다.

나는 젊은이들이 무작정 침대로 뛰어들지 말고 상대방에 대한 특별한 감정이 생길 때까지 좀더 기다렸으면 좋겠다. 만나는 남자를 즐겁게 해

주기 위해서라든지 나이 때문에 꼭 해야 한다고 생각하지 말고, 섹스를
하는 합당한 이유가 생길 때까지 기다려야 한다고 생각한다. 그리고 나
처럼 안전하게 하기를 바란다. 반드시 콘돔을 사용하고 파트너에게 "당
신의 성 전력을 말해 줄래요?"라고 솔직히 묻기라도 해야 한다. 섹스에
는 늘 위험이 도사리고 있기 때문이다.

Tip : 파트너의 강요나 로맨틱한 저녁을 보내고 섹스로 마무리해야 할 것 같은
의무감 혹은 정말로 원하는 사람은 아니지만 그런대로 괜찮은 사람이라는 생각
때문이라면 아예 하지 않는 것이 좋다. 이럴 때는 해봤자 만족을 얻지도 못한
다. 몇 년이 걸리더라도 당신에게 맞는 사람을 찾는 것이 좋다.

이자도로(36세/ 요리사/ 멕시코 만사니요)

나는 이제 막 사춘기에 접어들었고 학교의 여학생들도 다들 여자로서 성숙해가기 시작했다. 그때는 정말 "와우!" 소리가 절로 날 만큼 흥분되던 시기였다. 나는 몸에 끼는 청바지를 주로 입었는데 늘 주머니에 손을 넣은 채 온종일 여기저기를 돌아다녔다. 그때는 거의 하루종일 발기되어 있었기 때문이다. 스타일은 좀 별로였지만 나는 부풀어 있는 그 부분을 가리기 위해 셔츠 자락을 바지 밖으로 꺼내 입었다. 가끔은 나도 모르게 성기가 부풀어 당혹스러울 때도 있었다.

나는 누나 두 명과 함께 자랐고 집에는 남자로서 나를 이끌어줄 역할 모델이 없었다. 새 아빠가 있었지만 그분은 전혀 본받고 싶은 사람이 아니었다. 그래서 나는 약간 응석받이로 자랐고 그리 남자답지도 못했다. 특히 여자 앞에서는 더욱 기가 죽었다. 자라면서 나는 여자를 친구로 여기도록 교육받았다. 나는 무척 소극적이었으며 대담하게 행동하는 것이 겁이 났다. 여자들에게 내 생각을 똑바로 말하지도 못했다.

엄마는 누나들 때문에 마음고생이 심했다. 누나들이 둘 다 혼전임신을 했기 때문이다. 엄마는 몹시 속상해했지만 누나들에게는 아무 말도 안 했다. 성에 대한 이야기는 우리 집의 금기 사항이었다. 누나들이 방으로 남자들을 끌어들였다가 현장에서 들켰을 때 엄마는 너무 놀라서 거의 정신을 잃을 뻔했다. 엄마의 강요에 따라 큰 누나는 자신을 임신시킨 남자와 결혼했다. 그러나 결혼 내내 남편의 폭력에 시달리다가 결국은 이혼으로 끝을 냈다.

나는 고등학교 내내 멍한 눈길로 여학생들만 쳐다보며 지냈다. 늘 그녀들에 대한 공상 속에서 살았지만 실제로 데이트를 청하거나 특별한 관계를 맺지는 못했다. 여학생들이 먼저 손을 내민 적도 많았지만 나는 번번이 기회를 놓쳐버렸다. 그러나 그런 내 자신에 대해 심각하게 생각하지도 않았고 기회를 잡지 못한 것에 대해 그리 연연해하지도 않았다. 사실 나는 마음만 먹으면 섹스를 할 기회가 매우 많았다. 열여섯 살쯤 되자 엄마가 내게 늘어놓던 성에 대한 훈계들도 귀에 들어오지 않았고 더는 두렵지도 않았다.

내가 처음으로 진지하게 사귄 여자친구는 마리사였다. 그 애는 키가 무척 크고 항상 등을 꼿꼿이 펴고 다녔는데 허리까지 내려오는 긴 머리카락, 큼직큼직한 이목구비, 도톰한 입술이 아마존의 여장부를 연상시켰다. 사람들의 시선을 사로잡을 만큼 예뻤지만 몸매는 아직 충분히 성숙하지 않아서 사실 그저 그랬다. 우리는 과학 시간에 알게 되었고 서로죽이 잘 맞는 편이었다. 사귀자는 제안은 마리사가 먼저 했다. 돌려서 말한 것도 아니었는데 나는 무척 둔하게 굴었다. 그날 나와 마리사는 수업을 마친 후 통학 버스를 놓쳐서 집까지 걸어가게 되었다. 나는 그전에도 이틀이나 계속 걸어다녔기 때문에 다리가 너무 뻐근했다. 나는 걷다가 괜히 짜증이 나서 "휴, 다리가 너무 아파." 하고 중얼거렸다. 그러자 마리사가 말했다. "어머, 농담 마. 지금 나보고 업어달라는 소리니?" 무슨 말인지는 알아들었지만 나는 어떻게 대답해야 할지 당황했다.

내가 11학년 때 부모님은 새 아빠의 직장 때문에 멕시코시티로 이사를 갔다. 나는 낯선 학교에서 졸업하고 싶지 않았기 때문에 부모님께 당시 아파트를 갖고 있던 큰 누나 오린다와 함께 살아도 좋다는 허락을 받아냈다. 이 일은 내 인생에 큰 변화의 계기가 되었다. 그 변화는 나로부터 시작되었지만 누나 부부와 조카 마틴도 새로운 변화를 맞게 되었다. 누나 가족은 집을 임대해 살고 있었는데 6개월 후 누나 부부가 이혼하면서 누나와 나와 마틴만 아파트에 나와 살게 된 것이다. 나는 누나에게 내가 힘이 된다는 사실이 만족스러웠고, 마틴을 돌보는 것도 무척 좋았다.

마리사는 누나와 내가 아파트로 이사하는 것을 도와주었다. 이삿짐을 실은 트럭은 누나가 직접 운전했고 나는 그 옆자리에 앉았는데 2인승 차였기 때문에 마리사는 내 무릎에 앉아야 했다. 그것은 마리사와 내가 처음으로 가진 신체 접촉이었고 정말 황홀한 경험이었다. 그때 누나가 우리에게 뭐라고 우스갯소리를 했지만 나는 아무래도 괜찮았다. 마리사가 내 무릎에 앉는다는 것에 그저 마음이 설렐 뿐이었다.

마리사와 나는 좀더 적극적인 신체 접촉을 하기 시작했고 열렬한 키스도 나누었다. 데이트를 한 날에는 서로의 몸을 어루만지며 오래도록 차 안에 앉아 있었다. 그녀는 손으로 날 만족시켜 주었고, 나도 그녀의 소중한 부분을 정성껏 애무해주었다. 우리는 한 군데도 놓치지 않으려는 듯 서로의 몸을 구석구석 탐닉했다. 그녀도 이런 경험은 처음인 것 같았다. 나는 그녀의 손길을 통해 엄청난 황홀감을 만끽할 수 있었다.

마리사와 나는 섹스가 무척이나 하고 싶었다. 그러나 너무 부끄러웠고 그 말을 입에 올리는 것조차 두려웠다. 그때 나는 열여섯 살이었다. 말을 할까 말까 한참을 망설이다가 드디어 용기를 내서 내 욕구와 바람을 그녀에게 솔직히 이야기했다. 그러자 마리사는 준비가 되었다는 생각이 들면 내게 알려주겠다고 했다. 나는 이렇게 말했다. "시간을 미리 정하고 섹스를 하기는 싫어." 나는 자연스러운 계기를 통해 마리사와 섹스를 하고 싶었던 것이다.

마리사와 나는 단둘이 산으로 캠핑을 갔다. 전에도 다른 커플과 캠핑을 한 적이 있었는데 그때는 다 같이 테킬라를 마시고 취해서 둘이 꼭 안고 침대에 누워만 있었다. 이번에는 섹스를 하고 싶은 마음에 둘만의 여행을 계획하고 콘돔도 미리 구입했다. 우리는 텐트를 친 다음 관계를 갖기 위해 안으로 들어가서 옷을 벗은 다음 가방 안에 넣었다.

나는 정말 섹스를 하고 싶었지만 그 순간까지 기다리는 데 너무 오랜 시간이 걸렸기 때문에 잘할 수 있을지 걱정스러웠다. 또 발기가 안 돼서 콘돔을 못 끼우면 어떡하나 염려스럽기도 했다. 역시나 잘되지 않았다. 너무 실망스럽기도 하고 무안하기도 했다. 마리사는 아무 말도 하지 않았다. 그 애도 분명 실망한 것 같았지만 내가 미안해하지 않도록 배려해주었다.

나는 꼭 행위 불안증에 걸린 것처럼 어떻게 해야 할지 정말 난감했다. 마리사와 나는 1년 반 동안 사귀었지만 섹스는 하지 않았다. 관계가 끝나갈 즈음에 우리는 그녀의 침실에서 또 한 차례 시도해보았다. 아마 크리스마스 무렵이었을 것이다. 집에는 우리 외에 다른 사람들이 있었고, 문은 반쯤 열려 있었다. 마리사와 나는 침대에 누워 이야기를 나누었다. 그 애의 부모님은 벌써 잠자리에 들었지만 언니와 오빠들은 아직 잠자리에 들지 않은 상태였다. 우리는 서로의 몸을 어루만지기 시작했다. 나는 마리사의 바지를 벗기고 그녀의 아랫도리를 애무해주었다. 마리사가 내 성기를 붙잡고 자기 몸에 넣으려는 순간, 그 애의 언니가 들어와 소리쳤다. "맙소사, 이게 뭐니, 문이라도 닫고 하든가!" 그러자 마리사가 대꾸했다. "지금 할 생각은 아니었어." 그 말에 나도 이렇게 말했다. "저도요." 그렇게 우리의 행위는 끝이 났다. 나중에 나는 마리사가 섹스를 하고 싶지 않다는 뜻으로 그렇게 말한 것이 아닌가 하는 생각이 들었다. 그러나 사실 그녀의 말은 아직 충분히 젖지 않았기 때문에 내가 좀더 자극해줄 시간이 필요하다는 뜻이었다.

2년 후 우리는 둘 다 대학생이 되었고, 나는 와하카에서 과달루페로 떠나게 되었다. 누나는 날 위해 송별 파티를 열어주었고 마리사도 왔다. 파티 장소는 가까운 레스토랑이었는데 꽤 괜찮은 곳이었다. 파티가 끝나고 나는 마리사를 데리고 집으로 왔다. 누나와 마틴은 누나의 새 애인집에서 함께 지내고 있었기 때문에 아파트에는 나 혼자 살고 있었다. 마리사가 말했다. "너한테 이별 선물을 주고 싶어." 그래서 우리는 내 방으로 올라갔다. 마리사가 피임약을 먹었기 때문에 나는 콘돔을 사용하지 않았다.

그날 우리는 섹스를 했고 둘 다 오르가슴을 느꼈다. 그 일은 꼭 우리 관계의 끝을 알리는 웅장한 피날레 같았고 멋진 작별 선물이었다. 그녀도 나만큼이나 섹스를 원한 듯했다. 내게는 정말 사려 깊고 사랑스런 이

별의 선물이었다. 마리사에게 말하지는 않았지만 사실 나는 그날이 처음은 아니었다.

나는 대학에 입학하기 전에 다른 여자를 사귀었다. 그녀는 무척 매력적이고 모든 두려움을 잊게 하는 여자였다. 나는 고등학교를 1년 일찍 졸업했기 때문에 그때 열일곱 살이었다. 당시 안젤리나라는 여자친구가 있었는데 우리는 정말 친한 친구 사이였고 여러 가지를 함께하며 많은 시간을 같이 보냈다. 그녀에게는 에스테반이라는 남자친구도 있었다. 나는 그 두 사람이 무척 가까운 사이라고 생각했다. 그들은 둘 다 대학에 입학했지만 학교는 달랐다. 학교생활에 잘 적응하지 못했던 안젤리나는 매우 낙심하여 집으로 돌아오고 말았다.

우리는 더 많은 시간을 같이 보내기 시작했다. 나는 그때까지도 그녀가 에스테반과 관계를 갖고 있을 것이라고 생각하고 있었다. 어느 날 안젤리나가 연인으로 사귀고 싶다는 뜻을 전해왔지만 다소 둔한 편이었던 나는 그 말의 의미를 얼른 알아차리지 못했다. 그러자 그녀가 날 껴안으며 이렇게 말했다. "아, 넌 정말 좋은 친구야." 그 말에 바보같이 나도 이렇게 대답했다. "그래, 너도 정말 좋은 친구야." 그러자 안젤리나가 내게 키스를 했다. 내가 에스테반 이야기를 꺼내자 이렇게 말했다. "에스테반과 나는 오래전부터 사이가 별로 안 좋았어. 그 애는 잊어버려." 그때부터 우리의 관계는 무르익기 시작했다. 순수하게 우정으로 시작된 관계가 섹스를 나누는 사이로 발전하게 된 것이다.

자그마한 몸집의 안젤리나는 너무나 귀여운 여자였다. 어깨까지 내려오는 검은 머리에 날씬한 몸매와 무척 근사한 엉덩이를 갖고 있었고 가슴도 매우 아름다웠다. 그때는 우리가 친구로 지낸 지 2년 정도 지난 겨울이었다. 그리고 안젤리나가 대학에서 집으로 돌아온 지 2개월 정도 되던 무렵이었다.

우리의 관계는 매우 빠르게 진행되었다. 처음으로 입을 맞추었던 어느 날 밤, 우리는 함께 내가 살던 아파트로 왔다. 둘이 꼭 안고 이야기를 나누던 중에 안젤리나는 내 손을 자신의 가슴 위에 올려놓았다. 그때부터 우리는 서로 애무하는 단계로 발전했고, 그런 지 일주일도 채 안 되어서 소파에서 섹스를 했다. 내게는 그때가 첫경험이었다. 늦은 시간이었기 때문에 누나와 마틴은 방에서 자고 있었다.

우리는 천천히 옷을 벗었다. 피임약도 콘돔도 없었기 때문에 나는 그녀의 몸에 성기를 삽입한 후 잠시 앞뒤로 움직이다가 얼른 빼서 그녀의 배에 갖다댔다. 그리고 내 성기를 깨끗이 닦고 나서 다시 같은 방법으로 네다섯 번 정도 되풀이했다. 내가 너무 빨리 사정하는 바람에 안젤리나는 오르가슴을 느끼지 못했다. 하지만 내게는 무척이나 경이로운 경험이었다. 그렇게 우리는 한 시간 정도 함께 있었다.

이미 돌아가야 할 시간이 훨씬 지났기 때문에 안젤리나는 곧바로 집에 가야 했다. 나는 그녀를 집까지 바래다주었고 굿나잇 키스도 잊지 않았다. 그 후 우리는 일주일에 한 번은 섹스를 했다. 나는 콘돔 사용에 익숙하지 않아서 늘 콘돔을 끼우느라 애를 먹었는데 단단하게 발기가 되어야 끼울 수 있었다. 안젤리나는 이런 내 문제를 진심으로 도와주고 싶어했고, 나중에는 익숙해져서 쉽게 착용할 수 있게 되었다.

나는 내가 좀더 자신감 있는 사람이었다면 좋았을 거라는 생각이 든다. 또 여자들 역시 남자들 못지않게 섹스를 원한다는 사실을 진작 알았더라면 얼마나 좋았을까. 나는 너무 둔하게 굴었기 때문에 여자들이 보내는 신호를 제때 알아차리지 못했다. 또한 성을 무척이나 갈망하면서도 너무 부끄러워서 다가가지 못했다. 내 곁에는 늘 여자가 있었고 붙잡을 기회가 바로 눈앞에 있었는데 말이다.

Tip : 성을 경험하면서 이해하고 완전히 수용하기까지는 몇 년의 세월이 걸릴 수도 있다. 섹스는 나이가 들수록 더욱 좋아지고 훨씬 독창적인 방법으로 즐길 수 있는 것이다.

진실한 사랑을
기다리는 일은 값지다

♡

　어릴 때는 누구나 자신감이나 대화 기술이 부족하지만 거의 백지라고 할 만큼 절실하게 부족한 것이 하나 있다. 바로 경험이다. 그도 그럴 것이 그때는 이제 막 세상을 향해 첫 걸음을 뗀 시기이기 때문이다. 그 시절에는 좀더 솔직하게 새로운 것을 경험하고 싶어한다. 또 지나치게 단정적으로 생각하지도 않으며 완고하게 고집을 부리지도 않는다. 그러면서 세상의 모든 정보를 수집하는 시기이다.

　인간관계는 새로운 경험을 쌓을 수 있는 또 하나의 장이다. 십대 때는 종종 자신이 무엇이든 할 수 있다고 생각한다. 열다섯 살 때 내가 품었던 동경이 아직도 기억난다. 그때 나는 상대가 누구든 상관없이 정말 열렬한 사랑에 빠지고 싶었다. 사람이 사랑을 너무나 갈망하다 보면 잘 알지도 못하는 사람에게 푹 빠지게 되는 수도 있다. 그렇게 되는 이유 중 하나는 바로 경험이 부족하기 때문이다. 사람을 많이 만나보지 않으면 비교할 수 있는 바람직한 기준을 세울 수 없다. 그리고 상대방의 말솜씨나 외모나 재능만 보고 넋이 나갈 만큼 푹 빠져들기도 한다. 사실 그런 것은 별 의미도 없는데 말이다. 한 번은 내게 정신적인 지도자 같던 분이 이런 말을 했다. "소매치기는 성직자를 볼 때도 그분의 주머니만 본다." 우리 역시 우리가 원하는 것만 보게 되어 있다.

　십대 때는 "이 사람이 바로 내가 원하던 사람이야"라는 확신을 심심찮게 갖는다. 하지만 그 시절에는 잘못된 생각에 빠져 새로운 관계를 맺는 경우가 많다. 그럴 때는 그 순간에만 몰두하게 되며 새로운 만남으로 말미암은 흥분과 설렘 때문에 다른 생각을 할 겨를이 없다.

이런 만남이 계속되면 상황은 매우 복잡해진다. 잠시 환상에 빠져 근사하게 보였던 상대가 실제로는 자신이 그리던 사람이 아니라는 사실을 깨닫는 일도 많다. 나도 누군가를 그리며 몇 달을 보낸 후에 사실은 그녀가 내가 바라던 사람이 아니거나 내게 전혀 관심이 없다는 사실을 깨달았던 적이 있다. 내가 만났던 어떤 여자는 나와 몇 번 관계를 가진 후, 사실 자기는 캘리포니아 출신의 금발 머리 남자를 만나고 싶다고 털어놓았다. 나는 그 여자가 원하는 두 가지 조건에 모두 해당하지 않았다.

상대방에게 쏟은 시간이 그리 많지 않다면, 새로 깨닫게 된 사실을 훨씬 빨리 극복할 수 있다. 그러나 관계가 꽤 오래갔거나 이미 어떤 감정이 싹튼 후에는 사실을 인정하기가 더욱 고통스럽다. 또 성 관계를 가졌거나 감정적인 문제가 남아 있다면 상황은 훨씬 더 복잡하다. 그렇게 되면 상대방의 바람에 부응하지 못해 죄책감 같은 감정을 느끼게 될 수도 있다. 또 그가 당신에게 거짓말을 하거나 매우 중요한 문제를 당신에게 숨기고 있다는 사실을 알게 되어도 모두 별일 아니라고 간과해버리게 된다. 때로는 상대방과 자신이 그동안 전혀 다른 생각을 하며 만나왔다는 사실을 깨닫게 되기도 한다.

어떤 경우든 당신과 상대방이 전혀 다른 생각 속에 살고 있다면 당신은 늘 외로울 것이며 대개는 엄청난 대가를 치르게 된다. 그런 상황에 놓였을 때 나는 사실 무슨 수를 써서라도 그 상황을 피하고 싶었지만 한편으로는 그런 경험들을 통해 어른스럽게 성장할 수 있었다. 성숙하기 위해서는 진실을 알게 되는 일을 주저하지 말아야 한다. 그리고 당신과 상대방 모두에게 가장 도움이 되는 것을 솔직히 인정하는 아량을 갖춰야 한다.

드웨인(56세/ 영어 교수/ 텍사스 주 오스틴)

내가 고등학교를 졸업하던 해 여름, 우리 가족은 조지아 주 근처의 섬에서 요트 여행을 즐기고 있었다. 여행 중에 누나가 사바나에서 왔다는 소녀들 몇 명과 친구가 되었다. 우리 가족은 그 소녀들의 가족들과 함께 그곳에서 며칠 더 머물기로 결정했다. 그날 나는 샤론이라는 누나를 처음 본 순간 첫눈에 사랑에 빠지고 말았다. 그녀는 예쁘고 상냥해 보였다. 하지만 지금 생각해보면 내가 그녀에게 그렇게 빠져들었던 이유는 바로 그녀의 목소리 때문이었던 것 같다. 우리 가족은 남부로 이사한 지 얼마 되지 않았는데 그녀가 구사하는 강한 남부 식 억양이 무척 매혹적으로 들렸다. 우습게도 나는 샤론에게 그렇게 홀딱 반했으면서도 함께 지내는 동안 거의 말 한마디도 붙이지 못했다. 우리 가족이 떠날 때 나는 샤론이 뱃머리에 서서 우리를 바라보며 울고 있는 것을 보았다. 나는 그녀의 눈물이 나를 향한 것이기를 바랐다.

가을이 되자 대학 생활이 시작되었다. 나는 샤론을 다시 만나리라고
는 생각지도 못했다. 우리는 서로 대화도 별로 나누지 못했고 주소 같은
것도 주고받지 않았기 때문이다.

그 다음해 여름 우리 가족은 다시 요트 여행을 떠났다. 어느 날 밤, 작
은 항구로 배가 들어왔는데 부두에서 몹시 흥분한 듯한 소녀가 소리를
지르며 달려오기 시작했다. 그녀는 바로 샤론의 동생이었다. 샤론의 부
모님은 지난해 이혼했다고 했다. 비서와 바람을 피운 그녀의 아빠는 지
금 그 비서와 함께 오거스타에서 살고 있다고 했다. 그래서 자매들은 엄
마와 함께 다시 항해 여행을 왔고, 그들도 그날 밤 여기에서 머물 예정이
었다. 나는 어찌나 기쁜지 정신을 잃을 지경이었다. 샤론과 나는 그날 밤
을 함께 보냈다. 우리는 손을 잡고 섬 주변을 돌아다니며 묘지가 있는 곳
까지 산책을 했다. 키스를 하지는 않았지만 헤어질 때 우리는 주소를 교
환하며 계속 연락하기로 약속했다.

대학으로 돌아간 나는 샤론에게 편지를 쓰기 시작했다. 그러면서 내
가 바라던 사람을 드디어 만났다는 생각이 점차 확고해졌다. 편지는 평
범했지만 달콤한 말들로 가득했고, 그녀와 나는 주기적으로 서로에게
편지를 썼다.

다음해 여름, 나는 샤론이 몹시 보고 싶었다. 마침 애틀랜타에서 큰 규
모의 록 페스티벌이 개최될 예정이어서 나는 샤론에게 그곳에서 만나면
어떻겠느냐는 내용의 편지를 보냈다. 그녀는 페스티벌에는 갈 수 없지
만 자기를 만나러 내가 사바나로 왔으면 좋겠다는 답장을 보냈다.

샤론을 만났을 때 나는 무척 흥분되는 것을 느꼈다. 그녀를 향한 내 감
정은 1년 사이에 더욱 강렬해졌던 것이다. 샤론이 할 말이 있다고 해서

우리는 비어 있던 샤론의 남동생 방으로 갔다. 그곳에서 샤론은 자신이 브라이언이라는 남자와 약혼했다고 말했다.

나는 너무나 놀랐다. 그런 말을 듣게 되리라고는 꿈에도 생각지 못했기 때문이다. 샤론은 자기가 브라이언과 결혼하고 싶은 것이 확실한지 알아보기 위해 나를 만나야겠다는 생각을 했다고 말했다. 나를 한 번 더 만나고 나서도 브라이언과 결혼하고 싶다면 그와 결혼하는 것이 올바른 선택일 거라는 것이다. 나는 그녀에게 이용당하고 배신까지 당한 기분이 들었다. 그러나 그때 내가 할 수 있는 일이라고는 아무것도 없었다. 나는 다시 학교로 돌아왔고, 6개월 후 샤론으로부터 편지 한 통을 받았다. 브라이언은 알코올중독자였으며 자신이 바라던 사람이 전혀 아니었다는 사실을 깨달았다는 내용이었다. 그래서 그와는 결혼하지 않기로 결정했으며 나를 다시 만나고 싶다고 했다. 나는 조금도 망설이지 않고 그녀의 제안에 곧바로 응했다. 우리는 다음 여름 방학 때 다시 만나기로 약속했다.

나는 샤론이야말로 내가 인생을 함께 보내고 싶은 사람이라고 확신하며 그곳으로 차를 몰았다. 나는 며칠 동안 그녀와 이야기를 나누며 시간을 보냈고, 잠은 거실 소파에서 잤다. 며칠 후 마침내 우리는 그녀의 방으로 갔다. 나는 그녀의 엄마가 조금 걱정되었지만 샤론은 웃으면서 신경 쓰지 말라고 했다. 그동안 그녀에게 한 번도 접근한 적이 없었기 때문에 그녀의 가족은 내가 게이인 줄 알고 있다는 것이다. 우리는 차근차근 서로 몸을 애무하기 시작했다. 그녀는 헐렁한 바지를 입고 있었는데 그것이 내게는 꼭 끼는 옷보다 오히려 더 섹시하게 보였다. 옷이 그녀의 피부를 감싸고 있다는 생각만 해도, 그리고 그녀의 몸에 내 손을 올려놓는다는 생각만 해도 너무 흥분되었다. 우리는 곧 옷을 다 벗었다. 하지만 나는 너무 흥분한 나머지 삽입하자마자 사정하고 말았다. 그걸로 끝이었다. 나는 그녀의 품 안에서 천상의 행복을 누리며 곯아떨어졌다. 지금까지 살면서 가장 믿기지 않는 시간이었다.

다음날 아침, 나는 그때까지도 황홀한 기분에 휩싸인 채 잠에서 깼다. 나는 내가 처음으로 사랑하게 된 여자와 관계를 갖게 된 것이 무척 기뻤다. 마치 천국에 와 있는 것만 같았다. 나는 지난밤의 섹스가 얼마나 좋았는지에 대해 샤론에게 이야기했다. 그녀는 아무 말도 하지 않았고, 나는 곧 그 일이 샤론에게는 전혀 특별한 일이 아니었다는 사실을 깨달았다. 오히려 경멸하는 것 같기도 했다. 나는 엄청난 충격을 받았다. 그때까지 우리 관계에 대해 생각했던 모든 아름다움이 산산조각 나버린 기분이 들었다. 하지만 우습게도 나는 여전히 내가 함께 있고 싶은 사람은 샤론이라고 확신했다. 그리고 그때 샤론의 행동은 누구나 쉽게 지나치고 마는 도로의 턱처럼 별일 아니라고 생각했다.

그 후에도 샤론과 나의 관계는 지속되었고, 다음해에는 몇 달 동안 함께 지내게 되었다. 그때 나는 샤론이 나를 만나기 전에 남자친구를 무척 많이 사귀었다는 사실을 알았다. 그녀가 사귄 남자는 거의 2백 명이나 되었고, 나는 201번쯤 되는 남자였다. 내게는 샤론이 첫 여자였는데 말이다. 나는 그 문제를 극복하기 위해 오랫동안 노력했다. 결국 나는 그녀가 거짓말을 하고 있으며 나를 만나면서도 한 로컬밴드의 뮤지션과 계속 섹스를 하는 사이였다는 것을 알게 되었다. 그리고 이제는 그녀의 곁을 떠날 때가 되었다는 것도 깨달았다. 그녀와 끝났다는 것을 인정하기는 매우 힘들었다. 하지만 나도 누군가를 사랑할 수 있다는 것을 알게 돼

집에 오는 동안 기분이 나쁘지만은 않았던 것으로 기억된다.

　지금도 샤론과의 일에 대해 후회하는 마음은 없다. 단지 그녀의 진짜 모습을 제대로 볼 수 있었다면 좋았을 거라는 생각이 든다. 그리고 그런 일은 다시는 겪고 싶지 않다. 당신도 가끔은 마음이 아프고 상처받는 경험을 해야 할 때가 있을 것이다. 그런 경험을 한 뒤에야 정말로 성숙해진다.

Tip : 상대방의 참모습을 봐야 한다. 사랑한다는 이유로 자신이 원하는 모습으로만 본다면 결국 상처만 받게 될 것이다.

　나는 세 살 때 처음으로 오르가슴을 경험했다. 나는 그때의 느낌을 분명히 기억한다. 한 번 그런 느낌을 알게 되자 그만둘 수가 없었다. 하지만 엄마는 날 붙잡고 또다시 그러면 때려주겠다고 을러댔다. 엄마는 내가 하는 짓에 대해 자기 방식대로 이름을 붙였는데 바로 '문지르기' 였다. 엄마는 내 방으로 들어와 "너 또 문지르고 있었지?" 하며 고래고래 소리를 질렀다. 엄마는 늘 낮잠을 자라고 나를 침대에 누인 뒤 몇 분 있다가 갑자기 방으로 뛰어 들어와 내 몸을 거칠게 움켜쥐곤 했다. 그런 엄마 때문에 난 내가 정말 나쁜 아이라고 생각했고 내가 하는 짓이 세상에서 가장 나쁘고 더럽다고 여기게 되었다.

　내가 열 살 때, 열두 살이던 이웃집 오빠에게 성교에 대한 이야기를 들었지만 나는 믿을 수가 없었다. 나는 "거짓말" 이라고 말했고, 왠지 모욕 당한 기분이 들었다.

엄마는 종종 다른 남자와 도망을 가곤 했다. 엄마는 열일곱 살 때 나를 임신했고 당시 열아홉 살이었던 아빠와 결혼했다. 그때는 아빠와 엄마도 정말 불 같은 사랑을 나눴지만 얼마 가지 못했다고 한다. 부모님은 늘 화가 나 있는 것 같았다. 엄마는 지독히도 가난한 집안에서 자랐다. 아이들이 열 명이나 돼서 음식을 마련할 돈도 부족한 그런 집이었다. 엄마는 매우 미인이었고 파티를 무척이나 좋아했다. 아빠 때문에 화가 나거나, 엄마에게 많은 것을 해줄 수 있을 것 같은 남자가 나타나면 어디론가 떠나버리기도 했다. 그리고 일이 뜻대로 풀리지 않으면 그제야 다시 돌아왔다. 절대 좋은 엄마는 아니었다. 어린 아이들에게 참을성 있게 대해주지도 않았고, 늘 자기 위주로 생각하고 행동했다. 엄마는 언제나 식당 종업원이나 가게 점원 등 보수가 적은 일들을 했고, 아빠는 트럭 운전사였다. 그래서 부모님은 늘 돈이 없었고 그 때문에 싸우는 일이 잦았다. 정말 힘든 시절이었다.

우리 집에는 가족을 사랑하는 마음이 없었다. 특히 아빠와 엄마 사이에는 눈곱만큼의 애정도 남아 있지 않았다. 내가 자라는 동안 부모님은 다섯 번이나 헤어졌다. 그때마다 우리는 이사를 다녔다. 둘 중에 한 분이 나를 데리고 나갔기 때문이다. 그래서 때로는 엄마와 살고 때로는 아빠와 살았다. 학교도 자주 옮겼는데 나는 중학교만 다섯 군데를 다녔다. 내가 열다섯 살 때 부모님은 완전히 이혼했다. 나는 늘 집 밖으로만 떠돌았고 가끔은 다른 집에서 날 재워주기도 했다.

나는 친구들과 끊임없이 남자애들에 대한 이야기를 했다. 중학교 때는 남학생들이 제일 인기 있는 화젯거리였다. 처음에는 학교생활에도 잘 적응하지 못했다. 남학생들에게 인기가 있든 없든, 학교는 내가 속한 유일한 사회적 장소였고 내 존재를 알 수 있는 유일한 곳이었다. 슬픈 일이었지만 당시 나로서는 학교 말고는 달리 갈 만한 데도 없었다.

고등학생이 되고 섹스에 대해 생각하게 될 무렵, 나는 내 부모님을 떠올리며 그런 일은 절대 겪지 않으리라고 마음먹었다. 나는 임신도 하지 않을 것이고, 고등학교 때 결혼하지도 않을 생각이었다. 나는 절대로 엄마처럼 살고 싶지는 않았다. 그래서 나는 극도로 조심하며 살았다.

고등학교 1학년 때까지 나는 한 번도 데이트를 하지 않았지만 친구들은 대부분 벌써 데이트를 하고 있었다. 내게는 정말 근사하고 성숙한 매력을 뽐내는 친구들이 몇 명 있었는데 그 애들은 이 남자 저 남자와 신나게 만나고 다녔다. 나는 절대 그러지 않을 거라고 생각하며 그 애들의 행동에 그저 놀라워하기만 했다.

2학년이 되고 나서 나는 곧 마셀 듀프리라는 남학생과 사귀게 되었다. 그는 야구 선수였고 정말 근사한 자메이카인이었다. 그는 우리 학교에서 유일한 흑인이었다. 어느 날 그와 나는 우연히 한 피자 가게에서 이야기를 나눈 다음 이어서 드라이브를 하게 되었다. 우리는 대화를 통해 서로에 대해 알아가며 데이트를 시작했다. 모든 것이 정말 좋았다. 데이트도 좋았지만 나는 진심으로 그를 사랑하게 되었다. 그는 정말 멋진 남자였다. 그가 처음으로 우리 집에 나를 데리러 온 날 나는 아빠에게 그가 흑인이라는 사실을 미리 말해두었다. 아빠는 인종 차별주의자였다. 열두 살 이후 우리는 늘 그 문제에 대해 의견이 엇갈렸기 때문에 잘 알고 있었다. 당시 나는 학교에서 인간의 권리를 배우기 시작했고 아빠에게도 말하려고 애썼다. 그때 아빠는 이렇게 말했다. "흑인들은 모두 아프리카로 돌아가야 해." 바로 그런 집에 마셀 같은 멋진 흑인이 오게 된 것이다. 아이러니하게도 마셀의 가족은 여러 면에서 우리 집보다 훨씬 나았고 생활이 넉넉했다. 우리보다 더 풍족하고 좋은 집에 살았으며 가족들 모두가 사랑으로 어우러진 대가족이었다. 그의 아빠는 좋은 직장에 다녔고, 엄마는 집에서 아이들을 정성껏 돌보았다. 그의 가족은 모두 스스로 자랑스럽게 여기는 멋진 사람들이었다. 그에 비하면 우리 가족은 쓰레기 같은 존재였는데도 아빠는 내가 그와 데이트하는 것을 허락하지 않았다. 마셀이 도착하자 아빠는 차가운 태도로 그를 맞았다. 우리는 즉시 그 자리를 떠났다. 그와 데이트를 한 후 집에 돌아오자 아빠는 앞으로 마셀을 만나지 말라고 말했다. 나는 너무나 화가 났다. 실망스런 부모란 자녀에게 몹시 고통을 주는 존재이며, 그런 부모를 두는 것은 정말 불행한 일이었다.

마셀과 나는 처음부터 강하게 끌렸고 서로에게 무척 열정적이었다. 마치 강력한 자석이 끌어당기는 것만 같았다. 우리는 늘 재미있게 지냈고 함께 있는 것만으로도 즐거웠다. 다만 그에게 아빠의 이야기를 할 수 없다는 것이 힘들었다. 나는 도무지 그 이야기를 할 수가 없었다. 그러나 그도 이미 알고 있을 거라고 생각했다. 첫 데이트 이후로 우리는 늘 집이 아닌 다른 장소에서 만났기 때문이다. 우리는 남은 한 해를 더 잘 보내기 위해 노력했다. 부모님에게는 아무 말도 하지 않았다. 아마 아빠도 알고 있었을 것이다. 또한 자기가 할 수 있는 일은 하나도 없다는 사실도 알았을 것이다.

나는 마셀과 사귀는 것이 자랑스러웠다. 그는 매우 인기 있는 학생이었다. 우리는 파티에서든 차 안에서든 늘 함께 있었지만 헤어지기 바로 전까지 섹스는 하지 않았다. 나는 그때까지도 섹스는 나쁘다는 고정관

넘에 사로잡혀 있었다. 우리는 서로의 옷을 끌어올리거나 내리고 몸을 꼭 밀착한 채 누워 있었다. 그것만으로도 정말 믿기지 않을 만큼 흥분되었다. 나는 다른 사람이 내게 오르가슴을 느끼게 해줄 수 있다는 것조차 모르고 있었다. 나는 늘 그의 행동에 제약을 걸었지만 그는 나의 그런 점을 무척 존중해주었다. 그는 아주 달콤한 목소리로 "괜찮을 거야"라고 말하며 날 설득하려 했지만 내가 싫다고 말하면 곧바로 단념해주었다. 마셀은 정말 괜찮은 아이였다.

우리는 늘 시작한 것을 끝마치지 못했는데 그럴 때마다 몹시 실망스러웠다. 나는 그가 섹스를 얼마나 원하는지 잘 알았고 나도 그에게 해주고 싶었다. 나는 여전히 섹스를 도덕적으로 나쁜 짓이라고 여겼지만 언젠가는 하게 될 거라는 생각은 들었다. 사건은 우리 집에서 일어났다. 그날은 집에 아무도 없었기 때문에 그가 우리 집으로 왔다. 작고 여성스러운 전화기가 놓여 있고 조잡한 레이스가 달린 자그마한 내 침대 위에서 우리는 섹스를 했다. 누구에게 들킬까봐 불안해서 둘 다 무척 서둘렀다. 그래서인지 조금도 낭만적이지 않았다. 흥분은 되었지만 너무 서둘러서 전희 같은 것은 하지도 못했다. 드디어 삽입이 이루어지는 순간이었다. 내 위에 있던 그는 곧장 내 몸속으로 뚫고 들어왔다.

1년 전에 나는 어떤 남학생과 색다른 경험을 한 적이 있었다. 우리는 서로의 몸을 격렬히 애무했고 그는 손가락을 내 질 속으로 집어넣었다. 손가락을 두 개 정도 넣은 것 같았는데 무척 거칠게 굴었다. 그날 데이트에서 돌아와보니 속옷에 피가 묻어 있었다. 그제야 어떻게 된 일인지 알게 되었다. "맙소사, 나는 이제 처녀가 아니야."

마셀에게는 그 이야기를 하지 않았다. 하지만 실제 섹스로는 그가 처음인데도 통증도 전혀 없고 긴장도 되지 않았다. 그 역시 그날이 처음인 것 같았다. 나중에 그는 내가 임신이라도 했을까봐 불안해했다. 내 몸속에 사정을 했기 때문이다. 그는 "샤워를 해야 하지 않을까?"라고 말했다. 그렇게 하면 임신이 되지 않을 거라고 생각했겠지만 나는 그래봤자 아무 소용없다는 것을 알고 있었다. 그는 곧 돌아갔고 나는 정말 행복했다.

다음날 학교에서 나는 그가 나타나기를 애타게 기다렸다. 학교 신문에 마셀이 장학금을 받게 되었다는 기사가 실렸기 때문이다. 나는 축하한다는 내용의 메모를 써서 그에게 건넸는데 이상하게 그가 좀 냉랭해 보였다. 그러나 나는 대수롭지 않게 생각하고 함께 수업을 들었다. 그날 오후 마셀은 복도에서 내게 쪽지 한 장을 건네주고 곧장 걸어가버렸다. 쪽지에는 간단하게 몇 줄만 적혀 있었는데 맨 마지막에 이런 글이 쓰여 있었다. '그럼, 이제 안녕.' 나는 믿을 수 없을 만큼 큰 상처와 엄청난 충격을 받았다. 영어 수업을 들어야 했기 때문에 마음을 진정시키려고 했지만 눈물이 흘러서 교과서도 제대로 볼 수 없었다. 나는 너무나 큰 충격에 휩싸인 채 줄곧 쪽지만 내려다보았다. 도저히 그를 이해할 수 없었고 온통 이런 생각뿐이었다. '맞아, 나는 이용만 당한 거야. 하지 말아야 했는데. 이제 그는 더 이상 날 만나고 싶어 하지 않아.' 그리고 섹스는 나쁜 짓이라는 고정관념이 더욱 확고해졌다. 며칠 동안 학교도 갈 수 없을 만큼 힘들었지만 결석은 하지 않았다. 나는 그에게 말도 걸지 않았고 눈도 마주치지 않으려고 애썼다.

두어 달 후 내게는 제리 핀저라는 이름의 또 다른 남자친구가 생겼다. 마셀과 헤어진 후 누군가를 만나고 싶어졌을 때 붉은 머리의 귀여운 제리를 만나게 된 것이다. 그는 정말 바람둥이였다. 여러 여자와 많은 관계를 가졌고 만나면 그대로 돌진하는 스타일이었다. 나는 그가 부끄럼을 타지 않아서 좋았다. 그는 상대방을 흥분시키는 타입이었다. 그런 점에서 마셀과 달랐다. 마셀은 순수하고 올바르며 상냥한 스타일이었다. 제리는 무척 근사했고 여자에게 능숙하게 말을 걸 줄도 알았다. 그는 늘 섹스를 연상시키는 도발적인 몸짓을 했고, 내가 알고 지낸 어떤 남자애들과도 달랐다. 그리고 그런 면에서 무척 자신 있어 했다. 제리와 내가 데이트를 시작하자마자 마셀은 내가 돌아와주기를 바랐지만 나는 거절했다. 마셀은 몹시 화를 내며 힘들어했다. 그는 내가 다른 남자와 데이트하는 것을 지켜보며 정말 힘든 시간을 보내는 듯했다. 나는 그가 힘들어하는 것이 좋았다. 속으로는 나도 그에게 돌아가고 싶었지만 꾹 참았다. 다시는 그런 대접을 받고 싶지 않았기 때문이다.

마침내 마셀은 나와 헤어지기로 결심한 이유까지 털어놓았다. 그는 우리가 처음으로 섹스를 한 것이 첫 번째 데이트 후 우리 집에서 함께 보낸 유일한 시간이라는 사실을 깨달았다고 했다. 아마도 자기가 흑인이어서일 거라는 생각이 들자 도저히 참을 수 없었다고 한다. 그의 말이 사실이라는 것은 알았지만 나는 여전히 거절당한 고통을 간직하고 있었다. 그리고 그때는 이미 제리에게 빠져 있었다. 아빠와 새엄마는 제리에 대해 잘 알지도 못하면서 나의 새로운 관계를 열렬히 지지해주었다. 그들이 아는 거라고는 단지 그가 백인이라는 사실뿐이었다.

고등학교를 졸업하고 나는 2년제 공립대학에 진학할 예정이었고 제리도 마찬가지였다. 부모님은 내가 혼자 사는 그의 집에 가는 것을 허락해주었다. 나는 그를 위해 요리를 할 생각이었다. 아빠와 새엄마는 이런 내 생각을 매우 귀엽게 받아들였던 것 같다. 새엄마는 필요하면 냄비와

팬 같은 것들도 모두 가져가라고 하면서 요리법까지 알려주었다. 그렇게 해서 나는 그를 위한 저녁을 준비한 다음 식사 후에는 섹스를 했다. 그와의 섹스는 정말 좋았다. 어떤 면에서 그는 꽤 괜찮은 연인이었다. 여자를 사귄 경험도 많고 섹스도 정말 좋아했다. 그는 서두르지 않고 천천히 하는 것을 좋아했기 때문에 나 역시 즐거웠다. 하지만 그는 항상 내게 섹스만 하자고 졸라댔다. 그가 원하는 대로 하려면 나는 날마다 섹스를 해야 했고 그에 따른 책임도 져야 했다. 그러나 나는 그렇게 하고 싶지 않았다. 그때 나는 열여덟 살이었다.

1년쯤 지나서 제리와 나는 헤어졌다. 그가 수표를 잘못 쓰는 바람에 큰 곤란을 겪게 되어서 내가 그를 차버렸다. 그에게는 안 좋은 일들만 생겼다. 그는 괜찮은 연인인지는 몰라도 완전히 바보였다. 다음에 사귄 사람은 리라는 남자였는데 그는 내게 오르가슴을 느끼게 해준 최초의 남자였다. 오르가슴은 마치 유체이탈 현상을 경험하는 것 같았다. 그와 나는 좋은 관계를 유지하면서 5년 동안 만났다. 처음에는 근사한 섹스를 즐겼지만 섹스도 계속하자 점차 지겨워졌다. 그러나 우리는 서로를 진심으로 사랑했다.

그와 섹스를 한 적은 있지만 아직까지 오르가슴은 느껴보지 못하던 때였다. 우리는 그의 아파트에서 술을 마시고 약간 취해 있었다. 아마도 내가 예전에 보았던 영화의 배경 음악을 들려주었던 것이 무척 낭만적인 요인으로 작용했던 것 같다. 그날 밤의 섹스는 철저하게 육체적인 관계에 불과했지만 내게는 완전히 새로운 경험이었다. 이것이 바로 유체이탈이라는 현상이 아닌가 하는 생각조차 들 정도였다. 정말 놀랍고도 놀라웠다. 내가 그날 밤, 왜 하필 그와의 관계로 그런 경험을 하게 되었는지는 아직도 모르겠다. 나는 그때 완전한 해방을 느꼈던 것으로 기억된다. 그는 내가 정말 자유롭게 느낄 수 있도록 도와주었다. 그는 내 자신이 내 몸에 대해 긍정적으로 생각하도록 변화시켰고, 섹스는 세상에서 가장 자연스럽고 정상적인 행위라며 섹스에 대한 내 생각까지 완전히 바꿔준 사람이었다. 오르가슴을 느낀 건 그날이 처음이었다. 이제 나도 오르가슴을 느낄 수 있었다. 그것은 내게 너무나 큰 선물이었다.

섹스가 나쁘지 않다는 것을 좀더 일찍 알았더라면 좋았을 것 같다. 그때는 '중고품' 같은 표현들이 난무하던 때였다. 친구들 사이에서 남자들은 사귀던 여자친구와 헤어지고 싶어도 먼저 그녀를 정복한 다음 차버린다는 이야기가 떠돌았다. 그리고 내게도 그와 비슷한 일이 일어났다. 마셀은 보통 남자들과 다르다고 생각했기 때문에 도저히 믿기지 않았지만 말이다. 지금 돌아보면 늘 모든 것이 좋다고만 이야기하는 것이 아니라 내 감정을 상대방에게 솔직히 말하는 법을 알았어야 했다는 생각이 든다.

나는 직업상 수많은 소녀와 여자들을 만나는데 대부분 스물다섯 살이 채 안 된 여성들이 많다. 섹스에 대한 이야기를 하다 보면, 아직 오르가슴을 경험하지 못했거나 그런 경험을 한 사람이 매우 드물다는 것을 알게 된다. 나는 그런 상황이 이제는 좀 달라졌으면 좋겠다.

Tip : 성감대는 사람마다 다르며 일반적으로 간지러운 기분을 강하게 느끼는 부위라고 할 수 있다. 보통 남자의 성감대는 특정한 한 곳에 몰려 있는 반면, 여자는 온몸 곳곳에 성감대가 퍼져 있다. 스치면 찌릿해지는 남자와 여자의 그곳! 닮은 듯 다른 그곳들을 꼭꼭 짚어보자.

섹스가 없어도 누군가와
특별한 관계를 맺을 수 있다

조안나(34세/ 영매/ 캐나다 온타리오 주 해밀턴)

나는 매우 종교적인 분위기 속에서 성장했다. 교회에 가서 몇 시간씩 울며 기도하고 끊임없이 의미와 진리에 대해 의구심을 가졌다. 그러다 내가 살던 작은 마을 바깥에 전혀 다른 세상이 존재한다는 사실을 알고는 그곳에서 직접 경험해보고 싶었다. 나는 가끔 아기 보는 일을 할 때마다 어른들이 쓰는 서랍을 뒤져보곤 했다. 그리고 서랍에서 찾은 편지들을 읽으면서 그동안 몰랐던 어른들의 세계를 알게 되었다. 모두 내게는 한 번도 말한 적이 없고 때로는 엉뚱한 거짓말로 둘러대던 것들이었다.

나는 7학년 때 내가 정말 좋아하던 소년으로부터 첫 연애편지를 받았다. 그의 이름은 릭 드레스덴이었지만 늘 록키라는 별명으로 불렸다. 그래서인지 날카롭고 거친 인상을 풍기던 아이였다. 나는 아무 말 없이 마음속으로만 그를 좋아했는데 누군가 내가 그를 좋아한다는 사실을 알려주었던 모양이었다. 어느 날 그는 '엿 먹을래?(F—you)' 라고 쓴 쪽지를 내게 건네주었다. 그게 무슨 뜻인지 몰랐던 나는 그에게 쪽지를 받았다는 사실에 그저 황홀할 뿐이었다. 나는 나중에 그 말이 무슨 뜻인지 알고 나서 몹시 실망했고 큰 상처를 받았다. 그리고 '왜 아무도 나한테 말해주지 않은 거지?' 라는 생각이 들자 더욱 화가 났다. 그때 나는 그 종이가 정말 연애편지인 줄 알았다.

고등학교 3학년 때 나는 학교 밴드에서 같이 연주를 하던 제스 콜트린이라는 남학생을 만났다. 그의 아빠가 목사였기 때문에 우리는 함께 결혼식 음악을 연주하는 일이 많았다. 큰 키에 검은 머리를 가진 그는 한동안 뉴욕에서 모델 일을 한 적이 있었다. 그는 외모도 잘생기고 몸매도 너무나 근사해서 마치 「GQ」 잡지에 나오는 남자 같았다. 처음 본 순간 나는 한눈에 그에게 마음이 이끌렸다. 게다가 음악을 좋아한다는 공통점 때문에 나는 순식간에 그에게 빠져들었다. 그의 침실 벽은 화사한 붉은색으로 칠해져 있었고 침대보는 검은색이었다. 그 방에 들어가니 마치 라벤더 꽃으로 가득한 자그마한 프랑스 마을에 와 있는 기분이었다. 나는 나도 모르게 "와우!" 하는 탄성을 질렀다. 나는 제스를 진심으로 사랑했지만 고등학교를 졸업할 때까지 우리는 그저 키스만 하는 사이였다. 사실 나는 정말로 섹스를 원했고 몇 년 동안이나 섹스를 갈망하며 지냈다. 그러나 "우리 섹스 한 번 해보자"라고는 결코 말하지 못하고 그냥 계속 기다리기만 했다.

어쨌든 우리는 매우 가까워졌고 같은 고장에 있는 대학에 진학해서 함께 기숙사 생활을 하게 되었다. 나는 더 많은 자유를 누리고 싶었기 때문에 집에서 살고 싶지 않았다. 제스도 나와 같은 생각이었다. 우리는 대학생이 되어서도 함께 붙어 다녔다. 같이 음악을 연주하기도 하고, 많은 이야기를 나누었다. 또 음악을 듣거나 연주회에 가거나 호수에서 수영을 하며 시간을 보냈다. 둘 다 사랑한다는 말은 늘 입에 달고 살았지만 서로의 눈을 차분히 들여다보며 "알지, 난 정말로 널 사랑해." 하는 식은 아니었다. 우리의 관계는 연인이라고 할 만한 것은 아니었다. 나는 그와 연인 사이가 되고 싶었고, 그런 관계가 되기를 기다렸지만 좀 혼란스러웠다. 왜 제스가 다음 단계로 나아가지 않는지 이해할 수가 없었다. 그는 망설이는 듯했는데 서로 그렇게 사랑하면서도 왜 주저하는지 도저히 납득할 수 없었다.

제스와 나는 그의 친구 체이스, 나와 가장 친한 친구인 알리사, 이렇게 넷이서 자주 어울렸다. 그때 나는 열여덟 살이었다. 체이스와 알리사도 우리처럼 커플이 되었는데 그들 역시 섹스를 하지는 않았다. 어느 날 우리는 함께 모여 술을 마신 후, 먼저 집에 간 제스만 빼고 다 같이 알리사의 집으로 갔다. 알리사는 곧바로 침실로 갔고, 체이스와 나는 거실에 있었다. 우리는 함께 음악을 들으며 이야기를 나누다가 갑자기 키스를 하기 시작했다. 나는 '좋아. 난 준비 됐어. 한 번 해보자' 라고 생각했다. 체이스는 이미 경험이 있었지만 나는 그때가 처음이었고 그도 그 사실을 알고 있었다. 우리는 옷을 벗고 거실 바닥에서 곧장 일을 벌였다. 나는 매우 행복했다. 다음날 나는 집에 돌아와서 소파에 앉아 생각했다. '난 이제 정말 여자가 된 거야.' 제스와 함께했다면 더 좋았겠지만 어쨌든 나는 성 경험을 갖게 된 것이 너무나 기뻤다. 한 번도 느껴보지 못했던 색다른 기분이었고 나 자신이 다르게 보였다. 이상하게도 제스의 가장 친한 친구와 섹스를 하니, 제스와 훨씬 가까워진 느낌이었다. 제스가 체이스로부터 나와 관계를 가졌다는 이야기를 듣고, "체이스와 섹스했다는 말을 왜 안 했니?"라고 물었지만 나는 딱히 대답할 말이 없었다. 그 후에도 체이스와 나는 좋은 친구로 지냈다. 만나면 웃고 떠들며 친하게 지냈지만 섹스는 하지 않았다.

제스와 나는 새 출발하는 의미에서 파리에 있는 학교에서 2학년을 보내기로 결정했다. 그래서 우리는 여름 내내 열심히 프랑스어를 공부하며 여러 가지 준비를 했다. 나는 파리에 대해 하나도 몰랐기 때문에 파리 사람들은 모두 그 나라 특유의 작은 모자를 쓰고 다니는 줄 알았다. 그런데 비행기를 타고 막상 가보니 "어머나, 베레모를 쓰고 다니는 사람들이 하나도 없잖아!" 하는 소리가 절로 튀어나왔다. 첫날 밤 우리는 작은 호텔에서 묵었다. 방에는 1인용 침대 두 개가 놓여 있었고, 나는 오늘이 바로 기회다 싶었다. 마침내 그와 내가 섹스를 하게 되었다고 생각한 것이다. 그때 갑자기 제시가 나를 돌아보며 아무래도 자기가 게이인 것 같다고 털어놓았다. 나는 하마터면 "뭐라고?" 소리칠 뻔했다. 나는 파리에서 보내게 될 낭만적인 시간들을 상상했다. 또한 돌아가면 그와 행복하게 살 수 있을 거라는 꿈이 있었다. 그는 너무나 혼란스러워하면서 괴로워했다. 자기가 게이라는 사실을 받아들이고 싶어하지 않았고, 어떻게 해야 할지도 전혀 모르는 것 같았다. 한편 나는 '내가 지금 이 남자와 뭘 하고 있는 거지?' 하는 생각뿐이었다. 결국 우리는 학교에 들어가지 않았다. 대신 넉 달 동안 둘이서 유럽 전역을 여행했다. 그러는 동안 나는 그가 문제를 해결할 수 있도록 도와주기 위해 노력했다.

우리는 집으로 돌아와서 곧바로 히치하이킹을 하며 키웨스트까지 가 그곳에 잠시 머물렀다. 그와 나는 생활비를 벌기 위해 레스토랑에서 일하기도 했다. 나는 하루나 이틀짜리 잠자리 상대로 몇 명 사귀어보았지만 그때마다 내 자신이 타락한 듯한 기분이 들어서 싫었다. 나는 여전히 제스를 원했다. 어쩌면 그가 바뀔 수도 있다는 생각을 버릴 수가 없었다. 그러나 그런 일은 일어나지 않았고 그 사실을 받아들이기까지 또 1년이란 세월이 흘렀다. 결국 나는 우리의 각별한 우정을 인정하고, 그냥 그 상태로 지내기로 했다.

나는 젊은 사람들이 육체적인 면뿐만 아니라 지적, 정신적, 영적인 면으로도 다양한 관계를 추구하는 사람을 만났으면 좋겠다. 또 자신의 기분을 염려해주면서 기꺼이 이야기 상대가 되어주는 사람, 필요할 때 함께 있기를 바라는 사람을 꼭 찾았으면 좋겠다.

Tip : 우정이 깔려 있는 사이라면 섹스를 통해 더욱 가까워진 기분을 느낄 수 있다. 그러면 열정적인 순간이 끝난 뒤에도 그 사람 곁에 계속 머물고 싶어질 것이다. 첫경험은 섹스를 원하는 상대와 친밀한 관계가 맺어졌을 때 하는 것이 좋다. 누군가와 특별한 관계를 맺는 것과 그냥 섹스만 하는 것에는 엄청난 차이가 있다.

사랑은 주고받는 것

대부분의 십대는 왕성한 호르몬 활동과 성에 대한 강렬한 열망 때문에 섹스에 대한 호기심이 지나치게 많다. 그러나 정작 섹스에 대해 아는 것은 거의 없다. 또 당신은 잡지, 인터넷, 영화, 거의 모든 상업 광고에 등장하는 성적인 이미지들 속에서 허우적거리고 있다. 하지만 친해지고 싶은 사람이나 당신의 내부에서 일어나는 변화를 털어놓고 싶은 사람 등 누군가와 관계를 맺는 방법은 어디에서도 찾을 수 없다.

만일 당신이 좋아하는 사람과 자연스러운 과정을 통해 서서히 가까워질 수 있다면 성적인 문제도 솔직하게 임할 수 있다. 즉 친구처럼 같이 놀거나 많은 시간을 함께 보내면서 친밀함과 사랑을 느끼면서 말이다. 유감스럽게도 대부분의 십대는 너무 부끄럽거나 어색해서 혹은 성적으로 끌리는 사람과 자연스럽게 사귈 기회가 없어서 자기 자신이나 이성에 대해 아무것도 모른 채 성장한다. 그러다 보면 결국 상대와 친밀한 관계를 쌓는 방법을 배우지 못하고 무작정 섹스를 향해서만 돌진하게 된다.

그러나 방법이 있으므로 크게 걱정할 필요는 없다. 당신은 아마 자신을 숨기고 약점을 감추면서 섹스에 대한 이야기는 한마디도 꺼내지 않은 채 그냥 밀고 들어가야 한다고 생각할지도 모른다. 우습게 들리겠지만 나도 몇 년 동안은 이런 마음으로 여자들을 대했다. 그것이 내가 선택한 방법이었다. 하지만 나는 내 감정을 제대로 표현하지 못했고 여자들과 대화를 트는 방법도 몰랐다. 실제로 아는 것보다 더 많이 아는 척하기 위해 무척 고심하기만 했다. 지금 생각해보면 정말 어리석었다. 나도 기분이 내키는 대로 섹스를 했지만 특별한 관계가 아닌 상대와는 늘 공허한 느낌뿐이었고 섹스도 금방 끝나버렸다. 친구들이 가르쳐준 비결들을 써봐도 역시 만족감은 느끼지 못했다. 나는 그야말로 어둠 속에서 혼자 춤추는 꼴이었다.

하지만 어둠 속에서 춤을 추는 것이 전혀 무익한 것은 아니다. 그러면서도 다른 사람에게 가까이 다가갈 수 있고 누군가 자신에게 다가오는 것도 느낄 수 있기 때문이다. 상대방이 제대로 보이지 않거나 춤을 잘 추지 못한다고 해도 시작은 이제부터다. 남들보다 일찍 가져본 성 경험을 통해 다시 새롭게 시작할 수 있기 때문이다. 그 경험들은 당신이 무엇을 할 수 있는지 깨닫는 데도 도움을 준다. 또한 세심한 주의만 기울인다면 당신이 진정으로 찾고 있던 것이 무엇인지 일깨워줄 것이다. 그것은 바로 다른 사람과의 관계다.

CJ(37세/ 트럭 운전사/ 미시간 주)

나는 열두 살 무렵에 처음으로 찢어진 잡지를 통해 여자의 벗은 몸을 보았다. 그리고 그제야 여자도 음부에 털이 난다는 사실을 알게 되었다. 얼마 후 나는 친구들과 함께 수영장 파티에 갔다. 파티 도중에 어떤 녀석이 여학생들이 옷 갈아입는 방의 커튼을 살짝 젖혀서 다같이 몰래 그 안을 들여다보았다. 그 안에는 정말 놀랍고 믿기지 않을 만큼 아름다운 광경이 우리를 기다리고 있었다. 내 또래 여학생들이라 이제 막 엉덩이가 성숙하기 시작하던 때였는데 벌써 곡선미가 느껴지는 그녀들의 아름다운 몸에서 나는 눈을 뗄 수가 없었다.

내게 여자들은 완전히 미스터리 같은 존재였다. 여자를 만나면 눈앞이 캄캄해지면서 무슨 말을 해야 할지 아무 생각도 나지 않았다. 남자들은 서로 무슨 이야기든 다 하는데 여자들은 어떨지, 여자들은 과연 무슨 이야기들을 할지 늘 궁금했다. 나는 열한 살 때 여학생들이 있는 수영반에 들어갔다. 이제 막 가슴이 부풀어 오르기 시작하던 여자애들이 물에 젖은 얇은 나일론 수영복 하나만 입고 있었기 때문에 몹시 신경이 쓰였다. 여학생들이 옆에 있으면 마치 그 애들이 자석처럼 나를 끌어당기는 것 같은 묘한 흥분이 느껴졌다. 하지만 나는 그런 감정을 억누르려 했고, 항상 긴장하면서 속마음을 숨기기 위해 대단히 노력했다. 늘 여학생들을 쳐다보면서도 막상 그들이 내 쪽으로 눈길을 돌리면 얼른 딴 곳을 보는 척하곤 했다.

아빠는 매우 난폭했고 늘 욕을 입에 달고 살았다. 하지만 한편으로는 무서우면서도 꽤 귀여운 면이 있는 분이었다. 그러나 유감스럽게도 아빠는 따뜻한 면보다는 무서운 면을 훨씬 자주 드러냈다.

나는 고등학교 때까지 여자친구는커녕 그냥 친구로 지내는 여학생들도 없었다. 여학생들이 주위에 있으면 항상 불편했고 아무 말도 할 수가 없었다. 댄스파티에 가도 한쪽 구석에서만 맴돌거나 잠깐씩 밖에 나가 있곤 했다. 나는 늘 무언가 하고 싶었지만 그런 욕구를 허용하지 않으려는 또 다른 나 때문에 언제나 심한 긴장감에 시달렸다. 그래서 파티에 가도 일찍 돌아오곤 했다.

그러던 중 나는 마니라는 여자애를 알게 되었다. 마니가 날 좋아한다고 그 애의 가장 친한 친구가 내게 말해주었던 것이다. 그 애는 우리 집에서 꽤 먼 곳에 살았다. 하지만 우리 부모님은 날 위해 운전을 해주는 분들이 아니었기 때문에 마니를 만나려면 자전거를 타고 가야 했다. 아마 8, 9킬로미터는 족히 되었던 것 같다. 가끔 자전거가 고장 날 때는 걸어간 적도 있었다. 만나면 아주 잠깐씩 손을 잡고 있기도 했다. 어느 날 우리는 그 애의 집 앞뜰에 있는 돌 위에 앉아 함께 이야기를 나누었다.

내가 그 애 쪽으로 몸을 기울여 입을 맞추자 그 애도 내게 키스를 해주었다. 그때 나는 뭐라 표현할 수 없는 야릇한 기분을 느꼈다. '아니, 이런 기분은 대체 뭐지?' 키스를 어떻게 하는지도 몰랐는데 직접 해보니 정말 묘한 기분이 느껴지면서 황홀했다. 그 다음에는 처음과는 또 다른 기분이 느껴졌던 것 같다. 그 후로 우리는 만날 때마다 키스를 했지만 다른 짓은 하지 않았다. 우리가 한 것이라고는 손을 잡는 것 외에 그게 전부였다. 당시 나는 날 좋아하는 사람을 대하는 준비가 제대로 되어 있지 않았다. 그래서 심술궂은 말들도 곧잘 했다. 마니는 나 때문에 상처를 받아 가끔 울기도 했다.

한 달쯤 지나서 나는 마니의 아빠에게는 허락도 받지 않고 마니에게 아빠 차를 갖고 나가자고 말했다. 그때 나는 열네 살이었고 고등학교 1학년이었다. 운전은 내가 했는데 곧 경찰에게 걸렸고 둘 다 체포되었다. 마니의 아빠는 매우 엄한 분이어서 그 뒤로 마니에게 나와 이야기하는 것조차 철저히 금지했다.

고등학교 3학년쯤 되자 성에 대해 알고 싶은 내적인 욕구가 몹시 강해졌다. 열일곱 살이었던 나는 성에 대해 매우 강렬한 호기심이 있었다. 여학생과 벌써 깊고 노골적인 경험까지 다 해본 녀석들은 학교에서 그런 이야기들을 자랑스레 떠들곤 했다. 어느 날 드디어 질이라는 여학생이 내게 데이트 신청을 해왔다. 그 애는 나와는 좀 다른 부류였다. 말하자면 그 애는 우등생이었고, 나는 운동만 하던 애였다. 질의 친구들은 그녀에게 늘 이렇게 말하곤 했다. "너는 왜 그런 애를 만나고 다니니? 걘 완전히 바보라고." 질이 옆에 있으면 뭔가가 날 자극하는 듯한 기분이 들었다. 물론 좋은 방향으로 말이다. '기분 정말 괜찮은데. 뭔가를 배우면서 커가는 느낌이야.' 바로 이런 기분 때문에 그 애가 더욱 매력적으로 느껴졌다.

첫날 우리는 네 시간 동안 데이트를 했다. 데이트가 끝날 때쯤 나는 질의 몸을 천천히 애무하기 시작했다. 질 역시 날 애무해주었는데 그녀도 무척 흥미로워하는 것 같았다. 질은 나를 매우 좋아했고 나와 함께 있는 동안은 몹시 편안해 보였다. 그 애는 엄한 가정에서 자랐고 열한 살 때부터 오빠들에게 학대를 받았다고 했다.

질과 데이트를 하면서도 나는 곧 섹스를 하게 될 거라는 생각은 하지 못했다. 마을 외곽에는 아름다운 드라이브 코스와 군데군데 주차를 할 만한 곳도 마련되어 있었다. 질은 작은 문이 네 개 달린 붉은색 소형차가 있었는데 낡았지만 무척 근사한 차였다. 적당한 곳에 차를 세운 우리는 함께 앞자리에 앉았다. 처음에는 그냥 우리가 아는 사람들이나 각자의 생활에 대한 이야기만 나누다가 갑자기 키스를 하기 시작했고, 곧 서로의 몸을 애무하는 단계로 발전했다.

그러다 옷을 모두 벗기 시작했는데 속살을 드러낸 여자와 함께 있어 본 것은 그때가 처음이었다. 질이 말했다. "뒷자리로 가자." 그러고는 그녀가 먼저 뒷자리로 가서 누웠다. 나는 '가만, 난 어떤 자세를 취해야 하는 거지?' 하는 생각이 들었지만 곧 알아차리고서 그녀 위로 올라갔다. 우리는 더욱 격렬히 서로의 몸을 탐닉하면서 남은 옷을 모두 벗었다. 나는 이제 무슨 일이 벌어질지 몹시 궁금했다. 섹스를 어떻게 하는지 정말 아는 게 하나도 없었는데 갑자기 그녀가 손을 뻗더니 내 성기를 잡고 자기 몸에 삽입시켰다.

여자의 몸속이 따뜻하다는 것을 나는 그때 처음 알았다. 전혀 예상치 못했던 경험이었고 모든 것이 새로웠다. 그녀의 질이 젖어 있는 것이나 그 안에서 느껴지는 따스한 기분 같은 것은 지금까지 한 번도 생각해본 적이 없었다. 그녀 안으로 내 성기가 삽입되자 정말 이상야릇한 동시에 황홀함이 느껴졌다. 질도 무척 만족하는 것 같았다. 그리고 잠시 후 나는 오르가슴을 느꼈다.

다 끝나고 나서 나는 이런 생각이 들었다. '무슨 일이 있었던 거지? 대체 내가 무슨 일을 저지른 거야?' 처음에는 정말 어리둥절했다. 그러다 상황이 조금씩 이해되기 시작하면서 '맞아, 나는 섹스를 했어' 라는 생각이 '와우! 내가 섹스를 했다고!' 라는 생각으로 이어졌다. 모든 것이 믿기지가 않았다. 한편으로는 질과 훨씬 가까워진 듯한 기분도 들었다. 나는 그녀가 정말 좋았고 그녀 역시 날 좋아했다. 우리는 그렇게 3년 동안 만났다.

그날 이후 질을 만나자 전과는 다른 기분이 들었다. 조금 부끄러웠고 그녀 역시 부끄러워하는 듯했다. 내가 "대체 우리가 무슨 일을 한 거니?"라고 말하자 질은 부끄러워하면서도 웃음을 터뜨렸고 그런 그녀를 보며 나도 웃었다. 그 뒤 우리는 주기적으로 섹스를 했다. 우리 관계에서 섹스가 가장 큰 비중을 차지하는 것은 아니었지만 우리는 꾸준히 섹스를 했다. 장소는 대부분 차 안이었다. 우리는 여러 가지 방법들도 조금씩 시도해봤다. 그러나 나는 그녀가 그 이상의 것들을 바란다는 것을 알아차렸고 늘 건성으로만 "왜, 원하는 게 뭐야?" 하고 묻곤 했다. 한참 뒤에야 나는 내가 하는 방식 말고도 다른 것들이 더 있다는 사실을 알게 되었다.

나는 실제로 내게 일어났던 일들에 대해 좀더 잘 알고 있었더라면 하는 생각이 든다. 나는 섹스가 주는 즐거움을 몰랐고 섹스에 대해서는 거의 무지한 상태였다. 열일곱 살 때는 섹스를 내가 겪어야 할 또 하나의 경험쯤으로 생각했다. 질과 섹스를 하고 난 후 그녀가 훨씬 가깝게 느껴진 것에 놀라기는 했지만 섹스가 얼마나 감미롭고 경이로운 것인지 그 전에 조금이라도 알았더라면 하는 후회가 든다.

나는 섹스가 아무 감정도 생각도 없이 무작정 넘어서는 안 될 마법과 경이로움의 문턱이라는 사실을 젊은이들이 알았으면 좋겠다. 그리고 실제로 하는 방법도 좀더 잘 알고 있기를 바란다. 또 섹스는 누군가로부터 뭔가를 받는 것이 아니라 마치 헌금처럼 뭔가를 주는 것이라고 생각하고 정말 그런 자세로 임했으면 한다.

몇 년 후 나는 여자친구와 섹스를 하면서 마치 방 안에 천사가 있는 것 같은 기분을 느꼈다. 우리 두 사람의 관계가 그렇게 아늑하고 포근했던 것이다. 나는 그때 몇 번이나 사정을 했다. 나중에 지칠 대로 지친 나는 '대체 이런 기분은 뭘까?' 하는 생각이 들었다. 나는 다른 사람들에게도 그런 일이 일어날 수 있다고 생각한다. 그 기분을 어떻게 설명해야 할지는 모르겠다. 이상하게 들릴지도 모르지만 나는 가끔 실제로 그런 기분에 휩싸이곤 했다

Tip : 사랑을 하고 섹스를 하는 방법은 무척 많다. 사람들도 다 다르기 때문에 반드시 옳은 방법이란 있을 수 없다. 따라서 자신과 파트너의 몸이 반응하는 것에 따라 그때그때 알아내야 한다. 또한 섹스를 하는 사람들끼리는 서로의 자존심을 지켜주고 존중해야 한다.

자신감을 갖고 자신을 드러내
당당히 사랑하라

수잔(40세/ 영양사/ 캘리포니아 주 왓슨빌)

나는 8학년을 마치고 크로스컨트리 여행을 떠났다. 사랑 같은 것은 한 번도 받아보지 못했지만 사람들은 날 귀여운 편이라고 생각했고 그게 내 밑천이 되었다. 나는 늘 모험을 추구하면서도 한편으로는 사랑에 빠져 마음속에 자리 잡은 크나큰 공허함을 지우고 싶었다. 그게 내 방식이었다.

그래서 버스를 타고 크로스컨트리 여행을 떠난 것이다. 여행 중에 남학생들에게 오럴을 해주었던 기억이 난다. 그 여행은 버스 한 대에 서른 명 남짓한 학생들을 태우고 시애틀에서 출발해 동부 해안까지 갔다가 다시 돌아오는 코스였다. 여행은 무척 즐거웠다. 여행의 리더들은 서로 사귀는 사이였는데 조직의 질서나 규칙 같은 것은 별로 강조하지 않았다. 나는 집에서 벗어나는 것만으로도 행복했기 때문에 일부러 여행을 계획했다.

우리 가족들 사이에는 전혀 애정이 없었다. 여자들은 다들 억셌지만 아빠는 나약하고 소극적인 분이었다. 이런 아빠의 모습은 남자들이나 내 또래 남학생들을 보는 내 시각에 상당한 영향을 미쳤다. 나는 남자들이 나와 다른 종이 아니라는 사실을 깨닫기 전까지 그들과 친구로 지내지 못했다. 또한 그 사실을 깨닫는 데도 꽤 오랜 시간이 걸렸다.

11학년을 마치고 맞은 여름, 나는 스웨덴의 한 가정에서 지내게 되었다. 우리 학교 학생과 함께였는데 기간은 총 10주였다. 나는 그 시절에도 호기심이 무척 많은 아이였다. 섹스가 무엇인지 정말 궁금했기 때문에 직접 해보고 싶었다.

그해 여름 우리는 작은 그룹으로 나누어 여행을 다녔다. 내가 속한 그룹은 미국인 학생들과 우리가 머물던 스웨덴 가정의 아이들로 구성되어 있었다. 우리는 호수에서 항해하는 법을 배웠는데 항해술을 가르치던 강사가 바로 안셀이었다. 그를 처음 본 순간 나는 '야, 근사한데.' 하는 생각이 들었다. 그는 금발 머리에 체격도 좋았으며 얼굴 생김새도 무척 매력적이었다.

모든 여학생들이 그의 뒤를 쫓아다녔다. 그는 가끔 우리가 묵었던 유스호스텔에 찾아오기도 했다. 어느 날 우리는 신나게 수다를 떨며 엘리베이터에 탔다가 갑자기 엘리베이터가 멈춰서는 바람에 층 사이에 갇히고 말았다. 바깥에서 사람들이 우리와 대화를 시도하려고 애썼는데 안셀이 나서서 우리의 상황을 전달해주었다. 마침내 엘리베이터 밖으로 나왔을 때 우리는 정말 기쁘고 한껏 마음이 들떠서 그룹별로 맥주를 마시러 갔다. 얼마 후 안셀과 나는 아이들 사이에서 살짝 빠져나왔다. 안셀은 호수에 정박해둔 요트로 날 데려갔다. 나는 조금 겁이 났다. 드디어 일이 벌어질 것 같은 예감이 들었는데 나는 내가 응할 거란 사실을 알았다. 밤에 단둘이 요트로 올라온 이유가 무엇이겠는가? 그는 정말 달콤한 남자였고 나를 무척 좋아했다. 오랫동안 키스를 한 다음 우리는 함께 옷을 벗고 요트 바닥에서 관계를 가졌다. 나는 통증을 느꼈고 피도 조금 흘렸다. 내가 이번이 처음이었다고 말하자 그는 매우 좋아하는 것 같았다. 안셀은 처음은 아니었지만 매우 자상했다. 내가 아프지 않도록 세심하게 배려해주었고, 내가 원하는 것을 그냥 지나치지도 않았다. 정말 기분 좋은 경험이었다. 사실 그날 나는 아프다는 것밖에 느끼지 못했다. 그러나 한편으로는 즐거웠다. 드디어 섹스를 했다는 생각에 안도감도 느껴졌다. 처음치고는 무척 좋았다.

하지만 유감스럽게도 남자는 내게 즐기는 대상일 뿐이었고 안셀 역시 마찬가지였다. 그는 매우 자상하게 내 몸을 어루만지며 좀더 함께 있으려고 했지만 나는 거절했다. 나는 그런 친밀한 관계를 감당할 수가 없었다.

나는 내 자신을 좀더 존중할 걸 그랬다는 생각이 든다. 고등학교 때는 내 모든 에너지와 힘을 다른 사람들을 향해 쏟아부었다. 내 자신에게는 별 관심도 두지 않았다. 내게 필요한 것이나 내가 바라는 것이 무엇인지 제대로 생각해보지도 않았다. 세상은 내가 아니어도 잘 돌아갔고, 나는 그 속에서 간신히 내 존재를 유지하고 있었다. 나는 내 자신에 대해 이런 생각을 해야 했다. '나는 잘살고 있는가? 내게 필요한 것은 무엇인가? 지금 잘하고 있는 것은 무엇인가?' 스스로 이런 질문을 던지고, 진지하게 답을 생각했어야 했다. 그랬다면 모든 것이 달라졌을 것이다.

어렸을 때 내게 뭔가 영향을 미치는 말들을 한 사람이 있었는지 나는

 ······ 인생에서 단 한 번 첫경험에 대한 41인의 고백

잘 모르겠다. 만약 있었다면 내가 믿을 만한 사람이어야 했는데 그때 나는 아무도 믿지 못하는 아이였다. 그리고 누가 내게 사랑을 표현한다고 해도 나는 그런 감정을 받아들이는 데 별로 익숙하지 못했다.

요즘은 나도 친밀한 감정을 느낄 수 있다는 사실을 깨닫고 있는 중이다. 그것이 마음의 문제라는 것을 이제야 알았다. 그리고 마음의 교감이 있을 때 섹스가 더욱 성공적이라는 사실도 알게 되었다. 젊은이들에게 하고 싶은 말이 있다면 자신에게 좀더 관심을 쏟고 자신의 마음에 귀 기울이라는 것이다.

만일 당신이 한창 자라고 있는 청소년이라면 조금 두려울지도 모르겠다. 혼란스러움이나 두려움을 느끼지 않고 사춘기를 보내는 사람은 거의 없다. 사춘기 때는 그런 감정을 느끼는 것이 당연하다는 뜻이다. 그러므로 내가 하고 싶은 말은 크게 심호흡을 하고 적어도 자신의 약점만은 인정하라는 것이다. 그리고 친구를 사귈 때도 좋은 친구들을 가려서 사귀어야 한다. 자신의 약점을 인정하지 않으면 소외감이나 거리감이나 혼자 남은 듯한 기분만 느끼게 될 뿐이다. 누군가와 관계를 맺고 싶다면 자신을 가리고 있는 덮개를 벗어야 한다. 자신과 남들에게 친절히 대하는 내 모습을 떠올려보자. 자신을 포함한 모든 이들에게 상냥히 대하면 자기 자신에게도 큰 도움이 된다. 만약 내가 진작 그런 생각을 했다면 모든 것이 달라졌을 것이다. 나는 누구도 믿지 않았다. 아무도 믿을 수 없다는 생각에 사로잡혀서 누구도 믿지 못하고 내 세계를 스스로 한정 지었다. 나는 너무나 확고했지만 그건 나만의 생각이자 자기만족일 뿐이었다.

아마 사랑 없는 집에서 자란 것이 나뿐만은 아닐 것이다. 또한 사랑을 찾기 위해 섹스를 이용하는 사람도 나뿐만은 아닐 것이다. 우리 집은 모든 것이 돈으로 해결되었다. 겉보기에는 훌륭하고 안정적인 집이었지만 부모님은 내게 사랑은 주지 않았다. 그래서 나는 부모님이 정해놓은 한계도 믿지 않았다. 만일 내가 사랑을 받으며 자랐다면 모든 것이 달라졌을지도 모른다.

Tip : 당신이 남자이거나 여자라는 것을 증명하는 수단으로 섹스를 이용해서는 안 된다. 그렇게 한다면 당신이 얻을 수 있는 것은 아무것도 없고 허무함만 남게 될 것이다. 또 상대방에게도 올바른 태도가 아니다.

 ····· 인생에서 단 한 번 첫경험에 대한 41인의 고백

가벼운 사랑을 전전하면서
소중한 시간을 낭비하지 마라

벤저민(43세/ 안과 의사/ 뉴저지 주 베이온)

스물두 살 때 나는 노스 이스턴 대학의 구내 서점에서 일했다. 그곳에서 나는 열아홉 살쯤 되어 보이는 한 아가씨를 만났는데 그녀가 바로 노라였다. 노스 이스턴에 진학할 예정이었던 노라는 서점에서 아르바이트를 하던 중이었다. 나는 내 밑에서 일하는 그녀에게 책들이 꽂혀 있는 위치나 재고 서적을 정리하는 법 등을 일일이 다 가르쳐주었다.

노라는 그때부터 날 좋아했던 것이 틀림없었다. 항상 내 주위를 맴돌았고, 나와 눈이 마주칠 때면 환하게 미소를 지어 보이기도 했으니까. 그녀는 얼굴이 무척 예뻤다. 약간 통통하기는 했지만 내가 좋아하는 신체 조건을 두루 갖추고 있었다.

나는 검은 머리의 여자가 좋았는데 노라가 바로 검은 머리였다. 또 그녀의 아름답고 커다란 눈을 보면 나도 모르게 이런 생각이 들었다. '바로 이 여자다. 정말 갖고 싶다, 참을 수 없을 만큼.' 서점에서 함께 일했던 친구이자 룸메이트였던 르우벤이 한 번은 이런 말을 했다. "이봐, 노라는 널 좋아해. 갖지 않으면 너만 바보라고." 그 말에 나는 "좋았어!"라고 대답하고는 그녀에게 데이트 신청을 했고, 그 뒤 여러 차례 데이트를 했다.

그때는 아직 추운 겨울인 2월이었다. 노라와 나는 태국 음식점에서 저녁 식사를 했는데 아마 세 번째 아니면 네 번째 데이트였을 것이다. 우리는 데이트를 그리 자주 하는 편은 아니었다. 전에 한두 번 밤에 헤어지면서 작별 키스를 한 적은 있었지만 그것은 그냥 가벼운 입맞춤이었다. 노라는 우리 집에서 그리 멀지 않은 곳에 있는 아파트에서 친구와 함께 지내고 있었다.

함께 저녁 식사를 했던 날 밤은 무척 추웠고 눈까지 조금씩 내리기 시작했다. 걸어서 그녀의 집까지 도착하자 노라가 말했다. "들어올래요? 친구는 없어요. 아마 오늘 밤 안 들어올 거예요." 나는 조금 두려웠지만 그 분위기에서는 들어가야 한다는 것을 알고 있었다. '난 이제 스물두 살이야' 라는 생각도 들었다. 그렇게 해서 우리는 함께 위로 올라갔다. 아파트는 원룸 형태였다. 접이식 침대가 하나 놓여 있었기 때문에 나는 아마도 둘이 같은 침대에서 자나 보다고 생각했다. 잠시 키스를 나눈 뒤 노라가 말했다. "걱정하지 마세요. 친구는 오늘 밤 안 돌아올 테니까요." 노라는 모든 것을 미리 계획한 게 분명했다.

함께 침대에 누운 우리는 서로의 몸을 더듬기 시작했고 점차 더욱 열정적이고 격렬한 애무를 주고받았다. 내가 막 흥분하기 시작했을 때 노라가 일어나 앉아 옷을 벗기 시작했다. 그녀는 내가 처음이라는 사실을 몰랐지만 내 서툰 모습을 보고 어쩌면 눈치챘을지도 몰랐다. 그녀는 처음은 아니었지만 그렇다고 경험이 많은 편도 아니었다. 내가 그날 밤을 그곳에서 보내게 될 거란 사실이 점점 더 분명해졌다. 그러자 조금씩 마음이 편해지기 시작했다. 그 무렵 바깥에는 눈이 엄청나게 쏟아지고 있었다. 그러나 나는 그때까지도 확신이 서지 않았기 때문에 그 자리를 떠나고 싶은 마음도 약간 있었다. 그래서 그녀를 한 번 떠볼 겸 "날씨가 더 험해지기 전에 가야 할 것 같아"라고 말했고, 그 말에 노라는 이렇게 대답했다. "걱정하지 마세요. 괜찮아요. 밤새 여기 있으면 되잖아요. 당신과 함께 밤을 보내고 싶어요." 그때야 나는 좋다고 대답했다.

그날 밤 나는 무척 서툴게 굴었고 삽입하기도 전에 사정하고 말았다. 문 앞까지 갔다가 들어가보지도 못한 꼴이었다. 다음날 아침, 우리는 다시 한번 사랑을 나눴다. 나는 삽입하기 전에 사정하지 않으려고 무척 애를 썼다. 피임에 대한 것은 물어볼 생각도 못했다. 지금 생각해보면 정말 바보 같았다. 그냥 그녀가 알아서 했을 거라고 추측만 했을 뿐이었다.

내게는 어설프고 형편없었던 섹스 실력보다는 드디어 나도 첫경험을 했다는 사실이 더 중요했다. 그녀와 나 사이에는 포근하고 친밀한 분위기가 감돌았다. 눈이 내리던 그날 밤, 나는 침대에 누워 눈송이들이 창문에 부딪히는 소리와 바람에 창문이 덜컹거리는 소리를 들었다. 창문의 블라인드를 통해 들어온 거리의 불빛들이 방안을 비추었고, 보일러의 증기가 끓어오르며 파이프를 통과하는 소리도 들렸다. 나는 온몸의 감각들이 믿기지 않을 만큼 생생하게 살아 있는 것을 느꼈다. 그녀와 내 몸의 체취도 느껴졌고 방 안에 있는 모든 것들이 너무도 분명하게 각인되었다.

아침에 눈을 떠보니 창문이 소용돌이 문양의 서리들로 뒤덮여 있었다. 노라가 일어나서 커피를 만들었다. 우리는 또다시 침대에 누워 섹스를 했고 어젯밤보다 훨씬 좋았다. 정말 지금 이 순간보다 더 좋을 수는 없겠다는 생각이 절로 들었다. 너무도 황홀해서 그 무엇과도 바꿀 수 없을 것 같았다. 내 생애 최고의 순간이었다. 그 순간에 완전히 빠져들고 싶었다.

노라의 집을 나온 나는 곧장 친구 집으로 가서 담담한 척하며 어젯밤에 있었던 일들을 이야기했다. "그래, 나 어젯밤에 여자친구 집에서 잤어." 나는 마치 아무 일도 없었던 것처럼 무척 태연하게 행동했다. "눈에 갇혀서 노라의 집에서 잤다고. 꽤 좋았어." 노라와의 관계는 두 달 정도 지속하였다.

노라는 그 후 스프링필드에 있는 부모님 집으로 돌아갔다. 우리는 편지를 주고받기로 약속했는데 얼마 후 노라가 작별을 고하는 편지를 보내왔다. 무슨 일이 있었으며 그녀의 생각이 어떤지에 대해서는 아무런 언급이 없었다. 그냥 아빠가 우리의 일을 알았기 때문에 더는 날 만날 수 없다는 내용뿐이었다. 사실 그렇게 화가 나지는 않았다. 기분이 조금 우울하기는 했지만 그녀와 그리 깊은 사랑에 빠진 것은 아니었기 때문에 괜찮았다. 그때는 그냥 섹스를 나눈 여자친구가 있었다는 사실만으로도 좋았던 것 같다. 그것은 내 인생에서 정말 획기적인 사건이었으니까.

내가 진작 알았으면 좋았을 거라고 생각하는 한 가지는 바로 두려워해서는 안 된다는 것이다. 내게는 더 많은 기회를 붙들 수 있는 용기가 부족했다. 나는 늘 그 점이 아쉬웠다. 나는 젊은이들이 다시는 오지 않을 그 좋은 시절을 정말 소중히 여겼으면 좋겠다.

그리고 섹스 기술을 쌓거나 가벼운 사랑을 전전하면서 세월을 낭비하

지 말고, 나이가 들어서도 애정을 갖고 감사하는 마음으로 돌아볼 수 있
는 시절을 만들었으면 좋겠다. 즉 무슨 일을 하든지 성심을 다해 임하라
는 것이다.

섹스는 사랑의 과정일 뿐이다

7

♡

　당신은 지금 열렬한 사랑을 갈망하고 있다. 그런데 당신을 좋아해서 자꾸 밖으로 불러내 선물을 사주고 싶어하는 남자가 있다. 사실 그 남자는 당신이 좋아할 만한 타입은 아니다. 하지만 달리 사귀는 사람도 없고, 그 남자도 그런대로 재미있는 편인 것 같다. 무엇보다도 당신에게 무척 잘해준다. 그래서 그냥 한 번 사귀어볼까 하는 마음도 있고, 어쩌면 뭔가 잘될 수도 있겠다는 생각도 든다. 하지만 시간이든 돈이든, 당신보다는 그 남자가 훨씬 많이 투자하고 있다. 그러다가 뭔가 공감대가 느껴지는 어떤 남자를 만나 마음을 뺏기게 되면 당신은 아마 그전의 남자는 순식간에 잊고 당신의 반쪽이라고 생각되는 새로운 남자에게 가버릴지도 모른다.

　혹은 섹스까지도 마다하지 않을 만큼 당신에게 푹 빠져 있는 여자가 있다고 하자. 당신은 그 여자에게 별다른 감정을 느끼지도 않으면서 그녀가 하고 싶은 대로 하도록 그냥 내버려둔다. 당신이 그녀를 기다리게 한다는 것을 알면서도 말이다. 결국 두 사람이 섹스까지 하는 사이가 되었다고 해도 그런 관계는 당신 위주로 돌아가는 일방적인 관계일 뿐이다. 두 사람 사이에는 주고받는 것도 거의 없다. 그러다가 그 여자가 점점 뭔가를 요구하기 시작하면("우리 섹스 말고 다른 것도 해봐요." 하면서) 바로 그 시점이 둘의 관계가 끝나가는 첫 번째 단계가 되는 것이다.

　어느 경우든 둘 중 어느 한쪽이 더욱 열중하는 관계는 결국 힘의 불균형을 가져오게 된다. 더 많은 공을 들인 사람은 늘 상대방이 해주지 않는 것을 갈망하며 마음의 상처도 쉽게 받는다. 한편 상대방은 이만 끝내야겠다는 생각이 들거나 관계를 지속하기가 너무 힘들다는 생각이 들면 곧바로 돌아서 버린다. 또 그런 사람은 관계가 끝났다고 해서 힘들어하거나 심란해하지도 않는다.

때로는 한쪽이 우위에 있는 것을 좋아하는 관계도 있다. 이런 관계는 둘 중 한 사람에게 모든 것을 이끌어줄 사람이 필요하기 때문에 성립되기도 하지만 건전하지 못한 관계임은 틀림없다. 이런 관계는 한 사람이 다른 사람보다 더 많이 노력하는 것을 둘 다 당연하게 생각하기 때문에 힘의 불균형이 초래되어도 별다른 영향을 받지 않는다.

십대 때는 나도 이런 불평등한 관계를 맺을 만한 기질이 다분했다. 섹스에 대한 호기심은 엄청났지만 여자친구와 사귀어본 적도 없었고, 적당한 사람이 나타나기를 기다리는 인내심이나 자존심도 갖추지 못한 상태에서 그저 섹스를 위한 관계를 만들고만 싶었다. 하지만 주위에서 그런 커플들을 보면 불평등한 관계로 빠져드는 일이 많았고 나는 왜 그들이 서로 만족하지 못하고 쉽게 헤어지는지 늘 궁금했다.

십대 때는 불평등한 관계를 피하기가 어렵다. 서로 다른 두 사람이 만나 함께 자아를 찾는 여행을 하다 보면, 한 사람이 다른 사람보다 더 많이 노력하게 되는 경우는 흔하다. 그런 관계라도 한동안은 잘 지낼 수 있다. 그러다가 어느 한 사람이 그런 상황을 인식하거나 성숙해질 필요를 느끼면 그 관계에서 벗어날 준비를 하게 된다.

하지만 그런 관계가 바뀌거나 끝날 때까지는 많은 고통이 따른다. 상대방이 너무 나약하다거나 자신에게 지나치게 의존한다는 사실을 아는 것도 그리 유쾌한 일은 아니다. 관계에서 우위를 차지하기는 쉽다. 하지만 그렇게 되면 상대방이 느낄 기분까지 부담으로 다가올 수도 있다. 그래서 상황을 깨끗이 정리하고 싶어도, 상대방에게 상처를 주기도 싫고 정확히 무슨 말을 해야 할지도 몰라 이러지도 저러지도 못하는 것이다.

만일 당신이 상대방의 작은 변화에도 전전긍긍해한다면 끊임없이 불안에 시달리며 사는 것과 같다. 그런 관계는 당신이 그토록 지키고 싶어하는 당신의 자존심을 천천히 갉아먹는다. 나도 언젠가 그런 상황에 처한 적이 있었다. 너무 고통스러워서 어느 날은 나도 모르게 상대방에게 대들며 이렇게 말하기도 했다. "진실을 말해줘. 네 마음속의 진실을 말하란 말이야." 그렇게 해도 진실을 듣기는 힘들겠지만, 당신과 헤어지고 싶어하는 사람의 거짓을 대하며 사는 고통은 더욱 견디기 어려울 것이다.

평등한 관계를 맺을 수 있는 사람을 만나기까지는 많은 시일이 걸릴지도 모른다. 사람 사이에는 동등한 관계가 형성되어야 힘의 평형도 고스란히 유지될 수 있다. 그런 관계로 맺어진 사람들은 서로의 짐을 바꿔서 들기도 하고 함께 새로운 책임을 지기도 한다. 상대방을 마음 졸이게 하지도 않으며 언제나 자신의 마음을 느낄 수 있도록 배려한다. 또 서로를 존중하고 관계를 유지하도록 최선을 다하기 때문에 더욱 성숙한 관계로 발전할 수 있다. 만일 당신도 이런 관계를 갖게 된다면 그토록 오랫동안 기다려왔던 것이 바로 이런 거였구나 하는 생각과 함께 기다릴 만한 가치가 충분하다는 사실도 깨닫게 될 것이다.

욕망이 아닌 사랑으로
첫경험을 하자

그레고리(58세/ 해양 생물학자/ 뉴질랜드 빅토리아)

나는 열네 살 때 부모님과 함께 케임브리지로 왔고, 그곳에서 페이를 만났다. 나는 전학을 무척 자주 다녔다. 유치원부터 대학까지 2년 이상 같은 학교를 다녀본 적이 없었다. 당연히 친구를 사귈 틈도 없었다. 나는 그들에게 낯선 아이였다.

나는 그해 1월에 페이를 만났다. 새친구가 여럿이 몰려다니는 패거리의 리더쯤 되는 여자애가 나를 좋아한다고 말해주었다. 그러면서 그 여학생의 이름이 페이 모건이라는 것까지 가르쳐주었다. 그녀는 175센티미터의 키에 완전히 성숙한 아름다운 몸매와 풍만한 가슴을 갖고 있었다. 정말 하나의 조각상 같았다. 길게 늘어뜨린 머리까지 무척 아름다웠다. 그야말로 완벽 그 자체였다. 많은 용기가 필요했지만 결국 나는 함께 댄스파티에 가자고 그녀에게 말했다. 댄스파티에 가서 우리는 같이 춤을 추었고 일주일 뒤에는 함께 영화를 보러 갔다. 운전은 내 아빠가 해주셨다. 부모님이 두 분 다 교수였기 때문에 우리 가족은 케임브리지 대학 안에 있는 교수용 사택에서 살고 있었다.

우리는 서로를 정말 좋아했다. 그 후 나는 약 두 달 동안 날마다 그녀의 집에 갔다.

어느 날, 페이가 한밤중에 자기 집으로 오라고 했다. 그래서 나는 새벽 두 시에 집을 나와 숲으로 난 길을 2킬로미터쯤 걸어서 그녀의 집으로 갔다. 페이의 집에 도착해서 그녀 방 창문을 톡톡 두드리자 그녀가 밖으로 나왔다. 우리는 앞뜰로 나와 담쟁이덩굴 아래에 누웠다. 바로 그때 스무 살 정도 됐던 그녀의 오빠가 집 밖으로 나오는 바람에 우리는 덩굴 속으로 얼른 몸을 숨겼다. 처음에는 손을 잡고 이야기만 하다가 결국 키스를 했다. 페이가 키스를 하고 싶어할 거라고는 전혀 생각하지 못했기 때문에 나는 그녀가 키스를 할 때도 얼어붙은 듯 가만히 있었다. 하지만 결국은 '네가 좋으면 나도 좋다' 라고 생각하게 되었다. 내게는 그 일이 육체적인 관계로 들어가는 관문 같은 것이었다.

그 일이 있은 후 우리는 그녀 집 뒤에 있는 숲에서 데이트를 하곤 했다. 페이와 나의 육체관계는 매우 빠른 속도로 발전해갔다. 몇 주 만에 우리는 속옷 차림으로 깊고 깊은 입맞춤을 나누었다. 그녀와 나는 잔디에 누워 이리저리 뒹굴면서 서로의 몸을 머리끝에서 발끝까지 구석구석 애무해주었다. 그 당시 나는 이제 막 열다섯 살로 접어들던 때였다. 나는 행복했다. 페이가 나를 그토록 사랑한다는 것이 꼭 마법처럼 느껴졌다. 나는 그녀와 함께 서로의 몸을 만지는 것이 좋았고 좋아하는 감정을 함께 나눈다는 사실도 너무나 좋았다. 나는 내가 몰랐던 여러 가지 일들을 경험하면서 육체적으로나 정신적으로 페이에게 더욱 깊이 빠져들었다.

그때는 내 모든 것을 그녀에게 줄 수 있을 것 같았고, 그녀 역시 자신의 모든 것을 내게 줄 것만 같았다. 페이는 나와 처음으로 사랑이라는 관계로 맺어진 여자였다. 나는 그 사실이 매우 행복했다.

우리는 꽤 자주 성 관계를 가졌다. 숲 속에서 처음으로 그녀의 몸에 내 성기를 삽입한 날, 나는 한동안 움직이지 않고 그대로 있었다. 그곳은 아름다운 봄날의 케임브리지 교정이었다. 날씨도 따뜻했고 새들이 지저귀는 소리도 들렸다. 사실 그날, 나는 섹스를 하게 되리라고는 생각지도 못했다. 페이와 나는 점점 깊은 애정 행위를 하는 관계로 발전하면서 언제 뭘 하자는 식의 이야기는 해본 적이 없었다. 그날 섹스를 하고 난 뒤 페이는 이렇게 말했다. "우리 둘 다 오르가슴을 느끼지 못한 것이 분명해." 그녀와 나는 둘 다 섹스하는 법을 알고 있었고 나는 피임도 염두에 두고 있었다. 내 부모님이 내게 가르쳐주었듯이 페이의 부모님도 아마 벌써 가르쳐주었을 거라고 생각했다. 나는 전에도 자위를 해봤기 때문에 오르가슴이 어떤 기분인지 알고 있었고 정액을 본 적도 있었다. 나와 마찬가지로 그녀 역시 그날이 첫경험이었다. 나는 그날 기분이 아주 좋았고 그녀를 더욱 사랑하게 되었다.

우리는 약 3년 동안 만났고 일주일에 서너 차례는 관계를 가졌다. 한 번은 우리 중 한 사람이 어딘가로 여행을 다녀온 뒤 하루에 네 번이나 한 적도 있었다. 부모님은 남자란 섹스를 하고 나면 바로 여자를 차버린 다는 견해를 갖고 있어서 우리가 섹스를 하는 사이라고는 생각하지 않았다. 내가 꾸준히 페이를 만났기 때문에 아직 그런 일을 벌이지는 않았을 거라고 생각하는 것 같았다. 그러나 두 분 모두 완전히 잘못 알고 있었다!

페이는 섹스를 정말 좋아했고 오르가슴도 자주 느끼는 것 같았다. 사실 연인으로서의 나는 매우 서툴렀다. 나는 페이와의 섹스가 무척 만족스러웠고 전혀 지루하지 않았다. 함께 카마수트라 비디오를 본 적도 있었는데 그 비디오에는 섹스의 모든 체위가 다 나와 있었다. 비디오를 본 후 우리는 앉아서 하는 체위나 몸을 서로 다른 방향으로 돌리고 하는 체위 등 여러 가지 체위를 시험 삼아 해 보았다.

페이와 나의 관계는 정신적인 만족감도 큰 부분을 차지하고 있었다. 나는 그녀를 죽을 때까지도 사랑할 수 있을 것 같았다. 나는 페이에게 정말 헌신적이었다. 다른 소녀들이 내게 관심을 보인 적도 있었지만 나는 다른 사람은 사귀고 싶지 않았다. 또 그럴 필요도 없다고 생각했다. 고등학교 2학년이 끝나갈 무렵까지는 모든 것이 매우 만족스러웠다.

고등학교 2학년 말, 그러니까 봄 무렵 그녀가 내게 헤어지자는 통보를 해왔다. 그때 페이는 우리 집 길 건너편에 사는 남학생에게 관심을 두기 시작했는데 그 애는 바로 내 친구였다. 나는 너무나 화가 나서 페이와 크게 다투었다. 우리는 아빠의 푸조 자동차에 타고 있었는데 페이가 "차 세워. 내릴 거야"라고 말했다. 나는 차를 길가에 세워 그녀를 내리게 한 다음 다시 그 블록을 한 바퀴 돌아보았다. 그러나 그녀는 보이지 않았다. 계속해서 그 주위를 맴돌았지만 어디에서도 그녀를 찾을 수 없었다. 나는 미칠 것만 같았다.

우리의 문제는 그녀가 내게 너무 큰 자리를 차지하고 있었던 것이다. 나는 전적으로 그녀에게 예속되어 있었다. 페이가 심술궂은 눈길로 바라보기만 해도 나는 온 세상이 산산이 부서지는 것 같았다. 우리 사이에는 너무나 심한 힘의 불균형 상태가 초래되어 있었던 것이다. 나는 그녀에게 전적으로 의지하고 있었지만 그녀는 그렇지 않았다. 그것이 바로 그녀의 존경할 만한 점이기도 했다. 나는 페이가 자신이 가진 힘을 함부로 휘둘렀다고는 생각하지 않는다. 하지만 모든 것을 그녀 마음대로 하게 해주어도 아무 소용없었던 것은 사실이었다.

그 무렵 나는 어떤 순환 고리를 배우게 되었다. 한 사람은 다른 사람을 불필요하게 생각하는데, 반대로 다른 사람은 여전히 그 사람이 있어야 한다면 아무 결론도 나지 않은 채 계속 그 상태만 반복될 뿐이라는 사실을 말이다. 결국 나는 그녀와의 이별을 극복하기로 했다. 그리고 나중에 그녀가 내게 다시 돌아와달라고 말한다면 이렇게 말할 생각이었다. "싫어, 다시는 그런 짓을 하지 않을 거야." 그러면 그녀는 나를 더욱더 원하게 될 거라고 생각했다. 결국 고등학교 3학년이 절반 정도 지날 무렵에야 이런 상황에서 완전히 벗어날 수 있었다.

나는 대학에 갔고 2, 3년 동안은 어떤 관계도 만들지 않았다. 나는 1학년 때 크리스마스를 맞아 집에 돌아와서 페이를 보았다. 그녀를 본 것은 그때가 마지막이었다.

내 안의 빈자리를 메우려는 목적으로 여자를 사귀어서는 안 된다. 페이와 사귀고 있을 때는 그것을 몰랐다. 그녀와 헤어진 후 몇 년이 지나서야 나는 그 사실을 깨달았다. 또 늘 잘하려고 노력할 필요는 없다는 사실도 좀더 일찍 알았다면 좋았을 것이다. 관계 속에서는 늦든 이르든 많은 실수를 하게 된다. 관계에서 중요한 것은 뭔가를 잘하고 못하고가 아니라 바로 정직하고 진실한 마음이다. 서로의 부족한 점을 너그러운 마음으로 받아들이는 것이야말로 좋은 관계라고 할 수 있다.

나는 젊은이들이, 내가 경험했던 만큼 즐겁게 자신들의 첫 관계를 만

들었으면 좋겠다. 그리고 욕망이 아니라 사랑으로 관계를 맺을 수 있을
만큼 현명했으면 좋겠다. 또 한 가지 젊은이들에게 바라는 것이 있다면,
섹스를 사랑의 한 방법으로 생각하라는 것이다. 나 역시 섹스는 사랑을
위해 하는 거라고 생각한다.

Tip : 그냥 누군가와 관계를 맺고 싶어서 섹스를 하는 것은 좋은 이유가 아니
다. 그럴 때는 그냥 친구나 사업상 파트너나 평범한 지인으로 지내는 것이 더
낫다. 당신이 정말 좋아하는 사람을 선택하자. 그리고 사랑하는 사람과 친구가
되자.

섹스보다 더 중요한 것들이 있다

8

십대 때는 누군가와 관계를 맺는 일이 가면무도회에서 짝을 찾는 일처럼 어렵다. 때로는 누군가가 입고 있는 옷에 마음이 끌릴 수도 있다. 사실 옷이라는 것은 그 사람이 지닌 정신세계를 반영하기도 하지만 한편으로는 그 사람의 불확실성을 포장하는 것이기도 하다. 그럼 어떻게 해야 이것을 알 수 있을까?

당신이 상대방을 알아가고 상대방이 당신을 알아가는 과정이 중요하다. 사실 관계란 자신의 모든 것이 끊임없이 밝혀지는 과정이므로 스스로 상대방에게 조금씩 밝혀가야 더욱 신뢰를 얻을 수 있다. 그러나 십대 때는 그렇게 하고 싶어도 두 가지 큰 문제에 직면하게 되는 경우가 많다. 즉 스스로도 자신에 대해 정확히 모르거나 자신을 너무나 잘 알기 때문에 감추려고 엄청난 노력을 하는 것이다.

십대였을 때 나는 두 가지 면 모두에서 정체성 위기로 여러가지 문제를 갖고 있었다. 내 자신에 대해 잘 알지 못했기 때문에 끊임없이 정체성을 찾기 위해 노력했다. 한편으로는 사람들에게 멋지게 보이기 위해서도 무척 애를 썼다. 나는 내 친구들처럼 음악을 하는 척했는데 사실 친구들 같은 재능은 별로 없었다. 나도 그 사실을 알았지만 여학생들을 대할 때마다 어색해지는 내 자신과 성에 대한 무지와 스스로에 대한 불안을 감추려고 필사적으로 노력했던 것이다. 그래서 그 시절에는 내 자신을 다른 모습으로 가장하는 일이 하나의 일상이었다.

하지만 성적인 관심이 많아지기 시작하면 이렇게 가장했던 모습도 조금씩 사라진다. 모든 면에서 솔직해지므로 자신을 숨기는 것이 점차 어려워지기 때문이다. 누군가를 사귀는 중에 솔직한 모습을 보여줬다가 싫다는 반응을 보면 큰 충격을 받을 수도 있다. 그 시절은 상대방은 물론 자신의 진짜 모습도 파악하기가 무척 힘든 시기이기 때문이다.

당신의 마음 한곳에서는 누군가와 가까워지기를 몹시 갈망하고 있을 것이다. 성적인 관심은 그런 친밀한 관계를 찾게 하는 원동력이 된다. 만일 관계가 형성되었는데도 친밀함이 느껴지지 않는다면, 둘 중 누군가는 자신의 진짜 모습을 감추고 있거나 자신을 솔직히 드러낼 준비가 안 되었기 때문이다. 정신적인 결합이 결여된 관계는 겉만 번지르르 하고 불쾌하며 어색하기만 할 뿐이다. 십대 때 경험한 이런 관계는 자신이 가장 우선시하는 것이 무엇인지 다시 생각하게 하는 계기가 된다. 또한 성적인 욕구만 채우려고 하지 않고 자신에게 맞는 사람이 나타날 때까지 기다려야겠다는 결심을 하게 한다.

멜린다(31세/ 척추 지압사/ 캘리포니아 주 샌 루이스 오비스포)

처음 생리를 시작했을 때 나는 엄청난 충격을 받았다. 처음에는 그게 무엇인지도 몰랐다. 그날 나는 친구들과 함께 집에 있었는데 너무 짙어서 검은색에 가까운 피가 묻어나왔던 것이다. 나는 '내가 왜 이러지?' 하는 생각을 하며 울음을 터뜨렸다. 생리가 그런 것일 줄은 정말 몰랐다. 방안에 둘러앉아 있던 친구들은 그런 나를 보고 깔깔거리며 웃기만 했다. 나는 내가 죽어가고 있을지도 모른다고 생각했다.

엄마는 한 번도 그런 이야기를 해주지 않았기 때문에 여기저기서 주워들은 것이 내가 아는 전부였다. 알고 지내던 언니가 처음으로 섹스를 했다는 이야기를 들었을 때도 나는 아무것도 모르던 상태였다. "그래, 맞아. 그 남자 차 안에서 그 짓을 했다니까." 그런 말을 들으면 나는 늘 이런 식이었다. "그 짓이 뭔데?" 우리 패거리에는 나보다 네 살 많은 언니가 다섯 명 있었고, 나와 가장 친한 친구들도 나보다 두 살이나 많았다. 나는 늘 이 패거리들과 어울려 다녔다. 그러다 보니 나도 그들과 같은 나이라고 착각하고 있었다. 그래서 나는 열네 살 때도 열여덟 살 소녀들이나 하는 짓을 하고 다녔다. 우리 주위에는 항상 남자들이 많았다. 나는 캘리포니아의 산 주안 데 카보라는 곳에 있는 바자 해변에서 자랐다. 건축 업자였던 아빠는 그곳에 있는 여러 리조트들을 건설하는 일을 했다. 우리는 늘 반쯤 벗은 상태로 해변 여기저기를 뛰어다녔다. 우리는 여러 소녀끼리 뭉쳐 다니던 일종의 패거리였다.

열네 살 무렵 나는 자비어라는 이름의 소년과 데이트 비슷한 것을 하기 시작했다. 그때 나는 9학년이었고, 그는 나보다 조금 더 나이가 많았다. 나는 그가 나를 좋아한다는 사실을 진작부터 알고 있었다. 어느 날인가 그가 나를 불러내 함께 영화를 봤다. 한 번은 어떤 파티에서 그가 나를 욕실에 가두려고 한 적이 있었다. 그는 내게 입을 맞추며 내 옷 안으로 손을 집어넣으려고 했다. 하지만 그는 몹시 취해 있었기 때문에 나는 별 어려움 없이 그의 손길을 피할 수 있었다.

두 달쯤 지나자 크리스마스 시즌이 되었고, 크리스마스 파티가 열렸다. 그곳의 부모님은 집을 비운 상태였다. 그 집에는 침실이 네 개였는데 침실마다 몇 명씩 들어가 있었다. 자비어와 나는 꽤 오래 만났지만 서로의 몸을 만지거나 애무해본 적은 없었다. 그날 파티에 온 사람들은 다들 몹시 흥분돼 보였다. 그중에는 나이가 좀 많은 사람들도 꽤 있었다. 파티 중에 우리는 아무 생각 없이 어느 방문을 열어보았는데 지금 생각해보면 누군가 그 안에서 섹스를 하고 있었던 것 같다. 그 광경을 본 나는 곧장 돌아서서 재빨리 문을 닫았다.

잠시 후 자비어와 나는 방으로 들어가서 키스를 하기 시작했다. 어쩌다가 그렇게 되었는지 기억나지는 않지만 그가 그날 밤 섹스를 하고 싶어하는 것은 나도 짐작하고 있었다. 나는 죽을 만큼 겁이 났다. 그래서 그에게 이렇게 말했다. "나는 어떻게 하는지도 몰라." 그날 밤 우리는 맥주를 마시며 계속 서로의 몸을 만지작거렸다. 그는 콘돔이 있다고 했고, 나는 계속 모른다고만 했던 것 같다. 나는 그에게 강요당하는 기분도 들었지만 한편으로는 이미 섹스 경험이 있는 친구들처럼 한 번 해보고 싶기도 했다. 같이 어울리는 패거리에서 더 이상 어린애 취급을 받기가 싫었던 것이다.

자비어와의 섹스는 조금도 낭만적이지 않았다. 전혀 열정적이지도 않았고, 그냥 의무감 같은 것만 느껴졌을 뿐이었다. 나는 꼭 실험용 환자가 된 기분이었다. 나는 자비어와 오랫동안 키스를 했지만 너무나 겁이 났고 두려웠다. 흥분 따위는 전혀 일어나지 않았다. 나는 브래지어와 팬티만 남기고 옷을 모두 벗었다. 자비어도 옷을 벗고 콘돔을 끼웠다. 남자의 성기를 처음 본 나는 '그래, 그렇게 생겼을 줄 알았어' 라고 생각했다. 그날 밤의 섹스는 몹시 불쾌하고 기분 나쁜 경험이었고 무척 아프기까지 했다. 그는 그때가 처음이 아니었다.

하지만 나는 처음이었고 그도 그 사실을 알고 있었다. 그는 자상하게 대해주지도 않고 성급하게만 굴었다. 나는 지독한 통증만 느꼈다. 나는 전혀 흥분되지 않았고, 그 부분이 젖어들지도 않아서 우리는 잠시 기다렸다. 그런 상태라면 삽입하는 그도 통증을 느끼게 될 터였다. 마침내 그가 삽입을 시작했지만 나는 어서 끝나기만을 바랐다. '좋아, 이번이 마지막이겠지.' 나는 계속 그 생각만 하고 있었다. 그 일은 정말 끔찍하고, 끔찍하고, 또 끔찍한 경험이었다. 낭만 같은 것은 생각할 수도 없었다.

제일 당황스럽고 끔찍했던 것은 그 부분에서 들리는 쩍쩍 빨아들이는 소리였다. 꼭 배에 물이 차서 움직일 때마다 나는 소리처럼 소름끼치는 소리가 들렸다. 나는 내가 죽을지도 모른다는 생각마저 들었고 너무나 창피했다.

'사람들이 이런 짓을 한단 말이야?' 하는 생각뿐이었다. 섹스가 이런 것이라는 사실을 도저히 믿을 수가 없었다. 섹스는 세상에서 가장 역겨운 짓이었다. 나는 그날 밤 그렇게 느꼈다. 나중에 나는 내가 피를 흘렸다는 것을 알았다. 정말 끔찍하고 소름끼치는 기분이었다. 나는 꼭 내 몸의 일부가 밖으로 빠져나온 것 같았다. 정말 그것은 나의 일부였다. 그 일로 나는 잊을 수 없을 만큼 큰 충격을 받았고, 잠시 후 충격에 휩싸인 채 집으로 갔다.

다음날 나는 차를 타고 친구들을 만나러 갔다. 다른 날과는 기분이 달랐다. 나를 보는 사람마다 내게 다가와 뭐라고 할 것만 같았다. 나는 친구들에게 모든 것을 사실대로 털어놓았다. 사실은 무척 끔찍한 경험이었지만 나는 우쭐대면서 이렇게 말했다. "우우, 나 어제 자비어랑 있었잖아. 우리 그 짓도 했다." 그러자 친구들은 이렇게 말해주었다. "축하해, 너도 드디어 체리를 깨뜨렸구나!"

나는 더는 어린애가 아닌 것 같은 기분이 들었다. 그 뒤로 다시는 자비어를 만나지 않았다. 그리고 열일곱 살이 될 때까지 3년 동안 한 번도 섹스를 하지 않았다. 솔직히 그때 나는 누군가와 관계를 맺을 준비가 되어 있지 않은 상태였다. 내가 그런 관계를 감당할 수 없다는 것을 나 자신도 알고 있었다.

나는 당신이 스스로 얼마나 솔직하다고 생각하는지 알고 싶다. 내 말은 당신은 아마 실제보다 자신이 더욱 솔직하다고 생각할 거라는 뜻이다. 사실 익숙해지기 전에는 자신을 지나치게 드러내는 것이 견디기 어렵게 느껴진다.

또한 자신의 모든 것이 너무 적나라하게 드러나면 겁이 나기도 한다. 나는 그 정도까지는 바라지 않았다. 그렇게 되면 사람들이 나를 속속들이 꿰뚫어볼 것만 같았기 때문이다. 나는 그렇게까지 개인의 모든 것이 드러나는 것은 원하지 않는다. 나는 여기에서 언급하는 것처럼 섹스를 다소 의학적인 차원에서 생각했다. 이런 일은 실제로 겪어보지 않으면 얼마나 이상한 기분이 드는지 알 수 없다.

솔직해지면 상처도 훨씬 쉽게 받게 된다. 나도 그 사실을 알았어야 했다. 유감스럽게도 나는 섹스가 서투르고 어색할 수도 있다는 점을 전혀 몰랐다. 낭만적인 영화의 한 장면처럼 남자가 날 사뿐히 안고 침실로 들어가서 모든 것을 근사하고 기분 좋게 해주는 줄로만 알았다. 섹스가 역겹고 두려울 수도 있다는 것을 알았어야 했다. 당신도 아마 "섹스는 정말 역겨워"라고 말하게 될 때가 있을 것이다.

열일곱이나 열여덟 살이 될 때까지 기다렸어야 했다는 생각도 든다. 아마 그때쯤 첫 관계를 가졌다면 훨씬 좋은 경험으로 남을 수 있었을 것이다. 당시 내 친구들은 상대를 가리지 않고 성 관계를 갖는 난잡한 생활을 하고 있었다. 모두들 별일 아니라고 생각하고 그런 행동을 하는 것 같았지만 사실 그것은 심각한 문제였다.

나는 젊은이들이 자신의 본능이나 직감에 따라 행동하길 바란다. 자신이 느끼는 감정에 귀를 기울이라는 뜻이다. 만일 당신 내부에서 "싫어!"라는 비명 소리가 들려온다면 무작정 밀고 나가거나 옳지도 않은 이유 때문에 해야 한다고 생각하지 말고 그 상태에서 그냥 멈춰야 한다. 시간은 되돌릴 수 없기 때문에 잘못하면 평생 후회할 일을 만들게 된다. 나는 모든 이들에게 대화를 나눌 수 있는 친구가 있었으면 좋겠다. 그리고 섹스나 인간관계에 대한 좋은 책들이 많이 나와서 많은 도움이 되었으면 좋겠다.

만일 그런 책이 있다면 나도 벌써 갖고 있을 것이다. 아니면 부모님이라도 기꺼이 그런 이야기들을 자녀들에게 해줘야 한다. 내 부모님은 성에 대한 이야기를 한 번도 해주지 않았다. 엄마는 열일곱 살 때 미혼모가 됐다고 했다. 그런데 엄마는 나에게 그런 이야기는 일체 해주지 않았다. 아마 무슨 말을 해야 할지 몰랐을 것이다. 나는 늘 내 나이 때의 엄마는 어떻게 살았는지 알고 싶었다. 그런 이야기를 들었다면 내게 많은 도움이 되었을 텐데 엄마는 한마디도 하지 않았다. 어쩌면 그런 이야기를 하는 것이 곤란했거나, 내게 잘못된 생각을 심어주고 싶지 않아서였을 수도 있다. 그러나 어쨌든 도움은 됐을 것이다.

때로는 상황에 따라 자신의 겉모습을 감추게 될 때가 있다. 나는 그런 점에 무척 익숙했다. 나는 늘 내 말솜씨를 이용했고 재치 있게 행동했으며 상황을 능숙하게 헤쳐 나갈 줄 알았다. 나는 항상 속임수를 잘 썼지만 처음으로 성 관계를 갖게 됐을 때는 너무 겁이 났다. 그때는 내 마술 가방에서 나를 도와줄 어떤 마법도 생각해낼 수 없었으며 위장하지 않은 내 모습이 어떤지도 몰랐다.

사실 그렇게 하지 않았어도 괜찮지 않았을까 싶다. 나는 늘 나보다 나이가 많은 사람들과 어울렸기 때문에 항상 자신감을 꾸며내야 했다. 그때 나는 내가 무슨 짓을 하는지도 모른 채 다 받아들여야 했고, 늘 상처

를 받고 겁을 내고 거북해하고 두려워해야 했다. 그것은 정말 나를 갉아
먹는 짓이었다. 늘 다 큰 어른처럼 행동해야 했으니 말이다.

성 정체성에 혼란을 겪다

조엘(37세/ 작곡가/ 루이지애나 주 뉴올리언스)

나는 이미 다섯 살 때 내게 뭔가 문제가 있다는 사실을 알았다. 나는 게이였다. 그래서 다섯 살 때부터 본모습을 숨겨야 했다. 가족 중 내 진짜 모습을 아는 사람은 아무도 없었다. 나는 여자처럼 굴지도 않았고 인형을 갖고 놀지도 않았다. 하지만 운동을 할 때면 남자 애들 사이에서 겁을 먹었고 운동 자체에 아예 관심이 없었다. 사실 나는 동물에 관심이 많았다. 항상 뭔가를 수집했다. 그리고 다른 아이들이 어린이 야구단에 들어가려고 난리 치는 것도 그리 좋아 보이지 않았다. 그것은 자신을 정말 어리다고 낙인찍는 것과 같았으니까.

고등학교 때는 여학생들과 친하게 지냈지만 섹스는 하지 않았다. 관심이 없었기 때문이다. 나는 나의 곤란한 상황을 해결할 수 있을 때까지 기다리고 있었다. 나는 내가 게이라는 사실을 알았을 때부터 정신병자가 된 것 같았다. 너무나 오랫동안 내 자신을 감춰야 했기 때문에 정신적으로 몹시 피폐해진 상태였다.

나는 여자애들과 데이트도 해보고 섹스를 제외한 모든 육체 행위도 다 해봤다. 그들의 외모는 무척 마음에 들었고 정말 아름답다는 생각도 들었다. 하지만 성적으로는 어떤 매력도 느껴지지 않았다. 가끔 내게 관심을 보이는 여자들도 있었지만 내 사정을 잘 모르는 그들과는 오래 갈 수가 없었다.

고등학교를 졸업하고 나는 동물 보호 센터에서 일을 하게 되었다. 그해 가을에는 대학에 입학할 생각이었다. 그 무렵 이미 대학에 다니던 고등학교 친구 켈시가 날 만나러 왔다. 고등학교 시절 우리는 잠깐 데이트를 했고 키스와 애무를 한 적도 있었지만 그게 다였다. 어느 날 함께 시간을 보내던 우리는 결국 섹스를 하게 되었다. 하지만 나는 발기가 되지 않았고 전혀 흥분되지도 않았다. 너무나 오랫동안 내 자신을 다른 모습으로 가장하면서 살았던 나는 결국 헤어날 수 없는 절박한 상황까지 겪게 된 것이다. 그건 정말 끔찍한 일이었다. 다시는 겪고 싶지 않은 최악의 경험이었다.

원하지도 않는 누군가와 섹스를 함으로써 자신의 존재를 입증하려는 것은 세상에 적응하려는 방법 중에서 가장 나쁜 방법이다. 더는 물러설 곳이 없었던 나는 결국 내 모습이 아닌 다른 모습으로 누군가와 그런 일을 벌여야 했다. 그것은 거의 자기 학대나 마찬가지였다. 나는 내가 한 짓이 너무나 수치스럽게 느껴졌다. 하지만 그때는 남자를 사귄다는 것은 상상조차 할 수 없는 일이었다. 내 가족들과 같은 마을, 같은 주, 같은 미시시피 강 너머에 살면서 그럴 수는 없었다. 나는 도저히 가족들에게 그런 일을 겪게 할 수 없었고, 한편으로는 내 자신이 두렵기도 했다.

어느 날 나는 동물 보호 센터에 온 한 남자를 알게 되었다. 나는 그를 너무나 사랑하게 되었다. 모든 것을 그와 함께하기 시작했다. 그는 개를 아주 많이 기르고 있었다. 나는 동물 보호 센터에 그의 일자리를 알아봐 주었다. 나는 거의 하루 종일 그와 함께 지내며 그를 미치도록 사랑했다. 그때 나는 스무 살이었다. 그의 이름은 벤이었는데 브래드 피트가 생각 날 만큼 무척 근사한 남자였다. 나는 원래 이상형이 없었지만 굳이 정하 라면 바로 벤과 같은 남자가 내 이상형이었다. 나는 모든 것을 그와 함께 하면서도 그의 곁에 다가갈 생각은 조금도 할 수 없었다. 그것은 절대 불 가능하다고 생각했다.

1년 후 스물한 살이 된 나는 오하이오를 벗어나기로 결심했다. 그리고 클리블랜드로 가서 동물 병원에 일자리를 구한 뒤 지역 신문에 실린 게 이 광고를 눈여겨보기 시작했다. 그런 광고들을 보면 괜히 두렵기도 했 다. 내가 위에서 할까요? 밑으로 내려갈까요? 드레스를 입을까요? 이런 것도 할까요? 등등 나는 게이들이 어떻게 육체관계를 맺는지조차 몰랐 다. 하지만 내가 남자에게 흥분을 느낀다는 것만은 확실했다. 마침내 나 는 한 남자가 낸 광고에 자극을 받아 그에게 편지를 보냈다. 우체통에 편 지를 집어넣는 순간, 나는 갑자기 속이 심하게 울렁이는 것을 느꼈다. 그 리고 끊임없이 '그가 나한테 전화를 걸면 어떻게 하지?' 하는 생각에 사 로잡혔다. 그날 밤 집에 있는데 아홉 시쯤 전화벨이 울렸다. 나는 정말 천장에 부딪힐 만큼 놀라서 벌떡 일어났다.

드디어 어느 날 밤, 그 남자에게서 전화가 왔다. 나는 너무나 두려워서 온몸이 부들부들 떨렸다. 한동안 대화를 나눈 뒤 결국 그가 나를 만나러 오기로 했다. 그 남자의 이름은 이라였다. 그는 내게 전화로 여러 가지 질문들을 퍼부었는데 나는 마치 창녀를 찾아가 돈을 주고 섹스를 하는 남자가 된 듯한 기분이었다. 정말 내가 원하는 것을 구하기만 하면 되는구나 하는 생각도 들었다. 나는 남자들과 한 번도 신체적인 접촉을 한 일이 없었고, 어릴 때 남자애들 주위를 맴돌지도 않았다. 하지만 다섯 살 이후로는 남자에게 끌렸던 것이 사실이다. 내 문제가 무엇인지 생각하는 데 정말 오랜 시간이 걸렸다.

마침내 그가 내 아파트로 왔다. 그는 짧게 깎은 짙은 색 머리에 건장한 체격을 갖고 있었다. 나는 그의 모습이 전혀 마음에 들지 않았다. 그가 자리에 앉아 내게 말을 거는 동안 나는 와인을 한 병이나 마셨다. 나는 무척 겁이 났다. 어느 순간엔가 그가 나를 만지기 시작했다. 그가 내 위로 올라왔고 우리는 함께 옷을 벗었다. 그가 내게 오럴 섹스를 해주었지만 나는 조금도 즐겁지 않았고 섹스를 하고 있다는 생각조차 들지 않았다. 전혀 내키지 않은 사람이어서 그런지 아무런 감흥이 일지 않았다. 나는 몹시 실망했다. 마음에 들지도 않는 여자애와 관계를 가졌을 때와 똑같은 기분이었다. 그는 나와 계속 만나고 싶다며 자기 집에도 초대하고 싶다고 했다. 그리고 괜찮은 술집에도 함께 가자는 말을 남기고 돌아갔다.

2주쯤 후에 나는 그를 만나러 갔다. 우리는 그의 집 소파에 앉아 함께 TV를 봤다. 그러고 나서 같이 게이들이 다닌다는 술집에 갔다. 나는 그런 곳에 한 번도 가본 적이 없었기 때문에 조금 불안했다. 사실 나는 이라라는 남자나 그런 술집이나 모든 것에 별 흥미가 없었기 때문에 그냥 짜증만 나고 불쾌한 기분만 들었다. 그러던 중 우연히 어떤 남자와 부딪치게 되었고 잠깐 그와 이야기를 나누다가 나도 모르게 키스를 하고 말았다. 그 키스는 정말 정말 좋았고 나는 그와 함께 집으로 가고 싶었다. 그는 음악을 공부하면서 바이올린을 연주하는 음악가였다. 결국 나는 그를 따라서 그의 집으로 갔다. 그는 가족들과 함께 살고 있었지만 그의 방은 차고 위에 아파트처럼 따로 마련되어 있었다. 우리는 마주보고 섰고 그가 내 옷을 벗기기 시작했다. 그의 물건을 움켜쥔 나는 저 밑에서부터 일어나는 짜릿한 흥분을 느꼈다. 정말 그랬다. 모든 것이 얼마나 자극적으로 느껴졌는지 모른다. 나는 몹시 흥분했고, 그와 함께 여러 가지 행위를 즐겼다. 그는 항문 섹스를 하고 싶어했지만 나는 '그건 절대 안 돼'라고 생각했다. 그리고 어떻게 하는지도 몰랐다. 그가 계속하고 싶어하자 나는 이렇게 말했다. "그것만은 절대 안 할 거예요." 그러자 그는 그냥 밀어붙이려고 하다가 잠시 후에는 포기하고 말았다. 그는 계속 내게 혹시 이성애자가 아니냐고 물었다. 나는 이렇게 대답해주었다. "내가 이성애자라면 지금 왜 여기 있겠어요?"

그날 밤 나는 그 남자와 네 번이나 관계를 가졌다. 그리고 그의 집에서 깜빡 졸다가 다음날 아침 일찍 일어나서 차를 몰고 직장으로 향했다. 직장으로 가면서 나는 전날 밤의 내 행동이 얼굴에 모두 쓰여 있는 것처럼 느껴졌다. 내가 무슨 짓을 했는지 사람들이 다 알아차릴 것만 같았다. 내 얼굴은 발갛게 빛나고 있었다. 나는 나에게 일어난 변화를 감지했고 완전히 다른 사람이 되어 있었다.

얼마 후 나는 짐을 싸서 오스틴으로 향했다. 비록 고향은 아니었지만 그동안 살던 곳에서는 내 진짜 모습을 찾아서 살 수 없을 것 같았다. 오스틴에는 게이들을 위한 곳이 무척 많았다. 나는 그곳에서 게이 술집에도 가고 남자들과 데이트도 즐겼다. 그리고 거의 날마다 남자를 데리고 집으로 갔다. 나는 게이들의 모임에도 나갔다. 학교도 다시 다니기 시작했으며 장학금도 받았다. 남자애인이 생긴 후에는 그의 집으로 들어가서 함께 살았다. 정말 모든 것이 새롭게 바뀌었다.

오스틴에 살고부터는 사람들 앞에 나서서 게이라고 말할 필요가 없었다. 마치 나도 모르게 앓고 있던 불치병을 누군가 엑스레이로 찾아내 준 것 같은 기분이 들었다. 그리고 비로소 제대로 살 수 있을 것 같았다.

내가 깨달은 것 가운데 가장 중요한 것은 아무하고나 함부로 성 관계를 해서는 안 된다는 것이다. 그것은 별로 좋은 모습이 아니다. 사귀는 사람이 있다면 다른 사람과는 성 관계를 갖지 말아야 한다. 그런 짓을 하면 상대방도 상처를 받을 뿐더러 자기 자신에게도 좋지 않다. 즉 자신과 상대방 모두에게 나쁜 짓을 하는 것이나 다름없다.

그리고 항상 정직할 것. 사람들에게 들켜서 비난받게 될 힘든 시간을 기다리는 것보다는 정직하게 행동하는 것이 훨씬 쉽다. 사람들은 이렇게 생각하는 경우가 많다. '이 남자가 너무 멋있어서 어쩔 수 없어. 내가 책임지면 되지 뭐. 닥치면 그때 가서 해결하면 돼.' 하지만 그러다 보면 나중에 항상 더 큰 문제가 발생하게 된다.

나는 진짜 모습을 감추며 20년이란 세월을 망쳐버린 내 자신이 무척 후회스럽다. 하지만 그런 것도 하나의 과정이었다. 내가 열아홉 살 때 성에 대한 정체성이 좀더 분명했다면 내 인생 전체가 완전히 달라졌을 것이다. 만약 그때 내가 나의 상황을 솔직히 받아들여 즉시 벤에게 다가갔다면 그는 아마 내 남자친구가 되었을 것이다. 나는 그를 무척이나 사랑했기 때문에 그와 함께 살았을 것이고 그와 사랑에 빠졌다고 가족들에게도 말했을 것이다.

요즘은 게이인 젊은이들도 충분한 관심을 받고 있으며 원하면 어디든 갈 수 있다. TV 토론에 참여하기도 하고 「퀴어 애즈 포크(Queer as Folk)」같은 영화에 등장하기도 하면서 거의 주류를 형성하고 있다고 해도 과언이 아니다. 요즘은 게이도 어디서든 환영받지만 예전에는 어디서도 환영받지 못했다. TV 출연 같은 것은 생각도 못할 일이었다. 요즘 젊은이들은 모든 걸 너무나 잘 알고 있겠지만 자신에게 좀더 솔직하라고 다시 한번 말하고 싶다.

Tip : 동성애 성향을 가진 청소년들은 건전한 동성애에 대한 정보를 통해서 그들의 성적 정체성을 확립해야 한다. 오히려 동성애 성향을 가진 청소년들에게 그들의 성향을 부인하도록 한다면 그들로 하여금 큰 좌절감을 갖게 할 것이다. 그러므로 청소년의 성에 있어서는 동성애 자체를 부정하는 태도보다는 적절한 성교육을 통해 청소년들이 자신이 지닌 성적 성향을 긍정하고 자신이 이성애자이든 동성애자이든 무분별하게 성을 행동으로 옮기지 않도록 지도하는 것이 바람직하다.

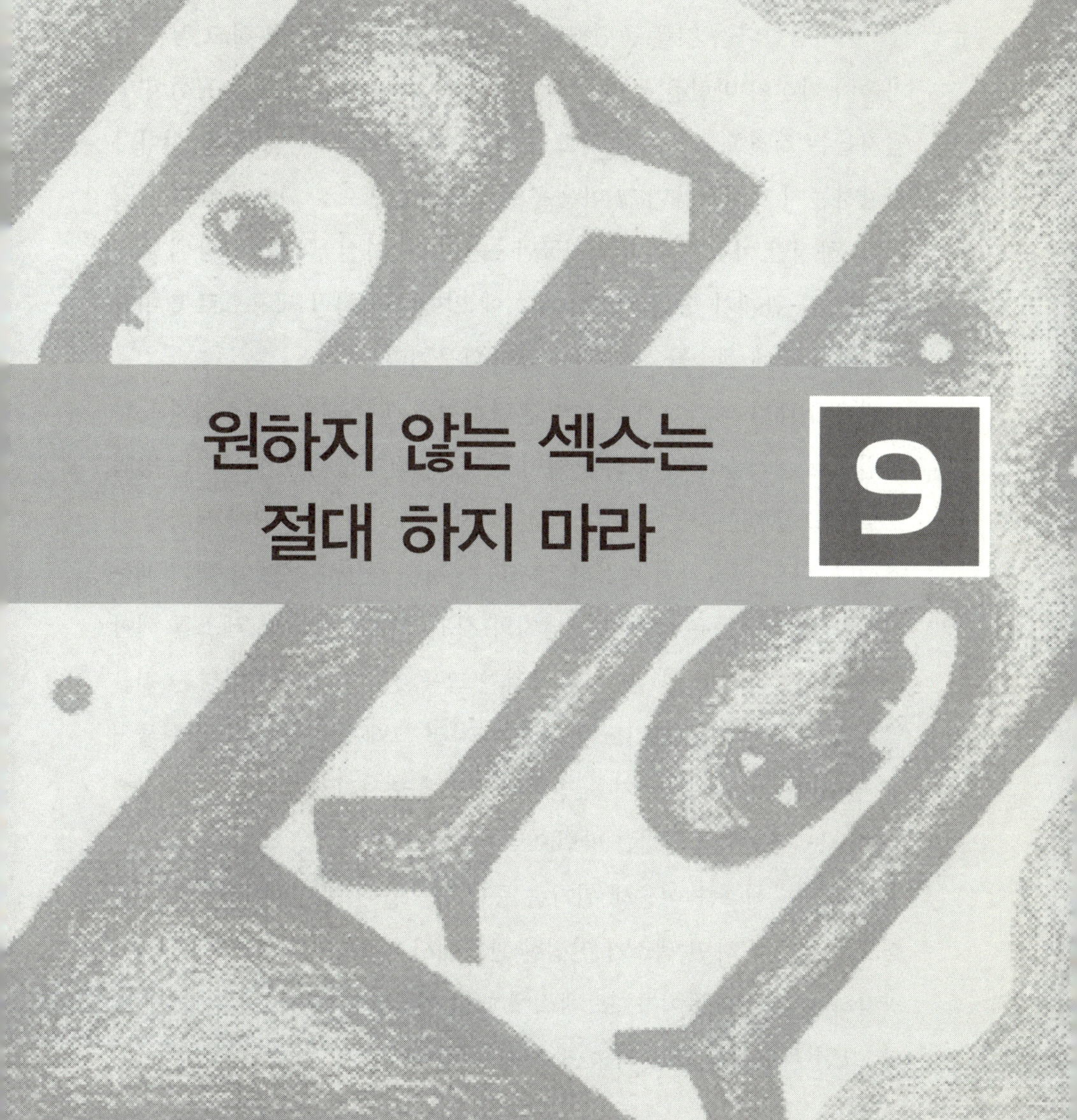

원하지 않는 섹스는
절대 하지 마라
9

♡

　"날 사랑한다는 것을 증명해봐." 이 말은 애인과 섹스를 하고 싶은 남자들이 자신의 바람을 돌려서 말하고 싶을 때 쓰는 상투적인 표현이다. 남자들은 적절한 이유들을 만드는 대신 여자친구에게 자기들을 얼마나 사랑하는지 보여달라며 그 마음을 증명하는 방법으로 섹스를 택하는 것이다. 하지만 이것은 완전히 어긋난 논리이다. 사실 남녀가 사랑에 빠지고 진정한 관계가 형성되면 둘 사이에 일어나는 화학 작용으로 말미암아 자연스럽게 섹스를 하게 되어 있기 때문이다.

　많은 십대가 섹스에 대해 무척 혼란스럽게 생각하며 자연스럽지 못한 방법으로 섹스를 접하게 되는 일이 많다. 즉 뭔가를 증명해 보이는 방법으로 섹스를 이용하는 것이다. 나는 어떤 동아리에 들기 위해 섹스를 이용했다. 나도 그들처럼 건강한 남자라는 것을 증명해 보여야 했기 때문이었다. 여학생들은 좋아하는 남자와 사귀기 위해서 그와 섹스를 해야 한다고 생각하기도 한다. 혹은 자기가 그를 진정으로 좋아한다는 것을 알리기 위해 섹스를 하기도 한다. 말하자면 그에게 주는 일종의 선물처럼 말이다. 남자들은 여자를 만족시키고 흥분시키거나 자기도 건장한 남자라는 것을 확인시키는 방법으로 섹스를 이용한다.

　그렇다면 섹스를 이용해 뭔가를 증명하는 일이 왜 나쁜 것일까? 그런 식으로 섹스를 하면 섹스가 진정한 관계에서 비롯되어야 한다는 사실을 망각하게 되기 때문이다. 또 섹스에 대한 기본적인 전제도 무시하게 된다. 그런 식으로 섹스를 하는 것은 자신의 약점을 인정하는 것이나 마찬가지다. 자신의 목적을 위해 섹스를 이용해서는 안 된다. 뭔가를 증명하기 위해 하는 섹스는 상대방을 완전히 속이는 짓이나 다름없다. 마음속에는 전혀 다른 꿍꿍이가 있으면서 마치 특별한 관계를 맺고 싶은 것처럼 상대방을 오해하게 만든다.

나는 열다섯 살 때부터 3년 동안 서니를 사귀어왔다. 나는 진심으로 그를 사랑했지만 끝까지 함께하지는 못할 거라고 생각했다. 그와 나는 중학교 때 같은 반이 되면서 알게 되었기 때문에 친구들도 만나는 사람들도 모두 같았다. 그래서 그때는 그냥 친구로 생각했다. 8학년이 되면서부터는 왠지 그에게 마음이 끌렸지만 고등학생이 될 때까지 데이트 같은 것은 하지 않았다.

우리는 많은 것을 함께했다. 나는 그의 가족과 같이 여행도 가고 그의 집에서 저녁도 자주 먹었다. 그의 가족은 모두 날 좋아했고 우리 부모님도 서니를 마음에 들어했다. 물론 서니와 나도 서로를 좋아하고 있었다. 하지만 나는 그의 우유부단한 성격이 너무나 싫었다. 나는 서니와 내가 서로 맞지 않는다는 것을 알고 있었다. 우리는 너무나 달랐고 성격도 그리 잘 맞는 편은 아니었다. 그래서 자주 다투었다.

그를 좋아한다는 것을 보여주기 위해 억지로 섹스를 해야 했다. 그는 우리가 늘 함께 있을 것이며 결혼도 하게 될 거라고 굳게 믿었다. 하지만 나는 절대 그렇게 되지 않을 거라는 사실을 알고 있었다.

우리는 섹스에 대해 고민하다가 결국 하기로 결정했다. 친구들이나 뭐 다른 것 때문에 느끼는 중압감은 없었다. 내 친구들은 대부분 섹스 경험이 없었다. 해본 친구들도 몇 명 있었지만 서로 그런 이야기는 잘 하지 않았다. 서니와 나는 언제부터인가 격렬한 애무를 주고받는 사이가 되었다. 나는 서니와 만나는 동안 한 번도 오르가슴을 느껴보지 못했지만 서니는 꽤 여러 번 사정했다. 사실 나는 그의 몸을 거의 만지지 않았다. 그냥 그의 어깨나 가슴에 손을 올리고 몇 차례 문질러주기만 하면 그는 벌써 온몸을 부들부들 떨었고 곧 사정해버리곤 했다. 그는 너무 쉽게 흥분하는 사람이었다. 그는 좋았겠지만 나는 몹시 실망스러웠다.

나는 성에 대한 지식이 아무것도 없었다. 부모님은 성에 대해서 그냥 이렇게만 말했다. "너 알고 있지, 그렇지?" 내가 알고 있다고 대답하자 부모님은 그냥 흡족해했다. 사실 나는 아무것도 모르고 있었다. 언젠가 부모님은 자세한 그림이 나와 있는 책을 한 권 주었지만 나는 도저히 이해할 수가 없었다. 그 책은 처음부터 끝까지 생물학 용어로 쓰여 있었고 남성의 발기, 사정, 오르가슴 등이 모두 분수나 투석기 등 여러 종류의 기계 장치로 설명되어 있었다. 그래서 남자의 사정을 생각하면 어떤 기계 장치가 작동하는 것 같은 그림이 머릿속에 그려졌다. 사실 나는 경험을 통해 직접 느껴보고 자기만의 방식으로 이해하는 것이 옳다고 생각했다.

서니와 나는 둘 다 경험이 없었기 때문에 섹스가 무척 어렵게 느껴졌다. 일단 우리는 알고 지내던 한 남자의 아파트를 빌렸다. 그는 스무 살쯤 된 남자로 우리보다 조금 더 나이가 많았다. 우리는 먼저 약국에 들렀다. 정확히 말하면 서니 혼자 약국에 들어가서 콘돔을 사 왔다. 그러고는 강변도로를 따라 그 남자의 집으로 향했다.

나는 몹시 초조했다. 서니 역시 마찬가지인 것 같았다. 오후에 그 집에 도착했는데 10월이라 실내는 조금 추운 편이었다. 그 집은 정말 지저분하고 침대 정리도 제대로 안 돼 있었다. 집이 마음에 들지는 않았지만 우리는 그냥 '사랑을 나누기'로 했다. 사랑을 나눈다는 것은 섹스를 내 방식대로 표현한 것이다. 하지만 주위의 분위기는 조금도 낭만적이거나 감미롭지 않았고 예쁜 장식 따위는 전혀 눈에 띄지 않았다. 그곳은 몹시 지저분하고 악취까지 풍기는 그야말로 남자 혼자 사는 아파트일 뿐이었다. 여기저기에 더러운 양말이 아무렇게나 널려 있고 침대 시트도 더러웠다.

그때 나는 이렇게 생각했다. '오늘 우리는 우리가 생각했던 일을 할 것이다. 이곳은 그 일을 할 장소다.' 우리는 그런 식으로 용기를 얻어 일을 진행하기로 했다. 우리는 함께 옷을 벗었다. 서니와 나는 2년 동안 애무만 하며 지냈는데 그날은 드디어 마지막 장애물을 넘게 될 날이었다. 우리는 꼭 껴안고 길고 긴 입맞춤을 나누었다. 함께 침대에 누웠지만 지저분한 실내와 악취 때문에 나는 조금도 흥분되지 않았다. 하지만 서니에게 뭔가를 해줘야 한다고 생각했다. 정말 그만을 위해서 말이다. 사실 나는 그와의 섹스가 좋을 거라는 기대는 거의 하지도 않았다.

서니는 내 몸속으로 완전히 삽입하기도 전에 사정하고 말았다. 정말 실망스러웠다. 섹스 차원에서 실망스러웠다는 뜻이다. 나는 이제 막 시작하려고 하는데 갑자기 모든 게 끝나버렸다. 손으로 만져달라거나 다른 방법으로 흥분시켜 달라고 부탁할 마음도 없었다. 그리 크게 기대하지도 않았지만 나는 조금 화가 났고 한편으로는 슬프기도 했다. 서니도 슬퍼 보였다. 나는 내가 얼마나 슬픈지 그가 알아차리지 않도록 애써 감추었다. 그는 앞으로 자신의 인생에서 이것이 문제가 될 거라고 생각하기 시작했다. 그도 그렇게 빨리 사정해버리는 자신을 어쩔 수가 없었다.

일이 끝나자 우리 사이에는 약간 어색한 분위기가 감돌았다. 서니와 나는 침대에 누운 채 이야기를 나누었다. "기분 풀어. 괜찮아, 같이 노력하면 좋아질 거야." 내가 말하자 서니가 이렇게 대답했다. "나도 그랬으면 좋겠다." 사실 나는 정말 멋진 섹스를 하고 싶었다. 우리는 한 시간 반 정도 그 아파트에 있었다. 우리는 침대에서 일어나 부엌에서 콜라 한 잔을 마셨다. 나는 얼른 그곳을 떠나고 싶었다. 아파트 주인이 돌아올까봐 걱정되었기 때문이다. 아파트를 나오기 전에 서니와 나는 같이 샤워를 했다.

서니가 우리 집 앞까지 날 바래다주었다. 집에 들어가자 부모님도 뭔가를 눈치챈 것 같았다. 나를 대하는 분위기가 어딘지 모르게 다르게 느껴졌다.

나는 대학을 졸업할 때까지 8년 동안 계속 서니와 만나고 헤어지기를 여러 차례 반복했다. 그와 나는 한 번도 멋진 섹스를 해보지 못했다. 나는 그와의 섹스가 조금도 만족스럽지 않았고 그 역시 날 만족시키지 못한다는 생각에 완전히 만족하지 못했다. 나는 우리 사이의 문제가 무엇이었는지 아직까지도 잘 모르겠다. 서니는 정말 괜찮은 남자였다. 나는 그를 진심으로 좋아했지만 그런 식은 아니었다.

대학교 2학년 때 나는 식료품점에서 아르바이트를 했다. 클래런스 존스턴은 그 가게의 매니저 중 한 사람이었다. 그때는 서니와 한동안 만나지 않던 때였다. 우리가 왜 헤어졌는지 그 이유는 지금도 생각나지 않는다. 어쨌든 클래런스는 정말 자상한 남자였고 우리는 곧 친구가 되었다. 나와 같은 고등학교에 다녔던 페기와 브랜디도 그 가게에서 일했기 때문에 우리는 날마다 즐거운 시간을 보냈다. 일이 끝나면 가게에서 일하는 남자들과 다같이 몰려나가 신나게 놀기도 했다. 나는 클래런스에게 무척 마음이 끌렸다. 그 역시 내게 매우 호감을 느끼는 것 같았다. 하지만 나는 그가 결혼했다는 사실을 알고 있었다. 우리는 셀마라는 술집에 자주 갔는데 그곳에서는 밴드가 연주하는 컨트리 음악을 들을 수 있었다. 클래런스와 나는 점차 내 차를 같이 타고 다니기 시작했고, 그는 집에 갈 때만 가게 주차장에 세워 놓은 자기 차를 탔다. 우리는 늘 붙어 다니며 키스하는 사이로 발전했다. 혹시라도 그의 아내가 알게 될까봐 사람들이 많은 장소는 되도록 가지 않았다. 사실 나는 그의 아내가 매우 멋진 여자라는 인상이 있었기 때문에 그녀에 대해 꽤 좋게 생각했다. 두어 차례 그녀를 본 적이 있었다. 기분은 좀 이상했지만 그녀의 남편과 어울려 다닌다는 죄책감은 들지 않았다.

클래런스와 나는 종종 차 안에서 데이트를 하곤 했다. 한 번은 그에게 이렇게 말한 적이 있었다. "언젠가는 우리 집에 와서 밤새 함께 있어 줘요." 그러자 그는 정말 우리 집에 왔고 처음으로 아주 오랫동안 머물렀다. 우리는 여섯 시간 동안 쉬지 않고 사랑을 나누었다. 그와의 섹스는 침대가 부서질 만큼 격렬했고 활기가 넘쳤다. 나는 처음으로 극도의 쾌락을 경험했다. 그것은 완전한 자유와 기쁨이었고 의무감 따위는 전혀

없었다. 나는 그가 나를 자신의 소유물로 생각하는 것을 원하지 않았고
나 역시 그를 소유하고 싶지 않았다. 그냥 내가 줄 수 있는 것을 그에게
주고 싶었을 뿐이다. 나는 그와의 섹스로 진정한 자유와 행복을 느꼈다.
그것은 소유하지 않은 상태에서 자유롭게 나누는 매우 큰 사랑이었기
때문이다.

　나에게는 무척 소중한 시절이었다. 어떤 의미에서는 내 자신을 찾아
가는 시기이기도 했다. 나는 더욱 자유로워진 내 자신을 느낄 수 있었고,
세상을 사는 방식도 스스로 통제할 수 있게 되었다. 만나는 사람과 섹스
를 할지 안 할지에 대해서도 내 의사가 전보다 훨씬 많이 반영되었다. 클
래런스를 만난 이후로는 다른 남자를 만나도 섹스를 해야 한다는 의무
감은 들지 않았다. 전에는 꼭 섹스를 해야 할 것 같은 부담감 때문에 힘
들었는데 말이다. 내가 어떻게 해서 그렇게 바뀌었는지는 잘 모르겠다.
하지만 그 뒤로 나는 만나는 남자들과 매우 동등한 관계를 유지할 수 있
었다. 예전에는 부담감 때문에 하고 싶지 않은 일도 억지로 했지만 이제
그런 압박감은 느껴지지 않았다. 내 자신이 훨씬 강해진 기분이었다.

　나는 섹스 외에 서니와 가까워질 수 있는 다른 방법을 찾지 못했던 것
이 매우 안타깝다. 섹스를 해도 그와 더 가까워진 기분은 들지 않았다.
결국 섹스 때문에 우리는 친구로 지내지도 못하게 되었다.

　진부한 생각일지는 모르겠지만 나는 진심으로 준비가 되었다는 생각
이 들기 전에는 섹스를 하지 말아야 한다고 생각한다. 옳지 않은 이유 때
문에 섹스를 해서는 안 된다. 누군가를 즐겁게 해주기 위해 섹스를 이용
하거나 남들이 한다고 그냥 따라해서도 안 된다. 나는 잘 몰랐지만 또래
친구들로부터 느끼는 부담감도 있다고 들었다. 나는 남자들도 친구들

때문에 그런 부담을 느낀다는 사실을 전혀 몰랐다. 나 역시 친구들에게 그런 이야기를 들어도 그냥 그러려니 했을 뿐 부담이라고 느끼지는 않았다.

섹스를 생각했을 때 무척 행복해지거나 열정적인 기분이 들거나 자신이 더욱 커진 듯한 기분이 들면, 그때는 아마 섹스를 해도 괜찮은 때일 것 같다. 섹스를 했을 때 자신이 더 넓은 세상으로 나아간 것 같다면 계속 그 기분을 간직하자. 모든 것이 명료하게 느껴지면 바로 초월한 상태를 경험한 것이다. 클래런스와 처음으로 섹스를 했을 때 나는 그렇게 초월한 듯한 기분을 느꼈다. 마치 온 세상을 향해 내 모든 것이 열려 있는 듯한 초월적인 상태를 경험한 것이다.

Tip : 한 번 섹스를 했기 때문에 옳지 않아도 계속해야 한다는 생각은 하지 말자. 다시 말해서 '아, 난 이제 더 이상 처녀가 아니야. 그러니까 계속 섹스를 해야 돼' 와 같은 생각은 버리라는 것이다. 섹스는 할 때마다 늘 새롭게 결정해야 할 문제다.

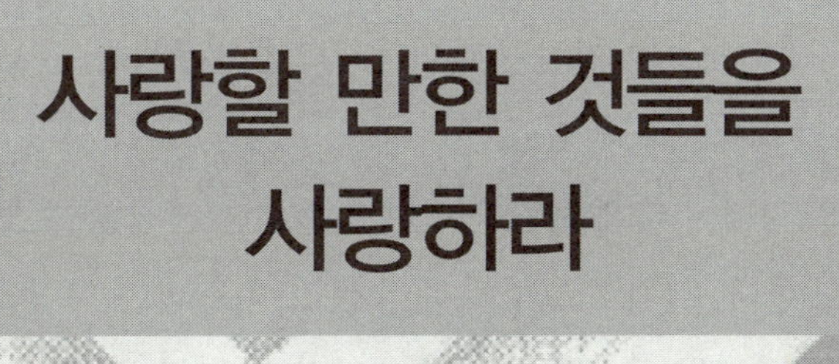

사랑할 만한 것들을 사랑하라

♡

첫경험 후 세실리아는 '섹스는 경험을 통해 차차 배워가는 것' 이라는 점을 깨달았고, 신디는 '경험을 통해 직접 느껴봐야 하며 자기만의 방식으로 이해하는 것이 옳다' 고 했다.

다른 문제들을 해결할 때와 마찬가지로 멋지게 섹스하는 법 역시 어느 정도 시간이 걸려야 깨닫게 된다는 사실을 알게 되면 대부분의 젊은 이들은 매우 놀란다. 사람들은 보통 격정적인 첫경험을 앞두고 매우 불안해하지만 일단 경험을 치르고 나면 대개 의아해하거나 어리둥절해하는 경우가 많다. 빅터의 이야기처럼 말이다. "그게 전부라는 걸 믿을 수가 없었어요. 정말 하찮게 느껴졌죠."

어떤 사람들은 경험이 많은 사람을 만나면 문제를 해결할 수 있을 거라고 생각하기도 한다. 실제로 그렇게 해서 큰 도움을 받는 사람들도 있다. 당신의 파트너가 섹스를 앞두고 어색해하지 않을 만큼의 경험만 갖고 있어도 당신은 그 사람으로부터 첫경험을 치르는 데 필요한 자신감을 얻을 수 있다. 경험이 많은 연인은 당신에게 상대방을 기분 좋게 해주는 방법을 가르쳐줄 수 있다. 또 어떤 식으로 애무하는 것이 좋다고 이야기함으로써 당신을 도와줄 수도 있다. 둘 다 하는 방법을 몰라 당황해하는 대신 둘 중 한 사람이라도 섹스에 대해 조금이라도 알고 있다면 두 사람의 섹스는 크게 달라진다.

하지만 가르쳐줄 사람(혹은 당신보다 나이가 상당히 많은 사람)을 찾을 때도 위험한 점은 있다. 당신을 이용하려 하거나 자신의 목적을 위해 당신을 함부로 다루려는 사람을 만나게 될 수도 있기 때문이다. 경험이 많은 사람들 중에는 당신의 감정을 진심으로 배려하기보다는, 자신의 능력을 이용해 당신을 성적으로 흥분시켜 자기만족을 얻으려는 사람들도 있다. 성을 가르쳐줄 사람을 만나면 성에 대해 많은 도움을 받을 수 있다고 생각하기 쉽다. 하지만 그 사람과 명확한 경계를 유지하기도 쉽지 않으며 육체 행위와 감정을 구분하는 것이 어려울 수도 있다. 그리고 일단 감정이 개입되면 당신이 예상했던 것보다 훨씬 심각한 문제로 발전할 수도 있다.

내가 인터뷰한 사람들 중에는 이런 문제를 간단히 해결하기 위해 창녀와 첫경험을 치른 남성도 몇 명 있었다. 그들은 여자를 찾아 문제를 해결하고 첫 섹스를 경험하면서, 감정은 완전히 배제한 채 육체적인 행위에만 정신을 집중시켰다. 사실은 나 역시 그랬다. 나도 아무런 감정도 없는 상태에서 첫 섹스를 경험했으니까. 육체적인 동정을 상실하고 정신적인 동정을 잃기까지는 약 2년 정도 걸렸다. 그때가 돼서야 사랑을 나누었던 여자와 진실한 관계를 맺을 수 있었다. 이처럼 육체와 정신은 완전히 별개였다.

리아(62세/ 중재인/ 워싱턴 주 올림피아)

내가 처음으로 사귄 남자 친구의 특기는 처녀들의 순결을 빼앗는 것이었다. 이것은 그가 내게 직접 해준 말이다. 카이라는 이름의 그를 만난건 매디슨에서였다. 외가가 매디슨에 있었기 때문에 우리 가족은 매년 여름을 주로 그곳에서 보냈고 때로는 친척들과 함께 지내기도 했다. 엄마는 우리와 함께 지내다가 직장 때문에 먼저 집으로 갔다. 그해 여름 엄마가 먼저 떠난 후 나는 사촌인 롤린과 일주일을 보냈다. 그 주말에 나는 일본계 미국인인 카이를 만났다. 나보다 나이가 많았던 그는 몸매도 근사했고 합기도도 아주 잘하는 남자였다. 나는 그에게 첫눈에 반해버렸고 이틀 내내 그와 함께 지냈다. 그를 처음 만났던 주말에 그는 내게 입을 맞추며 내 몸을 어루만졌는데 나는 그것만으로도 그때까지 한 번도 경험해보지 못한 성이라는 세계에 눈을 뜨게 되었다. 나는 몹시 흥분되었고 생전 처음으로 질이 축축해지는 것을 느꼈다. 우리는 성교는 물론 오럴 섹스도 하지 않았다. 단지 그가 날 조금 만졌을 뿐이었는데 그렇게 흥분되었던 것이다.

나는 순식간에 그와 사랑에 빠져버렸다. 나는 너무나 신이 났고 늘 흥분되어 있었다. 한편으로는 도저히 자제할 수 없을 것 같아 조금 불안했다. 그는 내게 섹스를 가르쳐주기 시작했고 나는 그런 그가 싫지 않았다. 나는 섹스를 가르쳐줄 수 있는 남자를 만나게 된 것에 오히려 마음이 놓였다. 그동안 나는 섹스가 어떤 것인지 몹시 알고 싶었지만 두렵기도 하고 뭐랄까 어떤 사회적인 조건 같은 것 때문에 아무것도 못하고 있었다. 경험이 풍부한 누군가가 친절하면서도 단호한 태도로 날 리드해주는 것은 기분 좋은 일이었다. 카이는 자상하고 친절한 남자였다. 그는 예전에 리사라는 여자를 미친 듯 사랑했는데 나를 보면 꼭 그 여자가 생각난다고 했다. 그때 나는 이제 막 열일곱 살에 접어들었고 그는 스무 살이었다. 나는 그가 구석구석 날 만지도록 그냥 내버려두었다. 나는 그가 만져주는 것이 무척 좋았다. 나도 그의 몸을 만져봤지만 그의 성기를 만지는 것은 역시 좀 거북했다. 그때까지 나는 여자도 오르가슴을 느낀다는 것을 모르고 있었고 자위를 해본 적도 없었다.

나는 한껏 들떠서 집에 돌아왔고 엄마에게 카이를 만난 이야기를 했다. 그러자 갑자기 알람 소리라도 들은 듯 화들짝 놀란 엄마는 "그럼 당장 피임을 해야지"라고 말했다. 나는 너무나 당황했다. "엄만 왜 그런 말을 하세요. 전 그 사람이 좋아서 그냥 만나는 것뿐이에요." 하지만 엄마는 곧 주치의와 만날 약속을 잡았다.

카이는 가을이 되면 시간이 나는 대로 우리 집에 오겠다고 약속했다. 몇 달 후 그가 우리 집에 올 무렵 나는 피임약을 먹었다. 그동안 우리는 계속 편지를 주고받고 있었다. 나는 정말 사랑에 빠져 있었고 내게도 이런 일이 일어났다는 것에 무척 흥분되었다. 나는 그때 내가 느끼던 기분을 시로 쓰기도 했다. 그의 편지는 그다지 낭만적이지는 않았다. 하지만 나는 그가 바쁘거나 끝내야 할 일이 생겼을 거라고 믿었다. 그와 처음으로 섹스를 한 곳은 내 침실이었다. 가족들은 동생이 참가하는 학교 행사 때문에 모두 집을 비운 상태였다. 나는 무척 흥분되기도 했지만 한편으로는 조금 겁이 나기도 했다. 매디슨에서 함께 있을 때보다 더 걱정이 되었고 조바심도 일었다.

하지만 첫경험은 나쁘지 않았다. 나는 둘 다 어색한 상황을 만들지 않아서 고맙다고 늘 그에게 말하곤 했다. 적어도 그는 섹스를 할 줄 알았고 사실 꽤 잘하는 편이었다. 그는 마치 섹스를 가르쳐주는 선생님 같았다. 그는 무척 자상했다. 다만 전처럼 오래 애무해주거나 오래 끌지 않았다. 그러나 거칠게 대하지는 않았고 나도 불쾌한 기분은 들지 않았다. 단지 뭔가 특별한 것이 빠진 것 같은 기분이었다.

섹스를 하고 난 후 갑자기 카이가 매우 낯설게 느껴져 조금 어색했다. 그는 매디슨에서부터 차를 몰고 왔기 때문에 며칠 머물 예정이었다. 나는 그 기간이 무척 길게 느껴졌다. 매디슨에서 보냈던 마법 같은 날들과는 사뭇 다른 분위기였다. 그래서 나는 그를 보내야겠다고 생각했다. 그와 섹스를 하고 나자 나는 다시는 예전으로 돌아갈 수 없으며 이제 어린 시절은 끝났다는 생각에 후회도 들었다. 그리고 그것은 분명 큰 문제였다. 그와의 섹스가 나쁘지는 않았지만 전과 같은 흥분은 느끼지 못했기 때문에 조금 실망스럽기도 했다.

몇 년 후 대학에 입학한 나는 또 다른 섹스 교사를 만나게 되었는데 이번에는 여자였다. 아이델라는 나와 같은 대학에 다니던 학생이었다. 그녀는 정말 매력적이었다. 나는 그녀에게서 느껴지는 매력을 한동안은 추상적인 차원으로만 생각했다. 나는 그때까지도 여자끼리 혹은 남자끼리 섹스를 한다는 생각은 한 번도 해본 일이 없었다. 그 개념을 받아들이기까지는 시간이 좀 걸렸지만 그 뒤로는 오히려 호기심이 발동했고 한편으로는 여자로서의 본질을 다시 되찾는 방법은 아닐까 하는 생각도 들었다. 나중에 알았지만 아이델라는 섹스를 별로 좋아하는 사람이 아니었고 그래서 우리는 그리 오래 만나지 못했다.

어른이 된 후에도 나는 누군가로부터 늘 예쁘고 특별하다는 말을 듣고 싶었다. 그때는 부끄러움도 덜 탔고 겁을 먹지도 않았으며 더욱 편안하게 섹스를 향한 본능에 충실할 수 있었다. 그리고 내 자신에게도 여자로서 더욱 많은 관심을 기울였다.

사람들은 멋진 섹스를 하려면 상대방과의 의사소통이 제일 중요하다고들 한다. 의사소통이라…… 젊었을 때 난 섹스를 하면서 파트너에게 허락을 구하거나 모르는 것을 묻거나 격려의 말 같은 것은 하지 않았다. 그저 내가 좋아하는 것만 말했을 뿐이다. 내가 준비되었을 때 그렇다고 말하고 상대방 역시 자신이 느끼는 기분을 내게 말해주었다면 크게 달라졌을 것이다. 내가 가장 하고 싶은 충고는 상대방과 대화를 나눌 수 있다는 생각이 들기 전에는 성 관계를 하지 말라는 것이다. 먼저 대화를 나누자. 다음날 아침에 일어나 서로 할 말이 아무것도 없다는 것을 깨닫게 될 때까지 기다리지 말자. 정말 끔찍할 만큼 어색한 기분이 들기 때문이다. 이제 막 성적인 욕망이 생기기 시작했는데 누구에게도 물어볼 수 없고 섹스를 하면 죽을지도 모른다는 생각만 들면 얼마나 힘들겠는가. 그것은 너무나 불공평한 일이다.

　내게는 무슨 말이든 털어놓을 만한 사람이 없었다. 열일곱 살 때 내가 절실히 느꼈던 기분이 지금도 떠오른다. 나는 늘 언니들이 있었으면 하고 바랐다. 같이 앉아서 이런저런 이야기를 나누고 날 이끌어주고 어떤 것을 물어봐야 할지 가르쳐주기도 하는 그런 언니들, 또 외로워서 마음을 가라앉히고 싶을 때면 언제든 달려갈 수 있는 언니들 말이다. 살면서 그렇게 여러 시행착오를 거쳤던 것도 다 외로움 때문이었다.

Tip : 십대들은 상대방과 한마디도 하지 않으면서 그저 좋은 시간이 되기만 바라는 경우가 많다. 입을 다물고 있으면 잘되고 있는지 그렇지 못한지 알아낼 방법이 없다. 섹스를 하기 전에 우선 자신과 상대방이 원하는 것을 솔직히 이야기하도록 하자

크리스틴(34세/ 경찰관/ 오하이오 주 옐로우 스프링)

나는 늘 내가 술을 마시거나 학대당한 뒤 가진 성관계로 태어난 아이일 거라고 생각했다. 우리 가족들은 서로를 조금도 사랑하지 않았다. 우리 집에서 볼 수 있는 모습이라고는 학대와 폭력, 알코올중독, 정신 질환 뿐이었다. 그래서 집이라고 해도 전혀 안전하지 않았다. 나는 다른 집과 우리 집을 수도 없이 비교하며 자랐다.

초등학교와 중학교 시절은 그야말로 지옥과 같았고 기억하고 싶지도 않은 최악의 시절이었다. 나는 엉망진창이었던 가정환경 때문에 불안한 나머지 항상 엄청난 긴장감 속에 살아야 했다. 집에 친구를 데려와도 좋다는 허락을 받아도 내가 무서워서 싫었다. 당연히 파자마 파티 같은 것은 한 번도 해보지 못했다. 집에서는 원래 저녁도 먹지 않았기 때문에 친구를 저녁 식사에 초대하는 일도 없었다. 나는 가능하면 늘 바깥에 있으려고 했다. 어느 날인가 부모님이 이혼을 했고 아빠가 집을 나갔다. 사실 나는 아빠가 무서웠기 때문에 같이 살지 않아서 정말 기뻤다. 하지만 아빠가 집을 나가자 이제는 엄마가 알코올중독과 우울증에 걸렸고 더욱 끔찍한 상황으로 바뀌게 되었다. 또 엄마는 내 존재는 무시한 채 아무 때나 섹스를 밝혔다. 엄마는 섹시하다기보다는 속이 훤히 비쳐 너무 노골적인 아줌마용 잠옷을 입고 거실에 나오곤 했으며 아무하고나 놀아났기 때문에 나를 늘 당황하게 했다. 물론 성에 대해서는 아무것도 알려주지 않았다.

고등학교 1학년 때 나는 두 여자에게 끌리고 있었다. 그중 한 사람은 과학 선생님이자 테니스 코치였던 토마스 선생님이었다. 그녀는 키가 175센티미터나 되었고 어깨 아래까지 내려오는 긴 머리와 크고 아름다운 눈동자는 짙은 갈색이었다. 또한 풍만한 가슴에 군살이라곤 찾아볼 수 없는 날씬한 몸매였다. 나는 끊임없이 선생님만 생각했다. 내가 기억하는 고등학교 1학년 시절은 늘 선생님 옆에 있고 싶어했다는 것뿐이다. 그냥 곁에만 있고 싶었다. 막상 선생님과 함께 있을 때면 거의 쳐다보지도 못했지만 얼마나 마음이 설레였는지 모른다.

내가 매력을 느꼈던 또 한 사람은 대학교 연극 동아리에 있던 여학생이었다. 그때 그 동아리에서는 자신들이 상연하는 연극에 참가시키기 위해 우리 학교 학생들을 모집하는 중이었다. 그녀의 이름은 모니크 제퍼슨이었다. 어느 주말에 나는 동아리 회원이었던 대학생의 집에서 여럿이 함께 어울리고 있었다. 그날 밤 나는 모니크와 그녀의 남자친구였던 필이 함께 침대에 있는 것을 보았다. 그들이 뭘 하고 있었는지 제대로 보지는 못했지만 나는 곧 지독하게 앓기 시작했다. 그 집에 살던 대학생 언니 하나가 내 곁에 머물면서 열도 식혀주고 밤새 간호해주었다. 나는 온몸이 쑤시고 아픈 열병에 걸렸던 것이다. 열이 떨어지고 나자 나는 내가 필을 질투했다는 것을 깨달았다. 모니크 옆에 있고 싶다는 생각이 들자 문득 이런 생각이 떠올랐다. '맞아, 나는 토마스 선생님 옆에도 있고 싶어했지.'

나는 매우 강렬한 감정에 휩싸였고 그 뒤로 약 2년 동안 사람들에게 내가 양성애자라고 말하면서 내 자신을 속여왔다. 내가 레즈비언이라는 사실이 알려지는 것이 너무 두려웠기 때문이다.

마침내 나는 토마스 선생님께 내 감정을 말하기로 결심했다. 어느 날 수업이 끝난 후 혼자 교실에 있는 선생님께 사랑한다고 말했다. 그때 나는 열다섯 살이었다. 그래도 괜찮을지 확신이 서지는 않았지만 꼭 말해야 한다고 생각했다. "선생님을 사랑하게 되었어요"라고 말할 때 내 귓가에는 절규하는 듯한 비명 소리가 윙윙거렸고 온몸의 혈관은 터져버릴 것만 같았다. 숨을 쉬는 것조차 너무 힘이 들었다. 선생님은 양손으로 내 얼굴을 감싸며 이렇게 말했다. "왜 나니?" 그 말에 내가 뭐라고 대답할 수 있었겠는가? 선생님은 다시 이렇게 말했다. "너도 이런 상황을 바라지는 않을 거야. 너무 두려운 일이잖니." 그 말에 나는 이렇게 대답했다. "나는 조금도 두렵지 않아요." 그렇게 말하면서 손으로 선생님의 얼굴을 만지자 선생님은 천천히 내 손가락을 입에 물고 빨기 시작했다.

바로 그 순간, 나는 그동안 남자애들과 해봤던 모든 것들은 아무것도 아니었다는 것을 깨달았다. 선생님이 내 손가락을 빨기 시작하자 지금까지 한 번도 느껴보지 못했던 엄청난 흥분이 느껴졌기 때문이다. 그때 인터폰이 울렸고 선생님은 교무실로 가야 했다. 선생님은 그대로 돌아서서 밖으로 나갔고 나도 교실 밖으로 나왔다.

선생님과 나는 학교에서 자주 만났다. 선생님과 함께 있느라 나는 수업을 빼먹기도 했다. 우리는 학교 안에서도 비밀스런 접촉을 즐겼다. 복도에서 마주칠 때면 선생님은 내게 시선을 고정한 채 의미심장한 눈짓을 보내기도 했다. 때로는 내 귀에다 뭔가를 속삭이기도 했다. 그녀는 테니스 코치였기 때문에 가끔 같이 테니스를 치기도 했다. 함께 벤치에 앉아 테니스 시합을 구경할 때면 선생님은 내 쪽으로 몸을 숙이고 이렇게 속삭이기도 했다. "지금 당장 저 잔디밭에 누워서 너와 뒹굴고 싶어." 그런 말을 들으면 정말 온몸이 짜릿해질 만큼 흥분되었다.

나는 선생님 집에도 자주 갔다. 집에서는 선생님을 조디라는 이름으로 불렀다. 선생님이 부엌에 앉아서 동성애에 대해 어떻게 생각하는지 물었다. 나는 그냥 "모르겠어요"라고만 대답했다. 사실 그때는 내가 동성애자라는 확신도 없었고 그저 선생님을 사랑했을 뿐 선생님이 말하려는 것이 무엇인지 잘 몰랐다.

나는 틈만 나면 선생님의 몸을 만져보았다. 선생님이 집까지 태워주기도 하고 자전거를 가지러 학교에 갈 때도 태워주곤 했기 때문에 나는 운전 중인 선생님을 만질 수 있었다. 운전을 하면서 선생님은 사귀었던 남자 이야기를 해주었고 나는 그녀의 머리카락으로 장난을 치며 놀았다. 선생님은 테니스를 쳤기 때문에 늘 머리를 짧게 묶고 있었다. 가끔 선생님의 다리를 손으로 매만지기도 했는데 그럴 때면 선생님과 관계를 갖고 싶은 생각도 들었다. 하지만 그런 말을 어떻게 꺼내야 할지 몰랐다.

2학년 때 선생님은 집 둘레에 울타리를 치기로 했다. 나는 말뚝을 세울 구멍을 파는 일을 도와주러 갔다. 한참 일을 하고 나서 함께 아이스티를 마시고 있는데 갑자기 선생님이 다가와 내게 키스를 해주었다. 내 입

안으로 깊숙이 혀를 집어넣는 정말 진한 키스였다. 나는 부엌 바닥에 주저앉을 뻔했다. 이제는 선생님과 결혼을 해야 할 것 같은 생각도 들었다. 그러나 선생님은 갑자기 홱 돌아서더니 그대로 밖으로 나가 울타리 세우던 일을 끝마쳤다. 좀 전에 보여주었던 다정함은 찾아볼 수 없었다. 그 뒤로는 안아주지도 않고 키스도 해주지 않았다. 하지만 그전의 키스만으로도 나는 천국에 있는 것 같았다. 그러나 한편으로는 선생님을 너무나 절실히 원하고 있었고 계속 흥분하고 있었기 때문에 격렬한 고통도 느껴야 했다.

토마스 선생님은 나와의 관계를 자제하려고 애쓰는 것 같았다. 나는 선생님 때문에 미칠 것 같아서 전학을 생각해보기도 했다. 전학 갈 생각을 하고 있다고 선생님께 말했더니 선생님은 가만히 날 바라보며 이렇게 말했다. "넌 내 곁을 떠날 수 없어." 나 역시 선생님 말이 맞다는 것을 알고 있었다. "맞아요, 전 선생님 곁을 떠날 수 없어요."

한편 나는 노아라는 남학생을 만나고 있었다. 그와 나는 그냥 여기저기 같이 어울려 다녔고 둘 다 음악에 푹 빠져 있었다. 토마스 선생님의 생일에 나는 노아와 함께 그의 집에 있었다. 부모님은 아마 외출 중이었던 것 같다. 그는 나를 지하실로 데려갔는데 그곳에는 오디오 시스템이 마련되어 있었다. 지하실 바닥을 뒹굴며 함께 음악을 듣고 있는데 갑자기 그가 내게 키스를 했고 우리는 전혀 예상치 못한 섹스를 하게 되었다. 나는 쾌락도 고통도 아무것도 느낄 수 없었고 섹스도 싱겁게 끝나버렸다. 우리는 다시 지하실 바닥에 누워 음악을 들었다. 토마스 선생님 집에서 느꼈던 기분에 비하면 정말 보잘것없는 것이었다. 그와 나는 친구였기 때문에 사랑하는 사이에서 느껴지는 로맨틱한 감정 따위는 조금도 없었다. 나는 다리 사이에서 뭔가 끈적거리는 것이 흐르는 것 같아 몹시 불쾌했다.

노아와 나는 그 뒤로도 가끔 섹스를 했지만 그것은 서로 섹스할 연인이 없었기 때문이다. 우리는 데이트를 하거나 교제하는 사이가 아니라 그냥 친구였다. 섹스를 자주 하는 편이었지만 그것은 내가 싫다는 말을 할 줄 몰랐기 때문이다. 토마스 선생님 곁에서는 끊임없이 흥분되고 정말로 섹스가 하고 싶었지만 노아는 그저 편안했고 아무런 감정도 느껴지지 않았다. 노아도 그런 나를 별로 신경 쓰지 않았다. 그는 나를 좋아했지만 우리는 그냥 섹스만 하는 관계였다. 그는 오르가슴을 여러 번 느꼈지만 나는 한 번도 느끼지 못했다. "느꼈어? 어땠어? 좋아?" 이런 이야기는 둘 다 절대로 하지 않았다.

우리는 일주일에 한 번은 섹스를 했다. 나는 그의 차 안에서 처음으로 오럴 섹스로 그를 만족시켜 주었다. 그전에는 한 번도 해주지 않은 일이었다. 그도 내게 오럴 섹스를 해주었지만 나는 오르가슴을 느끼지 못했다. 그의 오럴 섹스도 나를 성적으로 자극하지는 못했던 것이다. 토마스 선생님이었다면 내 머리카락만 만져줘도 바로 오르가슴을 느꼈을 것이다.

3학년이 된 후 나는 토마스 선생님의 집에서 자주 잤다. 그녀의 약혼자는 손님방에서 잤기 때문에 나는 그녀의 침대에서 그녀와 함께 잘 수 있었다. 하지만 선생님이 아무것도 안 해서 나는 꼭 죽을 것처럼 힘들었다. 몸 안의 세포 하나하나가 너무나 흥분돼 거의 한숨도 못 자는 날이 많았다.

그날도 나는 선생님 집에 있었다. 함께 정원에서 일하던 우리는 날씨도 너무 덥고 땀도 많이 흘렸던 터라 뭐라도 마시러 안으로 들어왔다. 선생님은 바닥에 엎드려 누웠다. 그녀는 나에게 등을 문질러달라고 부탁한 적이 많았는데 나도 기회만 있다면 그녀를 만지고 싶었기 때문에 기꺼이 응하곤 했다. 선생님의 등을 문지르던 나는 셔츠를 걷어 올리고 브래지어 끈을 풀었다. 선생님이 팔꿈치를 받치고 몸을 일으키자 그녀의 젖가슴이 무방비 상태로 드러났다. 선생님의 가슴은 정말 부드러웠고 나는 그녀의 가슴을 만지고 있다는 생각만으로도 너무 황홀해서 온몸이 짜릿했다. 그리고 등에서 흐르는 땀도 혀로 핥아주었다. 나는 극도로 흥분해 있었다. 그러나 갑자기 선생님이 일어나 앉더니 이렇게 말했다. "몇 분 뒤면 에단이 돌아올 거야." 그는 선생님의 약혼자였다. 선생님은 곧바로 일어나 샤워를 하고 옷을 갈아입었다. 그러자 금방 에단이 도착했다. 나는 눈을 똑바로 뜰 수도 없었지만 선생님은 아무 일도 없었던 것처럼 "안녕, 에단!" 하고 그에게 인사를 건넸다.

고등학교를 졸업한 해 여름, 그러니까 8월에 나는 열여덟 살이 되었다. 어느 날 선생님은 나를 저녁 식사에 초대했고 내가 도착하자 이렇게 말했다. "네가 지금까지 기다려온 날이 바로 오늘이야." 저녁 식사 후 우리는 잠시 이야기를 나누다 잠자리에 들었다. 선생님은 불을 끄자마자 잠옷을 벗고 그대로 침대 속으로 들어왔다. 나는 말할 수 없을 만큼 흥분되었지만 선생님의 의도가 무엇인지 짐작할 수가 없었다. 나는 숨을 쉬기도 어려울 만큼 흥분되었다. 침대에 똑바로 누운 선생님은 머리 위로 손을 뻗어 침대의 머리 부분을 잡더니 이렇게 말했다. "오늘 밤 난 네 거야." 그리고 내 몸에는 손도 안 댔다. 나는 내가 알고 있던 것들을 총동원해 선생님의 몸을 만끽했다. 너무 자극적이어서 죽을 것 같았다. 천국에

와 있는 기분도 들었다. 하지만 선생님은 내게 손도 대지 않았고 나는 오르가슴을 느끼지 못했기 때문에 또다시 열정적인 고통을 느껴야 했다. 그날 선생님은 자신을 완벽하게 자제하며 처음부터 끝까지 수동적으로 행동했다.

다음날 아침 먼저 잠이 깬 나는, 선생님이 일어나면 다시 관계를 갖게 될 거라는 상상을 했다. 나는 『스테판울프(Steppenwolf)』라는 책에서 읽은 모든 것을 상상해보았다. 그 책에는 머리부터 발끝까지 상대를 흥분시키는 방법이 매우 자세히 기술되어 있었다. 나는 책에서 읽었던 내용을 머릿속으로 그렸다. 전날 밤 우리는 꽤 오랫동안 사랑을 나누었다. 내게는 영원히 끝나지 않기를 바랐던 시간이었다. 한편으로는 선생님이 날 전혀 만져주지 않았기 때문에 이상한 기분도 들었지만 그런 이야기를 어떻게 꺼내야 할지 몰랐다. "내가 어떻게 해주길 바라세요?"라거나 "왜 나는 만지지 않는 거죠?" 등 어떻게 물어봐야 할지도 몰랐다. 그러나 아침에 눈을 뜬 선생님은 곧장 불을 켜고 언니에게 전화를 걸더니 날 옆에 둔 채 이제 어떻게 해야 할지 모르겠다고 말하는 것이었다. 그걸로 끝이었다. 나는 하늘이 무너지는 듯한 충격을 받았다.

우리는 다시는 섹스를 하지 않았다. 그녀는 곧 에단과 결혼식을 올렸고 나는 식장에 가지 않았다.

지금도 그때 일을 생각하면 토마스 선생님에게 이렇게 말하고 싶다. "어떻게 그럴 수가 있어요? 당신이 뭔데요? 당신이 무슨 짓을 했는지 알기나 해요?" 그녀 같은 사람은 교사 일도 하지 말아야 했다. 나는 누군가가 항상 내 곁에서 이렇게 말해주기를 바랐다. '괜찮을 거야. 넌 괜찮아. 널 진심으로 걱정해주는 사람이 아니라면 그들을 믿어선 안 돼.' 나는 날 걱정해주는 사람을 한 번도 만나본 적이 없었다. 그래서 그게 어떤 기분인지 몰랐다. 나는 늘 내 곁에 누군가 있어주길 바랐다. 정말 지독하게 외로웠기 때문이다.

십대 때 동성애자가 되는 것은 정말 힘든 일이라고 생각한다. 동성애를 혐오하는 사람들도 많으며 아직도 사회에서는 그런 관계를 쉽게 받아들이려고 하지 않기 때문이다. 고등학교에서는 경멸하는 의미로 패그와 게이라는 말을 함부로 들먹이지만 그런 말을 하는 것이 나쁘다는 사람은 아무도 없다. 그러고 보면 나는 꽤 용감한 아이였다. 내 주위의 어른들이 동성애를 또 하나의 성 경향으로 봐주었다면 나는 혼자 외로워하지도 않았을 것이다. 그리고 지금쯤 많은 것이 달라져 있었을 것이다.

또 한 가지 내가 하고 싶은 이야기는 바로 가정 폭력에 대한 것이다. 나도 현재 그런 일에 종사하고 있지만 어떻게 해야 가정 폭력이 완전히 사라질지 확실히는 모르겠다. 섹스 파트너에게 학대당할 위험이 가장 큰 연령층은 열여섯에서 스무 살 정도의 소녀들이다. 그 소녀들은 남자 친구들에 의해 강간당할 위험이 가장 크다. 남자들은 힘으로 여자들을 지배하고 싶어한다.

또한 순진한 소녀들을 이용해 섹스를 하고, 위협하고, 원하지 않는데도 마약을 먹일 권리가 있다고 생각하기 때문이다. 여자들은 남자가 질투하는 모습을 보이면 자기를 좋아하는 표현이라고 생각하지만 사실 남자의 질투란 여자를 지배하고 싶어하는 욕심일 뿐인 경우가 많다.

나는 이런 이야기를 사람들에게 많이 알려야 한다고 생각한다. 지난 여러 해 동안 내 이야기를 들은 사람들 중에는 이렇게 말하는 이들도 있었다. "와, 정말 열정적이었다." 그러나 여자 선생님을 사랑하는 것은 전혀 열정적인 일이 아니다. 나는 성적으로 이용당하고 학대당했을 뿐이다. 지금 생각해도 그때 일에 열정이란 것은 없었다.

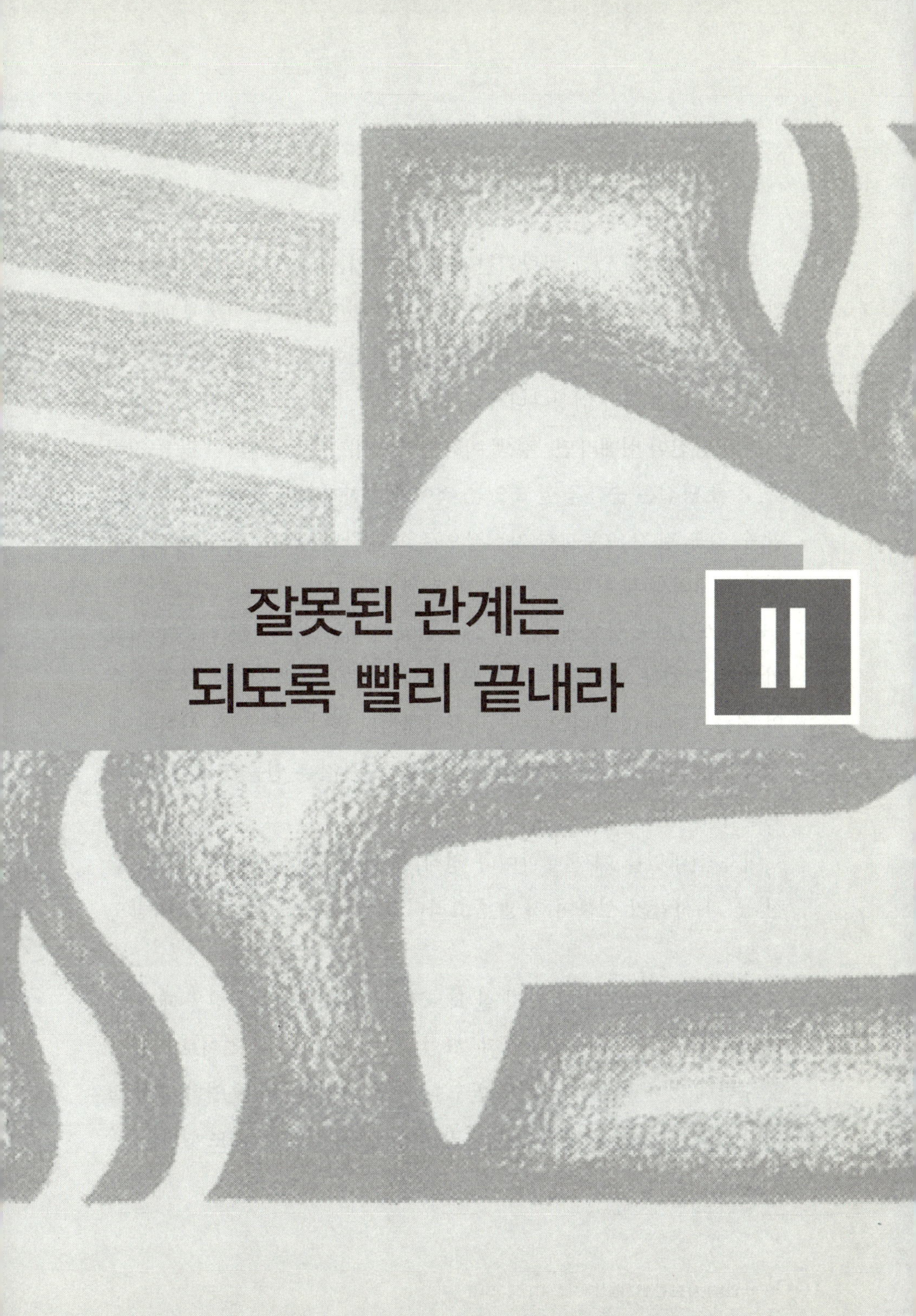

잘못된 관계는
되도록 빨리 끝내라
II

올바른 정보를 얻고 바람직한 결정을 내리는 것이 얼마나 중요한지 말하면서 아리아나는 이렇게 말했다. "어떤 결정은 남은 인생에 매우 큰 영향을 미치기도 하죠. 그런 결정은 절대 사소한 것이 아니에요. 평생에 미치는 파급 효과가 엄청나니까요."

만일 당신이 십대라면 '평생'이라는 개념이 선뜻 이해되지 않을 것이다. 지금 당신은 순간을 살고 있는 것이나 마찬가지이기 때문이다. 뭐든 할 수 있을 것 같은 무모한 자신감으로 그 순간만 생각하며 살면 잘못된 결정을 내리게 돼 위험한 상황에 빠질 수 있다.

유감스럽게도 당신에게는 섹스나 관계에 대한 이야기를 해주는 사람이 아무도 없다. 친구들은 멋진 남자, 섹시한 가수, 인기 좋은 운동선수의 뒤를 쫓아다녀 보라고 은근히 몰아대기도 한다. 부모님은 사회적 배경이 비슷하거나 같은 종교를 가진 사람 혹은 같은 인종끼리 사귀기를 원할 수도 있다.

내가 십대였을 때 친절함이나 정직, 진실성, 유머, 성실함, 신념, 열정 등 그 사람의 성품이 가장 중요하다고 말해주는 사람은 한 사람도 없었다.

어떤 면을 눈여겨봐야 할지 잘 모르거나 정확한 정보가 없을 때는 알아맞히기 게임을 하는 것과 같다. 그럴 때는 자신이 직접 겪어보고 판단할 수밖에 없다. 때로는 상처를 받고 나서야 알게 되거나 우연히 알게 될 수도 있고, 뭔가 도움이 되는 것을 발견함으로써 알게 될 때도 있다.

가장 위험할 때는 자신의 능력으로도 어쩔 수 없을 경우다. 누군가로부터 들은 잘못된 정보를 믿고 결정을 내리게 될 수도 있다. 혹은 위험한 상황에 처하고 나서야 상대방이 당신을 이용하고 있거나 나쁜 방향으로 이끌고 있다는 것을 알게 될 수도 있다. 그런 상황에서도 교훈을 얻을 수는 있겠지만 너무 많은 상처를 받으려면 더욱 조심해야 한다. 당신은 스스로 일어서서 그런 상황을 걷어버리고 자신의 남은 인생을 살아야 한다. 다음에는 좀더 현명해져서 더 좋은 선택을 할 수 있기를 바라면서 말이다.

내가 8학년을 마칠 때쯤 우리 가족은 뿔뿔이 흩어졌다. 아빠는 공장의 기계공 자리를 그만두고 조경 사업과 더불어 작은 레스토랑을 경영했다. 그래서 집에 있던 돈을 모두 가져갔지만 할머니의 유산까지 빌려 썼기 때문에 파산한 뒤에는 아무것도 남아 있지 않았다. 아빠와 할아빠가 직접 지었다는 시골집도 날아가버렸다. 그래서 나는 겨우 열세 살의 나이에 세상을 알아야 했다. 정말 모든 것이 산산이 부서져버렸다.

우리는 도시로 이사를 했다. 사실 마을에서 쫓겨난 것이나 마찬가지였다. 우리 집에는 수치심밖에 남은 것이 없었다. 엄마는 폭음을 하기 시작했는데 결국 그것이 알코올중독의 시초가 되었다. 아빠는 늘 술에 절어서 날마다 사고만 치고 다녔다. 인기 있고 친구들도 많았던 나는 아무도 모르는 곳으로 이사 온 이후로 내 인생을 증오하기 시작했다.

새로운 도시로 와서 첫 주를 보낸 후 집으로 돌아오니 엄마는 흔들의

자에 앉아 있었다. 그때도 역시 술을 마시고 있었다. 오후 세 시였고 엄마는 울고 있었다. 엄마로부터 아빠가 다른 여자와 바람이 났다는 이야기를 전해 들었다. 나는 엄마에게 허락도 구하지 않고 미친 듯 차를 몰며 아빠와 그 여자를 찾아다녔다. 그 일 이후 내 앞에는 더욱더 드라마 같은 일이 펼쳐졌다. 나는 그 시절을 암울했던 시절이라고 부른다.

열일곱 살이 되던 해에 집을 벗어나야겠다고 생각한 나는 언니 질리안을 찾아가기 위해 무작정 버스에 올랐다. 언니는 형부와 아기를 낳고 디케이터에서 살고 있었다. 언니는 열여섯 살에 임신을 했기 때문에 벌써 결혼한 상태였다. 물론 그 일도 당시에는 엄청난 스캔들이었다. 원래는 방학 동안만 있을 생각이었지만 지내다 보니 6개월이나 머물게 되었다. 그때 언니와 형부 사이에는 18개월 된 아기가 있었지만 그들의 결혼 생활은 삐걱거리기 시작했다. 언니는 어느 식당의 주방장과 바람이 나 있었다. 얼마 후 나는 안젤로라는 식당에 일자리를 얻었다.

나는 식당에서 메르세데스라는 이름의 웨이트리스를 알게 되었고, 그녀에게 엉망진창인 언니 이야기를 모두 털어놓았다. 그러자 메르세데스는 부모님 집에서 자기와 함께 살자고 했다.

그래서 나는 메르세데스와 한방을 쓰며 살게 되었고 그녀의 가족들도 날 편하게 대해주었다. 그녀의 아빠는 내 인생을 바꿔놓은 분이었다. 나는 그분을 대디 삼촌이라고 불렀다. 메르세데스와 나는 여전히 안젤로에서 일했다. 그녀는 금발 머리를 가진 아름다운 아가씨였다. 나이는 나보다 겨우 두 살 위였지만 훨씬 어른스럽게 느껴졌다. 나는 늘 메르세데스 같은 여자가 되고 싶었다. 그녀는 벌써 몇 년 전부터 섹스를 하고 있었고 섹스가 무척 좋다고 했다. 그리고 동시에 세 남자를 사귀고 있었다.

한 사람은 이미 결혼한 남자로 안젤로 식당의 주방장이었고 한 사람은 자기 아빠 밑에서 일하는 정비공이었으며 나머지 한 사람이었던 네이단 역시 그녀와 섹스를 하는 사이였다. 그녀는 정말로 섹스를 좋아했고 그 문제에 대해서는 언제나 솔직했다. 나는 그녀를 통해 누구에게서도 듣지 못했던 이야기를 들을 수 있었다. 그래서 많은 것을 알게 되었지만 모든 비밀을 지켜주었다. 메르세데스는 여전히 식당에서 일하고 있었기 때문에 식당 주방장에 대해서는 더욱 철저히 비밀을 유지했다. 대디 삼촌 밑에서 일하는 정비공 역시 비밀스런 관계였으므로 당연히 네이단은 다른 두 사람에 대해 아무것도 모르고 있었다.

네이단의 친구 중에 사이러스 플랜더즈라는 남자가 있었다. 사이러스는 안젤로에 자주 들르던 손님이었는데 부잣집에서 사랑을 듬뿍 받고 자란 티가 팍팍 나는 타입이었다. 플랜더즈 가는 사방으로 2백 마일에 달하는 땅을 소유하고 있었다. 그래서 스물다섯 살의 멋진 금발 머리 청년이었던 그에게서는 늘 영주 같은 귀족적 분위기가 풍겼다. 그는 메르세데스에게 내가 처녀라는 말을 들은 뒤부터 막무가내로 날 쫓아다녔다. 그는 날마다 식당에 와서 내게 말을 걸었고 여러 가지 재미있는 이야기들도 들려주었다. 그렇게 우리는 계속 줄다리기를 했다.

열여덟 번째 생일에 그는 나를 저녁 식사에 초대했다. 우리는 밖에서 함께 식사했는데 나는 왠지 한 번도 경험해보지 못한 굉장한 일이 벌어질 것 같은 예감이 들었다. 나는 그를 무척 좋아했다. 그는 부자인데다 나보다 나이도 많았으므로 섹스를 하게 될지도 모른다고 생각했던 것이다. 하지만 나는 아직 섹스할 준비가 안 된 상태였다. 어떻게 하는지 방법을 몰랐기 때문이다.

우리는 저녁 식사를 마친 후 함께 그의 집으로 갔다. 그는 크고 고풍스러운 집에서 혼자 살고 있었다. 그의 집에는 없는 것이 없을 만큼 모든 것이 다 갖춰져 있었지만 남자 집이어서 그런지 그다지 따뜻한 느낌은 들지 않았다. 소파는 가죽이었고 전자 제품도 모두 최신이었다. 그는 전자 제품에 무척 관심이 많다고 했다. 스테레오 시설도 끝내주게 좋았다. 우리는 거실에서 함께 포도주를 마셨다. 나는 '내 인생에서 가장 놀라운 일이 일어날지도 모른다' 라는 생각을 하고 있었다. 사실 그는 키스를 그리 잘하는 편은 아니었는데 나는 그 점이 좀 의외였다. 갑자기 그는 너무나 의도적으로 행동했고 곧장 날 침대에 내동댕이칠 기세였다.

그는 물침대가 놓여 있는 그의 방으로 날 데려갔다. 침대로 올라간 그는 옷을 벗더니 이렇게 말했다. "자, 어서 이리 와." 낭만이라고는 조금도 찾아볼 수 없었다. 몇 년이 지난 후에야 나는 그가 연인으로서 정말 끔찍한 사람이었다는 것을 알게 되었다. 그는 전혀 자상하지도 않았고 신사적이지도 않았고 나에 대한 배려나 동정심 같은 것도 보여주지 않았다. 그는 내 옷을 벗기는 데만 혈안이 되어 있었다. 나는 한 번도 다른 사람 앞에서 옷을 벗어본 적이 없었다. 집에서도 욕실 밖으로 나올 때는 옷을 다 입었었는데 그때 우리는 옷을 모두 벗은 상태로 서로 마주보고 있었다. 나는 너무나 어색했고 뭘 해야 할지도 몰랐으며 어떤 자세를 취해야 하는지도 몰랐다. 나는 정말 아무것도 몰랐다. 전희 같은 것은 거의 없었다. 지독하게 아프지는 않았지만 어쨌든 통증은 느껴졌다. 몹시 실망하고 쓸쓸한 기분까지 느끼며 나는 이런 생각을 했다. '맙소사, 여기서 내가 무슨 짓을 하는 거야?' 마지막 피날레는 그가 장식했다. 그는 곧 오르가슴을 느꼈고 그걸로 끝이었다. 그는 1분도 안 돼서 코를 골기 시작했다. 그는 잠들기 직전에 이런 말까지 했다. "너는 미시시피 강 이쪽에서 가장 형편없는 여자야." 그러고는 낄낄대며 웃었다. 정말 너무나 실망스러웠다. 나는 그날 밤 한숨도 못 잤고 누워서 계속 최악이라고만 생각했다.

아침에 일어나자마자 나는 옷을 입고 메르세데스를 만나러 갔다. 기분이 너무나 엉망이었고 내가 정말 바보처럼 느껴졌다. 그는 내게 형편없는 여자라고 말했다. 나는 그가 한 말을 고스란히 믿었다.

일주일 후 나는 아무 말 없이 사이러스를 만나러 갔다가 그가 한 달 전에 헤어졌다고 한 여자와 침대에 있는 장면을 목격했다. 그들의 모습을 본 순간 나는 바닥에 쓰러졌고 엄청난 상처를 받았다. 그 뒤 나는 곧장 시애틀로 떠났다. 사이러스와의 일을 마음에서 지우기 위해 온갖 노력을 다했다. 고등학교 때 친구 중 한 명이 시애틀에 살고 있었기 때문에 나는 그녀와 함께 생활하게 되었다. 나는 마음속으로 앞으로 더 잘할 거라고 맹세했고 잘하기 위해 연습도 할 생각이었다. 사이러스에게 형편없다는 소리를 들었기 때문이다. 그때 나는 열여덟 살이었다.

시애틀로 간 나는 보잉사에서 일하게 되었고 그 뒤 유부남들과 관계를 갖기 시작했다. 그들은 모두 섹스에 대해 잘 아는 사람들이었다. 유부남을 만난 것은 앞으로 섹스를 더 잘할 거라는 결심 때문이기도 했고 상대방과 지나치게 가까워질 위험이 비교적 적어서이기도 했다. 그래서 나는 절대 아무 문제도 일으키지 않을 사람들만 골랐다.

이번에는 이 사람, 다음에는 저 사람 등 나는 차근차근 여러 사람과 관계를 가졌다. 그때쯤 나는 세상 돌아가는 이치를 알게 되었고 사람들이 나에 대해 수군거리는 것도 알게 되었다.

그 무렵 나는 술을 무척 많이 마셨다. 술을 마시지 않았다면 유부남을 만나는 일 따위는 하지 못했을 것이다. 맨 정신으로는 도저히 그런 일을 할 수 없었다. 결국은 2년 후에 보잉사도 그만두었다. 그런 다음에는 와이오밍 주로 가서 리키라는 남자를 만났고 3주 만에 그와 동거하게 되었다. 나는 그를 컨트리풍의 음악이 흐르는 댄스홀에서 만났다. 우리는 함께 새로 지은 아파트로 이사를 했다. 그런데 이사 간 첫날밤, 그는 화가 난다는 이유로 주먹을 내려쳐 벽에 구멍을 냈다. 그는 말과 행동이 무척 난폭한 사람이었다. 나는 그런 사람을 만나본 적이 없었다. 그는 강제로 항문 섹스까지 시켰는데 너무나 끔찍했고 몹시 아팠다. 점차 나는 그를 증오하게 되었다. 그리고 뭔가 크게 잘못되었다는 것을 처음으로 깨닫기 시작했다. 나는 그가 처음 사귄 여자친구를 살해했다는 것도 알게 되었다. 그는 내가 집에서 다른 남자와 섹스를 할 거란 생각에 가끔 낮에도 불쑥 집에 들어오곤 했다. 그러면 나는 이렇게 말했다. "봐요, 아무 일도 없잖아요." 어느 날 그가 나보고 거실에 나와 앉으라고 했다. 그의 손에는 손도끼가 들려 있었다. 그는 내 맞은편에 앉아서 남자와 잤다는 것을 고백하지 않으면 내 머리를 박살내버리겠다고 위협했다. 결국 나는 좋은 말로 그를 달랬고 그가 밖으로 나가자마자 이곳을 탈출할 방법을 생각했다.

그날 우리 집에 와서 날 구해준 사람은 내가 함께 자지 않았던 보잉사의 한 직원이었다. 나는 그 부부와 축구 경기를 보러 간 적도 있었는데 그 부부는 나를 그 남자 동생과 연결해주려고 애쓰는 눈치였다. 어쨌든 그에게 전화를 걸어서 발작을 일으키듯 울부짖었더니 그가 바로 와주었다. 그는 야구 방망이를 들고 와서 아파트 밖으로 짐을 실어낼 때까지 옆에서 지켜주었다. 나는 그동안 겪었던 일을 그에게 모두 털어놓았다. 그러자 그는 자기 집에서 같이 살자며 나를 데리고 갔다. 몇 주 후 나는 임신한 사실을 알았고 결국 중절 수술을 받기 위해 일리노이로 갔다. 엄마가 날 걱정하며 옆에 있어준 것은 오직 그때뿐이었던 것 같다.

나는 피오리아에 아파트를 얻고 학교도 다시 다니기 시작했다. 그리고 당시 40대 초반이었던 안 제이콥스를 만났다. 그때 나는 갓 스물이었다. 부동산 업자였던 그는 매우 정중한 사람이었고 자기 회사도 갖고 있는 멋쟁이 신사였다. 나는 그를 적극적으로 유혹했고 데이트를 하자고 졸라대기도 했다. 원래 그는 나와 잠자리를 가질 생각이 아니었다. 그를 부추긴 사람은 바로 나였다. 우리는 함께 클럽에도 다녔다. 같이 있을 때 그렇게 편안한 남자는 그가 처음이었다. 한번은 그가 날 데리고 게이 클럽에 갔는데 그곳에서 어떤 남자가 다가와 그의 뒤에 서더니 안의 엉덩이에 손을 올리며 이렇게 말하는 것이었다. "안녕하세요? 뭐 도와드릴까요?" 그러자 안은 조금도 불쾌해 보이지 않은 얼굴로 그의 손을 잡더니 이렇게 말했다. "이 숙녀 분이 있으니 됐습니다. 고마워요." 그는 정말 근사한 남자였다. 나는 진심으로 그를 사랑하게 되었다.

나는 계속 그와 자고 싶다고 졸라댔고 결국 그는 마지못해 허락하고는 집에 데려갔다. 그날 우리가 관계를 가지기까지는 다섯 시간이나 걸렸는데 그는 처음 세 시간 동안 자기 몸에 손도 못 대게 했다. 그는 원래 섹스를 좋아했지만 서두르지 않으려고 했고 나도 서두르지 않길 바랐다. 내가 경험이 많지 않다는 것을 알고 있었기 때문이다. 정말 자상한 마음 씀씀이였다. 우리는 두 차례 관계를 가졌다. 나는 마치 그로부터 선물을 받은 기분이었다. 관계가 끝난 후 나는 이런 생각이 들었다. '오, 하느님, 바로 이거야. 사람들이 섹스를 하는 이유가 바로 이런 거구나.' 그때까지도 나는 그 사실을 모르고 있었다. 그날 이후 나는 내 첫사랑이 안이었다면 내 삶이 완전히 바뀌어 있을 거라는 생각을 떨쳐버릴 수가 없었다.

요즘 젊은이들에게 해주고 싶은 말은 바로 자신의 내부에서 들려오는 소리에 귀를 기울이라는 것이다. 사실 나는 사이러스와 별 관계도 아니었다. 그와 나는 그저 섹스로 맺어진 관계에 불과했다. 즉 섹스 외에는 아무것도 하지 않았다는 뜻이다. 처음부터 그 사실을 알고 있었다. 그런데도 나는 그를 늘 높은 위치에 올려두고 생각했다. 나보다 나이가 많고 멋있었으며 부자인데다 상당한 영향력도 갖고 있었기 때문이다. 하지만 그와의 관계에서 편안함은 느낄 수 없었다. 누군가의 눈에 나도 매력 있게 보일 수 있다는 것을 진작 알았다면 좋았을 것이다. 진심으로 내게 호감을 갖고 나를 좋아해주는 그런 사람에게 말이다. 처음부터 안 제이콥스 같은 사람을 기다렸다면 얼마나 좋았을까 하는 생각이 든다.

Tip : 인기 있는 운동선수라거나 유명한 음악가라거나 눈부실 만큼 멋진 사람이라고 해서 그냥 달려들어서는 안 된다. 그런 사람과는 함께 공유할 만한 것도 별로 없고 겉모습에서 느껴지는 매력은 금방 사라지게 마련이다. 서로 공유할 수 있고 진심이 느껴지는 사람이라면 당신을 이끌어줄 수 있으며 좋은 파트너가 될 것이다.

마음을 열고 소울 메이트를 찾아라

　많은 십대들이 섹스를 해야 한다는 부담감 때문에 아무 의미도 없이 사람을 만난다. 호르몬 작용이 활발할 때는 그렇게 할 용기가 생길 수도 있지만, 섹스가 끝난 뒤에는 아무리 왕성한 호르몬이라도 당신을 마법처럼 사라지게 해줄 수는 없다. 가끔은 정말 그렇게 사라지고 싶은 기분이 드는데도 말이다. 당신을 몰아대던 강렬한 압박감이 없어지고 나면 잘 알지도 못하는 사람 옆에 누워 있다는 생각만 든다. 공통점도 거의 없고 조금도 좋아하지 않는 그런 사람 옆에 말이다. 정말 허무하기만 할 뿐이다.

　나 역시 첫 관계 때는 마법을 경험하지 못했다. 내 첫경험을 아무 관계도 아닌 사람과 가졌다는 사실이 나는 지금도 매우 안타깝다. 셰릴 안은 내 친구 아리가 소개해준 여자였다. 우리는 처음 만난 날 섹스를 했고 그 뒤로 다시는 만나지 않았다. 하지만 좋아하는 감정도 없고 친구조차 아닌 사람과 관계를 가졌다는 불쾌한 기분만은 지워지지 않았다. 섹스를 한다고 뭔가가 좋아지는 것은 아니다. 그런 관계는 처음부터 아무것도 없기 때문이다.

　그 일이 있은 후, 두 번의 여름이 지나고 나는 엘렌과 사랑에 빠지게 되었다. 그때 나는 처음으로 마법을 경험하고, 열정을 느끼고, 내 가슴까지 활짝 열렸다. 섹스가 끝난 뒤 나는 내가 좋아하는 사람 옆에 누워 있다는 것을 느낄 수 있었다. 엘렌은 조금 전까지 우리가 한 일로 환희에 가득 차서 서로를 마주보며 미소를 짓고 환하게 웃을 수 있는 그런 사람

이었다. 섹스에도 기초 공사가 필요하다는 것을 깨닫고 나는 새롭게 각
성하게 되었다. 기초 공사를 다진 후에야 그 위에 뭔가를 세울 수 있다는
사실을 말이다.

조아퀸(29세/ 음악가/ 프랑스 마르세유)

열네 살 때 가장 친한 친구였던 키코와 나는 만나면 늘 섹스 이야기만
했다. 그때 키코는 린다라는 소녀를 만나고 있었는데 그 애는 우리보다
한두 살 많은 소녀였다. 열여섯 살쯤 돼 보이던 린다는 전혀 예쁘지 않았
고 조금 통통한 편이었다. 키코와 놀고 있으면 린다가 찾아왔고 잠시 후
둘이서 어디론가 사라지곤 했다. 그녀는 키코에게 오럴 섹스를 해주었
다고 했다. 그 말을 들은 나는 몹시 놀랐고 질투가 났으며 나도 해보고
싶었다. 키코는 벌써 그런 것도 아는데 나만 모르다니……. 그는 자세한
이야기는 해주지 않았다.

키코가 내게 여자와 자본 적이 있냐고 물었다. 그때 나는 거짓말로 대
답했다. 그는 벌써 여러 달 전부터 여자와 오럴 섹스까지 하고 있는데
친구인 나는 한 번도 못해봤다는 사실이 왠지 창피하게 느껴졌고 진짜
남자도 아닌 것 같았다. 그래서 한번 자봤다며 완전히 거짓말로 이야기

를 꾸며냈지만 사실 단 한 번도 경험이 없었다. 그때가 아마 봄이었을 것이다.

두어 달 후 어느 여름날, 나는 키코와 함께 밖에서 놀고 있었다. 나는 여전히 열네 살이었다. 키코네 집 근처에는 린다가 살고 있었다. 그날 우리는 키코네 집 부근을 여기저기 쏘다니면서 섹스를 하고 싶어 죽겠다는 등의 실없는 소리를 주고받으며 낄낄거리고 있었다. 그런데 린다의 집을 지날 때 갑자기 키코가 날 보더니 이렇게 말했다. "린다네 집에 같이 가자. 가서 내가 먼저 일어나는 거야. 그럼 너는 린다와 둘이 있을 수 있잖아. 네가 하고 싶은 대로 다 할 수 있어. 그 애도 아마 좋아할걸."

나는 몹시 두려웠지만 결국 키코를 따라 린다의 집으로 들어갔다. 토요일 밤이어서인지 그녀는 청바지에 티셔츠 차림으로 혼자 집을 보고 있었다. 린다는 조금 통통한 편이었지만 가슴이 무척 컸고 검은 머리에 다소 촌스러운 얼굴이었다.

너무 긴장한 나는 온몸이 다 떨릴 지경이었다. 어쩌면 드디어 첫경험을 하게 될지도 모른다고 생각했다. 같이 들어간 키코는 적당한 핑계를 대며 먼저 가봐야겠다고 말했다. 현관으로 걸어가면서 그는 몇 마디 우스갯소리를 던졌다. "조아퀸과 좋은 시간 보내. 그도 다 이유가 있어서 여기 온 거니까." 그의 말로 내가 그곳에 온 이유가 훤히 드러나버렸다.

린다는 즉시 내게 다가오더니 내 옆에 앉아 키스를 하기 시작했다. 나도 기꺼이 키스에 응했고 곧 그녀의 온몸을 더듬기 시작했다. 그 상태로 한 2분 정도 지나자 그녀가 내게 샤워하고 싶은지 물었고 나는 그렇다고 대답했다. 나는 그때까지 여자와 샤워해본 적이 한 번도 없었다.

그런 다음 린다는 술 한 잔을 단숨에 마셨고 나 역시 술을 마셨다. 잠시 후 얼근하게 취기가 올라왔고 우리는 함께 욕실로 들어갔다. 나는 서투른 솜씨로 그녀의 옷을 벗겨 브래지어 끈을 풀었다. 그녀가 내 옷을 벗겨주자 흥분한 나는 곧 딱딱하게 발기되는 것을 느꼈다. 완전히 벌거벗은 사람을 본 것은 그때가 처음이었다.

우리는 함께 샤워기 앞에 섰다. 나는 샤워를 한 다음에 섹스를 하고 싶었기 때문에 미리 사정하지 않으려고 엄청나게 노력했다. 샤워를 하면서 우리는 서로의 몸을 애무했고 나는 거의 폭발할 지경이었다. 샤워를 마치고 몸을 말린 뒤 우리는 그녀의 침실로 들어갔다.

린다와 나는 함께 침대에 누웠다. 모든 일이 정말 순식간에 이루어졌다. 이미 나는 몹시 흥분한 상태였으므로 삽입하자마자 사정하고 말았다. 일단 사정하고 나자 나는 얼른 그곳을 빠져나오고 싶은 생각밖에 없었다. 전혀 로맨틱하지도 않았고 조금도 즐겁지 않았다. 그저 몹시 불쾌하기만 했다.

1분 정도 지나서 발기되었던 것이 가라앉자 나는 얼른 일어나 나가고 싶었다. 나는 계속 "미안, 정말 미안해"라고만 웅얼거렸다. 언젠가 누나들에게서 여자를 만족시켜줘야 한다는 것을 들었지만 그날 나는 그렇게 하지 못했다.

나는 일어나서 그 집을 나왔다. 옷을 주워 입고 그곳을 나오기까지는 채 5분도 걸리지 않았다. 나는 다시는 린다에게 말을 걸지 않았다. 그냥 그걸로 끝이었다. 다시는 그런 짓을 하고 싶지 않았다. 그 일은 밝고 경쾌한 기억이 아니라 어둡고 침울한 기억이었기 때문에 그냥 묻어버렸다.

나는 열다섯에서 열여섯 살로 넘어가던 시기에 켈리라는 여자친구를 사귀었다. 그녀는 명랑하고 상냥했으며 무척 활달한 성격이었다. 우리는 학교에서 만났는데 먼저 말을 건 사람은 내가 아니라 그녀였다. 아마 커피를 마시러 가자고 했던 것 같다.

그 애와 잠시 이야기를 나눈 후 나는 켈리가 내 여자친구가 되었으면 좋겠다는 생각을 했다. 당시 나는 몹시 부끄럼을 타는 편이었다. 켈리는 매우 편안한 성격이었기 때문에 여자친구는 물론 남자친구들도 많았다. 그래서 나는 왜 그녀가 하필 날 선택했는지 궁금했다.

그 무렵 엄마와 새 아빠는 2주 동안 벨기에에 가 있었고 집에는 나 혼자였다. 그래서 토요일 밤에 같이 놀자고 켈리를 초대했다. 켈리는 파티에 가야 한다며 일단 파티에 갔다가 집으로 오겠다고 했다. 그래서 나는 이렇게 말했다. "좋아. 자, 우리 집 주소랑 전화번호야. 언제쯤 올 수 있을 것 같니?" 그러자 켈리는 "아마 여덟 시 반쯤 될 거야"라고 말했고 나는 "좋았어!"라고 대답했다.

여덟 시 반이 되고 아홉 시가 지나고 아홉 시 반, 열 시가 다 되었다. 열 시에서 열 시 반 사이에 드디어 누군가가 우리 집 현관문을 두드렸다. 그녀가 전화도 걸지 않았기 때문에 나는 이미 포기하고 있었다. 그리고 '흥, 지금쯤 어떤 녀석의 침대에 같이 누워 있겠지'라고 생각했다. 그런데 문을 열자 켈리가 서 있었다. 나는 나도 모르게 "와, 약속 지켰네"라고 소리쳤다. 조금 취해 있었던 켈리는 집 안으로 들어오며 이렇게 말했다. "나도 알아, 파티에서 좀 늦었지. 날 태워주겠다는 사람이 이제야 나타나잖아."

켈리를 본 즉시 나는 이런 생각을 했다. '과연 오늘 밤 여기에서 자고 갈까?' 하지만 그런 생각은 숨긴 채 나는 넌지시 이렇게 물어보았다. "집에는 어떻게 갈 생각이니?" 그녀는 우리 집에서 꽤 먼 곳에 살고 있었고 차도 없었다. 나는 잠시 이야기를 나누다가 이렇게 물었다. "부모님은 네가 외박하는 거 알고 계시니?" 그러자 켈리가 대답했다. "응, 안이라는 친구 집에서 자고 간다고 말씀드렸어." 그럼 그렇지!

나는 너무 긴장되고 온몸이 부들부들 떨리는 것만 같았다. 어떻게 해야 할지 아무 생각도 나지 않았다. 일 년 반쯤 전에 한번 해본 적은 있었지만 그건 정말 소름끼치는 경험이었다.

우리는 자정 무렵까지 이야기를 나누었다. 그리고 천천히 키스를 하기 시작했다. 우리가 섹스를 하게 될 거라는 사실이 더욱 분명해지고 있었다. 나는 그녀가 처음이 아닐 거라고 확신했다. 드디어 우리는 내 방으로 가서 둘 다 옷을 벗고 침대에 누웠다. 일단 섹스를 시작하고 나자 긴장되었던 마음은 순식간에 사라지고 매우 편안하게 관계를 가질 수 있었다.

우리는 정말 즐거운 시간을 보냈다. 아마 우리가 친구였기 때문이었던 것 같다. 나는 바로 이런 관계를 원했고, 이런 느낌이 드는 사람과 아침에 같이 눈을 뜨고 싶었다. 그때도 나는 꽤 빨리 사정했지만 그것으로 끝내지 않고 다시 한번 섹스를 하기 시작했다. 어느 순간이 되자 그녀도 오르가슴을 느끼기 시작했다. 나는 오르가슴을 느끼는 그 모습만으로도 완전히 흥분해버렸다. 정말 열광적인 경험이었다. "진짜 굉장하다!"라는 소리가 저절로 튀어나온 것도 그때가 처음이었다. 자위는 벌써 몇 년 전부터 시작했지만 그날 느꼈던 기분은 정말 놀라웠다. 완전히 새로운 경험이었다.

켈리는 밤새 우리 집에 있었다. 다음날 아침, 잠에서 깬 우리는 서로 조금 부끄러워했지만 한편으로는 뭔가 강하게 결속된 기분을 느꼈다.

우리는 다시 한번 사랑을 나누었고 서로에게 정말 특별하다고 말했다. 그리고 그런 기분 역시 처음이라고 말해주었다.

나는 젊은이들에게 좀더 기다리라고 말하고 싶다. 욕구를 채우고 싶다는 생각만으로 경솔하게 행동해서는 안 된다는 뜻이다. 누군가를 진정으로 좋아하고, 어떤 관계가 형성되고, 정신적으로도 가까워져서 탄탄한 기초가 마련될 때까지 기다려야 한다. 그래야 섹스만 하고 일방적으로 끝나는 관계가 아니라 섹스를 공유할 수 있는 관계로 발전할 수 있다. 열네 살 때 나는 여자만 응한다면 그게 누구든 상관없이 아무 때나 섹스를 하려고 했다. 그러나 켈리와 처음으로 나눈 사랑은 정말 굉장하고 완벽했다. 섹스를 하기 전에 우리는 먼저 친구가 되었고 감정을 나누는 관계가 형성돼 있었다. 그건 정말 큰 차이였다. 나는 때가 되었다 싶을 때까지 기다리라고 충고하고 싶다. 그러면 자신도 만족할 수 있음은 물론이고 자신이 내린 결정에 대해서도 잘했다는 생각을 하게 될 것이다.

Tip : 성욕에도 바이오리듬 같은 주기가 있다. 아무리 그(그녀)가 즐겁게 해줘도 성적 쾌감을 얻는 시기는 따로 있다는 사실! 이 주기를 알면, 당신의 섹스 라이프는 훨씬 더 즐거워진다. 또한 섹스를 할 때는 천천히 조금씩 다가가는 것이 훨씬 즐겁다. 두 사람 모두 편해지고 완전히 흥분될 때까지 충분한 시간을 갖도록 하자.

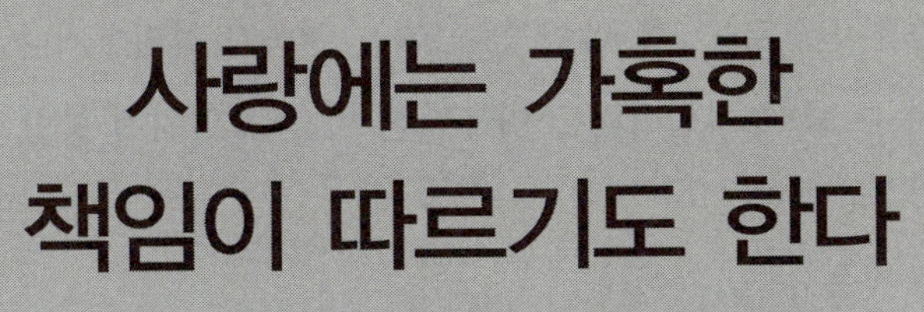

사랑에는 가혹한 책임이 따르기도 한다

13

♡

　십대들 중에 임신하고 싶은 사람은 아마 한 사람도 없을 것이다. 하지만 확실하게 피임을 하는 십대들은 별로 많지 않다. "지금은 임신 되지 않을 거야." 십대들이 섹스를 하기 전에 가장 많이 하는 말 중 하나가 바로 이 말이다. 뜨거운 열정이 몰아칠 때는 호르몬 활동이 워낙 왕성하기 때문에 이성적으로 생각하기가 쉽지 않다. 열정적인 밤을 앞둔 당신에게 "괜찮을 거야"라든가 "지금은 임신될 시기가 아닐 거야"라는 말은 한번 해볼 만한 도박처럼 유혹적으로 들릴 것이다.

　하지만 가슴 한편으로는 "할 말이 있어"라는 전화가 걸려오거나 임신 진단 시약에 푸른 줄이 찍힐까봐 조마조마한 마음을 떨치지 못할 것이다. 그리고 실제로 그런 일이 생기면, 아무 걱정 없이 자유롭게 살던 시절도 끝났다는 것을 잘 알 것이다.

　사실 섹스를 하면 언제든 아기가 생길 수 있지만 섹스를 앞둔 상태에서는 그런 이야기를 꺼내고 싶지 않을 것이다. 십대들이 가장 이야기하기 어려워하면서도 걱정하는 것이 바로 이 문제다. 때로는 아기에 대한 이야기가 나오기도 하고 그런 일이 생기면 책임을 지겠다는 말이 오갈 수도 있지만 그 말을 누가 보증하겠는가. 피임을 하지 않으면 누구나 100% 임신될 수 있다. 임신한 것을 알게 된 소녀의 기분은 임신한 것을 몰랐을 때와 그야말로 하늘과 땅 차이이다. 또 절대 아기를 갖고 싶지 않다고 생각한 소녀라 하더라도 임신한 사실을 알고 나면 그 생각이 바뀔 수도 있다. 섹스를 하기 전에는 이런 일이 생길 수 있다는 것까지 염두에 두어야 한다.

　십대가 되면 굉장히 무모해진다. 무엇이든 할 수 있을 것 같고 자신 앞에 닥치는 상황은 무엇이든 극복할 수 있을 것 같은 기분이 들기도 한다. 이렇듯 무모하게 성을 탐구하는 십대들에게 임신을 알리는 전화 한 통은 그들의 무지함을 각성시키는 가장 잔인한 경고가 될 것이다.

리안나(67세/ 애견 훈련가/ 앨라배마 주 애니스톤)

나는 섹스를 생각하면 늘 붉은색 좌석커버가 덮여 있고 계기판에 불빛이 들어와 있던 모건의 차 앞좌석이 생각난다. 우리는 밤 11시가 되도록 인적이 끊긴 데어리 퀸의 주차장에서 차를 세우고 앉아 있곤 했다. 데이트를 한 날에는 꼭 이런 식으로 남은 데이트를 즐겼는데 사실 그런 시간은 아마 누구나 고대했던 시간일 것이다. 라디오에서는 내슈빌이나 멤피스의 방송이 흘러나왔고 우리는 키스를 하며 서로의 몸을 애무했다. 그러면 자동차 창에 뿌옇게 김이 서려왔다. 우리는 열정적인 섹스를 제외한 모든 걸 다 해봤지만 그렇게 되는 데도 몇 개월이나 걸렸다.

처음에는 모건의 손이 허리 아래쪽을 더듬기만 해도 나는 "싫어, 싫단 말이야"라고 말하거나 "제발 하지 마, 응?"이라고 말하곤 했다. 그래도 그가 계속 밀고 나가려고 하면 결국 나는 허락할 수밖에 없었다. 그러다 보면 다른 한 가지를 또 허용하게 되고 만다. 몸으로는 정말 흥분되었지만 마음속으로는 '이건 나쁜 짓이야. 부끄러운 짓이라고' 라는 생각이 들어서 몹시 불편했다. 그는 항상 육체관계를 요구했고 나는 누구에게도 그런 말을 할 수 없었다. 학교에서는 쉬는 시간에 만나서 손을 잡고 복도를 걷다가 그가 내 교실까지 바래다주었고 수업이 끝난 뒤에도 계속 붙어 있었다. 그래서 우리는 함께 있는 시간이 무척 많았다. 그의 집은 학교에서 가까웠기 때문에 수업이 끝나면 그의 집에 가는 날이 많았다. 우리는 우정 때문에 만나는 관계도 아니었고 서로를 존중하지도 않았다. 우리에게 가장 중요했던 것은 바로 열정적인 섹스였다.

나는 고등학교 2학년 때 모건 래트너를 만났다. 그는 약간 불량스러운 학생이었고 당시 열다섯 살이었던 나보다 두 살 많았다. 그는 크고 호리호리한 체격에 매우 활달한 편이었고 카리스마도 넘쳤지만 성적은 그다지 좋지 못했다. 처음에 나는 그의 외모에 끌려서 그를 사귀게 되었다. 그것은 정말 동물적인 차원에서 느꼈던 호감일 뿐이었다. 그는 늘 다른 여자애들에게 시선을 두었기 때문에 처음에는 사건도 무척 많았다. 내 목표는 그가 내게만 집중하도록 만드는 것이었고 결국은 그렇게 만들었다. 우리는 함께 영화도 보러 가고 파티에도 갔으며 가끔 춤도 추러 갔다. 그와 함께 있으면 매우 흥분되었고 가끔은 그를 내 곁에 붙들어두기 위해 여성적인 매력을 이용하기도 했지만 나는 늘 그와 친구 관계를 유지하려고 노력했다.

어느 때부터인가 드디어 나도 모건의 몸을 만지기 시작했다. 사실 나는 그럴 일은 절대 없을 거라고 생각하고 있었다. 모건은 이미 내 온몸을 자유롭게 더듬던 시절이었다. 처음에는 가슴만 만지도록 허락했지만 그 다음에는 허리 아래쪽도 허락했다. 한 단계 한 단계 나아가는 것이 내게는 매우 심각한 일이었다. 나는 내가 싫었기 때문에 모건의 몸에 손을 대지 않았고 자꾸 강요하는 그에게 화를 내기도 했다. 또 친구 관계를 유지하고 싶었기 때문에 계속 싫다고 고집을 부렸지만 결국은 그의 뜻에 따르게 되었다.

이제 우리에게 남은 일이라고는 진짜 섹스를 하는 것뿐이었다. 섹스를 하기 전 우리는 내가 그의 몸을 만지는 단계에 한동안 머물러 있었다. 그때까지도 옷은 늘 입고 있었지만 그는 이미 몇 번의 오르가슴을 느끼기도 했다.

나는 열일곱 살이 되기 전 여름까지 섹스를 하지 않고 버텼다. 그즈음 나는 모건에게 오럴 섹스를 해주고 있었지만 사실 어떻게 하는지 아무것도 모르던 상태였다. 모건도 자세한 방법은 가르쳐주지 않았다. 그는 내가 오럴 섹스를 해주길 바랐으면서도 그런 이야기는 절대 꺼내지 않았다. 나는 그런 그를 전혀 이해할 수 없었고 늘 이상하게만 생각했다.

그는 늘 섹스를 하자고 막무가내로 졸라댔기 때문에 결국 나는 지쳐서 항복하고 말았다. 계속 안 된다고 우기다가 마침내 그해 여름에 승낙한 것이다. 그는 집에 아무도 없을 때 만나자고 곧장 약속을 정했다. 처음에 우리는 아래층 거실에 있는 벽난로 옆에 앉아 있었다. 소파에 앉아 있던 우리는 곧 서로의 몸을 애무하기 시작했다. 나는 섹스를 하게 되리란 걸 알고 있었지만 사실 두려웠다. 그때까지 나는 섹스에 대해 아무것도 몰랐다. 하지만 아플 거라는 생각과 피가 날지도 모른다는 생각은 하고 있었다.

우리는 키스를 하면서 서로의 몸을 구석구석 애무했고 옷을 모두 벗은 뒤 드디어 섹스를 하기 시작했다. 짜릿하거나 감미로운 기분 따위는 조금도 들지 않았다. 그냥 섹스를 했다는 것뿐이었다. 나는 조금 아프기만 했고 쾌락 같은 것은 전혀 느끼지 못했다. 그와 섹스를 하던 중 문득 그때까지 살아계셨던 증조할머니 얼굴이 떠올랐다. 할머니를 생각하자 갑자기 죄책감이 물밀듯 밀려왔다. 그는 동물적이거나 난폭하게 행동하지는 않았지만 그 일이 내게 얼마나 중요한 일인지는 전혀 배려하지 않았다. 그는 그저 섹스만을 원했고 자기에게는 마치 아무 일도 아닌 것처럼 행동했다. 그리 오랜 시간은 걸리지 않았다. 섹스를 끝내고 욕실로 들어간 나는 허벅지 안쪽에 묻어 있는 피를 보고 나서야 결국 내가 선을 넘어서고 말았구나 하는 생각이 들었다. 그 일이 내 평생 절대 지울 수 없는 일이 되리라는 생각은 전혀 못했다. 지금도 나는 그때 누군가가 그런 이야기를 해주었다면 얼마나 좋았을까 하는 생각을 한다.

모건과 나는 옷을 입고 평소처럼 행동하려 애쓰며 소파에 드러누워 TV를 봤다. 우리가 일을 끝내자마자 곧 그의 누나들이 들이닥쳤다. 그때는 일요일 오후였고 나는 느지막이 집으로 돌아갔다. 그 일 이후 섹스는 우리 관계의 일부가 되었다. 우리는 붉은색 좌석 커버가 덮인 그의 차 안에서 늘 섹스를 하곤 했다.

그해 가을 내가 대학에 들어가게 되면서 우리는 헤어졌다. 처음에는 만나고 헤어지기를 반복했지만 어느 시점이 되자 그가 더 이상 날 만나러 오지 않았다. 결국 내가 먼저 절교를 선언하자 그는 울고, 울고, 또 울었다. 알고 보니 그는 정말 드라마틱하고 감정이 풍부한 남자였다. 몇 년 동안 계속 한눈을 파는 그를 보기가 힘들었는데 결국 그도 나와 함께 있고 싶어했다는 것이 밝혀지는 순간이었다.

라슨을 만난 건 대학 1학년 때였다. 그는 학교 구내 서점에서 일하고 있었다. 키는 작았지만 항상 활기가 넘쳐 보였고 무척 매력적이었다. 또한 늘 웃는 얼굴로 휘파람을 불고 다녔다. 어느 날, 그가 나와 내 룸메이트를 파티에 초대했다. 그때 학생들은 파티 때마다 술을 엄청나게 많이 마셨다. 우리 역시 술을 마셨고 얼마 안 있어 그와 나는 사귀는 사이가 되었다. 그리고 곧 섹스를 하는 관계로 발전했다.

라슨과는 모든 것이 빠르게 진행되었다. 나는 내가 이미 경험이 있기 때문일 수도 있다는 생각을 하며 그와의 관계에 기꺼이 응했다. 한편으로는 내 마음이 원하는 대로 그냥 따르고 싶기도 했다. 그는 4학년이었고 아파트도 있었기 때문에 모든 것이 한결 쉬웠다. 그와 함께 있으면 언제나 유쾌했다. 라슨과 있으면 모건과 있을 때처럼 섹스가 큰 비중을 차지하지 않아서 더욱 좋았다.

물론 섹스도 우리 관계의 일부이기는 했지만 사실 우리는 섹스보다 재미있게 노는 일에 더 열중했다. 그와의 섹스는 매우 흥미롭고 독특했다. 라슨과의 섹스는 우리 관계의 일부에 지나지 않았기 때문에 오히려 내가 더 섹스를 원하고 그와 단둘이 있는 시간을 기다리게 되었다. 우리는 많은 시간을 함께 보냈다. 가끔은 같이 도서관에서 가서 노닥거리다가 공부를 하기도 하고 그냥 놀기도 했다.

그해 봄, 나는 생리를 한 달 건너뛰었고 뭔가 잘못되었다는 생각에 사로잡혔다. 하지만 그런 일은 결코 있을 수 없다고 애써 부인했다. 우리는 늘 콘돔을 썼는데 한번은 콘돔이 찢어졌던 적이 있었다. 그때 그는 좀 불안해하는 것 같았다. 하지만 역시 무모한 젊은이였던 그는 이렇게 말했었다. "우리에게 그런 일은 일어나지 않아. 영화나 소설 속에서만 일어나는 일이야." 나는 뭔가 불안한 예감이 들었지만 그런 일이 생기리라고는 꿈에도 생각하지 못했다.

결국 나는 임신이 확실하다는 것을 알게 되었다. 나는 곧장 무시무시한 공포와 불안에 시달려야 했다. '이제 난 어떡하지? 어떻게 해야 하지?' 그때 나는 라슨과 이미 헤어졌고 다른 사람을 만나는 중이었기 때문에 라슨에게 말할 수도 없었다. 너무나 무서웠던 나는 당시 친한 친구였던 룸메이트에게만 모든 이야기를 털어놓았다. 결국 부모님께도 말해야 했지만 나는 꽤 오랫동안 혼자서 비밀을 간직하고 있었다.

나는 여름까지 계속 학교에 다녔고 가을 학기에는 휴학했다. 그때는 낙태가 불법이어서 나는 아무런 도움도 받을 수 없는 상태였다. 결국 아기를 낳아서 퇴원하기도 전에 입양시키고 2학기 초에 다시 학교로 돌아가 간신히 생활을 꾸려갔다. 사실 정말 학교로 돌아가고 싶지 않았다. 사람들과 얼굴을 마주치는 것도 싫었고 그들이 내 일을 알게 될까봐 두렵기도 했다.

하지만 엄마는 학교로 돌아가라고 했다. 또 어른들은 모두 아무 일도 없었던 것처럼 살면 된다고 충고해주었다. 나더러 아기를 낳지 않은 척하라는 말들이었다. 나는 다시 예전의 생활로 돌아가고 싶었기 때문에 곧바로 다른 사람과 데이트를 하기 시작했고 아무 일도 없었던 것처럼 행동했다. 곧 섹스도 하게 됐지만 그때는 이미 섹스에 대한 마음의 문이 닫힌 상태였다. 섹스를 하면서도 도저히 집중할 수가 없었다. 그 후 내가 다시 섹스를 즐길 수 있게 될 때까지는 무척 오랜 세월이 걸렸다. 그때 나는 열아홉 살이었다.

사실 나도 어렸을 때는 깨닫지 못했지만 요즘 젊은이들에게 꼭 해주고 싶은 말이 있다. 첫 섹스는 평생 기억하게 되므로 깊이 생각해서 잘하라는 것이다. '잘하라' 는 것은 외모를 기준으로 남자친구를 고르라는 뜻이 아니다. 섹스는 두 사람의 합의하에 해야 한다. 어느 한쪽의 일방적 인 강요 때문에 마지못해 해서는 안 된다는 뜻이다. 만약 만나는 남자가 섹스를 지나치게 강요하는 편이라면 그냥 헤어지는 것이 낫다. 모든 것 은 당신에게 달렸으며 자신의 인생은 자기 스스로 만들어가는 것이다. 섹스는 달콤해야 하며 사랑의 감정에서 비롯되어야 하고 서로를 존중하 는 마음에 기초해야 한다.

나는 지금도 내 첫경험이 좀더 좋았더라면 하는 생각을 한다. 그리고 내 자신이 선택해서 할 수 있었다면 얼마나 좋았을까 하는 생각도 한다. 내가 좋아하는 사람과 함께 서로를 조금씩 알아가는 데서 즐거움을 느 끼며 섹스를 향해 한발 한발 다가갔더라면 정말 후회 없는 첫경험이 되 었을 것이다.

만약 존경할 만한 어른들이 있어서 이렇게 말해주었다면 내 삶의 방 향은 완전히 바뀌었을 것이다. '섹스는 이런 거다. 그러니까 눈을 크게 뜨고 현실을 직시한 다음 스스로 선택해라' 라고 말이다. 정말 누군가 그 렇게 말해주는 사람만 있었어도 내 삶은 완전히 바뀌었을 거라고 생각 한다. 부모라면 자녀들에게 그렇게 해주는 것이 얼마나 중요한지 반드 시 알아야 한다.

나는 또 늘 이렇게 말하는 십대들에게 경고를 하기도 한다. "네, 네, 그래요. 하지만 저한테는 그런 일이 일어나지 않을 걸요." 이 말은 사실 자신의 두려움을 가장한 것일 수도 있다. 나는 젊은이들이 이 책에서 전 하는 메시지에 정말로 귀를 기울였으면 좋겠다. 젊을 때는 자신은 뭐든 피해갈 수 있다고 생각하기 쉽다. "다른 사람이나 책이나 영화 같은 데서는 그런 일이 생길 수 있겠죠. 하지만 나한테는 절대 그런 일이 생기지 않아요." 하지만 때로는 바로 자신에게도 그런 일이 생길 수 있다.

사랑하지 않는 사람과의 관계에서
임신할 수 있다

헤더(51세/ 헤어 스타일리스트/ 오리건 주 벤드)

나는 열여덟 살 때 나보나 몇 살 많았던 로스라는 남자와 보이시에서 데이트를 하고 있었다. 그는 다소 위험하고 불량스러운 사람이었지만 나는 그런 그에게 몹시 끌리고 있었다. 그는 내가 곁에 있든 없든 별로 신경 쓰지 않는 눈치였는데 나는 그런 대접을 받아본 적이 없었기 때문에 쉽게 익숙해지지 않았다. 우리 가족의 별장이 있던 선 벨리에서는 남자들이 모두 날 좋아했고 내 뒤만 쫓아다녔다. 로스라는 남자는 날 위해 하루도 시간을 내주지 않았지만 나는 시간이 지날수록 더욱 그를 좋아하게 되었다.

그해 겨울, 결국 나는 그를 만나러 갔다. 사실 그리 낭만적이지는 않았다. 내가 좋아했던 그 남자는 매우 즉흥적인 사람이었다. 한밤중에 전화를 걸어서 이렇게 말할 때도 있었다. "내일 점심때 데리러 갈게." 그는 학교를 졸업한 상태였고 나는 고등학교 3학년이었다. 그가 내게 물어보지도 않고 아무 때나 "낮에 갈게." 하고 전화를 걸면 나는 수업도 빼먹은 채 그를 기다렸다. 그는 멋진 차를 몰고 와서 날 태우고 햄버거 가게에 갔다가 다시 학교에 데려다주곤 했다. 그를 본 여자애들은 모두 누구냐고 호들갑을 떨며 물어댔다. 그는 얼핏 보면 이탈리아인처럼 보일 만큼 이국적인 용모를 지닌 정말 멋있는 남자였다. 시가를 입에 문 채 날 태우러 오기도 하고, 차 안에서는 늘 자기 옆에 꼭 붙어 앉게 했다. 내가 차에 타면 날 자기 옆으로 확 끌어당기는 것이었다. 그는 언제나 자신감이 넘쳐 보였다. 한번은 그가 아빠와 말다툼을 벌인 적도 있었는데 나는 그 점 때문에 그를 더욱 존경하게 되었다. 사실 다른 사람들은 모두 아빠를 두려워했기 때문이다.

그때는 아직 겨울이었고 나는 그와 함께 그의 집에 있었다. 이런저런 이야기를 나누던 우리는 점차 서로의 몸을 어루만지기 시작했다. 그는 내게 섹스를 강요했고 안 된다고 말할 용기가 없었던 나는 그저 이렇게만 말했다. "저, 나는 아직 처녀예요. 그래서 잘 몰라요." 그 후 그가 나를 집에 데려다주었던 어느 날 밤, 우리는 차 안에 잠시 앉아 있었다. 얼마 후 정신을 차려보니 그의 성기가 내 몸에 삽입되어 있고 우리가 섹스를 하고 있었다. 우리는 둘 다 뒷좌석에 있었다. 윗옷은 입은 상태였지만 겨울이라 무척 추웠다. 게다가 바로 우리 집 앞이었다.

나는 섹스할 준비가 전혀 되어 있지 않은 상태였다. 결국 나는 울음을 터뜨리고 말았다. '내가 뭘 하고 있는 거야, 왜 이 사람과 내가 이 짓을 하고 있는 거야? 이건 나쁜 짓이야.' 하는 생각뿐이었다. 섹스는 금방 끝났다. 처음에만 조금 아팠고 나중에는 괜찮았지만 나는 아무것도 느끼지 못했다. 정말 아무 느낌도 없었기 때문에 첫경험을 치렀다는 기분도 들지 않았다. 나는 공허함만 느꼈고 더 이상 그를 좋아할 수 없었다. 마치 그에게 이용만 당한 기분이었다. 그 일 이후 그는 계속 전화를 했지만 나는 받지 않았고 그걸로 끝이었다.

나는 바로 다음날, 고등학교 때부터 제일 친한 친구였던 진에게 그 일을 털어놓았다. 진은 마음이 따뜻한 아이였고, 내 이야기를 들은 지 얼마 안 되서 나와 같은 상황으로 순결을 잃었기 때문에 우리는 서로를 깊이 이해하게 되었다.

로스 다음으로 섹스를 했던 남자는 앨빈이었다. 그는 나와 같은 학교를 다니던 남학생이었다. 그때는 3학년이 거의 끝나갈 무렵이어서 졸업 파티를 비롯해 파티가 자주 열리던 때였다. 우리는 댄스파티가 열리던 날 함께 저녁 식사를 한 다음 밤새 같이 놀기로 했다. 모두 앨빈 누나의 남자친구 집으로 몰려갔다. 그는 나이도 많았고 자기 집도 갖고 있었기 때문에 그의 집에서 놀기로 했던 것이다. 그날 밤 모두 네 쌍의 커플이 모였고 커플마다 방 하나씩을 차지하며 흩어졌다. 그동안 애무만 하던 앨빈과 나도 섹스를 했고 그때는 나도 뭔가를 느낄 수 있었다. 오르가슴은 아니었지만 기분 좋은 느낌이었다. 섹스는 5분도 안 되서 빨리 끝났다. 사실은 나도 섹스를 할 준비가 되어 있었고 정말 하고 싶기도 했다. 앨빈과의 섹스는 재미있기는 했지만 꼭 뭔가가 빠진 듯한 느낌이 들었다. 하지만 기분은 좋았고 나도 오르가슴을 느낄 수 있을 거라는 것을 처음으로 깨달았다. 앨빈과 나는 이미 사귀던 사이였지만 사랑한다고 생각해본 적은 없었다. 앨빈은 그냥 심심풀이로 만나던 남자에 불과했다. 댄스파티는 5월에 열렸고 그해 여름 앨빈의 가족은 스포캔으로 이사를 했기 때문에 섹스는 많이 하지 못했다. 아마 두세 번 정도였던 것으로 기

 ······ 인생에서 단 한 번 첫경험에 대한 41인의 고백

억된다. 느낌은 할 때마다 비슷비슷했고 늘 빨리 끝났다.

그가 떠난 후 여전히 데이트를 즐겼지만 섹스는 하지 않았다. 얼마 후 늦가을이 되자 앨빈이 돌아왔고 우리는 다시 만나기 시작했다. 그는 자기 누나의 결혼식에 같이 가달라고 부탁했다. 그는 11월 21일에 열릴 누나의 결혼식을 보러 왔던 것이었고 결혼식이 끝난 뒤에는 우리 집에서 묵었다. 앨빈은 지하실에서 잤는데 그날 밤 나는 식구들이 잠든 틈을 타 살며시 그에게로 가서 섹스를 했다. 섹스는 다른 때와 별로 다를 것이 없었지만 그날 밤 뭔가 엄청난 일이 벌어지고 말았다.

얼마 후 월요일에 나는 '좋아, 섹스를 하려면 피임약을 먹어야 돼'라고 생각하고 가족계획 협회를 찾아갔다. 협회의 의사가 이런저런 검사를 한 후 내게 물었다. "마지막 생리는 언제 했어요?" 그래서 나는 사실대로 말해주었고 그는 날짜를 계산해보더니 이렇게 말했다. "임신한 것 같군요." 나는 "아니에요, 그 애는 밖에다 사정했단 말이에요"라고 대답했다. 앨빈과 나는 그런 식으로 피임을 하고 있었다. 그는 한 번도 내 몸 안에 사정한 적이 없었다. 나는 의사의 얼굴을 바라보며 그 말만 되풀이했다. "아니에요, 그럴 리가 없어요. 밖에다 했는데……." 결국 나는 임신을 하고 말았던 것이다.

나는 내가 낳은 딸이 두 살이 되도록 한 번도 섹스를 하지 않았다. 앨빈과 나는 간단하게 결혼식을 올렸지만 그를 사랑하지 않았다. 결국 우리는 오래가지 못했다.

앨빈과 결혼해서 사는 동안 우리가 살던 아파트 옆집에는 마티와 그의 아내와 어린 아들이 살았다. 우리는 이웃으로서 가끔 만나기도 했고 때로는 그 집과 우리 집 아이가 같이 놀기도 했다. 앨빈과 내가 이혼한 후 6개월 정도 지나서 마티와 그의 아내였던 질도 이혼을 했고 질이 이사를 갔다. 마티와 나는 같은 아파트에서 여전히 복도를 사이에 둔 채 살고 있었다. 친구로서 만나던 우리는 점차 서로를 알아가면서 데이트를 하는 관계로 발전했다. 나는 그런 관계가 무척 좋았고 마티도 진심으로 좋아하게 되었다. 그는 매우 낭만적이었고 내게 모든 걸 다 보여주는 남자였다. 그래서 나는 그를 더욱 더 좋아하게 되었다. 부족한 나의 성 경험도 그에게는 숨김없이 말할 수 있었다. 그에게 이런 말도 자주 했다. "섹스는 내게 아무것도 아니에요."

그를 안 지는 1년 정도 되었지만 본격적으로 데이트를 한 것은 6개월 정도 되던 때였다. 어느 날 저녁 나는 촛불과 음악을 준비하고 그를 위해 저녁 식사를 마련했다. 그동안 만나면서 입을 맞추고 서로를 꼭 끌어안긴 했지만 그밖에 별다른 신체 접촉은 하지 않고 있었다. 저녁 식사 후 그와 나는 소파에 앉아 이야기를 나누었고 자연스럽게 서로의 몸을 더듬기 시작했다. 전희라는 것을 처음 안 것이 바로 그때였다. 남자들과 섹스를 하는 대신 격렬한 애무를 해본 적은 있었지만 누가 날 만지는 것만으로 오르가슴을 느낄 뻔한 적은 그때가 처음이었다. 드디어 우리는 진짜 섹스를 했고 그 기분은 정말 뭐라 표현할 수 없을 만큼 짜릿했다. 나는 몹시 흥분한 나머지 끝없이 오르가슴을 느꼈다. 그는 계속 이렇게 말해주었다. "이게 당신의 모습이야. 당신의 진짜 모습이라고." 정말 믿을 수가 없었다.

그날 이후 우리는 늘 함께 지냈다. 그는 정말 멋진 연인이었다. 우리 관계에서 섹스는 가장 큰 비중을 차지하게 되었다. 그와 나는 일주일에 서너 차례씩 관계를 가졌고 그때마다 정말 황홀했다. 그와 함께 성을 탐닉할 때면 무척 안전한 기분도 들었다. 나는 그에게 오럴 섹스도 배웠고 손으로 성기를 애무해 남자를 사정하게 하는 법도 배웠다. 그는 많은 인내심을 발휘해서 내게 모든 걸 가르쳐주었다. 나는 그의 몸이 반응하는 것을 보며 확실히 배울 수 있었다. 다른 장소에서 섹스를 한 적은 별로 없었고 거의 침대에서만 했다. 우리가 진심으로 사랑했는지는 잘 모르겠다. 어쩌면 우리 둘 다 매우 깊은 정욕에 빠져 있었는지도 모른다. 하지만 그와 나는 정말 좋은 친구였고 멋진 섹스를 나누던 관계였다.

나는 젊은이들이 피임에 대해 정확히 알고 있었으면 좋겠다. 그리고 확실한 때가 아니면 관계를 갖지도 말아야 한다고 생각한다. 또 첫경험은 분명 사랑하는 마음으로 안전하게 하길 바라며 어떤 식으로든 이용당해서는 안 된다.

또 한 가지, 내가 가장 하고 싶은 충고는 바로 이 말이다. 사랑하지 않는 사람과의 관계에서도 아기는 생길 수 있다.

Tip : 서로의 기분을 공유하면 더욱 열정적인 섹스를 할 수 있다. 당신이 느끼는 기분을 상대방이 알게 해주고, 당신을 흥분하게 만드는 것들도 귀띔해주자. 파트너가 좋아한다고 말한 것은 잘 들었다가 실제로 해주면 그의 말을 신경 써서 들었다는 것도 알릴 수 있다.

나는 악몽과도 같은 끔찍한
낙태수술을 경험했다

로사(52세/ 산부인과 의사/ 애리조나 주 투스콘)

엘살바도르 출신이었던 엄마는 좀 고리타분한 분이었다. 그러다 보니 엄마가 생각한 나이가 될 때까지 브래지어도 하지 못했다. 또 일정한 나이가 되기 전에는 나일론 소재의 옷도 입을 수 없었다.

언젠가 한번은 내 사촌이 엄마에게 이렇게 말한 적도 있었다. "라켈 이모, 로사에게 브래지어 좀 사주세요. 정말 필요한가봐요." 심지어 나는 열여섯 살이 될 때까지 데이트를 해본 적도 없었다.

사실은 열여섯 번째 생일을 한 달 앞두고 에디 고메즈라는 남학생이 전화를 걸어서 영화를 보러 가자고 한 일이 있었다. 나는 그때 '한 달만 기다리면 돼. 이제 와서 엄마를 속이고 싶진 않아' 라고 생각했고 엄마에게 솔직히 말했다. "엄마, 에디 고메즈가 전화를 했는데요, 같이 영화를 보고 싶대요." 그러자 엄마는 이렇게 대답했다. "한 달 있다가 다시 전화하라고 해라." 엄마는 정말로 진지한 얼굴이었고 너무 황당했던 나는 할 말을 잃고 말았다.

　고등학교를 졸업한 후 나는 여자친구들 몇 명과 만 근처에서 살게 되었다. 친구 부모님 중 한 분이 그곳에 트레일러를 갖고 있었기 때문에 우리는 거기서 살기로 했다. 나를 포함해 모두 세 명이었는데 부모님들은 모두 우리가 자립해서 생활하는 법을 가르치기 위해 많은 노력을 기울였다. 일단 직업을 갖고 집세도 꼬박꼬박 내게 했고 그밖의 다른 것들도 세세히 신경을 썼다. 집에서 떨어져 처음 맞게 된 그해 여름, 나는 주말에 시내를 빈둥거리며 돌아다니다가 펠릭스를 만났다. 그는 키가 작고 머리숱이 무척 많았는데 진짜 재미있고 재치 있는 남자였다. 나와는 같은 나이였고 이제 막 고등학교를 졸업한 후 대학에 갈 예정이었다. 그는 친구들 몇 명과 한 집에 같이 살고 있었다. 펠릭스는 한마디로 장난꾸러기였다.

　한번은 집 안에 있던 모든 음식을 다른 색으로 물들인 적도 있었다. 푸른색 마요네즈에 녹색 겨자가 들어 있는 냉장고를 한번 상상해보라. 심지어 그는 우유까지도 다른 색으로 바꿔놓았다. 그는 정말 재미있는 남자였다. 우리는 사랑에 빠졌다.

　그때까지 펠릭스와 나는 둘 다 경험이 없던 상태였다. 우리는 여름 내내 같이 잤고 옷을 벗은 적도 있지만 준비가 될 때까지 기다리고 싶었기 때문에 그때까지 관계를 갖지 말자는 이성적인 결정도 같이 내렸다. 우리는 늘 섹스에 대한 이야기를 했고 철저히 준비하면서 차근차근 다가갔다.

　나는 모든 것이 내가 원하는 대로 돼서 무척 행복했다. 나는 직업이 있어서 자립할 수 있었고 남자들은 모두 날 좋아했으며 또 해변에 살고 있었다. 모든 것이 다 근사하게만 느꼈다.

펠릭스와 나는 여름 내내 데이트를 했다. 여름이 끝나자 우리는 함께 대학 생활을 시작했다.

11월 중순 무렵, 드디어 우리는 섹스를 할 준비가 되었다는 결정을 내렸다. 그래서 펠릭스가 미리 알아본 대로 오두막집을 빌리기로 했다. 그는 녹색의 작은 시보레 자동차를 갖고 있었기 때문에 예약도 그가 가서 직접 했다. 우리는 주말을 함께 보내면서 사랑과 배려하는 마음으로 섹스를 하기로 하고 모든 계획을 철저히 세웠다. 그와 나는 서로를 사랑하고 있다는 것을 너무도 잘 알고 있었다. 내 친구들 중에는 술에 취한 상태로 데이트나 파티 장소에서 혹은 자동차 뒷좌석에서 순결을 잃은 아이들이 너무나 많았지만 우리는 절대 그렇게 하고 싶지 않았다. 이제 섹스는 우리에게 피할 수 없는 일이 되었다. 그는 이미 스무 살이었고 나도 다음 해 2월이 되면 스무 살이 된다.

그렇게 해서 우리는 함께 시보레를 타고 오두막집으로 향했다. 아마 네 시간 정도 걸렸던 것 같다. 하지만 도착해보니 우리가 묵기로 한 방은 벌써 다른 사람이 예약해둔 상태였다. 우리가 예약한 것을 그쪽에서 실수로 잘못 처리한 모양이었다. 하는 수 없이 우리는 캠프장이라고 생각한 작은 공원에 차를 주차하고 그 안에서 하룻밤을 보내기로 했다. 펠릭스는 정말 신사였기 때문에 그는 앞자리에 있고 나는 뒷자리에 있었다. 하지만 차 안에서 자는 건 정말 불편하기 짝이 없었다. 잠시 후 경찰이 왔고 결국 우리는 딱지를 떼이고 말았다. 그곳에서 자는 것이 불법인 모양이었다.

다음날 아침 눈을 뜬 우리는 '이렇게는 할 수 없어'라는 생각에 적당한 곳이 있는지 찾아다녔다. 마침내 한 시간쯤 떨어진 곳에서 침실 두 개가 딸린 작은 오두막 하나를 빌릴 수 있었다. 문을 열고 들어가자마자 우리는 키스를 하면서 서로를 꼭 끌어안았다. 순식간에 옷도 다 벗어버렸다. 너무나 오랫동안 기다렸기 때문이다. 처음 경험한 섹스는 정말 마법 그 자체였다. 마치 마법을 경험한 것처럼 환상적인 기분이 들었고 우리 둘 다 무척 만족스런 시간을 보낼 수 있었다.

섹스가 얼마나 환상적인 것인지 알게 되자 우리는 집 안 곳곳을 돌아다니며 해보자는 데 뜻을 모았다. 다른 방에서도 했고 거실 바닥에서도 했으며 정말 오두막 안 이곳저곳을 다 돌아다니며 해봤다. 그와의 섹스는 정말 유쾌했다. 그토록 오래 이야기하고 준비하고 계획을 세워서 정말 특별한 경험으로 만든 것이다. 우리는 정말 특별한 섹스를 경험할 수 있었다. 나는 조금도 아프지 않았다. 그저 감미롭고 흡족하기만 했다. 다음날이 되자 우리는 훨씬 더 가까워진 기분이 들었다. 우리는 손을 잡았고 그렇게 마음도 통했다.

그와 나는 충분히 나이를 먹고 성숙했다고 생각했기 때문에 옳은 일을 한 것 같은 기분도 들었다. 펠릭스와 내가 서로를 생각하는 마음은 믿을 수 없을 만큼 깊어졌다. 나는 정말 진심이었다. 우리가 서로를 존중하고 아껴주기만 한다면 섹스를 해도 되겠다는 생각도 들었다.

몇 주 후 나는 임신한 것을 알게 되었다. 우리는 콘돔 대신 살정자제를 썼는데 그게 효과가 없었던 모양이다. 나는 내 생리 주기가 확실하다고 생각했다. 모든 일은 12월에 일어났다. 아침에 버스를 타고 학교에 가던 나는 멀미가 나서 토하고 하고 말았다. 임신했다는 생각은 들지 않았지만 생리는 한 달 건너뛴 상태였다. 나는 펠릭스에게 모두 이야기했다. 독실한 가톨릭 신자였던 나와 그는 낙태에 대한 생각이 달랐다. 물론 겁은 났다. 정말 다리를 한 방 걷어차인 기분이었다. 서로 사랑했기 때문에 옳은 일을 한다는 생각으로 그렇게 신중하려고 노력했지만 완벽한 피임법은 생각하지 못했던 것이다.

나는 악몽과도 같은 끔찍한 낙태 수술을 경험했다. 그 시절에 낙태는 불법이었고 나는 거의 죽을 뻔했다. 임신 한 번으로 세 번이나 낙태 수술을 받는다는 것은 너무나 힘든 일이었다. 펠릭스는 내 곁을 한 번도 떠나지 않고 계속 날 지켜주었다. 언제나 날 위해주며 내 옆에 있었다.

낙태를 한 다음 펠릭스와 나는 더욱 가까워졌고 다시 사랑하는 연인 사이가 되었다. 우리는 그 후로도 몇 년간 계속 만났으며 헤어진 후에도 계속 친구 관계를 유지하기로 했다. 그는 정말 괜찮은 남자였다. 나는 섹스에 뒤따르는 책임을 더욱 분명히 알고 있어야 했다. 그것은 정말 엄청난 책임이었다. 임신을 한 뒤에는 어떻게 대처해야 할지 막막했지만 다행히 나는 운이 좋은 편이었다. 늘 펠릭스가 내 곁에 함께 있어 주었기 때문이다. 그 일로 우리는 더욱 가까워졌고 만나는 동안 정말 멋진 성생활을 즐길 수 있었다. 그와 나는 동등한 위치에서 함께 성을 탐닉했던 것이다.

나는 젊은이들이 자신이 갖고 있는 정신적 배경에 상관없이 사랑에서 비롯된 섹스를 했으면 좋겠다. 사람들은 여러 가지 이유들 때문에 첫 섹스를 하게 된다.

하지만 섹스를 하기 전에는 상대방에 대해 어떻게 느끼는지 생각해보고 먼저 섹스에 대한 이야기를 나누도록 하자. 사람들은 모두 추억을 갖고 살아간다.

어린아이에게도 "넌 뭐가 가장 기억나니?" 하고 물으면 깜짝 파티라든가 선물로 받은 예쁜 드레스 혹은 야구 경기에서 쳤던 홈런이라고 대답할 것이다. 언젠가는 첫 섹스를 위한 만남도 하나의 기억으로 남게 될 것이다. 그러므로 선택은 자기 몫이다.

Tip : 첫경험 때는 자신이 완전히 발가벗겨진 것 같은 수치심이 느껴지기도 하고, 상처받을지도 모른다는 불안한 기분이 들기도 한다. 처음 섹스를 할 때는 상대방에게 당신이 편하게 느끼는 속도를 분명히 말한다. 또 시간을 정하는 사람은 바로 당신이라는 것을 확실히 해둔다.

정신적인 교감이 중요하다

14

♡

오랜 세월을 같이 보낸 사람에게 할 수 있는 가장 큰 칭찬 가운데 하나는 바로 "내가 가장 좋아하는 친구예요"라는 말일 것이다. 낭만이나 책임감이나 매력 같은 것을 떠나서 그런 관계는 서로를 진심으로 위해주는 관계다. 멋진 로맨스의 바탕에는 언제나 멋진 우정이 있게 마련이다.

십대 시절에는 좋은 친구로 지내던 아이에게 갑작스런 성적 욕구를 느끼게 되는 경우도 있다. 말이 전혀 안 되는 것도 아니다. 바로 그 친구는 당신이 늘 편하게 느끼면서 믿고 있던 친구이며 그 역시 당신을 좋아한다는 것을 알고 있는 사이다. 다시 말해서 로맨틱한 관계가 갖추어야 할 모든 조건을 다 갖추고 있다는 뜻이다. 하지만 그렇게 간단하지만은 않다.

내가 처음으로 또래 상담(peer counseling)이라는 것을 시작할 때 지켜야 했던 첫 번째 규칙 중 하나는 "같이 상담을 하는 또래 친구와 문제를 일으켜서는 안 된다"는 것이었다. 나는 그 규칙이 경험에서 비롯된 지침이었을 거라고 생각한다. 사람들이 서로 마음을 열고 서로의 생활을 공유하다 보면 자연스럽게 친밀한 관계로 발전하게 된다. 그러다 마음이 내키는 대로 성 관계를 맺고 나면 다시 예전의 친구 사이나 알고 지내던 사이로 돌아가기가 무척 어려워진다. 섹스를 하게 되면 그에 따른 감정이 개입되기 때문에 다시 예전의 관계로 돌아가기가 쉽지 않다.

우정도 마찬가지다. 친구도 로맨틱한 사이가 될 수 있다. 하지만 그렇게 되면 우정이 지녔던 아름다움이 위태로워진다. 로맨스가 끝나버리면 다시 친구 관계로 돌아가기가 정말 쉽지 않다. 한 사람은 더욱 깊은 관계를 원하는데 다른 사람은 예전의 관계를 유지하고 싶어한다면 누군가는 마음의 상처를 받게 될 것이다. 물론 가끔은 친구 사이에서 좋은 연인으로 발전하기도 하지만 말이다.

　정말 그렇게 된다면 진정한 친밀함이 바탕을 이룬 바람직한 관계를 맺을 수 있을 것이다. 서로 상대방에 대해 모든 것을 다 알고 있기 때문이다. 그런 관계는 서로를 진심으로 배려하며 공동의 관심사를 공유할 수도 있다. 무엇보다도 그렇게 맺어진 관계는 무척 안전하다. 당신은 상대방이 늘 당신의 기분에 신경을 쓰며 자상하게 대하려 한다는 것을 알고 있다. 다시 말하면 솔직하게 마음을 열고 즐겁게 지낼 수 있는 적당한 환경이 완벽하게 갖추어져 있다는 뜻이다.

루카스(53세/ 어부/ 텍사스 주 코퍼스크리스티)

나는 오리건 주의 포틀랜드에서 자랐지만 고등학교 1학년을 절반 정도 보냈을 때 갑자기 엄마가 날 데리고 좀더 작은 도시로 이사를 가버렸다. 당시 열네 살이었던 나는 이사 가는 것이 그렇게 싫을 수가 없었다. 큰 도시에서 세련된 문화를 접하면서 자란 내가 그런 촌구석으로 가야 하다니 도저히 이해가 되지 않았다. 포틀랜드에서는 늘 공상 과학물에 대한 책에 코를 박고 읽었는데 새로 이사 간 마을 사람들은 그런 것을 알지도 못했다. 그곳 사람들은 모두 작업복을 입고 사는 노동자들이었다. 그들은 틈만 나면 술을 마셨고 자동차 경주 따위에 열광하는 사람들이었다.

당시 나는 아빠하고도 문제가 있었다. 내가 한 살 때 부모님이 이혼을 했기 때문이다. 내가 일곱 살 때 아빠는 재혼을 해서 새 가족과 삶을 꾸리기 시작했다. 그때 아빠에게는 일곱 살과 여덟 살짜리 아이들이 있었고 점점 엄마와 나에게 연락을 끊고 있었다. 그러다 갑자기 암에 걸렸지만 우리에게는 아무 말도 하지 않았다. 내가 열다섯 살 되던 해 아빠가 죽었다. 나는 한 번도 아빠의 정을 느껴본 적이 없었다. 내게는 모든 불행이 한꺼번에 닥쳐온 것 같았다. 친구도 없었고 아빠도 없었으며 엄마는 아침 8시부터 오후 5시까지 일하러 다녔다.

나는 데일이라는 녀석과 어울려 다니기 시작했다. 그는 쉐비노바 350이라는 멋진 차를 끌고 다녔는데 자기 차에 대한 자부심이 대단했다. 내 차는 핀토였기 때문에 데일과 돌아다닐 때는 늘 그의 차를 타고 다녔다.

데일과 나는 좋은 친구였다. 우리는 맥주를 마시고 음주 단속을 피해 메디슨 가와 먼로 가를 헤집고 다니는 것을 좋아했다. 차를 타고 다니면서 여자애들이 눈에 띠면 그 애들과 시시덕거리기도 했는데 가끔은 창문으로 살짝 맥주를 보여주며 이렇게 말하기도 했다. "이봐, 아가씨, 우리 파티할 건데 같이 갈래?" 여자랑 어떻게 한번 해볼까 하는 수작이었지만 실제로 그런 일은 벌이지 않았고 그냥 춤만 추며 놀았다.

데일은 학교에서 두 여학생과 친하게 지내고 있었다. 한 여자애는 로베르타였고 다른 애는 그녀의 친구였던 마리아였다. 로베르타는 조금 뚱뚱한 편이었고 마리아는 지극히 평범한 얼굴에 비쩍 말라 가슴도 절벽이었다. 데일에게 관심이 있던 로베르타는 마리아가 날 좋아하는 것 같다고 그에게 말해주었다. 데일은 나에게 그 말을 전해 주었고 우리는 다같이 모여서 데이트를 하기로 했다. 마리아를 한 번도 보지 못했던 나는 몹시 흥분되었다. 그래서 바로 저 애라고 데일이 가리켰을 때 나는 이렇게 생각했다. '좋아, 쉬워 보이는군. 그다지 내세울 것도 없어 보이고 말이지. 날 좋아하니까 내가 하자고 하면 섹스도 할 수 있겠지.' 그 무렵 섹스는 내게 점점 중요한 문제가 되고 있었다. 경험이 없는 것에 대해 부담을 느끼거나 "야, 아직도 안 해 봤냐? 너 뭐 문제 있는 거 아냐?" 하는 사람들의 말 때문에 그런 것은 아니었다. 섹스에 대한 말을 하도 끊임없이 들어서 이런 생각이 들었던 것이다. '야, 정말 중요하구나. 그런데 나는 언제쯤 해보게 될까?'

우리는 마리아와 로베르타와 함께 차를 타고 여기저기를 돌아다녔다. 다같이 술도 마셨기 때문에 기분도 꽤 좋았다. 정말 재미있는 시간을 보낼 수 있을 것 같았다. 나는 뒷좌석에 앉아서 마리아의 어깨에 팔을 둘렀다. 운전은 데일이 하고 있었다. 그러자 마리아가 내게 바짝 붙어 앉았는데 그것도 왠지 좋았다. 나는 그렇게 가까이에서 여자를 느껴본 적이 한 번도 없었다. 어쨌든 주유소에서 아르바이트를 하고 있던 데일이 일하러 갈 시간이 되었다. 그래서 그는 다시 학교 근처에 우리를 내려주었고 나는 마리아에게 작별의 키스를 했다.

다음날 난 데일에게 전화를 걸어서 이렇게 말했다. '다음 주에 또 만나서 놀자. 어제처럼 말이야." 그러자 데일은 "그때는 너희 집에서 놀면 안 될까? 학교도 가지 말고 말이야. 그 애들을 너희 집에 데리고 가서 파티를 하며 그 짓을 하는 거야"라고 말했다. 나는 "좋아. 엄마는 직장에 나가셔야 하니까 괜찮을 거야"라고 대답했다. 우리는 침실이 하나뿐인 아파트에 살고 있었기 때문에 꼭 호텔 같은 분위기가 났다. 나는 속으로 이렇게 생각했다. '좋아, 우리 집에서 섹스를 한다 이거지.'

그때까지 나는 여자에 대해 아무것도 몰랐다. 엄마 남자친구인 케빈이라는 애인은 가끔 창녀들과 잤던 이야기를 내게 해주었다. 그는 이렇게 말했다. "여자와 섹스를 할 때는 반드시 여자에게 먼저 오럴 섹스를 해줘야 해. 만약 그 짓이 내키지 않으면 섹스도 하지 마. 그리고 그곳에서 냄새가 너무 심하게 나도 하지 말고." 또 이런 말도 해주었다. "삽입 중에 사정할 것 같으면 얼른 빼서 손으로 붙잡고 막 흔들어. 그런 다음 여자 쪽으로 내밀고 여자 몸에다 싸는 거야. 그럼 임신이 되지 않거든." 나는 그의 말을 그대로 기억하고 있었다.

우리는 그 다음 주에 마리아와 로베르타를 만났다. 다같이 학교 수업을 빼먹은 채 차를 타고 돌아다니면서 맥주를 마시다가 우리 집으로 왔다. 우리는 음악을 들으며 잠시 앉아 있다가 서로 끌어안고 키스를 하기 시작했다. 데일이 나에게 방으로 들어가라는 신호를 보내왔다. "좀 비켜, 임마, 이제 하려고 하잖아"라는 식이었다. 마리아를 보니 그녀도 데일의 눈짓을 알아차린 것 같았다.

데일이 로베르타를 깔고 누워 여기저기를 더듬자 마리아와 나는 방으로 들어왔다. 우리는 함께 침대에 누웠다. 마리아의 몸 위로 올라온 나는 키스를 했고 그녀도 흥분하고 있다는 것을 느낄 수 있었다. 마리아의 가슴은 작았지만 꽤 탄력 있고 귀여워서 무척 마음에 들었다. 그녀는 자그마한 스포츠용 브래지어를 하고 있었다. 그녀의 옷을 위로 올리면서 나는 몹시 흥분되었다.

그때 케빈이 했던 말이 생각났다. '그 짓이 내키지 않으면 섹스도 하지 마.' 그래서 나는 결심했다. '좋아, 바로 시작하는 게 낫겠어.' 그래서 나는 오럴 섹스를 해주기 위해 그녀의 배 주위를 키스하면서 바지 단추를 풀었다. 바지를 내렸더니 맙소사, 역겨운 냄새가 코를 찔렀다. 냄새가 너무 심해서 나는 '안 돼, 못하겠어. 아냐, 그럼 섹스도 못한다는 뜻인데.' 하고 생각했다. 그러고는 '어쩌면 할 수도 있겠어. 한번 해 봐야지.'

하고 생각했다. 그래서 다시 마리아의 아래쪽으로 내려갔지만 냄새가 너무 지독했다. 속이 뒤집힐 것 같아서 도저히 할 수 없을 것 같았다. 나는 어떡해야 좋을지 몹시 혼란스러웠다. 마리아는 아무 소리도 내지 않고 계속 그냥 누워만 있었다. 나는 그녀도 겁을 먹고 있다고 생각했다. 결국 나는 그녀의 음부를 핥아주었다. 바지는 그녀의 무릎 언저리까지 내려와 있었고 다리는 위로 들려 있었다. 그때까지도 나는 옷을 입은 채였다.

잠시 핥아주던 나는 이렇게 생각했다. '그냥 삽입해버리는 게 낫겠어.' 하지만 나는 아직 발기도 안 된 상태였다. 나는 무릎까지 바지와 팬티를 내리고 내 물건을 손으로 잡았다. 그리고 그녀에게 삽입하려 했지만 잘되지 않았다. 발기가 되지 않아 삽입할 수 없자 나는 무척 실망스러웠다.

나는 계속 애를 쓰고 있는데 마리아는 죽은 듯 누워만 있었다. 완전히 뻗은 사람처럼 꼼짝도 하지 않았다. 나는 너무나 실망했고 드디어 뭔가를 깨달았다. '그만하자. 난 못하겠어. 이래서는 안 돼. 옳은 일이 아니야. 모든 게 엉망이 되어버렸어. 아, 정말 벗어나고 싶다.' 나는 일어나서 마리아에게 말했다. "됐어. 즐거웠다."

그러자 마리아는 순식간에 바지를 끌어올렸다. 그녀는 이미 오르가슴을 느꼈던 것이다. 그러자 나는 '뭐야, 넌 아무것도 안 했잖아. 그냥 누워 있기만 하고는.' 하는 생각이 들어 몹시 화가 났고 나 자신이 너무나 한심하게 느껴졌다.

문을 열어보니 데일은 바지를 내린 채 삽입을 하던 중이었고 이제 막 절정을 느끼려던 참이었다. 그래서 나는 "이런, 제길!" 하는 소리와 함께 문을 쾅하고 닫아버렸다. 마리아와 나는 몹시 어색한 기분을 느끼며 방 안에 갇힌 신세가 되고 말았다. 우리는 침대에 앉아 있었고 서로 쳐다 보지도 않았다. 그냥 밖에 있는 애들이 일을 마칠 때까지 계속 앉아 있기 만 했다. 데일과 로베르타는 계속 끙끙거리면서 "아, 아!" 하고 시끄럽게 소리를 질러댔다. 그들이 일을 마치자 나는 나가서 데일에게 물었다. "너희는 잘했니?" 그는 "당연하지"라고 대답했다. 데일은 사정을 했고 바로 그 자리에서 여자친구와 함께 오르가슴을 맛봤던 것이다.

나는 그가 마치 록 스타처럼 느껴졌다. 그는 기분이 좋아 보였고 로베 르타도 입가에 웃음을 머금고 있었다. 그들은 우리와 완전히 다른 세상 에 다녀온 것 같았다.

데일이 날 보더니 이렇게 물었다. "그래, 어땠니?" 나는 그냥 "잘 안 됐어. 왜 그런지 나도 잘 모르겠어"라고 대답했다. 마리아는 집에 가기 위해 현관에 서서 기다리고 있었다. 그녀는 상처를 받은 것 같았고 내 게는 한마디도 하지 않았다. 눈길도 마주치지 않으려고 했다. 우리는 아무 말도 하지 않은 채 다 같이 차를 타고 나갔다. 그것이 나의 첫경험 이었다.

그 후 나는 여자애들과는 아무것도 하고 싶지 않았다. 그냥 친구들하 고만 어울려 놀았다. 나는 술을 마시면서 나쁜 짓을 하고 다녔다. 남의 집에 몰래 들어가 물건을 훔치기도 하는 등 정말 끝도 없이 추락하고 있 었다. 나는 엄마에게 포틀랜드로 돌아가고 싶다고 말했다. 엄마는 3학년 이 되자마자 포틀랜드로 전학시켜서 혼자 살게 해주었다. 나는 하숙집 에 방을 얻었고 새로 다니게 된 프랭클린 고등학교까지 걸어 다녔다.

내가 살던 곳에서 한 블록쯤 떨어진 곳에 사는 루신다는 나처럼 학교에 걸어 다녔다. 그 애는 내 옛 친구와 친구 사이였다. 공부도 매우 잘했고 항상 활기 넘쳐 보였으며 무척 발랄한 아이였다. 하지만 가슴은 하나도 없는 그야말로 절벽이었다. 그래서 처음에는 그 애에게 아무런 매력도 느끼지 못했다.

우리는 학교까지 늘 함께 걸어 다녔다. 그녀는 아침마다 대문을 두드리며 "준비됐니?"라고 소리쳤고 나는 "응." 하고 대답한 후 학교까지 걸어갔다. 학교까지는 걸어서 20분 정도 걸렸다. 나는 그녀와 같이 걸어 다니는 것이 무척 즐거웠고 그렇게 우리는 친구가 되었다.

3학년을 마치고 드디어 고등학교를 졸업했다. 졸업 후 처음 맞은 여름은 정말 굉장했다. 2주쯤 후 나는 친구 집에서 열렸던 파티에 갔는데 밖에는 작은 수영장도 마련되어 있었다.

한창 맥주를 마시고 있는데 루신다가 나타났다. 우리는 앉아서 이런저런 이야기를 나누며 웃음을 터뜨리기도 했다. 그러다 서로 눈이 마주쳤고 갑자기 키스를 하기 시작했다. 너무도 놀라웠다. 웃으면서 키스를 하는 기분은 너무 좋았다. 서로 잘 알고 있다는 생각을 하니 더욱 달콤한 기분이 들었다.

루신다는 나에게 수영장에 들어가고 싶은지 물었고 나는 좋다고 대답했다. 그래서 우리는 함께 옷을 벗고 수영장 물속으로 들어가 서로 꼭 끌어안았다. 날씨는 무더웠고 수영장에는 미지근한 물이 얕게 채워져 있었다. 수영장에는 우리 두 사람뿐이었다. 다른 아이들은 모두 꽤 떨어진 곳에 있었고 집 안에서는 파티가 한창 진행 중이었다.

그녀와 가만히 끌어안고 있는데 갑자기 루신다가 내 페니스를 잡았다. 나는 깜짝 놀랐다. 여자가 먼저 나에게 덤벼들다니 나는 정말 흥분되

 ······ 인생에서 단 한 번 첫경험에 대한 41인의 고백

었다. 곧 발기가 되면서 내 몸이 반응하기 시작했다. 루신다는 신음소리 같은 것을 냈다. 그냥 물속에서 내 성기를 어루만져주는 것뿐이었지만 나는 말할 수 없이 흥분되었고 그녀는 계속 "우, 우, 우……" 하는 신음 소리로 날 유혹하는 것 같았다. 나는 수영장 물속의 가로대에 앉아 있었는데 갑자기 그녀가 내 앞으로 오더니 내 몸 위로 올라탔다. 그리고는 내 성기를 잡고 위아래로 마구 흔들어대기 시작했다. 나는 몸을 뒤로 젖힌 채 가만히 앉아서 이렇게 말했다. "으, 정말 굉장하다. 난 뭘 해야 하지?" 루신다는 계속 내 성기를 손으로 마찰시키고 또 마찰시켰다. 그러고는 "넣어, 이제 넣어, 괜찮지?" 하고 말했다.

나는 그녀의 몸에 페니스를 삽입시켰고 그녀는 몸을 앞뒤로 흔들어댔다. 그때 갑자기 뭔가가 팡하고 터졌고 그녀의 처녀막이 파열되었다. 그녀는 처녀였던 것이다. 나는 그녀가 처음이었다는 것이 믿어지지 않았다. 잠시 후 나는 입을 열었다. "와, 너 처녀였어?" 그러자 루신다는 그렇다고 대답했다. "정말 처녀였단 말이야?" 그녀는 다시 그렇다고 대답했다. "와, 그랬구나. 정말 멋지다." 내가 말했다. 루신다는 다시 몸을 위아래로 움직이기 시작했고 나는 그녀의 몸 안에 사정했다. 정말 뭐라 표현할 수 없을 만큼 황홀한 경험이었다.

마침내 발기되었던 내 물건도 점차 원 상태를 회복했다. 그녀는 몸을 일으키더니 "휴!" 하고 짧은 숨을 토해냈다. 그전에 마셨던 술과 섹스로 우리는 완전히 녹초가 되어버렸다. 그녀는 "이제 가야 해"라고 말하고는 집 안으로 들어갔다. 나는 그대로 물속에 머문 채 잠시 시간을 보냈다. 난 너무나 행복했고 정말 날아갈 듯 기뻤다.

잠시 후 나도 집 안으로 들어갔다. 루신다는 술을 마시며 친구들과 이야기를 하고 있었다. 그녀는 날 바라보았고 우리는 비밀을 공유한 사이가 되었다. 우리 일을 아는 사람은 아무도 없었다. 그 일은 우리만의 작은 비밀이 되었고 내가 진정으로 사랑을 나눈 첫경험이 되었다.

그 뒤로 나는 루신다를 만나지 않은 채 스키를 타러 후드 산에 갔다가 우연히 그녀와 마주쳤다. 나는 그녀에게 전화도 안 했고 그녀가 묵고 있던 방으로 찾아가지도 않았다.

그날 밤 이후, 내가 데이트 신청도 안 하고 전화도 하지 않아서 루신다는 무척 화가 난 것 같았다. 슬로프에서 그녀를 만난 나는 전화를 하지 않은 것에 대해 사과를 했다. 그러자 루신다는 이렇게 말했다. "아니야, 신경 쓰지 마. 굉장한 밤이었다고? 흥, 너 지금 농담하니? 그날 밤은 최고였어. 내가 처녀를 버린 최고의 섹스였단 말이야. 하지만 너한테 나쁜 감정은 없어, 조금도." 그 말에 나는 "아, 그래? 시원시원해서 좋구나"라고 말했다. 루신다가 한 말은 그녀가 나한테 할 수 있는 최고의 말이었을 것이다.

여자와 관계를 갖기 전에 먼저 친구가 되려고 노력하는 것이 얼마나 중요한지 말해주거나 그런 모습을 직접 보여준 사람이 있었다면 정말 좋았을 거라는 생각이 든다. 그랬다면 훨씬 좋은 경험을 가질 수 있었을 것이다. 두 번째로 관계를 가진 여자와는 먼저 친구가 되었기 때문에 언제 만나도 좋았다. 마리아와는 전혀 그렇지 못했는데 말이다.

"섹스하기 전에는 먼저 이야기를 나누는 것이 좋아. 같이 샤워를 해도 좋고. 이야기를 하거나 그냥 놀면서 잠깐 시간을 보내면 더 즐거울 거야." 만약 누군가가 이런 이야기를 해주었다면 내게 많은 도움이 되었을 것이다. 첫경험 때도 친구 같은 마음이 생겼거나 서로에 대해 조금만 더 알았더라면 훨씬 좋았을 것이다. 나는 젊은이들이 친구 같은 관계에서 첫경험을 가졌으면 좋겠다.

Tip : 혼자 할 수 있는 방법으로 성을 경험해보면 자신의 몸을 더욱 잘 알 수 있다. 그렇게 하면 성행위 때 자신이 어떻게 반응할지 대충은 짐작할 수 있으며, 실제 할 때도 당신이 어떤 것을 원하는지 상대방에게 분명하게 말할 수 있다. 말 그대로 첫경험이므로 상대방이 당신을 흥분시키는 방법들을 다 알 거라는 기대는 하지 말자.

미셸(58세/ 신문 편집장/ 워싱턴 주 오카스 아일랜드)

나는 고등학교 시절 병적일 정도로 숫기가 없었다. 친구는 몇 명 있었지만 모두 여자였고 그들과도 아주 천천히 가까워지는 타입이었다. 친구들을 만나면 편안함을 느껴졌지만 뭔가를 공유하지는 못했다. 물론 남자와는 한 번도 관계라는 것을 맺어본 일이 없었다. 열세 살이 되도록 말이다. 나는 정말로 내 고등학교 시절을 그렇게 보냈다.

그 시절에는 수업이 끝나야 나의 진짜 생활이 시작되었다. 나는 빈 교실에 들어가 벽 쪽에 앉아 있곤 했다. 그래야 누가 창문으로 들여다보아도 내가 보이지 않았기 때문이다. 아빠와 엄마는 내가 학교생활을 무척 즐겁게 하는 것으로 알고 있었다. 나는 내가 얼마나 외로워하고 불행해하는지 말하지 않았다. 나는 하루하루를 그렇게 지냈다. 누구와도 이야기를 하지 않았고 늘 마지막 버스를 타고 집에 돌아왔다. 교실에서는 특별히 하는 것도 없었다. 그냥 우두커니 앉아서 막차 시간만 기다렸을 뿐이다.

데이트를 할 만큼 자랐을 때 나는 호숫가에서 만난 어떤 남학생에게 처음으로 푹 빠져들고 말았다. 그곳은 부모님의 여름 별장이 있던 곳이었다. 학교에 돌아와서는 가장 친한 친구였던 로이스를 통해 데이트를 하기 시작했다. 그녀는 나와는 다른 학교에 다니고 있었고 우리 집에서 30분 정도 떨어진 곳에 살고 있었다. 그때 나는 아마 열다섯 살 정도 되었던 것 같다.

나는 로이스가 소개해준 어떤 남자를 좋아하게 되었지만 한편으로는 겁이 나기도 했다. 그 남자를 진심으로 좋아하고 있다는 생각이 들자 나는 정말 두려웠다. 그의 이름은 데이비드였다. 학년은 나보다 한 학년 아래였지만 나이로는 몇 개월 차이밖에 나지 않았다. 하지만 나보다 훨씬 성숙해 보였고 나는 그에 대한 내 감정이 믿기지가 않았다. 그는 모험을 해보고자 하는 의지가 강했고 진지한 관계를 맺을 준비도 되어 있었다. 하지만 나는 아무런 준비도 안 된 상태였고 너무 두렵기도 했기 때문에 그를 멀리하려고 애썼다.

마침내 그런 나에게 지친 그는 이렇게 말했다. "됐어, 이제 나는 그만둘 거야." 나는 그 말을 들은 즉시 그를 사랑하게 되었다. 나는 그 뒤로 8년 아니 10년 동안이나 이 남자를 열렬하게 그리고 미친 듯 사랑했다. 나는 정말로 누군가와 사랑에 빠지고 싶었지만 그런 관계를 감당할 능력이 없었다. 하지만 이제는 그 두 가지 문제가 모두 해결되었다. 나는 누군가를 사랑하게 되었고 관계에 신경 쓸 필요도 없었다. 사실 나는 항상 슬펐고 비참한 기분을 느꼈다. 하지만 누군가를 사랑하는 마음도 갖게 되었다. 나는 그에게 깊이 빠져들었지만 그는 나를 사랑하지 않았다. 우리는 계속 친구로 지냈지만 그는 세상을 향해 나아갔다.

고등학교를 일찍 졸업한 데이비드는 이내 자기보다 5년 혹은 10년 이상 연상인 사람들과 어울리면서 동성애, 양성애, 이성애 등 온갖 관계를 다 시험해보려는 것처럼 행동했다. 그는 늘 사람들과 어울려 다녔다. 그는 감정에 취해서만 세상에 덤벼들었고 나는 늘 선배의 자리를 지켜야 했다. 그에 대한 내 마음은 늘 속으로만 간직해야 했기 때문에 나는 너무나 고통스러웠다. 나는 늘 그를 생각했고 끊임없이 그의 꿈만 꾸었다. 그와 함께 사랑을 나눌 수 없는 내 자신이 너무나 원망스러웠다. 하지만 그에 대한 나의 감정을 당해낼 자신이 없었고 늘 불안했다.

그 후 나는 대학에 가서 몇 명의 남자와 데이트를 했지만 별다른 일은 일어나지 않았다. 얼마 후 나는 집에서 가까운 대학으로 학교를 옮겼다. 대학교 3학년 때 스무 번째 생일을 며칠 앞두고 나는 섹스할 준비가 되었다는 결정을 내렸다. 부담감 같은 것은 없었다. 데이트를 하던 남자들과는 섹스를 하고 싶은 마음이 들지 않았다. 내가 원하는 사람은 바로 데이비드라는 것을 너무도 잘 알고 있었다.

나는 결심이 서자 다섯 시간이나 히치하이크를 하며 데이비드가 사는 곳으로 향했다. 그는 공동 주거지에 살고 있었다. 여러 사람이 모여 살았지만 각자의 방은 구분되어 있었다. 데이비드와 나는 그때까지도 연락을 유지하고 있었다. 여름 방학 동안 집에 있을 때는 서로 전화를 하거나 만난 적도 있었다. 어쨌든 나는 그가 사는 곳을 알았고 사귀는 여자가 없다는 것도 알고 있었다. 나는 몹시 흥분되었고 행복했으며 이런 생각도 들었다. "정말 재미있을 거야."

드디어 그가 사는 곳에 도착했다. 그때는 오후 세 시쯤 됐는데 그는 집에 없었다. 누군가 그의 방으로 날 안내해주었다. 할 수 없이 나는 그의 방에 들어가 기다렸다. 나는 그의 방을 천천히 둘러보았다. 예술가였던 그의 방에는 아름다운 장식품들이 걸려 있었다. 지금까지 내가 익숙해 있던 방들과는 매우 달랐다. 멋진 그림들과 태피스트리들이 있었고 양초가 꽃힌 케이크도 있었다. 조금 지저분하긴 했지만 매우 낭만적이고 이국적이면서 신비로운 분위기가 느껴졌다. 그는 사다리가 달린 높다란 침대를 쓰고 있었다. 그래서 침대 속으로 들어가려면 사다리를 타고 올라가야 했다.

드디어 집에 돌아온 그는 날 보더니 깜짝 놀랐다. 나는 왜 내가 이곳에 왔는지 말해주었다. "나는 네가 로맨틱한 관계에 별 관심이 없다는 걸 알아. 그런 건 아무래도 괜찮아. 하지만 난 섹스를 할 준비가 되었고 넌 내가 섹스를 하고 싶은 유일한 사람이야." 그러자 그가 대답했다. "좋아."

우리는 함께 저녁을 먹었다. 데이비드가 날 위해 특별히 요리를 해주었다. 그는 정말 부드럽고 자상한 남자였다. 드디어 잠자리에 들 시간이 되자 그는 재차 확인이라도 하려는 듯 이렇게 물었다. "정말 원하는 거 확실하지?" 그는 친구로서 날 무척이나 염려해주었다. 자주 만나지는 못했지만 그와 내가 친구로 지낸 기간은 벌써 4년이나 돼 있었다. 그는 내가 처음이라는 것을 알고 있었다. 물론 그는 이미 많은 사람과 섹스를 한 경험이 있었다. 그래서 그는 섹스에 대해 잘 알고 있었다. 나는 그가 좀 특이한 경우라는 것을 눈치 채지 못했고 나 이전에 여러 사람과 관계를 가졌던 것도 당연하게 생각하고 있었다. 나는 데이비드 덕분에 그야말로 미칠 듯 황홀하고 재미있는 시간을 보낼 수 있었다. 섹스는 정말 재미있는 일이었다. 그는 본격적인 섹스를 하기 전에 수없이 많은 키스를 해주었다.

나는 여러 해가 지나고 나서야 그와 비슷한 경험이 있던 사람과 섹스를 했다. 그는 내 질 속으로 손가락을 넣어 날 황홀하게 해주었는데 그 후 10년 동안은 그런 느낌을 다시 가져보지 못했다. 사실 그런 기분을 다시 느꼈는지도 확실하지 않다. 그는 정말 능수능란했다. 그 후 다시는 그와 섹스를 하지 않았고 섹스에 대한 이야기도 하지 않았다. 그래서 나는 그가 어떤 식으로 날 황홀하게 해주었는지 자세히 알진 못한다. 어쨌든 그의 섹스 기술은 완벽했다. 나는 정말 황홀했고 섹스가 너무 좋았다. 그는 날 매우 부드럽게 대해주었다. 조금 아프긴 했지만 기분 좋은 통증이었다. 우리는 여러 시간 동안 사랑을 나누었다. 데이비드와 나는 저녁 시간을 무척 따뜻하고 황홀하고 근사하게 보냈다. 그와 함께 있는 동안 나는 안전하다는 생각도 들었다. 섹스를 하면서 하고 싶지 않은 일들도 있었지만 나는 계속 안전한 기분이었고 그가 날 보호해주고 돌봐주는 듯한 기분을 느꼈다. 그도 나와의 섹스를 즐기고 있었다. 정확히 말하면 그는 내가 즐기는 것 자체를 즐기는 것 같았다. 그와의 섹스는 정말 유쾌한 경험이었다.

나는 내 과거를 바꾸고 싶지는 않다. 그저 지금까지 살아왔던 대로만 살 수 있었으면 좋겠다. 나는 가질 준비가 되었을 때 내가 가질 수 있는 것만 가졌고, 사랑과 애정과 따뜻함과 유쾌함이 한데 섞인 마음으로 감사히 가졌다.

나는 젊은이들이 정신적으로나 육체적으로 안전한 상태에서 관계를 가졌으면 좋겠다. 그래야 임신이나 질병에 걸릴 걱정을 하지 않아도 되기 때문이다. 하지만 나는 정신적인 안전보다는 육체적인 안전을 느끼는 것이 좀더 쉬울 거라고 생각한다. 젊은이들이 아무 두려움 없이 무작정 재미만 좇으며 성을 탐닉할 수 있는 이유도 바로 그것이다.

내 경험에 비추어보면 섹스는 결코 간단한 문제가 아니다. 가능하면 처음부터 위험을 가져올 수 있는 변수들은 모조리 제거해야 한다. 성병이나 임신 같은 것은 물론 신체에 해를 끼칠 수 있는 모든 위험도 다 포함된다. 때로는 상대방에게 자기가 원하는 것 이상을 하도록 강요당할 수도 있다. 사람은 누구나 자신의 경계와 욕구를 분명히 밝힐 권리가 있고 그럴 자격도 있다.

자기 스스로 자신이 세운 경계에 충실한 모습을 보이면 다른 사람도 자동으로 그에 부응하게 된다. 나는 자신이 세운 경계는 자기가 책임감을 갖고 지킬 줄 알아야 한다고 생각한다. 누구와 섹스를 하게 될지는 모르지만, 파트너에게 경계를 지켜달라고 기대할 수는 없다. 진심으로 사랑하는 사람이라 하더라도 그것은 마찬가지다.

나는 매우 운이 좋은 편이었다. 걱정했던 것보다 모든 것이 훨씬 잘 풀렸던 것 같기도 하다. 왜 그렇게 모든 일이 수월하게 진행되었는지는 잘 모르겠다. 나는 "그래, 데이비드에게 가자. 좋아, 로맨틱한 관계를 기대하지는 않겠어. 그게 섹스의 전부는 아니니까. 내가 섹스를 하고 싶은 사람은 바로 데이비드야"라고 생각해준 내 자신에게 고마울 뿐이다. 나는 그에게 갔던 것을 지금도 잘했다고 생각한다. 그리고 데이비드를 만나면 지금도 가슴이 두근거릴 것만 같다.

나는 섹스를 복잡하게 생각하는 편이다. 하지만 살면서 실제로 겪는 다른 것들과 마찬가지로 섹스에도 단순한 면은 존재할 거라고 믿는다.

근본적인 면에서 말이다. 마치 아이에 대해 느끼는 부모의 사랑과도 같다. 부모 역할을 하는 것은 무척 복잡하지만 아이를 보며 느끼는 사랑은 결코 복잡한 것이 아니다. 그 사랑은 오히려 깜짝 놀랄 만큼 단순하다. 나는 섹스도 이와 같다고 생각한다. 그것은 섬세한 감정일 수도 있고 자신의 존재를 알리는 기회일 수도 있다. 섹스 주위를 둘러싼 미로에서 길을 잃게 되는 경우도 엄청나게 많다. 하지만 섹스의 어딘가에 그 본질적인 부분에는 반드시 단순한 면이 있을 거라고 믿는다.

Tip : 섹스는 한 번의 경험으로 알 수 있는 것이 아니다. 자신의 자율성과 육체 관계의 균형점을 찾으려면 아마 평생은 걸릴 것이다. 건강한 섹스는 육체를 만족시키면서 삶의 정신적인 부분도 만족시킨다.

 ······ 인생에서 단 한 번 첫경험에 대한 41인의 고백

상처는 진정한 사랑으로만 극복된다

언젠가 알고 지내던 인간관계 상담가로부터 이런 말을 들은 적이 있다. "만약 당신이 타고 있는 엘리베이터가 2층까지밖에 올라가지 못하면 꼭대기 층에 있는 사람은 절대 만날 수 없습니다." 만약 당신이 정신적으로 건강하지 못하고 스스로에게 만족하지도 못한다면 건강한 사람을 만날 가능성은 그만큼 줄어든다는 의미다. 사람은 좋든 나쁘든 자신과 성향이 비슷한 사람에게 끌리게 되어 있기 때문이다.

바람직한 경우를 먼저 예로 들어보자. 만약 당신이 스스로 솔직하고 상대방과 의사소통도 잘한다면 당신은 다른 사람에게도 그런 자질을 쉽게 찾을 수 있다. 그런 사람들은 공동의 언어를 갖고 있으며 비슷한 가치를 공유하기 때문에 서로 끌리게 마련이다.

반면, 학대받은 경험이 있거나 자존심이 강하지 못하거나 어딘가에 갇혀 있는 자아를 갖고 있다면 역시 그런 문제가 있는 사람에게 끌릴 가능성이 크다. 이런 사람은 자기와 비슷하지 않은 부류들은 잠재의식 속에서 모두 제거하고 나서야 사랑할 사람을 찾아 나서는 경향이 있다. 사람은 자기와 비슷한 사람을 선택하려는 습성이 있기 때문이다

만약 당신이 누군가에게 푸대접을 받았거나 무시당했거나 이용당했다면 당신은 선택의 폭을 좁히려 들 것이다. 그리고 누가 당신에게 친절히 대해주고 진심으로 배려해줘도 당신이 지금껏 경험한 것과는 전혀 다르기 때문에 어떤 기분을 느껴야 할지 모를 수도 있다. 어쩌면 자신에게 그런 대접을 받을 자격이 있는지조차 모를 것이다. 나와 인터뷰를 한

어떤 여성은 십대 때 학대당했던 경험을 이야기하면서 이렇게 말했다. "건강한 관계가 어떤 것인지도 몰랐어요. 그런 관계를 가져본 적이 한 번도 없기 때문이죠. 날 거칠게 대하는 상황에만 익숙해져 있었거든요." 그래서 상처가 많은 사람끼리 만나면 건강한 관계를 맺는 것이 불가능할 수도 있다.

정신적인 상처를 갖고 사는 사람들은 자신이 신뢰하는 사람과 안전한 관계를 형성한 다음 자신이 숨기고 있는 문제에 직접 부딪혀야 한다. 그렇게 하면 과거의 고통을 치유할 수도 있고 상대방과 대화하는 법, 스스로 경계를 긋는 법, 자신을 배려하는 법 등을 알게 됨으로써 건강한 관계를 맺을 수 있다. 그러고 나서 새로운 관계를 시작하면 벌써 반쯤은 바람직한 방향으로 나아가고 있다는 것을 알게 될 것이다.

맥스(66세/ 파일럿/ 알래스카 주 수어드)

바즈는 벤치마커였다. 원래 이름은 앨리슨 바즐린이었지만 사람들은 모두 그녀를 바즈라고 불렀다. 우리는 수영장 파티를 벌이고 있었다. 그녀의 부모님이 어디 있었는지 모르겠지만 파티 장소는 그녀의 집이었고 우리는 그녀의 침실에서 단둘이 옷을 벗고 있었다. 여자의 질을 만져본 건 그때가 처음이었다. 바즈는 마음대로 하라는 듯 두 다리를 쫙 벌리고 있었다. 한편으로는 "와!" 소리가 절로 나며 몹시 동하는 마음도 들었지만 한편으로는 평소의 내 모습을 찾아야 한다는 생각도 떨치지 못했다. 내게는 보통 심각한 상황이 아니었다. 정신을 차리지 못할 정도로 흥분되는 것은 아니었지만 어쨌든 전기가 흐르는 것처럼 온몸이 짜릿짜릿했다. 나는 그녀의 입술에 키스를 하면서 조심스럽게 젖가슴을 만지기 시작했다. 그녀의 가슴은 큰 편은 아니었지만 도톰한 유두가 귀여웠고 아름답게 굴곡을 이루고 있는 몸매도 무척 매력적이었다. 그녀도 손으로 날 만져주었다. 그녀는 마치 장난감을 만지듯 내 성기를 갖고 놀았는데 나보다 훨씬 더 경험이 많은 것 같았다. 우리는 서로의 몸을 부드럽게 만지며 애무해주었고 나는 잠시 후 그녀 위로 올라갔다. 나는 그때 진짜 남자가 돼야 한다는 중압감을 느끼고 있었다. 이미 형도 해본 적이 있다는 것을 알고 있었기 때문에 그랬는지도 모른다. 사실 섹스에 대한 이야기는 누구에게도 들어본 적이 없었고 그래서 나는 어떻게 해야 할지 몰랐다.

한번은 밤새도록 집에 들어가지 않아서 외출 금지를 당한 적도 있었다. 열한 살의 나이에 24시간 이상을 밖에서 지냈던 것이다. 이 일만 봐도 당시 우리 집의 가정환경이 어땠는지 충분히 짐작이 갈 것이다.

우리 집에서는 학대가 비일비재하게 일어났다. 그야말로 대를 이은 정신병자 집안이었다. 아빠는 노출증 환자였다. 엄마와 헤어진 뒤로는 끊임없이 여자들과 잠자리를 가졌다. 한번은 로니라는 여자와 사귄 적이 있었는데 그때 아빠 나이는 40대 후반이었고 그녀는 스물한 살이었다. 당시 나보다도 어렸다. 둘이 같이 있으면 정말 볼 만했다. 엄마는 걸핏하면 새 아빠와 대판 싸우곤 했다. 내 기억으로 엄마가 맞은 적은 없는 것 같지만 어쨌든 두 사람은 마치 서로를 죽이기라도 할 것처럼 격렬하게 싸웠다. 나에게 신경을 써주는 사람은 아무도 없었다.

나는 열두 살 때부터 아빠와 함께 살았다. 아빠는 시골에 파묻혀 살았기 때문에 나는 완전히 고립되어 있었다. 아빠는 일주일에 며칠씩 열네 시간 이상을 밖에서 보내셨다. 겨우 열두 살이었던 나만 집에 놔두고 말이다. 나는 여섯, 일곱 살 때부터 스스로 날 돌보며 살았다. 도시락도 내가 쌌고 빨래도 직접 해 입었기 때문에 혼자 지내는 일 따위는 어렵지 않았다. 하지만 집이라고 해서 안전하거나 안락하다는 기분은 단 한 번도 느껴보지 못했다.

아빠와는 그다지 가깝게 지내지 못했다. 어떨 때는 내가 아빠를 돌봤고 오히려 내가 어른인 것 같을 때도 많았다. 나는 매우 조숙한 아이였다. 아빠는 아무 때나 창문과 커튼을 활짝 열어놓은 채 완전히 발가벗은 상태로 집 안 여기저기를 돌아다니곤 했다. 우리 집은 차들이 다니는 거리와 바로 붙어 있었는데도 말이다. 상상이 되는가? 아빠는 정말 곤란한 존재였다.

타니는 일본인이었다. 성은 뭐였는지 잘 모르겠다. 나는 학교 체육 시간에 그녀를 알게 되었다. 그때 타니는 심하게 상처받은 사람처럼 보였다. 내가 그녀를 선택한 것도 바로 그 점 때문이었다. 그녀는 키가 작았고 검은 생머리를 하고 있었다. 못생기지는 않았지만 예쁘지도 않았고 그렇다고 귀여운 편도 아니었다. 내 눈에 그녀는 완전히 상처투성이로 보였다. 그녀의 엄마는 자살했는데 엄마의 시신을 처음 발견한 사람이 그녀였다고 했다. 나는 그때 열여섯 살이었고 고등학교 2학년이 거의 끝나갈 무렵이었다. 타니와 나는 같은 반이었고 그녀는 날 좋아하고 있었다. 하지만 우리는 한 번도 데이트를 하지 않았다.

그때 타니는 집을 나와 양부모 집에서 살고 있었다. 나는 그 애와 딱 한번 데이트를 했고 바로 그날 그녀와 섹스를 했다. 그녀는 매우 수줍어하며 내 뒤를 쫓아다녔다. 가끔은 학교에서 일부러 나와 부딪치기도 했는데 그러면서도 몹시 부끄러워했다.

타니는 양부모 집에서 오래 있을 수 없어서 몹시 낙심한 상태였다. 우리는 오랫동안 전화로 이야기를 나누었고 나는 기꺼이 그녀의 친구가 되어주었다. 그 무렵 나는 처음으로 차를 갖게 되었다. 차종은 램블러였다. 당시 나는 엄마의 손님 중 한 사람의 집을 가끔 봐주곤 했는데 내가 마음에 들었는지 그 집에서 휴가 동안 집을 봐달라는 부탁을 해왔다. 그들은 차고에 캐딜락을 그대로 세워둔 채 휴가를 떠났다. 나는 차 키도 갖고 있었기 때문에 캐딜락을 끌고 타니를 데리러 갔다. 모두 그녀와 섹스를 하려는 생각에서였다. 그녀 역시 그렇게 되리라는 걸 알고 있었을 것이다. 굳이 표현하지 않아도 알게 되는 그런 거였다. 우리는 전화로 약속을 정했다. 그동안 나는 한 번도 그녀에게 키스를 하지도 않았고 같이 데이트를 한 적도 없었다. 학교 밖에서는 그녀를 본 일조차 없었던 것 같다.

나는 양부모의 집 근처에 도착했고 타니는 날 만나러 살그머니 집을 빠져나왔다. 재미있기도 했지만 위험한 일이기도 했다. 우리는 다시 차를 타고 집으로 돌아왔다. 그리고 잠시 집 구경을 시켜주었다. 그 집은 좀 묘한 분위기가 났는데 매우 풍족한 것 같으면서도 어딘지 모르게 황량한 느낌이 드는 그런 곳이었다. 말하자면 따뜻한 분위기가 전혀 느껴지지 않는 집이었다. 나는 좀 불안해졌다. 흥분도 되었지만 뭔가 강요받는 듯한 기분도 들었다. 마치 해치워야 할 일을 앞두고 있는 기분이었다. 한 가지 위안이 되었던 것은 상처받은 두 사람이 어떤 식으로든 관계를 맺게 되었다는 것이다. 상처받은 경험이 있는 사람들은 그런 관계 속에서 안전함을 느낀다.

우리는 둘 다 뭔가 다른 일을 하는 척했다. 타니와 나는 TV가 있던 방에 같이 앉아 있었는데 10분쯤 후 나는 그녀의 손을 잡고 침실로 이끌었다. 둘 다 아무 말도 하지 않았고 모든 것이 빠르게 흘러갔다. 시간은 20

분밖에 걸리지 않았다. 그녀의 옷을 벗긴 나는 몹시 실망스러웠다. 냄새도 조금 나는 것 같았다. 벌거벗은 아시아계 여자는 한 번도 본 일이 없었지만 타니는 그곳에 털도 그리 많지 않았다. 음모를 양쪽으로 가르니 타니의 그곳을 좀더 자세히 들여다 볼 수 있었고 여자의 그곳을 처음 본 나는 너무나 흥분되었다. 모든 것이 점차 실감나기 시작했고 나는 이제 섹스를 해야 할 때라고 생각했다. 그런데 갑자기 그녀가 날 멈추게 하더니 이렇게 말했다. "어, 잠깐만. 피임을 해야 되잖아." 나도 피임에 대해서는 들어본 적이 있었지만 그 방법에 대해서는 전혀 모르고 있었다. 그녀가 내게 피임 도구를 내밀었다. 그것은 바깥에서 질 안으로 밀어 넣어야 하는 살정자제였다. 드디어 나는 그녀의 몸 안으로 삽입을 했다. 그녀는 체구가 무척 작았는데 내가 삽입할 때 조금 아파하는 것 같았다. 아마 그 부분이 충분히 젖지 않아서였을 것이다. 그런 다음 위아래로 몸을 움직였다. 그녀의 몸에서는 악취가 풍겼기 때문에 그리 유쾌한 기분은 아니었다. 사실은 키스도 별로 하고 싶지 않았고 그곳에 함께 있는 것도 싫어졌다. 결국 우린 섹스를 끝마쳤고 모든 것이 끝나자 나는 안도감과 함께 무사히 살아남았다는 기분이 들었다. 하지만 갑자기 모든 게 역겹게 느껴졌고 몸 구석구석이 너무나 더러운 것 같았다. 타니와 나는 같이 샤워를 했다. 그녀와의 일이 다 끝나자 이제는 허락도 없이 남의 차를 썼다는 생각 때문에 마음이 무거워지기 시작했다.

나는 타니를 차에 태워 집까지 데려다주었고 일부러 즐거운 척했다. 사실 섹스는 무척 충격적인 행위였다. 그동안은 몰랐지만 섹스는 다른 사람과 할 수 있는 매우 친밀한 행위라는 것을 알게 되었다. 나는 타니와의 섹스가 내 앞에 닫혀 있던 커다란 문을 열어주었고 굉장한 도약을 가능하게 해주었다고 생각한다.

내가 처음으로 사랑하게 된 사람은 바로 에이미였다. 그 무렵 나는 20대 초반이었고 타니와 그런 일이 있고 몇 년이 지났을 때였다. 그녀는 나와 초등학교를 같이 다녔고 나와 가장 친한 친구인 카일과 3년 반 동안 사귀고 있었다. 에이미와 나는 금방 가까워졌다. 금발 머리였던 그녀는 화장을 안 해도 눈이 부실만큼 아름다웠다. 나는 에이미는 물론 그녀의 부모와도 무척 가깝게 지냈다. 에이미의 아빠는 건축가였다. 그녀의 가족은 내가 늘 그리던 이상적인 가족이었으며 그야말로 완벽한 가족이었다.

에이미와 나는 진심으로 서로를 좋아했지만 그녀는 이미 몇 년 전부터 내 친구와 사귀고 있었다. 동부에 있던 학교로 돌아가기 전에 에이미는 카일과 약혼을 했지만 4년 후 헤어졌다.

그 후 내가 에이미를 만난 건 할로윈 파티 때였다. 늦은 가을이었는데 나는 예기치 않은 곳에서 그녀를 만나게 돼서 무척 놀랐다. 그리고 완벽한 기회였다. 아마 에이미도 그렇게 생각했을 것이다. 나는 그때까지 그녀만을 진심으로 사랑하고 있었다. 그런데 다시 그녀를 만났고 카일과는 이제 아무 관계도 아니라는 것을 알고 있었다. 파티는 몹시 즐거웠다. 우리는 그곳에서 열두 시간을 같이 있었고 나와서는 부모님의 집까지 그녀를 데려다주었다. 에이미는 이제 곧 수백만 달러에 달하는 어마어마한 유산을 물려받게 되어 있었고 법대를 졸업한 후 법조계에 입문하기 위해 공부를 시작하려던 참이었다. 그날 밤 우리는 섹스를 하지 않았다. 그냥 서로 꼭 안고 잠만 잤다. 에이미와는 키스만 해도 무척 행복했고 모든 것이 내가 꿈꾸던 그대로였다.

우리는 서두르지는 않았지만 그리 오래 기다리지도 않았다. 파티 때 만난 이후로 딱 6일 기다렸지만 기다리는 재미도 쏠쏠했다. "서두를 필요가 뭐 있어, 지금도 좋은데." 이런 식이었다. 나는 무척 흥분되었는데 그냥 기분만 좋은 것이거나 겉으로만 그런 척하는 것이 아니었다. 그것은 내 온몸을 관통하는 것 같은 격렬한 흥분이었다.

우리는 그녀의 부모님 집에서 처음으로 관계를 가졌다. 에이미는 아래층에 있는 넓은 방을 혼자 쓰고 있었다. 이미 그녀와 나는 일심동체라고 해도 좋을 만큼 가까운 사이가 되어 있었다. 나는 그녀의 방에 여러 번 들어가봤는데 고풍스런 장식 때문인지 환상적인 분위기가 느껴지던 곳이었다. 우리는 파티에 가기 위해 한껏 멋을 내서 차려입고 있었는데 갑자기 둘 다 가지 않으리란 것을 깨닫게 되었다. 우리 둘 다 그 이유를 알고 있었고 그 기회를 놓치고 싶지도 않았다. 우리에게 섹스는 너무나 달콤하고 소중한 일이었기 때문에 조금 떨리기도 했다. 욕실로 가서 씻고 나와보니 에이미는 벌써 옷을 벗고 있었다. 나는 그런 그녀가 매우 자연스럽게 느껴졌고 가식적이지 않은 태도가 마음에 들었다. 우리는 몇 시간에 걸쳐 사랑을 나누었다. 곧바로 섹스를 시작하지는 않았다. 우리는 오랫동안 끌어안고 이야기를 나누었는데 대부분 어릴 적 이야기들이었다. 그녀와 함께 있으면 너무 행복해서 마치 맛있는 스튜를 먹은 것처럼 느껴졌다. 지금까지 한 번도 느껴보지 못했던 경험이었다. 그녀 앞에서는 날 감추고 방어할 필요도 없었다. 그녀와의 섹스를 앞둔 내게는 모든 것이 특별하게 느껴졌다. 정말 믿기지 않을 정도였다. 우리가 누웠던 침대는 지구상 어디에서도 찾아볼 수 없는 최고의 침대인 것 같았다. 그저 평범한 침대라는 걸 알고 있었는데도 말이다.

그전까지 나는 누군가와 사랑을 나누면 무슨 일이 벌어질지 수도 없이 생각했다. 그럴 때면 몸과 마음이 따로 놀지도 모른다는 생각도 들었다. 하지만 에이미와 함께 있을 때는 몸과 마음이 하나로 합쳐지는 것 같았고 그래서 더욱 흥분되었다. 그때까지는 섹스를 하면서 다른 데 신경을 쓰는 것이 안전하다고 생각했다. 이제 나는 정신을 모아 섹스를 할 수 있게 되었고 그녀로부터 완전한 사랑을 받고 있었으며 나 역시 에이미를 사랑하고 있었다. 나는 이런 나 자신에게 너무나 놀랐다. 나는 에이미에게 그녀를 향한 내 마음이 너무나 깊은 것 같다고 말해주었다.

몇 주 동안 나는 제정신이 아니었다. 나는 정말로 사랑에 푹 빠져 있었고 완전히 달라져 있었다. 우리는 몇 주 만에 마흔다섯 번이나 관계를 가질 만큼 서로를 열렬히 사랑했다. 내 얼굴을 본 사람은 누구나 내가 사랑에 빠졌다는 것을 알 수 있었을 것이다. 나는 허공에 둥둥 떠다니는 기분이었다. 정말 이보다 더 좋을 수는 없을 것 같았다. 에이미와 나는 완벽하게 잘 맞았고 황홀한 섹스로 말미암아 둘 다 완전히 넋이 나가 있었다. 마치 사랑의 별에 와 있는 듯한 기분이었다.

내 기억으로 아마 십대 초반쯤 되었을 것이다. 그때 에이미는 전혀 화장을 안 하고 다녀서 놀림을 받았던 적이 있었다. 그래서 내가 빨간 분필을 가져다 그녀의 볼에 칠하고는 문질러주었다. 그랬더니 에이미가 너무 예뻐 보여서 그날 밤 데이트를 했던 것으로 기억한다. 에이미와 처음으로 사랑을 나누던 날 밤 나는 이렇게 물어보았다. "혹시 빨간색 분필 있어?" 그러자 에이미는 내가 무슨 말을 하려는지 금방 알아차렸다. 둘이 얼마나 웃었는지 눈물이 다 글썽거릴 정도였다. 에이미는 웃다가 너무 힘이 들어서 울음을 터뜨릴 뻔했다. 어떤 날은 열여덟 시간이나 침대에 있기도 했다. 하루가 다 가도록 침대에만 있었던 것이다. 하지만 밤 아홉 시에는 일어나야 했다. 함께 있으면 잠을 잘 수가 없었으니까.

그녀 안에 삽입하고 있으면 정말 너무나 황홀했다. 한번은 갑자기 에이미가 다른 모습을 보여주었던 적이 있었다. 내 위로 올라오더니 마치 말을 타듯 몸을 흔들어대는 것이 아닌가. 나는 육체적으로 한 번도 그런 자유를 누려본 일이 없었다. 나는 좋은 연인이기는 했지만 늘 미리 계획을 세우고 그대로 따르려는 경향이 있었다. 그때 나는 처음으로 완벽한 심신의 자유를 느꼈다. 정말 유쾌하고 감미로웠고 황홀했다.

몇 주 후, 나는 에이미로부터 프러포즈를 받았다. 결혼하자는 것이 아니라 자기와 함께 볼티모어로 가자는 것이었다. 그 무렵 그녀의 할머니가 돌아가셨는데 상황이 무척 혼란스러웠고 가족 내부에서 뭔가 심각한 일이 벌어지는 것 같았다. 그녀의 엄마는 우리가 함께 있는 것을 보고 몹시 기뻐했다. 에이미의 엄마는 날 무척 좋게 생각하면서 진심으로 사랑해주었고 그녀의 아빠도 마찬가지였다. 하지만 나는 직업도 없었고 대학도 가지 않았다. 에이미는 앞으로의 인생에 대해 중대한 결정을 내려야 했고 가족들의 문제를 해결하기 위해 한 주 반 정도 그들과 함께 지냈다.

결국 에이미는 볼티모어로 가기로 결정했다. 우리는 10, 11주 정도 같이 있었는데 마지막 3, 4주는 무척 힘들었다. 마치 운명 같은 것이 우리를 기다리고 있는 것 같았기 때문이다. 나는 스스로 진정한 남자가 되어야 한다고 생각했다. 에이미는 "네가 돈 관리를 맡아줘"라고 말했다. 사실 그녀는 돈 문제에 그리 신경 쓸 사람도 아니었다. 내게는 신이 일부러 만들어준 것과도 같은 완벽한 기회였지만 앞으로 에이미 곁에 있으려면 나 스스로 먼저 성공해야 할 것 같았다. 나는 그렇게 다잡으며 에이미와 같이 떠나지 않았다. 나는 여전히 그녀를 사랑했지만 우리는 둘 다 자기에게 알맞은 결정을 내렸고 각자의 삶을 살아야 했다.

나는 내가 상처 입은 모습만 고집하지 말고 그보다 나은 모습으로 살았더라면 좋았을 거라고 생각한다. 또 나한테 일어나는 일들도 그대로 믿어야 했다. 나는 건강하고 정상적인 모든 것들이 너무나 두려웠다. 그래서 나에게 익숙한 것들만 취하려다 보니 늘 상처받고 문제 있는 것들만 상대하게 된 것이다. 그래야 안전하게 느껴졌고 내가 잘 아는 것들도 바로 그런 것들이다. 나는 내가 아는 것만 선택했다. 나는 나 자신도 알지 못했고 날 믿지도 못했다.

나는 젊은이들이 서두르지 않았으면 좋겠다. 누군가에게 관심을 쏟을 때는 자기 자신을 믿고 누군가의 지시를 따르거나 두려움을 느끼지 말라고 말하고 싶다. 천천히 시간을 두고 지금이 옳은 때인지 자신에게 물어보자. 자기 자신을 믿자. 당신을 완전히 다 아는 사람, 당신을 있는 그대로 봐주는 사람, 당신을 존중하고 당신의 의사를 존중하는 사람을 찾아보자.

섹스는 여러 가지 재료를 한데 뒤섞어 전혀 새롭고 더욱 큰 뭔가를 만들어내는 것과 같다. 섹스는 미리 계획하는 것이 아니다. 기대도 버려야 한다. 책에 나온 내용대로 뭘 정하려고 해서도 안 된다. 섹스는 자기 스스로 만들어내는 것이다. 그러므로 오랫동안 계속 꿈꾸며 희망을 품어야 한다. 그러다가 당신에게 맞는 사람이 나타나면 당신의 꿈을 마음껏 펼쳐서 실현하는 것이다. 단 과장된 행동은 금물이다. 연기를 하려 하거나 지나치게 연출해서도 안 된다. 섹스를 할 때는 온 우주와 맥이 통해야 한다. 만약 정말 열심히 노력하고 있는데 계속 방해를 받는다면 당신을 방해하는 것에 관심을 기울여보자. 그리고 어떻게 하면 원하는 그 사람과 맺어질 수 있을지 그 방법을 생각해보자.

타니와 만날 때 나는 전혀 준비가 안 된 상태였다. 만약 내가 좀더 자제하면서 만날 사람을 선택했다면 그 사람과 더 오래 지낼 수도 있었을 것이다. 에이미를 만날 때는 섹스가 아니라 인생에 대해서 이런 부담감을 느꼈다. 나는 백수고 그녀의 가족들과 어울리는 처지가 아닌데 하는 생각을 했던 것이다. 에이미는 나에게 그런 것을 요구한 적이 한 번도 없었는데 말이다. 그것은 모두 나 혼자만의 생각이었다. '나는 아직 충분하지 않아' 라는 생각이 들 때마다 나는 '아니야' 라고 말했어야 했다. 나는 에이미에게 충분히 어울리는 사람이었다. 나 혼자 날 속여왔던 것이다.

Tip : 살아온 과정에서 자기와 같은 상처를 받은 사람을 선택하는 사람들이 많다. 그러나 자신이 사랑할 사람은 상처 입은 자아가 아닌 더 바람직한 모습의 자아로 선택하는 것이 좋다.

메건(35세/ 목장 주/ 네브래스카 주 밸런타인)

아홉 살 때 나는 수녀가 되어야 할지도 모른다는 생각을 했다. 엄마가 처음으로 성에 대한 책을 주었는데 그 책을 읽고 너무나 큰 충격을 받았던 것이다. 나는 결혼을 할 수 없을 것 같았다. 결혼을 하면 아기를 낳아야 하고, 아기를 낳는다는 것은 섹스를 해야 한다는 것을 뜻하기 때문이다. 다 큰 남자나 내 또래 남학생과 섹스를 한다는 것은 생각만 해도 너무 소름끼치는 일이었다. 나는 절대 그런 일을 하지 않겠다고 굳게 결심했다. 그것은 결코 내가 갈 길이 아니었다.

아빠는 내가 열네 살 때 뇌졸중으로 죽었다. 당시 나는 그 일로 몹시 충격을 받았고 그 뒤로는 예전과 같이 살 수가 없었다. 자포자기하거나 우울해할 때가 많았고 감정의 변화도 무척 심했다. 가족들과 대화도 나눠보았지만 내 문제를 해결하는 데는 아무런 도움도 되지 않았다.

나는 남자애들과도 가깝게 지내지 못했다. 8학년 때 딱 한번 남학생의 손을 잡아본 적은 있었다. 학교에서 나는 내숭쟁이로 통했고 그것은 나에게 또 하나의 멍에가 되었다. 하지만 나는 정말 열다섯 살이 될 때까지 남학생들과 한 번도 가깝게 지낸 적이 없었다.

나는 캘리포니아 북부에 있는 작은 도시에서 자랐다. 샌프란시스코에서 동쪽으로 한 시간 정도 떨어진 곳이었다. 나는 고등학교 2학년 과학 시간에 케이스와 켄트를 알게 되었다. 둘은 일란성 쌍둥이였다. 그 애들은 다른 아이들과 매우 달랐고 그래서 누구에게나 따돌림을 당했다. 부모님은 유럽 사람들이었고 옷 입는 것도 남들과는 달랐다. 하지만 나는 그 애들에게 호감을 느꼈다. 그들은 재미있었고 영화와 연극도 좋아했으며 영화에 엑스트라로 나온 적도 있었다. 나는 배우가 되고 싶었기 때문에 그런 그들이 몹시 흥미롭게 보였다. 그때 나는 열다섯 살이었다.

우리는 자주 어울려 다녔다. 가끔은 그 애들이 리무진을 빌려 와서 함께 큰 도시까지 갔다 오기도 했다. 케이스와 켄트는 남성 의류점에서 아르바이트를 하며 용돈을 벌고 있었다. 그들은 내가 알고 있던 또래 아이들과 너무나 달랐지만 그들과 같이 있으면 왠지 안전한 기분이 들었다. 둘 다 나한테는 전혀 남자처럼 굴지 않았기 때문에 꼭 오빠나 동생처럼 느껴지기도 했다. 그들은 둘 다 무척 엉뚱했고 괴상한 짓도 많이 했는데 나는 그런 모습이 오히려 멋져 보였다. 호텔 로비 한가운데서 탭댄스를 추기도 하고, 택시를 잡아타고는 택시 기사와 일부러 말다툼을 벌인 후 아무 데서나 내려버리는 등 실없는 짓들도 많이 하고 다녔다. 그 두 사람은 아무것도 두려워하지 않는 것 같았다.

결국 나는 둘 중 훨씬 더 엉뚱하고 장난기가 많았던 케이스에게 호감을 느꼈다. 켄트는 약간 보수적인 면이 있었다. 나는 그들을 만난 지 1년 만에 케이스를 좋아하게 되었고 우리는 데이트를 하기 시작했다. 나는 아직도 고등학교에 다니고 있었으며 케이스는 1년 전에 학교를 졸업한 상태였다.

엄마는 내가 그들과 어울려 다니는 것을 환영하는 분위기였다. 엄마는 매우 다정한 분이었는데 당시 혼자 아이를 키우는 미망인으로서 자신의 인생을 힘차게 꾸려가고 있었다.

케이스와 데이트를 하게 되자 그는 나를 함부로 대하기 시작했다. 어떤 때는 무척 신경 써주는 것 같기도 하다가 또 어떤 때는 날 완전히 무시했다. 만날 약속을 해놓고 끝내 나타나지 않았으며 그러고 나서 2주 동안이나 연락이 끊겼던 적도 있었다. 나는 그럴 때마다 몹시 애가 탔다. 그 무렵 나는 그에게 깊이 빠져 있었고 결국 내 자신을 자해하기 시작했다. 어느 날 밤 너무나 우울했던 나는 칼로 몸을 그었다. 그것만이 내 불안한 기분을 잠재울 수 있는 유일한 방법이었다. 나는 유리 조각을 주로 이용했는데 집에 있는 재떨이나 유리그릇 같은 것을 일부러 깨뜨리기도 했다. 사실 그것은 몹시 끔찍한 짓이었다. 하지만 나는 그런 짓이 너무나 근사하게 느껴졌고 혼자 이렇게 중얼거리곤 했다. "그를 괴롭혀줄 거야. 이렇게 내가 하고 싶은 대로 하면 감정을 자제할 수 있겠지." 그런 다음 손목에서 떨어지는 핏방울을 보면 갑자기 생각이 달라졌고 혼자 흥분하곤 했다. "대체 무슨 짓을 하고 있는 거지? 내가 지금 뭘 하는 거냐고?"

나는 졸업 댄스파티에 같이 가달라고 케이스에게 부탁했다. 파티가 있던 날, 그는 매우 늦게 나타났다. 나는 항상 그에게 인정받고 싶었고 그의 사랑을 얻으려고 열심히 노력했다. 파티가 끝나자 그는 날 집까지 데려다주었고 우리는 처음으로 진한 키스를 했다. 나는 다리에 힘이 풀려 그대로 주저앉을 뻔했다. 나는 내가 뭘 하고 있는지도 실감나지 않았고 '와, 이게 바로 프렌치 키스인가 봐.' 하는 생각만 했다. 나는 현기증을 느꼈고 이대로 죽는 건 아닌가 하는 생각도 들었다. 우리는 집 앞 현관에 서 있었다. 그와의 키스는 짧게 끝났고 그는 곧 "안녕, 나중에 보자." 하는 말을 남긴 채 돌아갔다.

나는 굉장한 일이 벌어졌다고 생각했다. '그래, 그도 날 좋아하는 거야. 오, 하느님, 이렇게 멋진 일이 일어나다니!' 그리고 그 일은 내 작은 세계를 완전히 바꾸어놓았다. 당연히 나는 그에게 더욱 깊이 빠져들었다. 그의 곁에 있을 수 있다면 무슨 일이든 할 수 있을 것 같았다. 나는 그가 날 어떻게 대하든 다 참았다. 나는 케이스 주위에서 가장 순결한 존재였고 그도 날 원하며 날 좋아하고 있다고 생각했다. 그와 내가 서로 알게 된 지는 3년째였고 사귄 지는 1년 정도 되어가고 있었다. 나는 아직도 고등학교 3학년이었다.

마침내 학교를 졸업한 나는 케이스와 함께 로스앤젤레스로 가는 일을 의논하기 시작했다. 나는 그와 함께 만들어가는 우리의 작은 세계를 꿈꾸었다. 우리는 손을 잡거나 키스를 하기는 했지만 그때까지 별다른 신체 접촉은 하지 않았다. 나는 "다 날 위해서일 거야"라고 생각했다. 우리는 이런 말도 곧잘 하곤 했다. "좋아, 결혼하자. 그래서 함께 LA로 가는 거야. 거기서 영화배우가 되는 거라고!" 나도 연기를 해본 적이 있었다. 연기는 바로 내가 하고 싶었던 일이었다.

한편 우리는 도서관에서 섹스에 대한 책을 찾아 읽기 시작했다. 섹스에 대해 더 자세히 알고 싶었고 정상적이고 올바른 관계에 대해서도 알고 싶었기 때문이다. 우리는 마치 뭔가를 함께 탐구하는 사람들 같았다.

 ...... 인생에서 단 한 번 첫경험에 대한 41인의 고백

그와 나는 눈에 띄는 대로 찾아서 모조리 다 읽어보았다.

케이스는 일하면서 알게 된 여자와 관계를 가진 적이 있다고 털어놓았다. 그는 그때 동정을 잃었고 나와 만나기 전에 몇 번인가 더 잠자리를 가졌다고 했다.

우리가 처음으로 섹스를 한 날은 정확히 7월 8일이었다. 그때까지 우리는 키스만 하는 사이였고 가끔 침대에 누워서도 서로의 몸을 만지기만 했다. 나는 그동안 충분히 생각을 했고 드디어 해도 되겠다는 결론을 내렸다. 그때 나는 열아홉 살을 6개월 앞두고 있었다. 사실 그동안 몇 차례 해보려고 시도해본 적은 있었지만 케이스의 페니스가 발기되지 않아 번번이 실패했다. 그래서 케이스는 상당히 불안해했다. 그는 그런 이야기를 별로 하고 싶어하지 않았고, 나도 몇 년 후 법원에서 조서를 읽고 나서야 자세한 사정을 알게 되었다. 그는 1년 전 오클랜드에서 술에 취한 채 운전을 하다가 체포된 적이 있었다. 그래서 감옥에 있는 동안 두 명의 덩치로부터 강제로 성폭행을 당했다고 했다

7월 8일, 나는 여태껏 한 번도 해보지 못한 두 가지를 해봤다. 한 가지는 케이스를 만나러 그의 집까지 히치 하이킹을 한 것이고 나머지 한 가지는 그날 밤 우리가 했던 섹스였다. 케이스는 다시 섹스를 할 준비가 되어 있었다. 나는 좀 아팠지만 무섭지는 않았다. 그는 서두르지 않았고 천천히 무척 오랫동안 전희를 해주었다. 나는 그가 날 심하게 대한다는 느낌도 들지 않았고 하던 일을 멈춰달라고 부탁할 일도 없었다. 나중에 나는 피를 조금 흘렸다. 다음날 아침 나는 이런 생각이 들었다. '와, 멋진데. 이제 난 처녀가 아니라고.' 나는 좀더 성숙해진 듯한 기분이 들었고, 그렇게 오랫동안 두려워하고 미뤄왔던 일을 드디어 해냈다는 성취감도

들었다. 더군다나 내가 사랑하고 날 사랑해주는 사람과 함께 말이다. 나는 정말 멋진 일이라고 생각했다. 그 일로 우리 관계는 더욱 돈독해졌다.

잠에서 깬 케이스는 매우 수줍어하는 것 같았고 자상하게도 이렇게 말해주었다. "너, 괜찮아?" 그때부터 우리는 일주일에 두세 번씩 섹스를 하게 되었다. 여덟 번 정도 하고 나니 통증이 느껴지지 않았다. 나는 이렇게 생각했다. '좋아, 이제 안 아프네. 이제 됐어.' 우리는 매우 멋진 성생활을 즐겼다. 이제는 섹스가 편안해졌고 별문제 없이 오르가슴도 느낄 수 있었다. 우리의 섹스 방식은 약간 보수적인 편이었다. 색다른 방법으로 해보지는 않았으며 항상 "이 방법이 좋아!" 하는 생각으로 섹스를 즐겼다. 나는 그로부터 몇 년이 지날 때까지 케이스의 과거를 전혀 알지 못했다.

이제 그는 전보다 날 좀더 생각해주게 되었다. 하지만 여전히 변덕스러웠고 언제나 날 자기 마음대로 하려고 들었다. 그는 걸핏하면 화를 냈고 날 멍청이라고 불렀다. 또 항상 날 억누르려고 했으며 욕도 많이 했고 때로는 물건을 집어던지는 난폭한 모습도 보였다. 하지만 때리지는 않았다. 나는 뭔가가 잘못되어 가고 있는 것을 느꼈지만 그때는 오직 그로부터 인정받고 싶은 마음뿐이었다. 그를 지키기 위해서라면 무엇이든 할 각오가 되어 있었다. 나는 늘 그를 이해하고 또 이해하려고 노력했다. 단 한 번, 용기를 내서 그에게 이렇게 말한 적이 있었다. "케이스, 네가 너의 삶을 진심으로 이해하게 되면 그때 돌아와. 그때는 내 삶에 간섭해도 아무 말 않겠어. 하지만 그렇게 될 때까지는 여기서 나가줘." 그를 만났던 몇 년 동안 내가 가장 세게 나왔던 적이었을 것이다. 하지만 나는 그런 마음을 유지하지 못했다. 그는 약한 모습으로 내게 돌아왔고 나는 다시 그를 받아주었다. 그러면서 우리는 LA로 이사 갈 준비를 하기 시작했다.

5월에 결국 나는 임신이 되었다. 원래는 콘돔을 쓰려고 했지만 콘돔을 착용할 때마다 히스테리를 일으킬 것처럼 케이스의 신경이 날카로워졌기 때문에 그냥 내가 피임약을 먹고 있었다. 피임약은 내 몸의 화학 작용을 바꿔놓았다. 두통 때문에 늘 힘들었고 우울했으며 체중도 몹시 불어났다. "이건 너무 힘들어. 더 이상은 못 먹겠어. 내 몸을 위해서라도 이제 피임약은 그만 먹을 거야." 내가 그렇게 말하자 케이스는 이렇게 대답했다. "그래. 그렇게 해. 뭔가 다른 방법을 찾아보자." 그리고 한 달 후 나는 임신이 되었다.

나는 가족계획협회를 찾아갔고 낙태 수술을 받았다. 몹시 고통스러웠지만 다 끝나고 나서 나는 이렇게 말했다. "좋아, 이제 이사 가자." 그날 밤 우리는 밤새 차를 몰아 LA로 갔다.

케이스는 임대 주택에서 살고 싶어하지 않았다. 그는 일하는 동안 많은 빚을 졌고 갖고 있는 현금도 얼마 되지 않았다. 그래서 우리는 모든 방법을 동원해 대출을 받아서 집을 샀다. 침실 두 개짜리 아파트였다. 우리는 작은 방을 친구에게 빌려줘 세를 받았고 그 돈으로 대출을 갚아나갔다.

처음에는 뭔가 좀 어색했다. 하룻밤 사이에 갑자기 어른이 된 것 같은 기분이 들었고 주방 용품을 사거나 저녁 식사를 준비하는 일도 좀 어색하게 느껴졌다. 그 다음에는 직업을 구하지 못해 힘들어지기 시작했다. 나는 웨이트리스 자리도 구할 수 없었고 케이스 역시 일자리를 얻지 못했다. 집에서 같이 사는 룸메이트는 주유소에서 일하고 있었지만 나는 그 일이 괜히 무서웠다. 우리는 저축도 못했고 아무것도 할 수 없었다.

어느 날 나는 신문에서 춤추는 호스티스를 구한다는 광고를 봤다. "봐, 일주일에 6백 달러는 벌 수 있어." 내 말에 케이스는 "한번 해봐"라고 대답했다. 그래서 나는 그곳에 지원을 했는데 실제로 알아봤더니, 그 일은 변태 같은 남자들과 춤을 추고 그들과 춤을 춘 시간에 따라 보수를 받는 일이었다. 나는 그 일을 할 마음의 준비를 했고 실제로도 해냈다. 사실 나는 원래 좀 보수적인 편이었지만 그냥 춤만 추는데 어떠랴 싶었다.

나는 한동안 그 일을 했다. 그때까지도 케이스는 일자리를 구하지 못했다. 그러던 중 함께 신문을 보다가 신체 모델을 찾는 광고를 보게 되었다. 나는 "이것 봐, 나는 몸에 아무런 콤플렉스도 없으니까 한번 해볼까 봐"라고 말했다. 케이스도 이렇게 말하면서 나를 격려해주었다. "그래, 한번 해봐, 아마 큰돈을 벌 수 있을 거야."

결국 나는 면접을 봤고 취직이 되었다. 하지만 내가 간 곳은 미국에서 가장 큰 포르노 및 누드모델 에이전시였던 인터내셔널 모델이었다. 나는 그냥 누드모델 일만 하게 될 거라고 생각했고 다른 일을 하게 될 줄은 꿈에도 몰랐다. 그 사람들은 정말 똑 부러지게 자신들이 할 말만 정확히 했다. 첫날 나는 3주 동안 해야 할 일을 잔뜩 예약해둔 채 사무실을 나왔다. 보수는 하루에 현금으로 백 달러였고 내게는 매우 큰돈이었다.

집에 돌아와 케이스에게 이야기했더니 그는 이런 반응을 보였다. "와, 진짜 대단하다. 정말 멋져! 대단해! 진짜, 진짜 대단해!" 그래서 나는 그 일을 하기 시작했고 그 다음부터 끝없는 추락의 길을 걷게 되었다. 한 번도 만난 일이 없는 낯선 사람들 앞에서 벌거벗어야 한다는 것이 정말 소름끼치도록 싫었지만 나는 다시 '할 수 있다' 는 생각으로 나 자신을 다 잡았다. 그리고 2주, 3주, 4주, 5주, 6주가 지나자 내 사진을 찍던 사람들이 이렇게 말하기 시작했다. "자, 이제 정말 돈벌이가 되는 걸 찍어야지." 그들은 '돈벌이' 라고 했고 나는 그것이 광고를 칭하는 말인 줄 알았다. 하지만 그것은 8mm 테이프로 찍는 하드코어 포르노 필름이었다. 결국 그들의 말을 알아들은 나는 이렇게 말했다. "헛소리 집어치워요. 난 생각도 못한 일이에요. 정말 역겨워. 절대 안 해요!"

그 무렵 내 사진은 점점 도를 넘어서 더욱 노골적으로 바뀌어갔다. 그들은 천천히 한 번에 한 단계씩 강도를 높여갔다. 이런 식이었다. "좋아요, 이번에는 다리를 조금만 더 벌려볼까?" 그런 식으로 사진을 찍으니 전혀 불쾌한 기분이 들지 않았다. 그곳에 있는 사람들은 평상시처럼 자연스럽게 행동했다. 금방 먹은 참치 샌드위치나 기르는 고양이의 몸무게 이야기나 자신이 몰고 다니는 차 이야기를 하는 것처럼 무척이나 자연스러웠다. 정말 화기애애한 분위기였다. 나는 전문가들과 함께 일한다고 생각했고 성적인 차원의 생각은 조금도 들지 않았다. 나는 내 사진들이 세상 사람들에게 어떤 모습으로 보일지 상상할 수가 없었다. 너무 편한 분위기에서 교묘히 찍었기 때문이다. 그들은 이런 식으로 계속 말을 시켰다. "어디서 자랐어? 그래, 좋았어. 여동생 있어? 좋아, 바로 그거야. 집에서 뭐 기르는 동물 있어?" 그들이 하는 말만 들으면 그 사람들이 포르노 사진을 찍고 있다는 생각은 절대 할 수 없었다.

나는 무슨 일이 벌어지는지 전혀 감을 잡을 수 없었다. 그냥 내가 벌어들인 많은 돈에 정신이 팔려 있었고 그 돈으로 대출금을 갚을 수 있을 거라는 생각밖에 없었다. 집에 돌아가면 케이스가 요리를 하거나 내가 요리를 해서 저녁을 먹었다. 그런 다음에는 함께 비디오를 빌려보기도 하고 수영장에도 갔으며 테니스도 쳤고 그냥 밖에서 돌아다니기도 했다. 지극히 정상적인 생활이었다. 가끔 그가 매우 난폭해지거나 눈이 뒤집힐 만큼 화를 내거나 욕을 퍼붓는 것만 제외하면 그랬다. 그러나 그의 상태는 점점 더 악화되어 갔다.

어느 순간, 나는 거의 깨닫지도 못한 채 도를 넘어서 버렸다. 어느 날 나는 내가 처음으로 영화를 찍고 있다는 것을 알아차렸다. 8mm 비디오 테이프로 찍는 것 같았다. 그날 오후에만 나는 5백 달러를 받았는데 정말 무서웠다. 나는 내 몸이 겪는 일을 거의 느끼지 못했다. 끔찍했지만 나는 그대로 가만히 있었다. 나는 통증을 느꼈고 일을 마친 후에 집으로 돌아왔다. 나는 어떤 남자와 그 짓을 했던 것이다. 그는 완전히 프로였다. 나는 그를 내 몸 안에 받아들여야 했다. 하지만 조금도 흥분되지 않았고 전혀 자연스럽지 못했기 때문에 무척 아팠다. 집에 돌아온 나는 케이스와 함께 식료품을 사러 갔다. 그런데 갑자기 케이스가 날 보고 멍청한 게 어쩌고 하며 소리를 지르기 시작했다. 그래서 나는 생각했다. '그래, 아무 일도 없었던 거야. 오늘 나는 돈을 벌기 위해 일을 한 것뿐이야. 케이스도 다른 때와 똑같이 소리를 지르고 있잖아.'

나는 계속 그 일을 했다. 끊임없이 일을 맡았고 이렇게 말했다. "좋아요, 하겠어요." 남자들은 할 때마다 계속 바뀌었다. 내 영화는 점차 극영화로 발전해갔다. 나는 연기를 공부한 적이 있었고 우연히 꽤 괜찮은 연기를 보여준 적이 있었으며 항상 돋보이는 존재였기 때문에 끊임없이 일이 몰려들었다. 때로는 옆집 소녀 역 같은 것을 하기도 했지만 나는 역시 매우 보수적인 태도를 고수했다. 여자들끼리 하는 것 즉 레즈비언 장면이나 항문 섹스는 절대 하지 않았다. 그들이 아무리 강압적으로 나와도 나는 이렇게 말하곤 했다. "싫어요, 그런 건 하지 않겠어요. 미안해요." 하지만 얼마 후부터는 그런 내 태도 때문에 하나 둘 일이 줄어들기 시작했다. 그런 영화를 보는 사람들은 더욱더 노골적인 것을 원했고 그렇지 못한 영화에 대해서는 더는 흥미를 갖지 않았다.

어느 날 나는 촬영장에서 분장사와 이런저런 이야기를 나누었다. 그는 합법적인 영화, TV, 섹스 산업에서 일하고 있었는데 나는 그에게 이런 말을 했다. "몇 편만 더 찍으면 그만둘 거예요. 그리고 진짜 영화를 찍을 거예요. 지금은 아파트 대출금하고 나와 내 남자친구 생활비 때문에 그냥 하는 거죠." 그는 '너 지금 농담하니?' 하는 표정으로 날 보더니 이렇게 말했다. "이런 일을 하고도 정상적인 영화에 출연할 수 있다고 생각해요?" 나는 그렇다고 대답했다. 그러자 그가 다시 말했다. "아예 지금 그만 두는 편이 어때요? 당신은 아직도 뭘 모르고 있군요." 하지만 나는 '아니야, 그럴 리가 없어' 라고 계속 생각했다. 또 한편으로는 이런 생각 때문에 겁도 났다. '더는 이 일을 하고 싶지 않다고 어떻게 케이스한테 이야기하지?'

케이스는 점점 더 내 일에 간섭하려 들었다. 그리고 이런 식으로 말하기 시작했다. "알잖아, 우리는 고정적인 수입이 필요해. 갑자기 일이 다 끊겨버리면 어떡할 거야?" 또 이런 말도 했다. "스트립쇼도 해봐." 그래서 나는 그의 말대로 하기로 했다. 나는 와일드 어니언이라는 스트립 클럽에서 일하게 되었는데 그곳은 매우 고급스러운 클럽이었다. 사실 그동안 내가 한 일에 비하면 무척 쉬운 일이었다. 그냥 옷만 벗으면 되었기 때문에 하나도 어렵지 않았다. 사람들은 이렇게 묻곤 했다. "그동안 무슨 일을 했어요? 전에도 스트리퍼였나요?" 그럼 나는 이렇게 대답했다. "우, 정말 그랬다면 좋겠네요."

나는 서너 달 정도 그 일을 했다. 얼마 후 이모가 우리 집에 와서 우리와 주말을 함께 보내기로 했다. 이모는 내가 무슨 일을 하는지 몰랐지만 뭔가 문제가 있다는 것을 눈치 챘다. 이모는 케이스와 내가 같이 있을 때 도착했고 우리는 열쇠를 맡긴 채 외출했다. 혼자 집에 있게 된 이모는 곧 집안 곳곳을 둘러보기 시작했고 내가 어떤 남자와 벌거벗고 있는 모습을 찍은 폴라로이드 사진들을 찾아냈다. 그 사진은 조명을 시험하기 위해 테스트용으로 찍은 것들이었다. 이모는 한 주 전에 점쟁이를 찾아갔는데 그가 이렇게 말했다는 것이다. "당신은 누군가가 하고 있는 짓을 멈추게 해야 해요. 만약 내년까지 그들이 그 짓을 계속하게 된다면 어떤 미래도 보장받지 못해요." 이모는 우리 집에 와서 나를 만나기 전까지 그 점쟁이가 누구를 가리키는지 몰랐다고 했다.

떠나는 날 아침 부엌에 있던 이모는 내게 이렇게 말했다. "네가 무슨 일을 하는지 알고 있단다. 하지만 이제 그만둬야 해." 그리고 점쟁이에게 들은 이야기를 내게 들려주었다. 나는 머리를 가방으로 한대 얻어맞은 듯한 기분이었다. 그리고 속이 메스꺼워지기 시작했다. 내가 무슨 일을 하고 다녔는지 나조차도 믿을 수가 없었다. 이모는 계속 말했다. "넌 위험해. 그만둬야 해. 지금 그만둬야 한다고." 나는 "안 돼요. 대출금도 갚아야 한단 말이에요"라고 말했다. 그러자 이모가 말했다. "그런 건 상관없어. 넌 그 일을 그만둬야만 해. 이건 정말 심각한 문제다."

나는 서서히 일을 그만두기 시작했다. 일을 그만두기까지는 몇 주 정도 걸렸고 정신적으로도 엄청난 좌절을 경험했지만 결국 나는 모든 일을 그만두었다. 그 후 두 달 정도는 집 밖으로 한 발자국도 나갈 수가 없었다.

케이스와 나는 고향으로 돌아왔고 엄마에게 사정사정한 후에야 엄마와 함께 살게 되었다. 케이스는 동생과 같이 살기로 했다. 우리는 계속 만나고 있었고 얼마 후 조부모의 결혼기념일 파티가 성대하게 열렸다. 파티에서 나는 케이스에게 뭔가 기분 나쁜 말을 했다. 그는 미칠 듯 화를 내고는 그동안 내가 LA에서 한 일들을 친척들이 있는 데서 다 까발려버렸다. 삼촌은 그를 계단으로 집어던졌고 신고를 받은 경찰까지 오면서 파티는 완전히 아수라장이 되고 말았다. 그리고 엄마는 내게 최후통첩을 해왔다. "케이스니, 우리니?" 나는 잠시 케이스를 바라보았다. 그해 말 결국 나는 케이스와 헤어졌다. 그로부터 1년 후 케이스는 에이즈에 감염되었고 아홉 달도 안 돼서 죽고 말았다. 그래서 나도 에이즈 검사를 받았고 1년 정도 에이즈에 대한 두려움을 안고 살아야 했다. 그리고 끝이었다. 그것이 나의 첫 사랑이었다.

그 일 이후 나는 아빠에게 성적으로 학대받았던 어린 시절이 생각나기 시작했다. 아마 한 살부터 네 살까지였을 것이다. 흥미롭게도 케이스는 우리 관계가 끝나갈 무렵에 자기도 근친상간의 피해자라고 털어놓았다. 또 고등학교에 다닐 때 남창을 했다는 것도 알게 되었다.

나는 많은 것들을 극복해내야 했다. 정말 길고도 괴로운 여정이었다. 나는 모든 일이 다 자기 뜻대로만 되는 건 아니라고 말하고 싶다. 당신은 생각보다 훨씬 강하다. 최선이 아닌 차선으로 만족해서는 안 된다. 스스로를 혐오스럽다거나 나쁘다고 생각해서도 안 되고 세상 누구와도 어울리지 않는다는 생각을 해서도 안 된다. 케이스를 만났을 때 나는 좀더 자신감 있는 모습을 보였어야 했다. 당신을 사랑한다고 말하면서 당신을 괴롭히거나 학대하는 사람들을 참아주는 것은 정말 위험한 짓이다. 케이스와 헤어진 뒤 몇 년 동안, 나는 그를 만나지 않았다면 얼마나 좋았을까 하는 생각을 했다.

다시 그를 만난다면 내 과거와 내 실체 때문에 생긴 순환 고리를 끊을 수 있을지 모르겠다. 나는 늘 사람들에게 이렇게 말하곤 했다. "내가 케이스 옆에 있는 이유는 그가 좋은 남자이기 때문이에요. 그리고 절대 절 아프게 하지 않을 거예요." 정말 아이러니하지 않은가. 그는 날 절대 아프게 하지는 않았지만 내가 날 아프게 하는 것을 너무나 열심히 도왔다.

나는 십대들이 그 나이 때의 관계가 전부는 아니라는 것을 알았으면 좋겠다. 좋은 관계를 맺을 수 있는 시간은 얼마든지 있다. 첫 번째 관계는 자기 자신과 한번 맺어보는 것이 어떨까? 자신이 맺은 관계만으로 스스로를 규정짓는 것은 한계가 있다. 하지만 우리 모두가 그런 관계를 바라기 때문에 어쨌든 어려운 문제다. 나는 젊은이들이 무척 윤택하고 여러 가지 것들로 가득한 삶을 살았으면 좋겠다. 로맨스를 추구하고 누군가와 관계를 맺는 것은 디저트나 전채요리에 불과하다. 메인 요리는 좀 더 나이를 먹은 후에야 맛볼 수 있다.

Tip : 과거의 일은 현재에 방해만 될 뿐이다. 근친상간이나 섹스 때문에 입은 과거의 상처는 섹스를 어렵게 만든다. 성 관계는 사람에 따라 다르기 때문에 다른 사람을 만나면 이전과 다른 좋은 관계가 될 수 있다.

 ······ 인생에서 단 한 번 첫경험에 대한 41인의 고백

가족간에도 지켜야 할 선이 있다

16

　가족들은 대부분 뭔가 비밀이 있다. 돈을 얼마나 버는지, 어떤 정당을 지지하는지, 가족들의 건강 상태나 누군가의 나쁜 음주 습관에 대해 철저히 침묵하는 가족도 있다. 학대가 행해지는 가정에서는 '절대 말해서는 안 됨' 이란 규칙이 암묵리에 지켜지기도 한다.

　하지만 입을 다물고 있으면 그런 학대 행위가 계속될 수밖에 없다. 어릴 때는 너무 무서워서 아무 말도 못할 수도 있고, 아무한테도 말하지 말라고 협박을 당하는 경우도 많다. 속으로는 바른 일이 아니라는 생각이 들면서도 학대를 가하는 사람이 당신을 돌보는 위치에 있거나 당신이 그 사람에게 의존해서 살고 있는 경우라면 왠지 그의 말에 복종해야 할 것 같은 의무감도 느껴진다.

　신체적 학대(매를 맞거나 폭행을 당하는 경우)든 정서적 학대(무시당하거나 말로써 마음에 상처를 받는 경우)든 상관없이, 학대를 일삼는 가정에서 자라게 되면 자신에 대한 자아 존중감을 일찌감치 상실하게 된다. 학대받는 사람들은 대개 다음 몇 가지 반응들을 보인다. 학대 행위를 당연하게 받아들이는 경우(대를 이어 학대 행위가 행해지는 경우)도 있고, 반항하는 뜻으로 나쁜 짓을 일삼거나 학교 공부를 등한시하거나 술이나 마약 등에 빠지는 경우도 있다. 가끔은 자기도 모르게 기억을 묻어버리고 그런 일을 당했다는 것을 영원히 잊고 살기도 한다.

　십대 시절은 이렇게 잘못된 길로 빠질 가능성이 무척 큰 시기다. 자기에게 해로운 관계를 맺거나 자신을 무시하고 함부로 대하는 관계에 빠져들 수도 있다. 늘 피해 의식을 갖고 살면서 왜 하필 자기가 그런 대접을 받아야 하는지 불만스럽게 생각하기도 한다. 흡연이나 마약에 빠져드는 청소년들도 있고 어린 나이에 닥치는 대로 무분별한 성 관계를 맺는 경우도 많다. 때로는 그런 기억들을 모두 모아 자신도 못 찾을 만큼 깊숙이 감춰버리는 사람도 있다. 학대받은 경험이 있는 사람들은 누군가가 그들과 가까워지기 위해 다가오면 학대당한 기억을 떠올리고 괴로워한다. 또한 그들과 가까워지는 것을 두려워하거나 심하게 화를 내기도 한다. 반응이 어떤 식으로 나타나든, 어린 시절에 학대를 받은 사람은 다른 사람을 쉽게 믿지도 못하고 안전한 기분도 잘 느끼지 못한다. 만약 지금 누군가와의 관계를 향해 다가가는 중이라면 당신은 아마 무척 힘든 길을 걸어야 할지도 모른다.

에밀리(33세/ 가족 치료사/ 캘리포니아 주 란초 산타페)

내가 네 살 때, 아빠는 오빠와 나에게 자위행위를 배우게 해야겠다고 결정했다. 그리고 우리를 방으로 데리고 들어가 직접 자위하는 모습을 보여주었다. 아빠는 언제나 성에 대해 지나치게 노골적이었고 개방적이었다. 아마도 아빠는 게이였다가 여자와 결혼하게 되면서 자신의 욕망을 지나치게 억누르며 살아왔기 때문일지도 몰랐다.

하지만 늘 섹스만 생각하며 살았다. 집 안 여기저기에 포르노테이프가 굴러다녔고 심지어 게이가 나오는 포르노도 있었다. 이웃집 아이들이 놀러 오면 우리는 차마 눈뜨고 보기 힘든 하드코어 포르노까지 함께 보곤 했다. 어떤 포르노에는 밥과 테드라는 인물이 등장했는데 그 둘은 커다란 과일 바구니가 놓여 있는 식탁 위에서 오랫동안 노골적인 행위를 하다가 드디어 한 남자가 식탁 위에 다른 남자를 눕혀놓고 관계를 갖는 장면이 나오기도 했다. 나는 그런 식으로 섹스를 알게 되었다. 나는 내가 섹스로 둘러싸여 사는 것 같았고 그것이 너무나 싫었다. 너무 부끄럽고 자존심 상했으며 무섭기도 했다. 정말 무서웠다.

나는 아무것도 몰랐을 때를 기억할 수가 없다. 뭔가를 알아가는 시간도 가져본 일이 없다. 이미 다 알고 있었기 때문이다.

우리는 공동주거지로 옮겨갔다. 그곳은 내가 살던 곳과 분위기가 다른 곳이었다. 모두 서로에게 무척 친절했기 때문이다. 그러나 한편으로는 모든 사람들이 자기 주위의 모든 사람들과 섹스를 했다. 그래서 또다시 곳곳에서 섹스를 접하게 되었다. 나는 그냥 그러려니 했다. 내게는 오히려 그런 것이 정상적으로 보였다.

우리는 다시 작은 마을로 이사를 했는데 이웃에 사는 내 또래들 중 여자는 나뿐이었고 남자애들은 여덟 명이나 되었다. 그 마을은 사람들의 왕래가 잦지 않은 그런 동네였다. 그곳에는 내가 보며 자랐던 것을 말해줄 사람이 정말 한 사람도 없었다. 사람들을 보면 무슨 말을 해야 할지 몰랐다. 내가 무슨 말을 할 수 있었겠는가? "이곳은 좀 무서워요"라든가 "대체 무슨 일이에요?" 뭐 그런 말을 해야 했을까? 나는 내가 섹스를 몰랐던 때가 언제인지 기억나지 않는다.

당시 그 동네 아이들은 장난삼아 어른들의 섹스를 흉내내곤 했고 나는 처음으로 누군가를 좋아하게 되었다. 그의 이름은 라이언이었다. 열한 살 정도 되어 보였고 중학교에 다니고 있었다. 그때 나는 일곱 살이었다. 라이언의 아빠는 리드 아저씨였다. 그는 오랫동안 우리 엄마의 남자친구였는데 정말 좋은 분이었고 내게는 아빠 같은 존재였다. 라이언은 키가 컸고 검은 머리에 검은 눈과 커다란 코를 갖고 있었다. 나는 그 모든 것이 마음에 들었다. 그는 운동도 무척 잘했기 때문에 더욱 근사해

보였다. 모든 여자애들이 그를 좋아했다. 그는 너무 멋지고 근사했기 때문에 당연히 동네 아이들 중에서 리더 역할을 맡았다. 나는 그를 두 번째 만났을 때부터 완전히 빠져들었다. 그런 감정을 느껴본 것은 정말 그때가 처음이었다. 나는 항상 라이언만 생각했고 늘 그와 가까이 있고 싶었다.

나는 섹스 차원에서 그에게 관심을 느낀 것이 아니라 정말 그를 좋아했다. 그것은 사랑이었다. 나는 그도 날 사랑해주길 바랐고 어떻게 하면 그렇게 될 수 있을까 생각하며 하루를 보내곤 했다. 내가 생각해낸 유일한 방법은 그와 섹스를 하는 것뿐이었다. 내 주위의 모든 사람들이 그렇게 했기 때문이다. 그래서 나는 그와 섹스를 하기로 했다.

라이언과 나는 키스를 하거나 손을 잡거나 뭐 그런 것은 하지 않았다. 나는 바로 그의 성기를 입으로 빨아주었다. 그도 나와 섹스를 해보려고 했지만 내가 너무 어리다면서 혼자 사정해버렸다. 그걸로 끝이었다. 나는 마음이 텅 비어버린 것 같았고 기분도 몹시 우울했다. 나는 영화로도 보고 실제로 사람들이 하는 것도 보면서 자랐기 때문에 어떻게 해야 하는지 너무나 잘 알고 있었다. 라이언이 내게 관심을 가져준 것은 기분 좋은 일이었지만 친절하거나 감미로운 뭔가가 없어 한편으로는 기분 나쁘기도 했다. 인기 좋은 여자애들이 찾아오면 나는 완전히 무시한 채 그 애들과 함께 어울렸고 같이 손을 잡거나 키스를 하기도 했다.

우리는 가끔 어른들의 눈을 피해 밖에서 밤을 지새우곤 했다. 이런저런 이야기를 하다가 라이언은 이런 말도 했다. "나랑 그 짓을 하려면 다른 아이들하고도 다 해야 해." 그래서 나는 마치 인공호흡 연습용 인형이라도 된 것처럼 모든 남자 애들의 실험 대상이 되었지만 사실 아무하고도 하고 싶지 않았다.

어느 날 나는 라이언의 집에 놀러 갔다. 그때 나는 열두 살, 그는 열여섯 살이었다. 그날 우린 섹스를 했고 그는 사정을 했다. 라이언은 반밖에 삽입을 하지 않았고 나는 아무런 감흥도 느끼지 못한 채 아프기만 했다. 어쨌든 섹스는 섹스였다. 나는 또 하고 싶지는 않았기 때문에 다리를 꽉 오므리고 그가 삽입하지 못하게 해야겠다고 마음먹었다. 하지만 사정을 하고 난 그는 곧바로 일어나 앉더니 이렇게 말했다. "이제 이런 짓은 하지 않기로 결심했어." 나는 무척 마음이 상했고 창피스럽기도 했다. 특히 '섹스를 하자마자' 그가 그렇게 말했기 때문에 더욱 굴욕스러웠다. 나는 그에게 이용당한 기분이 들었다.

그 일 이후 나는 절대 섹스를 하지 않기로 결심했고 다시 내 또래의 모습을 찾기 위해 열심히 노력했다. 나는 집 안에만 틀어박혀 책만 읽었다. 그즈음 우리는 다시 밴쿠버로 이사를 했는데 나는 그 동네 남자 애들을 안 보게 되었다는 생각에 안도감마저 들었다.

1년쯤 지난 뒤 나는 기숙학교에 들어갔다. 하지만 2년 정도 다니다 퇴학을 당하고 말았다. 처음 1년 동안에는 남자친구들을 몇 명 사귀었고 좋아하는 남학생들도 있었지만 그다지 심각한 일은 일어나지 않았다. 그러다가 압수당한 샴페인을 찾으러 버터나이프를 들고 기숙사 사감의 차고에 들어갔다가 학교생활의 대미를 장식하게 되었다. 내 뒤를 몰래 따라온 사감은 날 붙잡고 샴페인을 바닥에 쏟게 하더니 이렇게 말했다. "아가씨, 이제 넌 끝이야." 그러고 나서 날 퇴학시켰다. 정말 끔찍한 경험이었다.

나는 다시 밴쿠버로 돌아갔다. 기숙학교에 들어가기 전까지 나는 아이들에게 인기도 없었고 책만 읽는 아이로 통했다. 그러나 다시 돌아가자 나는 어디선가 새롭게 나타난 멋진 소녀가 되어버렸다. 그때는 치아교정기도 뺀 상태였고 가슴도 커졌기 때문에 아무도 날 알아보지 못했다. 남자 애들은 곧바로 날 쫓아다니기 시작했다. 늘 사람들의 관심을 받고 싶어했던 나는 모든 것이 너무나 기뻤다. 동네에서 가장 인기 있던 여자애와도 금방 친구가 되었다. 그 애 이름은 올리비아였고 무척 예쁜 아이였다. 올리비아와 나는 곧 제일 친한 친구가 되었다. 남자애들은 나한테 잘 보이고 싶어 안달이었다. 선물을 사주거나 예쁘다고 말하면서 어떻게든 날 기쁘게 하려고 필사적으로 노력했다. 정말 놀라울 따름이었다. 나는 태어나서 처음으로 이렇게 생각하기 시작했다. '그래, 난 예뻐.' 하지만 그때도 수줍음은 무척 많이 탔다.

밴쿠버로 돌아간 해 여름, 나는 한 남자를 알게 되었고 그는 내 첫 번째 남자친구가 되었다. 그의 이름은 에이단이었고 대학생이었는데 여름방학을 맞아 집에 와 있었다. 에이단과 가장 친한 친구였던 버트는 올리비아와 열렬히 사랑하는 사이였다.

올리비아와 버트는 꽤 오래 사귀고 있었다. 어느 날 밤 두 사람은 함께 놀기로 하고 버트는 에이단을, 올리비아는 날 불러냈다. 정말 신나는 밤이었다. 우리는 다 같이 올리비아의 집으로 갔다. 그녀의 엄마는 완전히 정신병자 같은 사람이었고 집에도 거의 없었다. 그래서 올리비아의 집은 늘 비어 있었다. 우리는 신나게 떠들며 놀았다. 그러던 중 에이단이 슬며시 손을 뻗어 내 손을 잡았다. 나는 속으로 너무 좋았고 그때부터 우린 계속 손을 잡고 있었다. 사실 나는 무척 떨렸다. 우리는 입을 맞추었고 영원히 끝나지 않을 것 같은 긴 입맞춤을 나누며 황홀한 시간을 보냈

 …… **인생에서 단 한 번** 첫경험에 대한 41인의 고백

다. 그날 우리는 모두 올리비아의 집에서 밤을 보냈지만 에이단과 나는 서로 안고서 키스만 했을 뿐 다른 일은 없었다. 그는 내가 정말 아름답다고 말하면서 첫눈에 반했으며 사귀고 싶다고 했다. 나는 너무나 행복했고 그때까지도 몹시 가슴이 두근거렸다.

우리는 만난 지 1년이 되도록 섹스를 하지 못했다. 그는 거의 미칠 지경이었지만 나는 도저히 섹스를 할 수가 없었다. 여러 차례 시도했지만 그를 받아들일 수가 없었다. 그것 때문에 나는 심한 좌절감도 겪었다. 나는 내 몸에 뭔가 문제가 있다고 생각했고 불구가 아닌가 하는 생각도 했다. 한편으로는 좋은 점도 있었다. 그가 내게 열렬한 구애를 퍼붓게 되었기 때문이다. 에이단은 처음 만난 날 이후 계속 섹스를 하고 싶어했고 두 번째 만났을 때는 정말 하려고 했다. 그의 집에 있던 우리는 둘 다 옷을 벗고 섹스를 할 준비를 했다. 그러나 삽입은 할 수 없었다. 그는 무척 당황해했지만 어떻게 할 수가 없었다. 우리는 그 문제에 대해 아무 말도 하지 않았다. 나는 펠라티오를 해주거나 마스터베이션 같은 것을 해주었고 그도 만족하긴 했지만 그가 바라던 것은 아니었다.

다음 학기가 되자 그는 학교로 돌아갔다. 우리는 열심히 편지를 주고받았지만 나는 그가 다른 여자들을 만난다는 것을 알게 되었다. 그가 직접 말해주었다. 처음에는 그 사실을 받아들이기가 무척 힘들었지만 나는 아무 소리도 못했다. 내게는 그럴 권리가 없다고 생각했기 때문이다. 그래서 그가 하고 싶은 대로 하도록 내버려두었다.

그가 없는 동안 나도 다른 남자들을 만났다. 그때 나는 고등학교 2학년이었고 열여섯 살이었다. 아직도 날 좋아하는 남학생들은 많았고 나는 여전히 인기가 좋았다. 결국 레니라는 남학생과 매우 가까워졌고 나와 올리비아는 레니와 셋이서 관계를 가졌다. 그는 정말 굉장한 남자였다. 레니는 날 무척 좋아했고 나는 그 사실이 무척 만족스러웠다. 그와 나는 섹스를 즐기기는 했지만 그가 내 몸에 실제로 삽입한 일은 없었다. 나는 그냥 그와의 관계를 즐겼을 뿐이었다.

다음해 여름 다시 돌아온 에이단은 누군가로부터 내가 레니와 섹스를 하고 다닌다는 소문을 들었다. 레니와 어울려 다녔던 것은 사실이지만 나는 정말 '섹스'를 한 적은 없었다. 내가 사실이 아니라고 말해도 에이단은 믿으려 하지 않았다. 나는 그게 왜 그렇게 문제가 되는지 알 수 없었고 결국 우린 잠시 헤어져 있기로 했다.

에이단과 그렇게 되고 난 후 나는 첫경험을 하게 되었다. 처음으로 남자와 진짜 성교를 할 수 있을 것 같았고, 처음으로 정말 하고 싶었으며, 처음으로 유쾌한 기분을 느꼈다. 그리고 처음으로 나와 섹스를 한 그 사람은 그 후에도 나에게 정말 잘 해주었다. 나는 어느 날 갑자기 메이슨이라는 이름의 이 남자를 알게 되었다. 그는 나보다 상당히 나이가 많은 사람이었다. 스물아홉 정도는 되어 보였는데 그때 나는 열여섯 살이었다. 그는 밴쿠버에서 오토바이 정비 일을 하고 있었고 정말 근사해 보이는 남자였다. 여자들은 누구나 그와 사귀고 싶어했으며 어떤 여자들은 그를 거의 숭배할 정도였다. 어느 날부터인가 나는 그와 데이트를 하기 시작했다. 한번은 친구들과 다 같이 그의 집으로 몰려간 적이 있었는데 친구들이 다 돌아간 후에도 나는 밤늦게까지 그와 이야기를 나누었다. 그때 그는 놀랍게도 내게 이런 말을 했다. "난 네가 정말 좋아. 너와 섹스를 하고 싶어." 그 말에 나는 이런 생각이 들었다. "와, 진짜 솔직하다. 내속이 다 시원한걸." 나는 이렇게 말했다. "음, 좋아요. 나도 그러고 싶어

요. 당신이 우리 집으로 오는 게 어때요? 엄마는 시골에 가실 테니까 내
일 밤에 우리 집으로 오세요.” 그는 그러겠다고 대답했다.

다음날 나는 또 섹스를 못하게 될까봐 걱정스러웠다. ‘또 안 될 거야.’
계속 이런 생각만 들었다. 하지만 나는 그가 좋았기 때문에 한번 시험해
보고 싶었다. 그날 밤 그는 포도주 한 병을 들고 왔고 우리는 함께 술을
마셨다. 그리고 내 방으로 가서 둘 다 옷을 벗었다. 우리는 키스를 하고
서로의 몸을 어루만지며 잠시 뜸을 들였다. 그러다 갑자기 그가 날 들어
올리더니 자기 몸 위에 앉히는 것이었다. 그는 페니스가 좀 작은 편이었
는데 그 자세에서 갑자기 삽입을 해왔다. 너무나 충격적이긴 했지만 기
분만은 정말 황홀했다. 나는 너무나 놀랐다. 그리고 나에게 아무런 문제
도 없다는 것이 확인되자 말할 수 없는 승리감에 도취되었다. 내가 원하
던 사람과 실제로 섹스를 하고 있다니! 하기 전에 그는 정말 자상한 말투
로 이렇게 물었다. “정말 섹스를 해도 괜찮겠니?” 나는 그렇다고 대답했
고 그는 무척 조심스럽게 날 대해주었다.

지금 생각해도 그는 정말 좋은 남자였다. 그는 사려 깊은 남자였다. 따
뜻한 말도 할 줄 알았으며 무척 오랫동안 내 입술에 키스를 해주고 날 위
해 충분한 전희도 해주었다. 그날 밤 그는 우리 집에서 밤을 보냈다. 우
리는 꼭 안고 다정하게 이야기를 나누다 웃음을 터뜨리기도 했고 또다
시 섹스를 하기도 했다. 역시나 황홀했다. 섹스가 너무나 좋아서 우리는
계속 웃음을 머금고 있었다. 다음날 아침 우리는 함께 샤워를 한 후 손을
잡고 시내까지 걸어갔다. 그는 내게 입을 맞추고 이렇게 말했다. “음, 정
말, 정말 좋았어.” 그래서 나도 말했다. “네, 저도 그랬어요. 고마워요.”
그리고 그걸로 끝이었다. 우리는 다시는 섹스를 하지 않았다. 하지만 나

는 지금까지도 그를 좋게 생각하고 있다. 그는 나의 첫 남자였기 때문이다. 사실 나는 그를 사랑하지 않았다. 하지만 정말 좋은 경험이었다. 그는 나중에도 나에게 무척 잘해 주었다. 가끔 날 만나러 오기도 했고 날 보면 멀리서부터 달려와 껴안고 키스를 해주기도 했다.

그 일이 있고 나서 나는 만나는 남자마다 섹스를 하기 시작했다. 새로운 장난감이 생긴 것이다. 나는 닥치는 대로 섹스를 했고 매우 적극적으로 행동했다. 남자들은 예쁜 외모 때문에 날 좋아했고 나는 섹스로 재미를 느꼈기 때문에 될 수 있는 한 많은 경험을 해보기로 결심했다. 괜찮은 남자가 눈에 띄면 나는 그에게 다가가 이렇게 말했다. "나랑 우리 집에 갈래요?" 싫다는 남자들은 하나도 없었다. 하지만 그러고 다니는 동안 몇몇 친구들과의 우정에 금이 가기도 했다.

나는 완전히 독재자처럼 굴었다. 아무도 내 몸에 손을 댈 수 없었고 아무도 날 아프게 하지 못하게 했다. 모든 것을 내가 명령하고 지휘했기 때문이었다. 그러다 누군가를 좋아하게 되면 나는 재빨리 그를 차버렸다. 또 누군가 날 좋아하는 것 같으면 그보다 더 빨리 그를 차버렸다. 남자들은 내 미모 때문이 아니라 내게서 느껴지는 카리스마와 독특함 때문에 "야, 나 그 여자하고 한번 했다." 이런 식으로 말하지 않고 "와, 정말 믿기지 않아. 나 그 여자하고 진짜 섹스했어." 이렇게 말했다. 나는 그런 것도 다 만족스러웠다. 십대 때 나는 밴쿠버의 전설이 되었다. 내게는 가장 의미 있는 일이었다.

나는 스물네 살이 될 때까지 정말 아무하고나 관계를 가졌다. 얼마 후에는 몇 명이랑 했는지 세는 것조차 잊어버렸다. 나는 남자, 여자, 늙은 남자, 집주인 등 조금이라도 흥미가 느껴지면 아무하고나 잤다. 이렇게

 ······ 인생에서 단 한 번 첫경험에 대한 41인의 고백

아무나 만나긴 했지만 그중에는 정말 괜찮은 사람도 있어서 다시 한번 관계를 가진 적도 있었다. 때로는 소름이 끼칠 만큼 난폭하게 구는 사람들도 있었다. 그런 남자들은 정말 정말 무서웠다. 한번은 음악가라는 남자를 만났는데 역시 같이 자기로 약속을 했다. 그때 나는 친구 아파트를 대신 봐주고 있었기 때문에 그 남자에게 주소를 가르쳐준 후 그날 밤에 오라고 했다.

하지만 그날 나는 아빠와 크게 다투었고 그 일로 하루 종일 울었다. 그 남자는 검은 청바지에 표범가죽으로 만든 조끼를 걸치고 금빛 나는 곱슬머리를 날리며 모습을 드러냈다. 멋있긴 했지만 나는 울음을 멈출 수가 없었고 '지금은 섹스를 하고 싶지 않아. 오라고 하지 말걸 그랬나봐.' 하는 생각만 들었다. 하지만 그는 전혀 개의치 않는다는 듯 날 덮쳤다. 강간은 아니었지만 거의 강간이나 다름없었다. 나는 계속 울고 있었지만 그는 내 말을 조금도 들으려고 하지 않았다. 정말 나쁜 인간이었다. 일을 끝내고 그는 일어나서 욕실로 들어가 페니스를 씻고 나오더니 이렇게 말했다. "가봐야 해. 오늘은 두 탕 뛰기로 했거든." 그리고 곧장 나가버렸다.

나는 무분별한 섹스 놀음을 계속하고 다녔고 스물네 살이 되어서야 멈출 수 있었다. 내 인생의 가장 큰 성공은 드디어 진심으로 날 사랑해주는 사람을 만난 것이었다. 우리는 서로에게 흠뻑 빠져들었다. 나는 지금까지도 그 남자를 열렬히 사랑하고 있으며 늘 함께 지내고 있다. 우리는 결코 헤어지지 않을 것이다. 나는 정말 그렇게 될 거라고 굳게 믿고 있다. 믿어지지 않겠지만 나는 정말 멋진 결말을 맞이한 것 같다.

나는 내 과거에 대해 아쉽게 생각하는 것들이 무척 많다. 일단 누군가의 보호를 받으며 자랐다면 얼마나 좋았을까 싶다. 늘 곁에 어른이 있어서 내가 벌이고 다니는 일들을 지적해주면서 "여덟 명이나 되는 남자들하고 같이 밤을 보내면 안 된다. 다 남자고 너 혼자인데다가 넌 겨우 열두 살밖에 안 됐잖아. 그럼 못써." 이렇게 말해주었다면 얼마나 좋았을까. 공동주거지에 살면서 그곳 아이들은 성을 자유롭게 탐닉하고 섹스에 대한 선택의 자유가 있다고 생각했는데 그건 나의 잘못된 생각이었다. 사실은 전혀 그런 것이 아니었다. 누군가가 "아니야, 그런 짓을 하면 안 돼"라고 말해주었다면 정말 좋았겠지만 그렇게 얘기해준 사람은 아무도 없었다. 나는 늘 행동의 제한을 받고 싶었다. 내게 필요한 건 제약과 애정이었다.

나는 젊은이들이 생각을 행동으로 옮기기 전에 충분히 생각할 시간을 가졌으면 좋겠다. 이미 많이 들어본 말일 것이다. 섹스는 사람들이 생각하는 것보다 더 큰 문제라고 생각한다. 사실 문화가 그런 분위기를 조장하기도 하지만 말이다. 나는 청소년들이 섹스가 정말 중요한 것이라는 것을 충분히 이해했으면 좋겠다. 그래서 함부로 다뤄도 되는 것이 아니라 정말 심각한 것이라고 받아들였으면 좋겠다. 그리고 정말 의미 있는 섹스를 하길 바란다.

Tip : 부모는 늘 그 자리에서 자녀를 보살펴주고 적당한 경계를 그어줘야 한다. 부모의 한 마디가 아이를 무모하고 난잡한 성행위에 빠져들게 하는 것을 막을 수 있다. 또한 스스로도 해야 할 것과 하지 말아야 할 것의 경계를 구분하는 것이 필요하다.

사랑은 늘 어렵다

$$\heartsuit$$

십대들은 첫경험이 그리 즐겁지 않다는 것을 깨닫고 충격을 받는다. 십대들은 섹스를 중요한 통과의례라고 생각한다. 그들은 자기 자신이 갖고 있는 두려움이나 부모님의 엄격한 단속 또는 준비가 안 되었거나 기회가 없다는 생각 때문에 계속 기다리고 또 기다린다. 그렇게 해가 거듭할수록 섹스를 더욱 중요하고 심각하게 여기게 된다. 그러나 막상 섹스할 기회가 생기면 거창한 이벤트가 될 거라는 엄청난 기대와는 달리 그 결과가 기대에 못 미치는 일이 많다. 정말 실망스러운 순간이다.

남학생들은 아주 잘 해야 한다는 생각 때문에 부담감에 시달리고, 발기가 안 될까봐 걱정하기도 하며 삽입하자마자 사정하거나 시작하기도 전에 사정할까봐 불안해한다. 실제로 그렇게 되면 너무나 당황되고 창피해서 무슨 말을 해야 할지 머릿속이 캄캄해진다.

여학생들도 충격을 받기는 마찬가지다. 드디어 처음으로 경계를 넘어서게 되었는데 쾌락을 느끼기는커녕 아프다는 생각밖에 들지 않기 때문이다. 인터뷰를 한 여성들 중에는 몇 번이나 해야 통증이 느껴지지 않는지 그 횟수를 세어봤다는 이들도 많았다. 그중에는 심지어 거의 일주일이나 걸렸다는 여성들도 있다. 남자든 여자든 성 관계를 통해 진정한 만족을 느끼려면 적어도 첫 섹스 후 1, 2년은 지나야 하며 그 이상 걸리는 사람들도 있다.

많은 사람들이 첫경험의 선택을 잘못하는 경우가 많다. 그냥 얼른 해치워버리자는 생각이나 섹스를 하고 싶은 욕구 때문에 이성적인 판단이 흐려지기 때문이다. 그들은 무작정 돌진해 들어가 마침내 '섹스'를 하고 난 뒤에야, 자기가 잘 알지도 못하고 좋아하지도 않으며 딱히 할 말도 없는 사람 옆에 누워 있다는 사실을 깨닫게 된다. 그럴 때 느껴지는 것은 공허함뿐이다.

때로는 모든 것을 당신이 다 알아서 해주길 바라거나 노련하게 잘해주는 사람과 관계를 갖게 될 수도 있다. 그럴 때는 실제 실력보다 잘하는 척할 것인지 아니면 이번이 처음이라고 솔직하게 말할 것인지 결정을 내려야 한다. 혹은 자기 혼자만 너무 흥분해서 당신이 옆에 있는 것조차 잊어버린 듯하거나 당신의 기분은 전혀 살피지 않는 사람을 만날 수도 있다.

바로 그럴 때 당신은 누군가가 곁에 있어도 외롭다는 것을 느끼게 될 것이다. 특히 상대가 당신이 좋아하는 사람이라면 충격이 더욱 클 것이며 혼자 있을 때 느껴지는 외로움보다 더욱 가혹하다는 사실도 알게 될 것이다.

분명한 사실은 섹스도 다른 것들과 마찬가지로 배우는 데 어느 정도 시간이 걸린다는 점이다. 당신은 현재 중요한 학습의 곡선 위에 있다. 자신이 좋아하는 것은 무엇이고 상대방의 몸은 어떻게 탐험해야 하는지, 상대방을 기쁘게 하려면 어떻게 해야 하며 애무는 어떻게 하는지, 무엇보다 서로 대화는 어떻게 나눠야 하는지 등을 배우는 과정에 있다는 뜻이다.

사실 섹스는 그리 쉽지도 않고 때로는 불공평하기도 하다. 섹스를 위해 매우 오랜 시간을 기다려왔다면 그렇게 힘들었던 만큼 황홀한 경험이 되어야 옳다. 물론 그런 황홀경을 경험한 사람들도 있을 것이다. 하지

만 자기도 그런 경험을 하게 될 거라는 기대에 부풀었다가 실제로 섹스
를 하고 나면 기대했던 것과 너무 달라 실망하는 사람들도 많다.

사랑은 다른 것들과 마찬가지로 배우는 데 시간이 걸린다

말레나(25세/ 가수 겸 작곡가/ 사우스캐롤라이나 주 스파턴버그)

고등학교 3학년이 끝나갈 무렵 나는 일상에서 탈출하기 위한 마음의 준비를 했다. 어딘가 다른 곳으로 벗어날 준비도 되었고 섹스를 할 때도 되었다고 생각했다.

어느 날 밤, 나는 집에서 멀리 떨어진 곳으로 갔다. 로완이라는 남자애와 함께였는데 그는 이웃에 사는 내 친구였다. 로완은 표정이 좀 얼빠진 듯하고 얼굴도 그리 잘생기지 않았지만 꽤 영리하고 재미있었다. 그는 심지어 내가 친구 집에 갈 때조차 따라왔기 때문에 거의 늘 내 옆에 붙어 다니다시피 했다. 어느 날인가 그에게 데이트 신청을 받은 후에 나는 그가 몰고 다니는 스테이션왜건을 떠올리며 나도 이제 섹스를 할 때가 되었다고 결심했다. 사랑하기 때문이라거나 그가 편해서 그런 것은 아니었다. 그냥 '해치워버리자'는 마음뿐이었다. 아직 섹스 경험이 없어 열정적인 에너지가 마구 샘솟는 사람처럼 드디어 나도 섹스를 해보기로 결심한 것이다. 그러나 그의 차 뒷좌석은 겨울이라 무척 추웠고 뜻대로 잘되지도 않았다. 전희나 키스 따위도 생략되었고 열정도 없었다. 그것은 그냥 하나의 '행위'였고 무의미한 짓이었다. 그는 발기되었지만 나는 조금도 젖지 않아서 너무 힘들었다. 삽입이 잘되지 않아 계속 애쓰기는 했지만 내 마음은 이미 닫혀버린 상태였다. 그리고 이런 생각이 들기 시작했다. '여기서 내가 뭘 하고 있는 거지?' 행위 도중에는 몸을 움직일 수조차 없었다. 마침내 그가 삽입을 했지만 사정하기도 전에 금방 끝나버렸다. 아팠지만 피를 흘리지는 않았다. "웩!" 하는 소리가 절로 나왔다. 그날 밤 친구 집에서 자면서 나는 이런 생각을 했다. '지금까지 내가 한 일 중에 최악이었어.'

그날 밤 친구한테 털어놓은 뒤로는 두 번 다시 그 이야기를 꺼내지 않았다. 그때까지 내가 내렸던 결정 중 정말 최악이었다. 혹시 빌리나 맥하고 했다면 어땠을까, 아니면 내가 좋아하고 데이트도 했던 남자와 했다면 어땠을까 하는 생각도 들었다. 그들 역시 충분히 나와 섹스를 할 수 있는 관계였기 때문이다. 다음에 친구 집에 있을 때 여느 때처럼 로완이 왔지만 나는 그를 무시했다. 마치 아무 일도 없었다는 듯 행동했다. 그는 또 한 번 시도하려고 애썼지만 나는 완전히 모른 척해버렸다.

첫경험을 하기 전에 뭔가를 좀 알고 있었다면 훨씬 좋았을 것이다. 충분한 정보를 얻지 못했던 것이 가장 큰 문제였다. 그리고 관계라는 맥락을 형성하지 못한 채 무작정 섹스를 하겠다고 결정한 것도 잘못이었다. 그 모든 것이 정말 후회스러웠다.

나는 청소년들이 자기 앞에 놓인 상황을 분별할 수 있었으면 좋겠다. '이게 정말 가장 좋은 기회인가?' 하고 생각해보는 것이다. 나는 내 첫경험이 이러저러했으면 좋겠다는 생각을 한 번도 해본 적이 없었다. 어떨 것이라고 미리 알려준 사람도 없었다. 아직 경험이 없는 사람이라면 경험을 갖기 전에 먼저 이렇게 생각하는 것이 좋을 것 같다. '나는 내가 정말 좋아하는 사람하고 첫 관계를 가질 거야. 그것도 안전한 장소에서. 차 뒷좌석 같은 데서는 절대 안 할 거야.' 그런 생각을 간직하고 있으면 실제 상황에 직면했을 때 이렇게 판단할 수 있다. '뭐야, 이건 내가 바랐던 게 아니잖아. 좀더 기다려야겠다.' 나는 내 첫경험에 대해 아무 바람도 갖지 않은 채 관계를 가졌다.

나중에 사랑하는 사람과 관계를 가졌을 때는 첫경험 때와는 확연히 다른 기분을 느꼈다. 진정한 여자가 된 듯한 느낌이었고 섹스를 결정할 능력을 갖추게 된 것 같았다. 내 기억에서 지워버리고 싶을 만큼 불쾌하고 엉망이었던 첫경험과는 너무나 대조적이었다. 만일 젊은이들이 마음속에 자기가 바라는 모습을 미리 그려놓는다면, 그 그림은 그들이 진정으로 원하는 것을 얻을 수 있도록 이끌어줄 안내자가 될 것이다.

Tip : 섹스로 쾌락이 느껴질 때까지는 약간의 고통이 따른다. 첫경험이 너무나 불쾌하고 아프고 만족스럽지 않은 것 때문에 실망하는 사람들이 많다. 섹스에 대한 이야기도 나눌 수 있고 정보도 얻을 수 있는 안전한 기관 같은 곳을 통해서, 혹은 여러 사람과 의견을 나눌 수 있는 토론 같은 것을 통해 충분한 지식과 정보를 얻는 것이 필요하다.

디에나(29세/ 재봉사/ 펜실베이니아 주 존스타운)

남자들은 정말 가슴이 큰 여자들만 좋아하는 줄 알았다. 우리 언니는 가슴이 엄청나게 커서 늘 남자들한테 인기가 좋았기 때문이다. 그런 언니에 반해 나는 항상 이런 놀림을 받곤 했다. "넌 어떻게 된 거니? 네 언니는 저렇게 왕가슴인데 너는 완전히 절벽이잖아." 그래서 애들러가 내게 관심을 보이기 시작했을 때 나는 이런 생각이 들었다. '도대체 내 어디가 좋다는 거지?' 애들러는 영어 수업을 들을 때마다 늘 내 옆자리에 앉았다. 그는 내게 자꾸 말을 걸었고 끊임없이 관심을 표현했다. 하지만 나는 그런 애들러를 보며 이렇게 생각했다. '야, 디에나, 쟤가 널 좋아할 거라는 생각은 하지 마. 도대체 네 어디가 좋겠니, 안 그래?' 나는 몸매가 정말 환상적인 여자애들과 어울려 다녔는데 남자들은 그렇게 멋진 몸매의 여자들만 좋아하는 줄 알았다. 그래서 나는 늘 이렇게 생각했다. '걔가 왜 날 좋아하겠느냐고.'

나는 열세 살이던 8학년 때 애들러를 만났다. 그는 매우 근사한 아이였다. 우리는 같은 동네에 살았고 서로에 대해 잘 알고 있었다. 그는 혜성같이 나타난 존재로 원래 동부에 살다가 중학교 때 내가 살던 동네로 이사를 왔다. 여자애들은 모두 애들러와 사귀고 싶어서 안달이었다. 항상 그의 뒤만 쫓아다니는 애들도 있었다. 모두 인기 있는 애들이었고 그 애들에 비하면 나는 너무 보잘것없는 존재였다. 하지만 애들러에 대한 생각은 나도 다를 바 없었다. '세상에, 진짜 멋있다.' 그리고 애들러를 보면 나 역시 가슴이 두근거렸다.

그가 복도에서 처음으로 내 손을 잡았을 때 나는 깜짝 놀랐다. 척추를 따라 뭔가가 온몸을 훑고 지나가는 것처럼 짜릿짜릿했고 거의 오르가슴을 느낄 뻔했다. 첫 키스는 축구 경기장에서 했다. 같이 손을 잡고 걷고 있었는데 그가 어두컴컴한 곳으로 내 손을 잡아끌더니 내 입술에 입을 맞추었다. 나는 도저히 믿기지가 않았다. 늘 별 볼일 없다고 생각했던 내 삶에 햇살이 비치는 것을 느꼈고 그를 진심으로 사랑하게 되었다. 그리고 이제 정말 연인 사이가 되었다는 생각이 들었다.

애들러와 나는 서두르지 않고 천천히 한 걸음씩 나아갔다. 첫 키스를 하고부터는 같이 있을 때마다 스킨십을 했는데 나는 그 느낌이 너무나 좋았다. 우리는 학교에서도 항상 손을 잡고 다녔다. 처음에는 가벼운 스킨십만 했지만 점차 서로의 몸을 어루만지는 애무 단계로 발전했고 만난 지 1년 반이 될 무렵에는 정말 '그것'만 빼고 다 해봤다. 대개는 애들러 혼자 날 만지는 식이었다. 나는 그의 몸을 만지는 것이 두려웠다. 이미 발기라는 것에 대해서도 알고 있었고, 애들러도 나와 있을 때는 가끔 그렇게 된다는 사실도 알고 있었다. 하지만 나는 그 문제를 입에 올리거나 심각하게 생각하고 싶지도 않았으며 그의 몸에 손을 대고 싶지도 않았다. 아직 그런 일을 감당할 준비가 안 된 상태에서 그의 몸을 만지면 그를 실망하게만 만들 뿐이라고 생각했다.

2학년이 끝나가던 해 여름, 우리는 서로의 삶에 깊이 빠져들었다. 그는 내가 처녀라는 사실을 알고 있었다. 애들러는 준비가 되었다는 생각이 들면 자기에게 알려달라고 정중히 부탁했기 때문에 섹스에 대한 결정권은 내가 갖게 되었고 그렇게 부담스럽지도 않았다. 그와 나는 피임 방법에 대해서도 미리 의논한 뒤 피임약을 준비했다. 하지만 열다섯 살짜리가 피임약을 사면 사람들이 날 헤픈 여자 애로 볼 것 같아 무척 망설여졌다. 나는 그때까지 난잡한 여자 애들이나 그런 걸 쓰는 줄 알았다. 내 친구들 중에도 피임약을 먹는 애들이 있었는데 그 애들은 여러 남자와 닥치는 대로 관계를 맺었다. 피임은 정말 심각한 문제였다. 엄마는 만약 내가 임신을 해서 아기를 낳으면 그 아기를 입양시켜버릴 거라고 늘 말했다. 나는 그런 말을 들을 때마다 무척 겁이 났다. 그래서 절대 그런 일이 일어나지 않기를 바랐다. 엄마는 이렇게 말했다. "나는 네가 임신을 해서 네 인생을 망치도록 내버려두지 않을 거다." 우리 집은 독실한 기독교 집안이었기 때문에 낙태라는 것은 생각할 수도 없었다.

우리는 섹스를 향해 한 단계씩 나아갔다. 그와 함께 있을 때는 언제나 즐거웠다. 애들러는 무작정 내 몸을 만지거나 키스를 하는 것이 아니라 진심으로 날 염려하고 배려해주었다. 서로 사랑한다는 말을 하며 윗옷을 걸어 올리기는 했지만 아직 바지까지 벗는 단계는 아니었다. 그 당시 그는 차를 몰고 다녔고 우리는 늘 차 안에서 데이트를 즐겼다.

애들러와 내가 또 한 가지 즐겼던 것은 한적한 시골에서 벌이던 떠들

썩한 파티였다. 파티가 열리면 누군가 모닥불을 피웠고, 아는 애들이 다 몰려들어 시끄러운 음악을 들으며 맥주를 마시곤 했다. 나는 술 마시는 것을 아주 좋아했기 때문에 파티 때마다 늘 술을 마셨다. 하지만 취할 정도는 아니었고 그냥 괜히 낄낄거리거나 기분이 좋아질 만큼만 마셨다.

그때도 파티를 하고 있었는데 나는 맥주 한 병을 다 마시고 이렇게 말했다. "이제 준비됐어. 오늘 밤 사랑을 나누고 싶어." 밤하늘에는 별들이 아름답게 빛났고 나는 그에 대한 사랑이 더욱 뜨거워지는 것을 느꼈다. 우리는 다른 애들 몰래 슬쩍 빠져나가기로 했다. 그는 "와, 멋지겠는데"라고 말하며 차에서 담요를 가져왔다. 그는 그때까지 날 기다리며 모든 준비를 하고 있었던 것이다.

우리는 파티 장소에서 한참 떨어진 곳으로 걸어갔다. 드디어 그가 내 몸에 삽입을 시도했지만 정말 너무나 아팠다. 나는 눈에 눈물이 가득 고인 채 밤하늘을 올려다보며 이렇게 생각했다. '욱, 아니야, 이건 아니야. 지금은 못하겠어. 아, 모든 걸 다시 되돌리고 싶어.' 정말 너무 아팠다. 결국 그날 우리는 하지 못했다. 내가 아직도 처녀막이 있기 때문이었다. 그 역시 날 아프게 하고 싶어하지 않았기 때문에 우리는 그쯤에서 그만두고 말았다.

나는 놀라기도 했지만 한편으로는 실망스럽기도 했다. '뭐야, 진짜 해보고 싶었는데 너무 아프잖아.' 섹스를 즐기려면 고통을 참아내야 한다는 것을 알았지만 쉽지 않았다. 다들 웃고 떠들며 놀고 있을 파티에 눈물 자국이 남아 있는 얼굴로 돌아가고 싶지 않았다. 그러다 갑자기 그곳은 적당한 장소가 아니었다는 생각이 들었다. 그리고 섹스가 생각만큼 쉽지 않다는 것이 정말 실감났다.

프랜시스는 우리 일을 다 알고 있었다. 파티 때 섹스할 준비가 된 것 같다고 내가 살짝 말해주었기 때문이다. 다시 애들이 모여 있는 곳으로 가서 프랜시스를 발견한 나는 해보려고 했지만 잘 안 되었다고 털어놨다. 그녀는 이렇게 말해주었다. "있잖아, 나는 오늘 다른 데서 잘 테니까, 우리 집에 가서 한번 해봐." 그녀는 나보다 나이가 많았고 혼자 사는 아파트도 있었다. 그곳은 안전할 거란 생각이 들었기 때문에 나는 애들러와 함께 그곳으로 갔다.

우리는 정말 밤새도록 노력했다. 그가 조금씩 내 몸 안으로 들어오려고 하면 나는, "아, 그만, 그만!" 하고 소리쳤고 그럼 잠시 쉬었다가 다시 시도하면서 그렇게 밤을 새웠다. 마침내 그의 페니스가 내 처녀막을 뚫고 들어왔을 때는 해가 떠오르고 있었다. 너무 아프기만 할 뿐 다른 건 아무것도 없었다. 무척 아팠고 피도 흘렸다. 결국 나는 '됐어, 됐다고, 이걸로 충분해.' 하는 생각을 하며 울음을 터뜨리고 말았다. 우리 둘 다 오르가슴을 느끼지 못했다. 애들러는 그런 상황에서도 친절함을 잃지 않았다. 내게 실망했을지도 모르지만 내가 우울해하지 않도록 애써주었다.

다음날 나는 정말 기분이 이상했다. 별로 좋은 것도 없는데 왜 사람들은 그렇게 섹스에 열광하는 걸까? 조금도 재미있지 않은데 말이다. 얼마 뒤에야 나는 섹스로 진정한 즐거움을 느끼려면 어느 정도 고통을 참아야 한다는 사실을 깨달았다. 엄마도 섹스는 좋은 거라고 말했고 프랜시스도 "차차 좋아질 거야"라고 말했다. 나는 내 생각이 얼굴에 모두 난 듯이 느껴졌고 학교에 가면 내가 했던 짓을 모두 알아챌 것 같았다. 그래서 조금 쑥스러워하며 학교에 갔지만 내 일을 아는 사람은 당연히 아무도 없었다. 나는 내 몸에 뭔가 얼룩이 묻은 것 같아 찜찜하긴 했지만, 처음

 ······ 인생에서 단 한 번 첫경험에 대한 41인의 고백

치른 섹스를 통해 애들러가 진심으로 날 사랑한다는 것을 알게 되었다. 그는 어젯밤 일을 그냥 나와 한번 자봤거나 내 처녀성을 빼앗은 행위라고 생각하지 않았다. 우리 둘 다 그런 생각은 절대 하지 않았다. 비록 아직 어렸지만 우린 서로를 진심으로 사랑했다. 엄마나 다른 어른들은 "그 나이에 사랑이 뭔지 알기나 하니?"라고 말했지만 나는 정말 사랑이란 걸 알고 있었다.

그때부터 우리는 일주일에 두 번 정도 섹스를 했다. 애들러와 나는 서로의 몸을 무척 좋아했고 온몸을 구석구석 탐닉했으며 여러 가지 다른 방법들도 시도해봤다. 우리는 경험이 없었기 때문에 하는 도중에 계속 이렇게 물었다. "이렇게 하는 게 좋아, 아니면 이렇게 하는 게 좋아?" 그와 내가 가장 즐겨 찾는 장소도 한 군데 생겼다. 바로 엄마가 집 뒤쪽에 주차해놓은 대형 트레일러였다. 우리는 그 열쇠가 숨겨진 장소를 알았고, 수업이 끝나면 그곳으로 몰래 숨어들었다. 엄마나 언니가 들어오기 직전에 후다닥 옷을 챙겨 입는 그를 보면 놀랍기도 하고 우습기도 했다. 때로는 이렇게 시간을 맞추기도 했다. "버스가 멈추고 동생이 내려서 여기까지 오려면 15분 정도는 걸릴 거야." 우리는 그렇게 짧은 시간도 놓치지 않고 섹스를 했다.

나는 열여덟 살이 돼서야 처음으로 황홀한 오르가슴을 느꼈다. 오하이오의 친척집에 갈 일이 있었던 나는 애들러와 함께 그 집에 묵기로 했다. 그 집은 무척 컸고 1층에 있는 방은 우리 둘만 쓰게 되었다. 우리는 각자 잘 방이 있었지만 한밤중이 되자 몰래 만났다. 정말 조용하게 일을 치렀지만 나는 그날 밤 진짜 황홀한 기분을 느꼈다.

처음 관계를 가질 때 실제로 어떤 느낌인지 책 같은 것을 통해서라도 미리 읽어봤더라면 좋았을 것이다. 피를 흘릴 거라는 사실은 알고 있었지만 아플 거라는 생각은 전혀 못했다. 원래 처음 할 때는 조금 아플 수도 있다고 누가 귀띔만 해줬더라도 도움이 되었을 텐데 말이다. 섹스는 정말 황홀하고 아름다운 것이다. 나는 젊은이들이 섹스를 즐겼으면 좋겠고 그에 따른 책임이 있다는 점도 알았으면 좋겠다.

좋은 첫경험은 평생의 추억이 된다

♡

　여러 사람과 인터뷰를 하면서 끊임없이 들었던 말이 하나 있다. 모두가 자신들의 첫경험을 매우 심각하게 생각했다는 것이다. 즐겁게 받아들인 사람도 있고 심한 충격에 휩싸인 사람들도 있었지만 어쨌든 첫경험은 누구에게나 중요한 사건이었다. 20대에서 80대까지 첫경험을 잊고 있는 사람은 아무도 없었고 오히려 놀랄 만큼 정확하게 기억하고 있었다.

　인터뷰를 했던 사람들 중 두 번째로 사귀었던 애인의 이름을 기억하는 사람들은 별로 없었다. 하지만 처음 관계를 가졌던 사람은 그 이름, 날짜, 그날의 날씨까지도 자세히 알고 있었고 심지어 밖에서 부는 바람소리가 어떻게 들렸고 창문에 서리가 어떤 모양으로 맺혔는지 기억하는 사람도 있었다.

　첫경험이 너무 악몽 같아서 지워버리고 싶다는 사람들도 모든 걸 다 기억하고 있었다. 일을 벌였던 정확한 날짜와 장소는 물론 당시 자신이 어떤 생각을 했는지, 왜 그런 결정을 내렸는지, 그전까지는 어떤 기분이었는지, 의자 커버에 살이 닿을 때는 어떤 느낌이었는지, 일이 끝난 다음에는 어떤 생각이 스쳤는지 등 모든 걸 하나도 빠짐없이 기억하고 있었다. 정말 뚜렷하게 기억하고 있었고 첫경험에 대한 이야기를 시작하자마자 그 모든 것이 홍수처럼 쏟아져나왔다.

　어른들은 이렇게 말한다. 섹스는 중요한 문제이며 특히 십대 때는 더욱 조심해야 한다고 말이다. 하지만 사실은 그런 말도 별 소용이 없다. 십대 때는 대부분 순간만을 생각하며 살기 때문이다. 열다섯 살 때는 그런 말이 귀에 들어오지도 않는다. 당장 섹스를 하고 싶어 죽겠는데 지금 내린 결정이 서른 살 때의 내 모습에 어떤 영향을 미칠지 생각할 겨를이 있겠는가? 십대인 당신을 휘두르는 것은 주체하지 못할 욕구와 왕성한 호르몬 활동과 무모한 결단력이다. 실제로 섹스를 하게 나서야 당신은 자신의 행동을 돌아보고 이렇게 생각할 것이다. '최선의 결정은 아니었던 것 같다.' 모든 걸 멈추고 자신에게 한번 물어보자. "평생 이 일을 기억하며 살고 싶은가?" 첫경험은 그만큼 중요한 것이기 때문이다.

웬디(44세/ 댄스 강사/ 아칸소 주 리틀록)

나는 아주 어렸을 때부터 샤워기에서 쏟아지는 물줄기로 욕실에서 자위행위를 하곤 했다. 그래서 목욕할 때마다 오르가슴을 느꼈다. 엄마는 가끔 이렇게 말했다. "네 발이 아직도 더럽잖니, 한 시간도 넘게 욕조에 들어앉아 있었는데 말이야." 당연하다. 발을 물에 담근 적은 한 번도 없었으니까.

내 마음을 처음으로 빼앗은 사람은 매력적인 외모와 멋진 정신세계를 두루 갖춘 진짜 근사한 남자였다. 나는 고등학교 2학년이던 열여섯 살 때 학교에서 그를 처음 만났다. 그는 정말 입이 쩍 벌어질 만큼 미남이었고 긴 머리를 휘날리고 다니던 멋진 청년이었다. 학교에서 긴 머리를 하고 다니는 남학생은 그 애뿐이었다. 그가 날 데리러 우리 집 문 앞에 처음 나타난 날 그를 본 아빠는 기절할 만큼 놀랐다. 뭔가를 가지러 부엌으로 들어가자 아빠는 날보고 "세상에, 아이고, 웬디야"라는 말밖에 못했다. 그가 바로 내 첫 사랑 숀 왜들이었다.

　그의 눈동자는 푸른색이었고 부드럽게 곱슬거리던 머리카락은 정말 근사한 옅은 갈색이었다. 그는 또 멋진 재능도 갖고 있었다. 로큰롤 밴드의 가수였던 것이다. 늘 기타를 치며 노래를 불렀던 그는 나와 같은 학교에 다녔고 3학년이었다. 학교 안에는 경사진 2차선 도로가 나 있었는데 어느 날 내 옆을 스쳐 지나가던 그가 내게 미소를 보였다. 나는 그 모습에 그만 홀딱 반해버리고 말았다. 우리는 가끔 수업을 들으러 그 길을 지나곤 했는데 나는 그 시간을 기다리는 것조차도 너무 힘이 들었다. 하루 종일 그가 걸어 내려오고 내가 걸어 올라가다가 마주치는 순간만을 기다렸다. 그와 마주치면 나는 마치 온몸에 전기가 통한 것처럼 찌르르했다. 그때부터 내 인생은 활짝 꽃이 피기 시작했다. 정말 환상적인 나날들이었다.

　나는 매우 학구적인 학생이었고 학교 연감을 발행하는 일을 하고 있었다. 그는 로큰롤 밴드에 속해 있었기 때문에 나와는 완전히 다른 부류였다. 하지만 나는 그가 어떤 사람인지 알고 싶었고 그의 세계도 엿보고 싶었다. 그에 대한 것이라면 뭐든지 무척 흥미로울 것 같았다.

　나는 그가 몰고 다니던 트럭 옆을 지나다니곤 했다. 그리고 그가 트럭에서 내릴 때쯤이면 그 옆에 서 있기도 했다. 그 차는 낡고 빛바랜 녹색 패널 트럭이었다. 그는 밴드에 필요한 장비를 모두 싣고 다녀야 했기 때문에 그런 트럭을 갖고 다녔다. 뒷문은 양쪽으로 두 개였고 창문은 앞문에만 달려 있었다. 나는 왠지 그 트럭이 좋았고 늘 지켜봤기 때문에 날마다 그가 어디에 주차하는지도 알고 있었다. 나는 그 옆을 지나다니며 차를 만져보기도 하고 내가 지나갈 때 그가 차에서 내린다면 얼마나 좋을까 하는 생각도 했다. 만약 그렇게 만나게 된다면 다가가서 인사를 할 생각도 있었다.

나는 그가 밴드에서 노래하는 것을 보러 다니기 시작했다. 그는 가끔 파티에 초대되어 연주를 하기도 했는데 그럴 때면 나도 그 파티에 가서 그가 노래하는 모습을 지켜봤다.

첫 키스를 한 곳은 그의 차 안의 바로 앞좌석이었다. 나는 그와의 키스가 너무나 좋았고 무척 신비롭게 느껴졌다. 입만 맞춘 게 아닌 진짜 키스였고 나는 완전히 넋을 잃고 말았다.

한동안 우리는 키스 외에 다른 짓은 하지 않았다. 손도 학교 밖에서만 잡고 다녔다. 그는 정말 너무 멋진 남자였다. 터프하기도 했고 화끈해 보이기도 했고 때로는 모든 걸 초월한 사람 같기도 했다. 학교에서는 아무 짓도 하지 않았고 그냥 만나서 곧장 다른 곳으로 향했다.

어느 날 아침 일찍 잠이 깬 나는 차를 몰고 그의 집으로 가서 빈터에 차를 세워두었다. 그는 전원적인 분위기가 물씬 풍기는 데서 살고 있었다. 차를 세운 뒤 나는 살금살금 그의 방 창문으로 다가갔다. 전에도 그의 집에 가서 가족을 만난 적이 있기 때문에 그의 방이 어딘지는 알고 있었다. 나는 그의 방 창문 밑에 쪼그리고 앉아 그가 자는 모습을 상상하면서 그가 일어날 때까지 기다리고 있었다. 드디어 그가 잠에서 깬 듯한 기척이 났고 이어 누군가가 코를 푸는 소리가 들렸다. 그 아니면 그의 아빠인 것 같았다. 놀란 나는 얼른 도망가서 다시 차를 타고 집으로 돌아왔다. 그가 자는 모습을 상상하고 그의 곁에 있기를 바라면서 그의 방 창문 아래에 있어 보는 것이 내 소원이었다.

우리는 서로의 몸을 애무하는 단계로 발전했다. 역시 장소는 그의 차

안이었다. 그 트럭은 나와 그의 관계에서 많은 역할을 해준 고마운 존재였다. 어딘가에 트럭이 세워져 있으면 그가 그 근처에 있다는 뜻이었다. 트럭이 있었기 때문에 우리는 그 안에서 이야기도 하고 키스도 하고 서로 만지기도 하면서 정말 좋은 시간을 보낼 수 있었다. 그가 내 몸에 처음 손을 댔을 때 나는 무척 흥분되었다. 벌써 오래전부터 너무나 원하고 갈망하던 일이었기 때문이다. 나는 이미 준비가 된 상태였다. 아니, 준비가 되었다고 생각했다. 나는 모든 게 그저 좋기만 했다. 그때 나는 고등학교 2학년인 열여섯 살이었다.

우리는 키스를 하거나 서로의 몸을 만질 때면 아무 말도 하지 않았다. 둘 다 잠자코 하는 일에만 열중했다. 나는 그가 날 진심으로 좋아하고 존중해주는 것을 느꼈으며 그때까지 처녀였던 나를 우습게 생각하지도 않는다는 것을 알고 있었다. 나는 오히려 내가 처녀라는 것이 자랑스러웠다. 앞으로 영원히 내 곁에 있어 줄 사람은 그라고 생각했고 그를 위해 내 몸을 고이 아껴둔 것을 그가 알아주길 바랐다. 그가 원하기만 하면 나는 언제든 그의 곁에 있을 마음의 준비가 되어 있었다. 우리는 그로부터 두 달쯤 후 더욱 진한 애무를 하기 시작했고 그로부터 채 한 달이 되기 전에 섹스를 했다.

그날 우리는 둘 다 끝까지 가리란 것을 알고 있었다. 나는 블라우스를 벗고 브래지어를 푼 채 그의 옆에 있었다. 그는 손으로 내 그곳을 만져주었다. 옷을 완전히 다 벗은 것은 아니었지만 모든 것이 처음이었던 나는 무척 떨렸다. 무더운 여름의 어느 주말이었던 그날, 나는 어둑해질 때까지 그의 집에 있었다. 그와 나는 옷을 벗고 2층 침대의 아래 칸으로 들어갔다. 침대는 매우 좁았고 그의 가족들은 건너편 방에 있었기 때문에 나는 무엇보다도 조용히 일을 치르고 싶었다. 나는 무척 흥분되고 행복했지만 한편으로는 겁나기도 했다. 그와 나눈 섹스는 정말 짧고 격렬했지만 끝나고 나자 나는 약간 통증을 느꼈다. 우리는 이불도 들추지 않고 그 위에서 관계를 가졌다. 그가 삽입했을 때도 기분은 그런대로 괜찮은 편이었다. 하지만 그는 나의 그 부분을 입으로 만족시켜주지 않았고 그 때문인지 나는 오르가슴을 느끼지 못했다. 사실 그때는 남자가 그렇게 해준다는 것도 몰랐던 때였다. 그는 나도 즐거워야 한다고 하면서 다시 시도할 생각을 하는 것 같았다. 하지만 진짜 하지는 못했다. 그가 말했다. "금방 하고 바로는 못해." 즉 "지금 바로는 발기도 안 되고 다시 하지도 못해." 하는 말이었다. 하지만 나는 속으로 이렇게 생각했다. '아니야, 괜찮아. 또 안 해도 돼. 그것만으로도 충분해.'

나는 욕조에서 혼자 오르가슴을 느낄 수 있었기 때문에 솔직히 그가 느끼게 해줄 거라고 기대하지는 않았다. 또 내게 그런 기쁨을 느끼게 해주는 것이 그의 책임이라는 것도 몰랐다. 나는 서로 몸을 만지고 껴안고 키스하는 것만으로도 행복하다고 생각했고 그가 내 몸에 삽입할 수 있도록 해주는 것이 우리 관계의 종착지라고 생각했다. 정말 그랬다. 그 외에 또 다른 것이 있을 거라고는 생각하지 않았다. 중요한 것은 우리가 정말 연인이 되었으며 서로에게 소중한 존재가 되었다는 것이었다. 내게는 그것이 제일 중요했다.

나는 친구 해티에게 모든 걸 말해주었다. 나는 몹시 들떠서 이렇게 떠들어댔다. "정말로 했어. 내가 정말 했다고. 드디어 해냈어. 난 이제 진짜 여자가 됐어. 그는 진심으로 날 사랑해. 날 사랑하지 않았다면 그렇게 하지 않았을 거야." 그리고 정말 그렇게 믿었다.

누군가와 섹스에 대해 이야기할 만한 곳이 있다면 정말 좋았을 것이다. '그건 지극히 정상이야.' '이해할 수 있어.' '넌 이런 경험도 하게 될 거야.' '혹시 이런 걸 기대하는 것은 아니니?' '네가 알고 싶은 게 바로 이런 거지?' 라고 말해줄 사람 말이다. 그럼 나는 날 올바로 이끌어줄 어떤 가르침도 기꺼이 받아들였을 것이다.

Tip : 두 사람간의 대화에서 가장 주의해야 할 점은 수치스럽다거나 부끄럽게 생각하지 말고 자신의 솔직한 성적 느낌을 자연스럽게 얘기해야 한다는 것이다. 상대방에게 자신의 욕구, 비밀, 환상 등을 이야기하고 상대방의 얘기도 잘 들어줘야 한다. 결코 그 얘기나 대답에 대해 실망하거나 화를 내서는 안 되고 긍정적인 대화법으로 이끌어야 한다. 그 다음은 몸을 통한 대화가 자연스럽게 이뤄지는 것이 좋다.

카밀라(45세/ 이벤트 기획자/ 사우스캐롤라이나 주 컬럼비아)

열여섯 살 때 나는 내 친구가 속해 있던 레드호크라는 밴드를 따라서 조지아 주의 메이컨에 다니기 시작했다. 그곳에 가면 뉴 바빌론이라는 이름의 근사한 농장에서 묵었는데 그곳은 일종의 공동 주거지 같은 곳이었다. 메이컨 끝쪽의 협곡 아래에 있었던 그 농장은 크기가 400에이커나 되는 넓은 곳이었다.

그곳은 한마디로 천국이자 유토피아였다. 한밤중에 처음으로 그 낡은 농가에 도착해보니 등불이 켜져 있는 타원형 모양의 탁자 주위에 십여 명이 둘러앉아 카드 게임을 하고 있었다. 그곳에서 협곡 아래로 조금 더 내려가면 시냇물이 흐르는 동굴이 있었고 그 안에는 사우나 시설이 만들어져 있었다. 또 한쪽에는 길게 줄이 달린 커다란 그네가 있었는데 사우나를 하다가 나와서 그네를 타고 바로 강물에 뛰어들 수 있게 돼 있었다. 그 여행 중에 나는 리치를 만났다. 그는 그 농장에 살고 있던 사람들 중 한 명이었다.

처음 본 순간 우리는 그야말로 불꽃 같은 사랑에 휩싸이고 말았다. 주말을 그곳에서 보낸 후 나는 다시 밴드를 따라 돌아왔고 얼마 후 리치가 보낸 몇 통의 편지를 받았다. 정말 달콤한 내용의 편지들이었다. 사랑이라는 감정을 느껴본 것은 그때가 처음이었고 너무 설레서 가슴이 터져버릴 것 같았다. 나는 한 송이 꽃처럼 활짝 피어나기 시작했다. 모든 것이 긍정적으로 생각되었고 죽음도 두렵지 않았다. 모든 것이 정말 투명하고 아름다워 보였다.

나는 주말마다 리치를 만나러 갔다. 어느 토요일에 우리는 다 같이 밴을 타고 시내에 갔다. 사람들이 서점에서 책을 고르는 동안 리치와 나는 차 안에서 기다리고 있었다. 우리는 뒷좌석에 누워 있었는데 그날따라 그가 몹시 친근하게 느껴졌다. 나는 진심으로 사랑에 빠진 것 같았다. 정확히 뭐라고 표현할 수는 없었지만 지금까지 내가 경험했던 것들과는 완전히 차원이 달랐다. 리치 역시 그렇게 느끼고 있었는지 그 순간 우리는 무척 강렬한 감정에 휩싸였다.

학교를 졸업한 뒤에도 나는 주말마다 계속 메이컨에 갔다. 그리고 뉴 바빌론에서 리치와 더욱 많은 시간을 보냈고 그곳에 사는 다른 사람들과도 가까워졌다. 모두 재미있고 유쾌한 사람들이었다.

나는 부엌 위쪽에 매달려 있는 리치의 침대에서 그와 같이 자곤 했다. 그곳에 있는 모든 침대와 의자는 다 공중에 걸려 있었다. 침대에서 일어나려면 옆에 있는 막대를 붙들고 그네를 타듯 몇 번 흔들리고 나서야 내려설 수 있었다. 그때쯤 리치와 나는 껴안고 키스를 하고 가볍게 애무를 주고받는 사이가 되었다. 섹스는 하지 않았지만 그것만으로도 무척 즐겹고 만족스러웠다.

리치와 점점 더 많은 시간을 보내면서 나는 그와 연인 사이가 될 준비가 되었다고 느꼈다. 나는 그의 모든 것을 사랑했기 때문에 무척 행복했다. 그는 매우 조심스럽게 내게 다가왔고 내가 처녀라는 것을 알고 있었기 때문에 더욱 신중하고 자상한 태도로 날 대해주었다.

가장 기뻤던 일은 본격적인 섹스를 하기 전에 그가 내게 오럴 섹스를 해줘서 오르가슴을 느끼게 해준다는 것이다. 정말 난생처음 겪어본 기분이었다. 이해할지 모르겠지만 나는 그와 그렇게 야한 짓을 한다는 사실이 너무나 좋았다. 상상이 되는가? 부엌 위에 걸린 침대에서 이렇게 멋진 남자와 사랑을 나누다니…… 나는 숨이 넘어갈 듯 흥분되었고 정말 천상에서나 느낄 수 있는 쾌락을 맛본 것 같았다. 그가 너무 자상하고 따뜻하게 대해줘서 두려운 마음은 조금도 들지 않았다. 우리는 정말 아름다운 경험을 나누었다. 조금 아프긴 했다. 그리고 그때 나는 열일곱 살밖에 안 되었기 때문에 약간 불안하기도 했지만 내게는 분명 매우 큰 사건이었다.

그 후 나는 바로 스페인으로 떠났다. 나는 그곳에서 유리 공예를 배울 생각이었기 때문에 수습생으로 일할 만한 곳을 찾고 있었다. 리치는 오거스타로 이사를 했고 내가 돌아오면 다시 만나기로 했다. 나중에 돌아온 나는 오거스타로 가서 동생과 함께 살게 되었다. 돌아오자마자 리치에게 전화를 걸었더니 그는 무척 기뻐하면서 이렇게 말했다. "이곳에서도 농장을 갖게 됐어. 시내에서 멀지는 않은데 정말 아름다운 곳이야. 와서 나랑 같이 살자." 그래서 몇 번 가보게 되었고 당연히 그곳을 좋아하게 되었다. 장작만 땠기 때문에 조금 춥긴 했다.

그 후 우리는 계속해서 성 관계를 가졌고 그는 나에 대해 매우 진지하게 생각하는 것 같았다. 하지만 이제 열여덟 살이었던 나는 그를 그리 심각하게 생각하지 않았고 아직 준비도 안 된 상태였다. 그와의 섹스도 내가 감당하기에는 너무 벅찼다. 사실 나는 아직 완전한 어른이 아니었던 것이다. 나는 내가 무엇을 원하는지도 몰랐다. 나는 생각할 여유가 필요했고 좀더 천천히 진행되길 바랐다. 내가 무엇을 하고 있는지 알아야 했고 앞으로 어떻게 할지 분명히 생각할 시간이 필요했다. 그를 정말 사랑하기는 했지만 아직 받아들일 수 없는 부분도 있었다. 나는 너무 어렸다.

어느 날 나는 오거스타에 있는 그의 직장으로 갔다. 그는 여느 때와 다름없이 커다란 눈과 환한 미소로 날 반기며 이렇게 말했다. "알잖아, 자기. 지금은 못해." 그 말을 듣고 나는 너무나 큰 충격을 받았다. 그 자리를 떠난 후 난 길도 제대로 건널 수가 없었다. 거의 차에 치일 뻔했다. 지금까지 내가 그런 모습으로 비췄다는 사실 때문에 한동안은 충격에서 헤어날 수가 없었다. 내게는 보통 심각한 문제가 아니었다.

나는 젊은이들에게 자신을 진심으로 믿으라고 말하고 싶다. 나는 충분한 시간을 갖고 나에 대한 리치의 생각을 알아봐야 했다. 그가 좀더 참을성 있게 기다려주고 내가 좀더 용기 있게 행동했다면 좋았을 것 같다.

나는 요즘 젊은이들에게 바라는 게 참 많다. 일단은 두려워하지 말고 옳다고 생각하는 것을 계속 추구하라고 말하고 싶다. 가장 중요한 것은 자신이 믿을 만한 상황에 처해 있는지 올바로 판단하는 것인데 그것은 아마 자신의 직관으로 알 수 있을 것이다.

나는 젊은이들이 성급하게 섹스부터 하려고 하지 말고 먼저 자기 옆에 있는 사람을 제대로 볼 줄 알았으면 좋겠다. 좀 뻔뻔스럽게 보일지는 모르지만, 스스로 솔직하게 행동하고 자기 앞에 있는 사람이 누군지 정확히 볼 줄 알고 자신을 존중해야 한다.

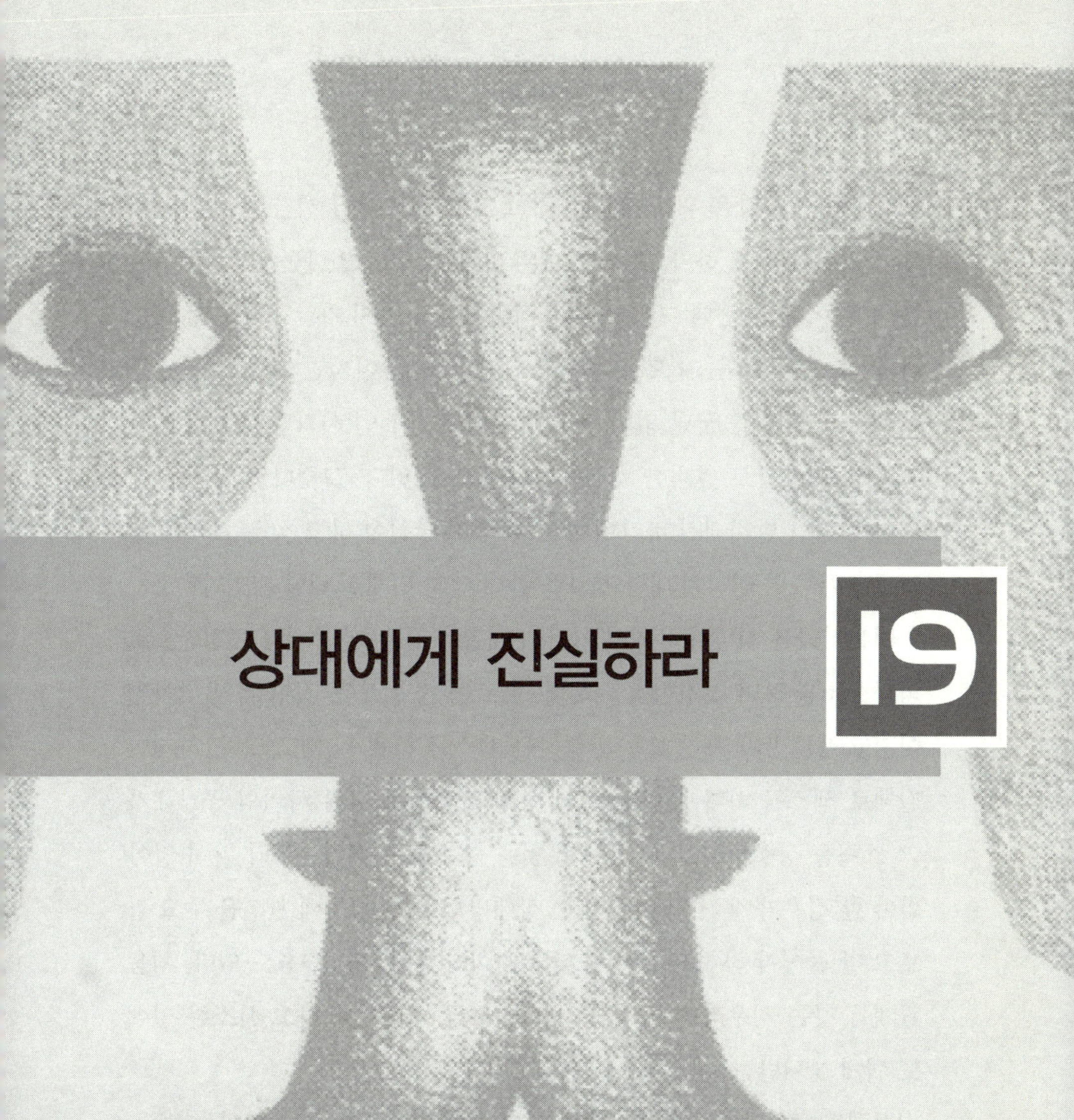

상대에게 진실하라

19

♡

　사랑하는 사람을 위해 요리를 하고 로맨틱한 저녁 시간을 보낼 준비를 하기로 했다고 하자. 요리를 해본 적이 한 번도 없다는 말은 깜빡 잊은 채 말이다. 그런데 그가 매운 음식을 좋아하는지 자극적이지 않은 순한 음식을 좋아하는지 모른다는 것이 생각난다. 어쩌면 그는 당신이 준비한 초밥 요리를 군말 없이 먹어줄 만큼 모험적인 사람일지도 모른다. 아니면 그야말로 완벽한 채식주의자일 수도 있다. 그렇다면 당신은 최고의 실력만 발휘되길 바라며 모른 척하고 당신이 하고 싶은 요리를 할 것인가 아니면 연인에 대한 정보를 좀더 얻기 위해 노력할 것인가?

　젊은이들은 희망과 용기와 약간의 배짱을 품은 채 몸짓과 표정만으로 의사소통을 하며 첫경험을 치른다. 때로는 정말 모든 것이 척척 맞아떨어지고 상대방과 자신 모두 만족하는 섹스를 하게 될 때도 있다. 하지만 실제로 섹스를 하다 보면 초기에 형성되었던 두 사람 사이의 공감대가 그 효력을 상실하고, 상대방이 무엇을 좋아하는지 처음부터 다시 알아봐야 할 경우가 생긴다. 이럴 때는 상대방의 말과 행동에 관심을 두고 잘 보고 잘 들어야 하며 가끔은 솔직하게 이야기를 나눌 필요도 있다. 처음 관계를 갖는 경우라면 이렇게 하기가 조금 어렵기도 하고 사소한 일에도 쉽게 상처받곤 한다.

　상대방에게 숨기고 싶은 것이 많으면 대화를 나누기가 훨씬 어렵다. 당신은 경험이 별로 없다는 것을 숨기고 싶을 수도 있고 상대방에게 어떻게 해주는 걸 좋아하는지 묻고 싶어도 부끄러워서 못할 수도 있다. 또 여자는 아플까봐 두려워한다는 것을 남자에게 알리고 싶지 않을 수도 있고 남자는 제대로 못할까봐 걱정하기도 한다. 하지만 말을 하지 않으면 당신이나 상대방 모두 어떻게 알겠는가?

새로운 사람과 처음으로 관계를 가질 때는 상대방이 어떤 것을 좋아하는지 모르는 게 당연하다. 십대 때는 상대방에 대해서도 잘 모르고 경험도 부족하며 약간 불안한 생각마저 들기 때문에 상황이 더욱 악화되는 경우가 많다. 누구나 새로운 것을 시도할 때는 어색하고 불안하기 마련이다. 뭔가를 제대로 아는 데는 어느 정도 시간이 필요하다. 그리고 그보다 더욱 중요한 것은 충분한 시간을 갖고 상대방이 좋아하는 것을 차근차근 알아가야 한다는 것이다. 상대방이 보수적인 편인지, 극도로 열정적인 사람인지, 그녀는 어디를 만져주면 좋아하는지, 그는 어떻게 해줘야 쉽게 흥분하는지, 그녀는 어떤 자세를 좋아하는지 등등 말이다.

사람들은 모두 각각이다. 따라서 섹스를 할 때는 완전히 상반된 두 가지 스타일이 있다는 것을 염두에 둬야 한다. 당신은 천천히, 오래 할 마음으로 친절하게 오럴 섹스까지 해줄 생각을 하고 있는데 앞에 있는 연인은 순서 같은 것은 신경 쓰지도 않고 그저 격렬하고 열정적인 성교를 원할 수도 있다. 또 당신은 갑자기 충동적으로 격렬한 흥분에 휩싸이는 편인데 당신의 연인은 흥분하는 데 좀 오래 걸리는 타입이며 충분한 전희를 해주어야 섹스할 마음이 드는 사람일 수도 있다.

연인을 만족시켜줄 생각이 없다면 자기의 성적 욕구만 해소하는 일방적인 섹스가 될 가능성이 크다. 또 두 사람 모두 만족하지 못하거나 두 사람이 함께 섹스의 즐거움을 공유하지 못하면 그것은 진정한 섹스라고 할 수 없다. 섹스에서 가장 중요한 점은 당신과 상대방 모두가 즐거워야 한다는 것이다.

　방법은 있다. 두 사람 모두 서로에게 관심을 두고 대화를 나눌 수 있어야 하며 서로를 즐겁게 해주기 위해 성심껏 노력해야 한다. 당신이 당신의 연인에 대해 기꺼이 배울 자세가 되어 있다면 시간은 좀 걸리더라도 최고의 만족을 얻을 수 있을 것이다.

최고의 연인이 되기 위해 배우고
노력해야 한다

로리(26세/ 로큰롤 밴드 가수/ 텍사스 주 존슨 시티)

블레인은 정말 매력적인 남자였다. 처음 봤을 때 그는 나에게 눈을 찡긋거렸고 나는 그런 그에게 완전히 빠져들었다. 나는 그때 느꼈던 기분을 아직도 기억한다. 그때는 그의 곁에만 있어도 무척 설레고 끓어오르는 흥분을 감출 수가 없었다. 그는 매우 신비로웠고 다른 남학생들과 많이 달랐다. 늘 검은색 옷에 매우 독특한 생각을 하며 가끔 이상한 행동도 보였다.

사귄 지 1년쯤 지나자 나는 블레인 앞에서 편하게 옷을 벗을 수 있었다. 우리는 10학년 때 만났는데 11학년이 되어서야 그가 날 애무하는 걸 허락했다. 하지만 속옷 위로만 만지게 했고 나는 그의 몸에 손대지 않았다. 팬티 위로 그의 성기를 살짝 한번 만져보긴 했지만 느낌이 너무 이상했다. 우리는 서로 몸을 대고 비비면서 오르가슴을 느끼곤 했다. 적어도 내게는 그 방법이 정말 효과적이었다. 그때도 속옷은 입고 있었다. 그 무럽에는 편안한 마음으로 그와 샤워를 할 수도 있었다. 사실 기분도 괜찮 았다.

블레인이 대학에 가게 되자 우리는 멀리 떨어져 지내야 했기 때문에 나는 무척 마음이 아팠다. 그와 나는 진심으로 사랑하고 있었고 서로를 몹시 그리워했다. 그래서 방학 때나 휴일에는 꼭 만나 내내 붙어 다녔다. 그때도 우리는 서로 몸을 비비며 만족을 느꼈다.

내가 열일곱 살이 되던 해, 블레인과 나는 드디어 섹스를 하기로 했다. 나는 고등학교 3학년이었고 그를 만난 지 3년째 되던 해였다. 나는 아플 까봐 무척 두려웠다. 그도 내가 처음이라는 것을 알고 있었고 그 역시 처 음이었다. 나는 아플까봐 두렵다며 기다려달라고 했고 얼마 후 준비되 었다는 것을 그에게 알렸다. 그때 우리 부모님은 잠시 집을 비웠기 때문 에 장소는 내 방으로 정했다. 우리는 정상적인 방법으로 하기로 했다. 즉 키스부터 하다가 서로 몸을 비비며 애무한 다음 마지막에 삽입을 하는 순서였다. 하지만 잘되지 않았다. 그 후 우리는 세 번이나 시도했다. 그 때마다 블레인은 몹시 흥분했지만 삽입만 하려고 하면 발기가 되지 않 아서 도저히 할 수가 없었다. 결국 실제로 섹스는 하지 못했다.

나는 그래도 괜찮았고 그냥 이렇게만 생각했다. "괜찮아, 뭐 어때. 이 번에 안 되면 다음에 하면 되지 뭐." 하지만 그는 몹시 실망하는 눈치였 고 매우 치욕스러워했다. 때로는 자기 혼자 대단히 화를 내기도 했다. 나 는 늘 그를 위로해주었고 별것도 아닌 걸 가지고 왜 그러냐며 그를 달래 주었다. 당시 우리 두 사람은 매우 바람직한 관계였지만 그 문제만은 극 복하지 못했다.

블레인 다음으로 나와 심각했던 사람은 마리오였다. 그와 나는 대학에서 처음 만났고 같은 환경 운동 단체에 속해 있었다. 그는 잘생기고 키도 컸으며 몸매도 무척 늘씬했다. 피부는 황금빛으로 밝게 빛났고 길게 늘어뜨린 머리도 금발이었다. 우리는 첫눈에 서로에게 호감을 느꼈다. 그와 나는 자전거를 타고 시골길을 달리기도 했고 해변으로 피크닉을 가기도 하면서 거의 같이 살다시피 했다. 나는 정말 무서운 속도로 그에게 빠져들었다. 우리는 곧바로 가까운 사이가 되어 키스를 했고 서로의 몸을 애무하는 단계로 발전했다. 그리고 사귄 지 3주 만에 섹스를 했다.

나는 미리 마음의 준비를 한 다음 내가 세 들어 살고 있던 집으로 그를 초대했다. 나는 진심으로 그를 사랑했기 때문에 그와 섹스를 한다는 것이 무척 행복했다. 사실 그와 섹스를 하기로 결심한 데는 어느 정도 전략적인 이유도 있었다. 섹스 자체에 너무 큰 비중을 두는 사회 분위기를 느끼며 그때 나는 이런 생각을 했다. '오럴 섹스 같은 애정 행위도 많이 하면서 왜 사람들은 다른 것들보다 성교 자체에 그렇게 큰 의미를 두는 걸까?' 그래서 나는 사람들이 생각하는 것보다 섹스를 좀더 가볍고 덜 부담스러운 행위로 만들고 싶었다.

평소대로 우리는 전희의 시간부터 가졌다. 서로 달아오르기 시작하면서부터는 아주 천천히 몸을 움직였다. 우리는 조금씩 차근차근 진행시켰고 어떻게 보면 체계적이기도 했다. "좋아, 이제 이곳을 해줘. 이렇게 한번 해보자. 좋아. 잠깐, 잠깐만. 숨 좀 쉬고. 잠깐만 그대로 있어줘. 숨 좀 돌리자. 좋았어. 아야, 아파. 좋아, 좀더 천천히. 좋아, 아주 좋아, 잠깐 멈춰." 이런 식이었다. 정말 오랜 시간이 걸렸다. 속도는 내가 조절했고 그도 내 뜻에 잘 따라주었다. 그의 페니스가 삽입해 들어왔을 때는 정말 아팠다. 나는 아주 천천히 몸을 움직였고 마리오는 이렇게 말했다. "봐, 너도 내 것이 들어가니까 좋아하잖아." 우리는 그렇게 계속 몸을 움직였고 나는 점점 절정에 이르기 시작했다. 잠시 후 나는 이렇게 말했다. "좋아, 섹스도 발전할 가능성이 있는 것 같아." 그러고 나서는 정확히 이렇게 말했다. "좋아, 이제 그만하자. 오늘은 이걸로도 충분해." 그도 만족하는 눈치였다. 둘 다 오르가슴을 느끼지는 않았지만 어쨌든 만족스런 경험이었다.

그 무렵 나는 궁금한 것들이 무척 많았다. '처녀라는 게 뭘까? 레즈비언들은 직접 성교를 하지 않기 때문에 평생 처녀로 남게 되는 걸까?' 등 이미 정의가 내려진 모든 것들이 새롭게 궁금해지기 시작했다. 한번은 내 몸에 삽입한 후 몸을 앞뒤로 움직여 드디어 사정을 한 마리오를 보고 이렇게 물었다. "저기, 내가 아직도 처녀일까?"

나는 마리오를 계속 만났고 섹스도 계속했다. 그와의 섹스는 즐거웠지만 사실 내가 진짜 좋아하는 것은 따로 있었다. 나는 오럴 섹스를 가장 좋아했다. 사실 마리오와 나는 섹스를 그렇게 자주 하지는 않았다. 우리는 2년 정도 만나면서 같이 살았고 일고여덟 번 가운데 한번은 오럴 섹스를 즐겼다. 그도 오럴 섹스를 좋아했고 반드시 삽입해야 한다는 주의는 아니었다. 그 역시 다른 방법들에서 재미를 찾을 줄 알았다.

하지만 우리는 결국 헤어졌다. 내게 다른 사람이 생겼기 때문이다. 그 무렵 나는 내가 일하는 구두 가게의 사장이었던 칼에게 끌리고 있었는데 그는 나보다 나이가 꽤 많았다. 그가 좋긴 했지만 나이 차이가 너무 많이 났기 때문에 고백하기까지 한참을 망설였다. 나는 스물두 살이었고 그는 서른다섯 살이었다. 하지만 칼은 마리오와는 다른 방법으로 날 사랑해주었다. 마리오도 근사한 남자였고 날 사랑해주긴 했지만 늘 자기처럼 정치에 관심을 두라고 강요했다. 칼과 있으면 내 모습을 있는 그대로 보여주어도 마음이 편안했고 정말 사랑받는 기분을 느낄 수 있었다.

하지만 얼마 후 나는 진이라는 남자를 사귀게 되었다. 그는 정말 멋지고 매력 있고 활기 넘치는 사람이었으며 환상적인 몸매와 조각 같은 외모를 갖고 있었다. 우리는 탐험이나 답사 같은 것을 무척 좋아했고 둘 다 자연 친화적인 성향이 강했기 때문에 캠핑도 자주 갔다. 그래서 밖에서 같이 보내는 시간이 꽤 많았다. 우리의 애정 행위는 마리오와 하던 섹스와는 매우 달랐다. 진은 뭐랄까, 동물적인 성향이 무척 강한 사람이었다. 그리 자상한 편도 아니었으며 섹스를 매우 격렬한 방법으로 즐기는 사람이었다.

처음에는 정말 당황되고 역겹게 느껴져서 도저히 받아들일 수가 없을 것 같았다. 결국 해결점을 찾으려고 노력하던 우리는 마침내 둘 다 만족할 수 있는 방법을 찾아냈다. 하지만 진정으로 만족하지는 못했다. 우리는 서로 공통점도 없었고 섹스에 접근하는 방식도 달랐다. 나는 좀더 부드럽고 차분한 걸 좋아하는 편이었다. 하지만 우리는 성적인 만족이 부족한 대신 감정적, 정신적으로는 믿을 수 없을 만큼 강하게 연결되어 있었다. 그리고 그런 관계야말로 정말 의미 있는 관계라는 생각도 들었다. 그런 관계를 통해 우리 두 사람은 무척 많이 달라졌다.

진은 날 가리고 있던 모든 것들을 벗겨내 내 진짜 모습을 만들어주었다. 그는 항상 뭔가 재미있고 우습고 도전적인 것을 좋아했으며 책임감 같은 것은 별로 중요시하지 않았다. 진은 내 정신세계를 발전시켜준 촉매제 같은 사람이었고 마리오와는 정반대의 사람이었다. 진은 마법 같은 것이 있다고 믿었고 불가능한 것은 없다고 생각했다. 그래서 나도 내 정신세계가 매우 넓어진 것 같은 기분을 느낄 수 있었다.

하지만 섹스는 역시 중요한 일이었고 가장 심각한 문제 중 하나였다. 결국 우리는 섹스 때문에 말다툼을 하기 시작했다. 나는 늘 이런 식이었다. "나는 당신이 좋아하는 걸 찾아서 해주고 싶어. 그리고 당신도 내가 좋아하는 걸 찾아서 나한테 해줬으면 좋겠어." 하지만 진은 미리 짜인 대로 뭘 하거나 계획하는 것을 좋아하지 않았다. 그는 뭐든지 새롭게 하고 싶어했고 자기 기분이 내키는 대로만 하려고 했다. 자기 마음이 평온할 때는 나한테도 부드럽게 대했지만 기분이 편치 않을 때는 나도 거칠게 다루려고 했다. 내 기분 같은 것은 신경 쓰지 않았다.

얼마 후 우리는 헤어졌다. 그는 지나치게 솔직하고 개방된 관계를 원했지만 나는 그럴 수가 없었다. 나는 다른 여자와 침대에 누워 있는 그를 발견했고 나에 대해서는 조금도 배려하지 않는 듯한 그의 태도에 무척이나 화가 났다. 그러자 그는 자기를 화나게 한다며 오히려 날보고 화를 냈다. 나는 그에게 이렇게 말해주었다. "당신이 이렇게 엄청난 잘못을 해놓고도 그 책임을 회피하고 미안하다는 말도 하지 않으면 우린 앞으로 아무것도 못해. 그럼 당연히 같이 못 살지." 그와 끝났다는 생각을 하니 나는 오히려 마음이 홀가분해졌다. 그리고 내 인생을 다시 돌아보고 새롭게 시작할 수 있는 계기가 되었다.

나는 사람들이 자신의 의견과 스스로 정해놓은 방침을 존중하고 자신이 편하게 느끼는 것을 찾았으면 좋겠다. 누군가에게 강요당하는 상황에 처하더라도 우선은 자신의 기분에 솔직해야 한다는 뜻이다.

나는 젊은이들이 침대에서도 유머 감각을 발휘할 줄 알았으면 좋겠다. 영화에서는 항상 열정적이고 드라마틱한 장면만 보게 되지만 실제로는 전혀 그렇지 않다. 배에서 꼬르륵거리는 소리가 나기도 하고 콘돔을 거꾸로 끼기도 하고 발기가 안 될 때도 있고 상대방이 뭔가 새로운 것을 시도하려는데 그 모습이 너무 어색해서 웃음을 터뜨려버릴 때도 있지 않은가. 침실에서도 웃을 수 있는 여유가 필요하다는 것을 꼭 알았으면 좋겠다.

요즘 새로 사귄 남자친구를 보면 나와 비슷한 점이 참 많다는 생각이 든다. 가끔은 둘이서 뭔가 새롭거나 아주 색다른 것을 시도하려다가 배꼽을 잡고 웃어댈 때도 있다. 웃을 줄 모르면 창피스럽거나 치욕적이거나 당황스런 기분에 얽매이게 되고 모든 것을 완벽하게 해야 한다는 강박 관념에 시달리게 된다. 하지만 실제 우리의 삶은 예상치 못한 사건들이 무척 많이 일어난다. 뭔가 새로운 것을 해보려고 하는데 뜻대로 잘 안된다면 그냥 껄껄대고 한번 웃어보자.

자기 자신에게 진실하라

20

청소년들이 자주 듣는 말 가운데 '네 자신에게 솔직해라'가 있다. 자신의 이상을 지키고 옳은 일만 하고 다수의 의견을 좇기 위해 자신이 갖고 있는 소신을 배반하지 말라는 뜻이다. 이런 말은 아마 수백 번도 더 들었을 것이다. 하지만 성에 대해서는 안정적인 균형점을 찾기가 힘들며 생각보다 훨씬 복잡한 문제로 발전할 수도 있다.

내가 십대였을 때 성적으로 적극적이었던 여학생들은 평판이 좋지 않았고 헤프다거나 행실이 나쁘다는 소리를 들었다. 몇 년 후 그야말로 성의 혁명이 일어나자 성을 밝히지 않고 가만히 있는 여자는 오히려 내숭이라는 소리를 듣게 되었다. 시대에 따라 이런 변화도 일어나는 것이다.

그러나 변화하는 속도가 매우 더딘 것도 있다. 요즘 TV에서는 호모를 뜻하는 패것(faggot)이나 퀴어(queer) 같은 제목의 게이 쇼들이 많이 등장하고 있지만, 사실 아직도 고등학교에서는 가장 심하게 따돌림당하는 이유 중 하나가 바로 게이라는 것이다. 다수의 사람과 성적 지향이 맞지 않으면 정말 심한 상처를 받게 된다. 또래들은 귀에다 대고 위협을 가하기도 하고 완전히 따돌려버리겠다고 괴롭히기도 한다. 폭행을 당하게 될 수도 있고 법적인 불이익을 당할 수도 있으며 직업을 잃게 될 수도 있다. 심지어는 가족들에게조차 비판받고 외면당하는 경우도 있다. 정말 모든 상황이 훨씬 더 위태로워진다.

그래서 십대들이 자신의 정체성과 성적 지향을 좀더 천천히 받아들이려고 한다. 어떤 이는 자신의 욕구를 억누르고 정상적인 데이트에 적응

할 수 있는 방법을 찾기도 하며 또 어떤 이들은 아직 생각 중이라며 중간
적인 입장을 고수하기도 한다. 하지만 일부 용감한 사람들은 용기를 내
서 자신의 열정에 따른 솔직한 삶을 택하기도 한다. 그래서 그들은 자신
의 참모습을 찾는 과정에 몰두하며 자신의 영역을 개척해나간 것이다.

남을 따라하지 말고
자신만의 사랑을 만들어라

가빈(41세/ 변호사/ 캘리포니아 주 오클랜드)

콜팩스 씨는 나를 괴롭히지도 않았고 내 몸에 손을 대지도 않았지만 항상 내게 포르노를 보여주면서 섹스 이야기만 했다. 어린이에게 성에 대한 지식을 알려주려는 차원이 아니라 섹스를 하고 있는 생생한 화면을 보며 그에 대한 노골적인 이야기를 하는 것이었다. 그는 6학년 때 내 담임 선생님이었다. 그는 여러 면에서 매우 좋은 분이었지만 또 어떤 면에서는 교사로서 매우 부적절한 사람이었다. 당시 나는 학교생활을 무척 힘들게 하고 있었는데 콜팩스 선생님은 그런 나를 감싸주고 보살펴주었다. 수업이 끝나면 선생님 집에도 자주 데려갔다. 솔직히 말하면 나는 언젠가 선생님과 관계를 갖게 되리란 바람도 있었다. 사실 나는 선생님을 좋아하고 있었고 설사 무슨 일이 있었다고 해도 그리 충격을 받지 않았을 것이다. 마음 한쪽에서는 선생님과 관계를 갖고 싶은 바람이 간절했지만 한편으로는 그래서는 안 된다는 생각도 들었다. 선생님과 나는 확실히 문제가 있는 사이였다.

어릴 때부터 영향을 받아온 침례교의 윤리 차원에서 생각해도 뭔가가 분명 잘못돼가고 있었다. 정말 혼란스러운 시절이었다. 결국 나는 선생님께 마음이 편치 못하다고 말했고 그렇게 우리의 우정은 끝이 났다. 그 후 그는 내게 말을 걸지 않았고 나는 선생님의 특별한 친구가 아니었다. 나는 그저 그가 맡고 있는 반의 학생에 불과했다. 그때 나는 열두 살이었다.

나는 이웃집에 살던 남자애들과 처음으로 성행위를 했다. 내게 처음으로 오르가슴을 안겨준 사람은 시내 쪽에 살던 한 남학생이었다. 오르가슴은 정말 황홀한 경험이었고 그 후 우리는 자주 어울렸다. 그 남학생의 이름은 오렌이었고 2년 동안 친구로 지내던 사이였다. 그가 나보다 한 학년 위이긴 했지만 우리는 같은 중학교에 다녔다. 체육 시간이 되면 같이 레슬링을 하기도 했다. 어느 날 수업을 마친 우리는 그의 집 지하실로 가서 함께 뒹굴며 장난도 치고 레슬링을 하기도 했다. 그러다가 갑자기 묘한 분위기에 휩싸이게 되었다. 우리는 서로에게 오럴 섹스를 해주고 그냥 몸을 만지기만 했지만 나는 처음으로 오르가슴을 느꼈다. 정말 놀라운 일이었다. 우리는 함께 있는 것을 엄마에게 들키기 전까지 정말 황홀한 시간을 보냈다. 오렌과 나는 6개월 동안 꾸준히 만났고 일주일에 한두 번은 꼭 관계를 가졌다. 그때 나는 열세 살이었다.

그러던 어느 날 오렌과 나는 우리 집 창고에 있었는데 갑자기 엄마가 문을 열고 들어왔다. 엄마는 벌거벗고 있는 우리를 보고 이성을 잃을 만큼 흥분했다. 이상한 소리가 나는 걸 듣고 뭔가를 직감한 엄마는 몰래 오셔서 우리가 관계를 갖는 것을 다 듣고 있었던 게 분명했다. 엄마는 목사님께 가서 모든 걸 털어놓으라고 계속 소리쳤다. 처음 엄마에게 들켰을 때 나는 정말 죽고 싶은 심정이었다. 살면서 그렇게 심한 죄책감을 느껴 본 적은 없었다. 그 후 다시는 그 일을 입 밖에 꺼내지 않았다. 엄마는 아빠에게 말하진 않았지만 어쨌든 나는 아빠와도 가깝게 지낼 수가 없었다. 하지만 그 일로 남자 애들과의 관계는 결국 끝이 났고 고등학교에 다니는 동안에는 늘 여학생들하고만 어울렸다. 여학생들과 있는 것도 좋긴 했지만 그건 분명히 달랐다. 그녀들과는 로맨틱한 분위기만 즐길 수 있을 뿐이었다.

처음으로 여자와 자본 것은 내가 야영장에서 일하던 때였다. 고등학교 1학년을 앞둔 여름 방학이었다. 엄마와 캠핑을 왔던 낸시는 열네 살이었고 나는 열다섯 살이었다. 우리가 데이트를 했던 날 밤 낸시의 엄마는 저녁 식사를 초대받았기 때문에 집을 비웠다. 낸시와 나는 텐트로 들어가 즉시 섹스를 시작했다. 사실 오웬과 했던 것에 비하면 썩 좋은 편은 아니었지만 열다섯 살짜리 소년이었던 나로서는 여자와 섹스를 하고 있다는 것만으로도 그저 행복했다. 나는 그녀와 오럴 섹스를 주고받은 뒤 처음으로 직접 삽입을 했지만 사정은 하지 못했다. 그동안 만났던 여자 애들은 일정한 선을 긋고 그 이상은 허용하지 않으려 했기 때문에 나는 낸시도 그럴 줄 알았다. 하지만 그녀는 달랐다. 어쨌든 나한테는 고마운 일이었다.

나는 매우 적극적으로 고등학교 생활을 하고 있었다. 타마라는 고등학교를 졸업할 때까지 나와 가장 가깝게 지냈던 친구였다. 당시 그녀는 나와 꽤 친했던 세스라는 녀석과 사귀고 있었고 우리 셋은 아무도 떼어 놓지 못할 만큼 항상 붙어 다녔다. 그러다가 나는 타마라와 섹스를 하는 사이가 되었다. 세스를 보면 늘 죄책감이 들었지만 한편으로는 뭐 어떠랴 싶었다. 하지만 결국 세스가 알게 되었고 심각한 결과를 가져왔다. 우리 셋의 관계가 완전히 깨져버린 것이다. 타마라는 매우 개방적이었다.

고등학교 때 나는 다른 여학생을 불러 타마라와 셋이 섹스를 한 적도 있었다. 정말 신나는 경험이었다. 발기가 돼서 삽입까지 했을 때는 더욱 좋았고 그렇지 못하더라도 상관없었다. 타마라는 정말 솔직하게 여러 가지 방법을 시도해보고 싶어했다. 우리는 갖가지 다른 자세를 취해봤고 그런 짓을 한다는 것을 전혀 부끄러워하지도 않았다. 장소도 매번 바꿔보았다. 어디든 상관없었다. 학교에서는 창고나 빈 교실 등 아무 데나 몸을 숨길 수 있는 곳을 찾아다녔다. 정말 그때까지 관계를 가져본 여자들 중에서는 타마라가 최고였다. 그녀는 양성애적인 내 성적 취향도 별로 문제 삼지 않았다. 타마라와 나는 솔직하게 모든 걸 터놓는 관계였다. 서로 다른 사람과 데이트를 하기도 했지만 나는 다른 여자에게서는 만족할 수가 없었다. 타마라가 원한다면 그녀만을 바라보며 살 수도 있을 것 같았다. 하지만 그녀는 평생 한 남자와 한 여자가 서로만 바라보며 산다는 것을 믿지 않았다. 당시 타마라와 나는 육체뿐 아니라 정신적으로도 맺어져 있었다.

고등학교 때 나는 나와 성 관계를 맺은 여자들의 숫자를 헤아리다가 어느 때부터인가 잊어버렸다. 졸업할 때쯤에는 아마 도저히 셀 수 없었을 거라는 생각이 들기도 했다.

대학생이 되고 나서는 훨씬 적극적이고 대담해졌다. 부모님과 따로 살았기 때문에 하고 싶은 것은 무엇이든 마음대로 할 수 있었고 게이 바에도 갈 수 있었다. 셋이서 섹스를 할 때도 많았다. 보통 한쪽은 이성애자이고 한쪽은 게이인 커플이 날 불러들이는 경우가 많았다. 나의 성적 취향을 남들에게 알리고 다닌 적도 없는데 어떻게 그렇게 되었는지는 잘 모르겠다. 그냥 사람들이 자기들과 함께 어울리고 싶은지 물으면 나는 이런 식으로 대답했을 뿐이었다. "뭐야, 내 이마에 그렇게 쓰여 있기라도 한 가요?" 대학을 졸업한 후 여러 사람과 함께 하는 그룹 섹스는 그만두었다.

그 후 나는 키간을 만났고 그와 사랑에 빠졌다. 남자에게 사랑을 느끼고 로맨틱한 관계를 맺어본 것은 키간이 처음이었다. 나는 볼리나스의 어느 해변에서 그를 만났다. 무척 매력적이었던 그는 벌거벗은 채 긴 금발머리를 나부끼며 파도 속에서 춤을 추듯 나를 향해 걸어왔다. 그때는 나 역시 긴 금발머리였다. 만나는 순간 우린 사랑에 빠졌고 나는 그 순간이 정말 아름답게 느껴졌다. 어떤 남자나 어떤 여자와도 키간과 같은 느낌은 들지 못했다. 나는 그때까지 나야말로 가장 로맨틱한 사람이라고 생각했는데 그를 만나고 나서는 정말 한 대 얻어맞는 기분이었다. 그는 나보다 한 수 위였다.

처음 만난 날은 사실 그리 로맨틱하지 못했다. 처음으로 관계를 가졌던 날, 그는 저녁 식사를 초대받아 우리 집에 왔지만 요리를 다 먹을 때까지 아무 일도 일어나지 않았다. 그와 있는 것만으로도 매우 황홀했고 자극적이었으며 한편으로는 진심에서 우러나온 행복을 느낄 수 있었다. 섹스가 아니더라도 무척 낭만적이었다. 정말 황홀했고 여러 면에서 마음을 열게 해주는 새로운 경험이었다.

내 경험에 비추어 젊은이들에게 해주고 싶은 말이 있다. 첫째, 자신이 하고 싶지 않으면 어떤 것이라도 하지 말라는 것이다. 굳이 애를 써서 발기하려고 노력하거나 억지로 홍분할 필요는 없다. 간단하다. 그러고 나면 나중에도 찝찝한 기분만 든다. 나는 여러 상황을 겪으면서 그 사실을 깨달았다. 때로는 섹스를 할 기분이 아닌데 상대방이 원하는 것 같아서 해야 할 때도 있다. 또 돈을 주고 섹스 클럽에 입장했다면 뭔가 환상적인 섹스를 해봐야 밑지지 않을 것 같은 생각이 들면서도 섹스할 마음이 도 저히 안 생기는 경우도 있다. 한 커플이 같이 어울리자고 초대해도 그중 한 사람은 별로고 다른 사람에게만 끌린다면 절대 잘할 수 없다. 정말 자기 뜻에 따라 완전히 홍분되지 않으면 아예 하지 않는 것이 낫다. 육체적 이든 정신적이든 뭔가 당신을 홍분하게 만드는 것은 반드시 있어야 한다는 뜻이다.

두 번째는 어떤 섹스를 하든 그에 대해 죄책감을 갖지 말라는 것이다. 누군가에게 상처를 주지만 않는다면 말이다. 다 큰 성인 커플이든, 동갑내기 청소년 커플이든, 엇비슷한 나이의 커플이든 상관없이 섹스를 한 뒤 죄책감을 느낄 필요는 없다.

세 번째는 안전하게 섹스하는 법을 연습하라는 것이다. 자기의 몸을 보호할 수 있도록 미리 조치를 취하는 것이 좋다.

나는 내가 좀더 훌륭한 교육을 받고 다른 사람과 달랐던 내 성 정체성이 좀더 관용적인 태도로 받아들여졌다면 좋았을 거라고 생각한다. 이제는 TV에도 게이들이 자주 등장하고 대도시나 그 주변에 사는 사람이라면 누구든 게이 한 사람쯤은 알고 지내는 것이 사실이다. 하지만 아직도 중·고등학교에서는 게이를 받아들이지 않고 있다. 또 호모라는 말을 듣는 것은 여전히 가장 심한 모욕에 속한다. 이제는 그런 문화도 좀 바뀌었으면 좋겠다. 하지만 상황은 그렇지 못한 것 같다. 양성애자가 되기 위해 노력하면서 베이 지역(Bay Area)에 살아도 사람들은 역시 게이를 싫어하니 말이다. 꼭 "어서 팀을 골라. 우리편 할 거야, 말 거야?" 하는 것처럼 모두 어서 선택하라고 난리다.

나는 자기 자신에게 진실한 것이 가장 중요하다고 생각한다. 자신에게 솔직하지 못하면 늘 불행한 결말을 맞게 된다. 섹스는 인생에서 가장 복잡한 부분 중 하나이며 그 누구도 어떤 것만이 옳다고 말할 수 없다. 사람들은 주로 TV를 통해 데이트나 섹스에 대한 조언을 구한다. 여학생들은 연속극을 보면서 자신들이 원하는 섹스와 데이트를 마음속으로 그려보고 남학생들은 「툼 레이더」를 틀어놓고 라라 크로프트의 출렁이는 가슴을 보며 저런 것이 바로 섹시한 거라고 생각한다. 현실적인 차원에서 이야기하는 사람은 아무도 없다.

Tip : 모든 것을 다 아는 척 허세를 부리는 사람들이 있다. 그러면 상황은 더욱 어려워진다. 자신의 참모습을 숨긴 채 다른 사람인 것처럼 행동하면 아무 도움도 되지 않는다. 둘만의 은밀한 대화인 섹스는 자신이 원하는 것을 솔직하게 터놓고 이행함으로 즐거움의 극치를 누리게 되는 것이다.

어렸을 때 나와 동네 친구들은 여름마다 와일드 원즈라는 클럽을 결성했다. 그 클럽은 학기가 시작되면 해체되었다가 여름 방학 때마다 다시 결성되곤 했다. 우리는 정기적으로 모였고 반지도 나눠 끼었으며 다같이 하이킹을 하기도 했다. 여름이 되면 부모님들까지 초대해 성대한 쇼를 벌이기도 했다. 그때 우리 집에는 커다란 2층짜리 차고가 있었는데 집과 따로 떨어져 있었기 때문에 우리끼리 놀기 좋은 곳이었다. 말하자면 그곳은 우리 클럽의 회관 같은 곳이었다. 한쪽에서는 돈을 벌기 위해 레모네이드나 쿠키 같은 것도 팔았다. 그때 우리는 모두 여덟 살에서 열 살짜리 어린이들이었다.

나는 클럽에서도 어린 축에 속했는데 나보다 나이가 많았던 형이나 누나들은 자라면서 점점 더 노골적인 행동을 하기 시작했다. 한번은 여름이 되어 다시 모이게 되었고 형들은 방 앞에 놓여 있던 탁자에 둘러앉아 팀 결성식을 했다. 그때 나이가 어린 회원들은 바지를 내린 채 기둥을 붙들고 서 있어야 했고 형들은 차례로 돌아가며 우리의 성기를 만지작거렸다. 그렇게 하는 것이 우리를 클럽의 회원으로 인정한다는 뜻이었다. 그때 나는 여덟 살이었다.

브래들리는 탤러해시에서 엄마와 같은 학교를 다녔다는 엄마 친구의 아들이었다. 브래들리의 가족은 일 년에 한두 번은 게인즈빌에 있는 친척들을 방문했고 가끔 우리 집에도 들르곤 했는데 한번 왔다 하면 무척 오래 머물러 있었다. 브래들리와 나는 여섯 살이 되면서부터 어디론가 사라지기 시작했다. 우리는 함께 내 방으로 가서 서로의 몸을 만지며 여기저기 더듬곤 했다. 나는 그럴 때마다 기분이 무척 좋았는데 그것은 정말 아무것도 섞이지 않은 순수한 감정이었다.

우리 둘 다 아무것도 모른 채 마음 가는 대로 하는 행동이었다. 브래들리와 나는 부모님께 예의바르게 행동하는 것을 가장 중요하게 여겼기 때문에 만나면 일단 부모님들께 인사부터 드렸다. 그러고 나서는 곧바로 사라져 서로의 몸을 만지작거렸다. 가끔은 내 방에서 같이 날을 새기도 했는데 그럴 때면 신이 나서 밤새도록 온몸을 더듬곤 했다. 열 살인가 열한 살쯤 되었을 때 나는 그의 가족을 따라 호수로 캠핑 여행을 간 적이 있었다. 브래들리와 나는 침낭 속에 누워 밤하늘에 떠 있는 별들을 바라보며 서로의 침낭 속에 손을 넣어 이미 발기된 성기를 만져주었다.

그 후 집에 돌아온 나는 발기된 브래들리의 성기에 침대보를 덮어씌우고 장난삼아 입으로 물어보았다. 계속 그러고 있지는 않았지만 아마 몇 분 정도는 그대로 있었던 것으로 기억한다.

얼마 후 나는 우연히 게이 전문 잡지를 보게 되었다. 노스 메인 가에 있던 한 잡지 가게에서였다. 나는 엄마에게 "저 잡지 가게 앞에 내려주세요"라고 말하면서 심부름을 시킬 일이 생기면 늘 그곳에 내려달라고 했다. 그러면 나는 가게 안으로 들어가 자그만 소책자들을 펼쳐보며 거의 벌거벗은 채 여러 가지 포즈를 취하고 있는 남자들을 구경했다.

내가 열두 살 되던 해 여름, 우리는 라피엣에 있는 브래들리의 집에서 밤을 새운 적이 있었다. 그때 브래들리와 함께 근처 술집까지 산책하러 나갔던 나는 우연히 게이 잡지 한 권을 발견했다. 크기가 10센티미터 정도밖에 안 되었기 때문에 나는 얼른 바지 속에 감춰두었다. 그날 밤, 부모님들끼리 응접실에서 대화를 나눌 때 나는 그를 방으로 데리고 가 그 잡지를 보여주었다. 나는 브래들리를 깜짝 놀래주기 위해 훔쳤다고 했다. 우리는 함께 침낭 속에 들어가 사진 하나하나를 유심히 들여다보았고 자연스럽게 서로를 애무하기 시작했다. 그날 브래들리는 무척 적극적이었는데 갑자기 내 페니스를 잡고 흔들어 대기까지 했다. 마침내 내 페니스에서는 크림색을 띤 미지근한 것들이 뿜어져나왔다. 그렇게까지 되리라고는 생각하지 못했지만 두렵지는 않았고 단지 무척 놀랍기만 했다. 나는 일어나서 목욕 가운을 걸치고 욕실로 가기 위해 복도를 걸어갔다. 그러자 응접실에 있던 부모님들은 일제히 나를 쳐다보며 이렇게 말했다. "아니, 너희들 그 안에서 무슨 짓을 하는 거니?" 나는 흘러내리려는 가운을 간신히 붙잡은 채 이렇게 대답했다. "괜찮아요, 별일 아니에요." 브래들리와 나는 킥킥대며 웃었고 누구한테도 그 일을 말하지 않았다. 그 뒤로는 꽤 오랫동안 그를 만나지 못했다.

고등학생이 되고 나서 나는 여학생들을 사귀기 위해 엄청나게 노력했지만 도무지 끌리지 않았다. 형들로부터 섹스에 대한 노골적인 이야기를 들으면 그저 두렵기만 할 뿐이었다. 그때 나는 메리라는 여자애를 만나고 있었고 아홉 번이나 데이트를 했다. 하루는 그녀의 친구가 나에게 와서 이런 말을 했다. "메리는 네가 왜 키스를 안 해주는지 이해할 수가 없대. 너희들은 그냥 앉아서 계속 이야기만 한다며?" 그래도 어쩔 수 없었다. 여자애들한테는 성적으로 조금도 끌리지 않았고 만지고 싶다는 생각도 들지 않았다.

그 후 나는 작은 전문대학에 다니며 여전히 집에서 가족들과 함께 살고 있었다. 그때 내 여동생의 친구 중에는 몇 달 전에 미시시피 주에 가서 아무도 모르게 아기를 낳고 온 여학생이 하나 있었다. 그 애는 아무한테도 말하지 않았지만 우리 집은 그 집과 친하게 지내는 사이였기 때문에 다 알고 있었다. 어느 날 밤 나는 그 애와 같이 술을 마시고 자동차 뒷좌석에서 함께 뒹굴게 되었다. 그 애 몸에 삽입을 했지만 자세가 너무 불편했기 때문에 몸을 똑바로 일으키기도 힘들었다. 사실 그 애와의 섹스는 조금도 좋지 않았고 오히려 끔찍하기만 했으며 전혀 로맨틱하지도 않았다. 둘 다 술에 잔뜩 취해서 벌인 한심한 짓이었다.

대학교 1학년을 마치고 열여덟 살이 된 나는 유럽으로 갔다. 그리고 학생 취업 기관이 알선해준 대로 독일 함부르크에 있는 호텔에서 벨 보이로 일하게 되었다. 태어나서 그때까지 부모님과 같이 살았기 때문에 이제는 벗어날 때가 되었다고 생각했다.

나는 엘리베이터도 없는 4층짜리 원룸형 아파트를 빌려 룸메이트와 함께 살았고 직장은 버스를 타고 다녔다. 내 룸메이트 역시 미국에서 온 학생이었다. 일자리를 마음에 들어하지 않던 그는 곧 다른 곳으로 이사를 했다. 그래서 나는 몇 주 동안 혼자 지내게 되었다.

한번은 시내에서 잡지 가판대를 발견하고는 게이 잡지 몇 권을 사서 집으로 돌아온 적도 있었다.

어느 날 밤, 일을 마친 나는 시내로 나갔다. 시내에는 큰 분수대가 있었는데 나는 그곳에서 밤거리의 불빛과 자동차들의 행렬을 바라보며 몇 시간이나 서 있었다. 그냥 보기만 하며 몇 시간을 혼자 보낸 것이다. 그때 한 남자가 내게 다가왔고 우리는 대화를 나누기 시작했다. 한 시간 정도 이야기를 하다 보니 시간은 어느덧 열한 시가 가까워져 있었다. 그는 매우 친절한 남자였는데 이름은 크리스틴이었고 서른여섯 살이었다. 그가 말했다. "집으로 돌아갈 생각이라면 지금쯤은 일어서야겠네요. 괜찮다면, 나와 함께 늦은 저녁이라도 먹는 게 어때요?" 그래서 나는 이렇게 대답했다. "그렇게 하죠."

우리는 그의 차가 있는 곳까지 걸어갔다. 그의 차는 롤스로이스였다. 나는 그런 차를 영화에서만 봤지 실제로 본 것은 그때가 처음이었다. 원목 재질의 계기판과 호화로운 가죽 시트로 덮인 고급스런 차였다. 나는 코트 안에 지극히 평범한 셔츠를 입고 있었는데 그가 날 보더니 이렇게 말했다. "내 아파트에 들러서 셔츠를 갈아입는 게 어떨까요? 그런 레스토랑에 어울릴 만한 셔츠가 있거든요." 나는 좋다고 대답하고 같이 그의 집으로 갔다. 그는 정말 호화로운 펜트하우스에 살고 있었다. 방도 많았고 실내 전체가 고급스런 가구와 이국적인 식물들로 꾸며져 있었으며 시내 전경이 한눈에 내려다보이는 곳이었다.

그는 내게 긴 소매의 푸른색 새틴 셔츠 한 장을 내밀었다. 짙은 푸른색의 근사한 셔츠였다. 옷을 갈아입고 다시 출발했지만 그때까지도 나는 어디로 가는지 모르고 있었다. 드디어 매우 외진 곳에 있는 어느 레스토랑에 도착했다. 어둑한 조명 아래에서 몇몇 남녀가 식사를 하고 있었고 레스토랑 지배인과 웨이터들이 다가와 모두 그에게 아는 척을 했다. 그리고는 불빛이 희미하게 비추고 있는 뒤쪽 테이블로 안내해주었다. 나는 그곳에서 먹었던 커다란 새우와 와인을 아직도 기억하고 있다. 열여덟 살이었기 때문에 나는 술을 마실 수 있었고 식사를 하면서 계속 이야기를 나누었다.

저녁 식사를 마치자 그는 날 데리고 자기의 펜트하우스로 갔다. 새벽이 다 된 늦은 시각이었다. 우리는 함께 소파에 앉아 이런저런 이야기를 나누었다. 정말 끝도 없이 이야기만 하면서 시간을 보냈다. 그는 자신이 유명한 록 그룹에서 일하고 있으며 행사 기획자로서 영국이나 미국의 록 그룹들이 독일에 오면 그들과 공연 계약을 맺는다고 했다.

그러던 중 잠시 이야기가 중단되자 그는 이렇게 물었다. "이제 정말 늦었네요. 제가 집까지 바래다드려야 하지 않을까요?" 나는 그 즉시 결심을 굳혔다. 그리고 그의 눈을 똑바로 바라보며 이렇게 말했다. "아니요." 그러자 그는 몸을 일으켰고 우리는 같이 그의 방으로 들어가 섹스를 했다. 정말 어색하고 서투른 섹스였다. 그는 항문 섹스를 하고 싶어했지만 너무 어색하고 거북해서 응할 수가 없었다. 결국 그냥 오럴 섹스와 키스만 주고받았고 그것만으로도 나는 몹시 흥분이 되었다. 하지만 항문 섹스는 끝까지 거절했고 결국 그도 포기하고 말았다.

시간은 이제 네 시를 지나서 새벽 다섯 시가 다 되어 있었다. 우리는 두어 시간 정도 침대에 누워 있었는데 그는 일곱 시 반이 되면 가정부가 온다며 그녀가 날 보지 않았으면 좋겠다고 말했다. 그녀에게 그런 모습을 보이면 왠지 거북하다는 것이 이유였다. 그는 집까지 태워주겠다고 했고 나는 우리 집 근처 모퉁이에서 내려달라고 했다.

정말 엄청난 밤이었다. 그는 주말에 유명 배우인 친구의 시골집에 가지 않겠느냐고 물었다. 그리고 전화번호를 가르쳐달라고 했지만 간밤의 일로 충격이 컸던 나는 전화번호를 엉터리로 가르쳐주었다. 나는 나지막한 건물들이 죽 늘어서 있는 어느 모퉁이에 내려달라고 했다. 그리고 반 블록 정도 걸어서 얼른 집으로 들어갔다.

며칠 후 나는 갖고 있던 게이 잡지들을 모두 갖다 버렸다. 내가 무슨 짓을 했는지 깨닫는 데 한참이나 걸렸다.

꽤 오랜 세월이 흐른 후 나는 마이애미에 사는 친구네 집에 들른 적이 있었다. 친구들은 로큰롤 역사에 대한 비디오테이프를 보고 있었는데 총 10부작으로 출시된 테이프들 중 1부였다. 나는 보는 둥 마는 둥하며 앉아 있었는데 갑자기 그 남자, 내가 만났던 그 남자가 BBC 방송국과 인터뷰하는 장면이 화면에 나타났다. 화면 아래쪽에는 크리스틴 반 호퍼라는 그의 이름이 적혀 있었다. 그는 미국과 영국의 록 그룹들이 독일에 올 때 공연 계약을 체결하는 행사 기획자였다. 그에게 그 비슷한 이야기를 들은 것 같기도 한데 그동안 까맣게 잊고 있었던 것이다. BBC와의 인터뷰 장면은 나와 함께 밤을 보냈던 그 무렵에 찍은 것 같았다. 화면에 등장한 그 얼굴은 그날 밤 내가 본 그의 얼굴과 똑같았다. 몇 년이나 지난 지금은 그가 어떻게 변해 있을지 상상이 안 갔다. 그는 TV 속에서 계속 날 응시하고 있었다. 정말 기묘한 경험이었다. 나는 "이런, 세상에."라는 말밖에 할 수 없었다.

나는 늘 누군가 이야기할 사람이 있다면 정말 좋겠다고 생각했다. 이야기만 할 수 있다면 누구라도 상관없이 말이다. 말할 사람이 아무도 없었기 때문에 나는 혼자만의 비밀을 너무나 오랫동안 간직해야 했다. 고민이 있을 때는 누군가 말할 수 있는 사람을 찾아야 한다. 친한 친구나 상담가 등 누구라도 상관없다. 말을 하지 않으면 혼자서 가슴만 태우게 된다. 아침에 눈을 떴을 때 모르는 사람이 옆에 누워 있는 것을 보면 정말 끔찍한 기분이 들었다. 20대 때는 그런 적이 많았지만 시간이 흐를수록 그런 관계가 더욱 지긋지긋해졌다. 나는 점점 더 외로웠고 세상에 혼자뿐이라는 생각이 점차 커졌다.

참, 브래들리는 독실한 침례교 원리주의자가 되었고 동시에 목사가 되었다. 그의 집은 종교와 아무런 관계도 없었는데 생각해보면 정말 우습다.

Tip : 성에 대한 불일치를 풀어갈 때 꼭 잊지 말아야 할 것은 '상대방을 위한 질문과 표현'을 하라는 것이다. 질문하는 것이 어려울 때는 자신을 표현하는 말부터 시작하라. 어떤 수단으로도 마음을 주고받아야 한다. 뻔한 이야기 같지만 가장 중요한 것은 그것이다.

진실한 사랑은 만들어가는 것이다

♡

　　십대들이 섹스라는 새로운 세계에 조금씩 눈을 떠가면서 맨 처음으로 궁금하게 여기는 것이 바로 '누구' 와 '언제' 할 것인가에 대한 문제다. 십대가 되면 누구나 신체적 변화가 일어나고 성적인 호기심이 날로 커지면서 강한 충동에 휩싸이게 된다. 또 섹스에 대해 곰곰이 생각해보게 되고, 어떻게 하면 섹스를 할 수 있고, 하면 어떤 기분이 들지 궁금해한다.

　　십대 때 여자친구도 없고 섹스 파트너가 생길 가능성도 전혀 없었던 나는 가끔 지나치게 터무니없는 상상에 빠지기도 했다. 우리나라가 핵 전쟁이 일어날 위기에 처해 있고 나는 방사성 낙진을 피하기 위한 지하 대피소에 어떤 소녀와 단둘이 있게 된다. 이제 몇 분 후면 종말이 닥칠 거라는 것을 깨달은 우리는 서로 바라보며 이렇게 말한다. "우리가 잃을게 뭐 있겠어." 그러고 나서 드디어 일을 치르는 것이다. 당시 내가 '누구' 와 '언제' 라는 문제에 대해 얼마나 막연한 생각을 갖고 있는지 보여주는 실례다.

　　우리가 생각하는 것보다 섹스를 더욱 이성적으로 생각하는 대부분의 십대는 시간을 갖고 참을성 있게 기다려야만 자신들의 궁금증을 해결할 수 있다는 것을 잘 알고 있다. 묵묵히 자신의 길을 가다 보면 적당한 때에 적당한 사람이 나타날 거라고 생각하는 것이다.

　　누군가를 사귀게 되면 '누구' 에 대한 궁금증은 풀릴 수 있다. 그러나 '언제' 에 대한 문제까지 해결되는 것은 아니다. 한쪽 혹은 양쪽 모두가 갖가지 다양한 이유들 때문에 준비가 안 되었을 수도 있기 때문이다. 섹스는 중요한 문제이므로 서두르지 말고 천천히 기다리면서 오래 생각한 끝에 결정을 내려야 한다.

때로 어떤 사람들은 그토록 오래 기다려왔던 기회가 드디어 눈앞에 있다는 생각에 충동적인 결정을 내린다. 하지만 그런 식으로 쉽게 결정하고 나면, 그들이 꿈꿔왔던 것과 다르며 현명한 결정이 아니었다는 것을 깨닫고 종종 충격을 받는 경우도 있다. 그럼에도 그 순간만큼은 기회를 붙잡아 섹스를 해야 한다고 생각한다.

지아나 (60세/ 패션 디자이너/ 이탈리아 밀라노)

나는 아무것도 몰랐다. 내가 7학년 때 이탈리아에서 무척 인기가 많았던 한 가수는 여자들의 이름을 죽 늘어놓은 뒤 이런 가사가 나오는 노래를 불렀다. '그래서 내가 정말 정말 단단해졌다고 생각했을 때' 어쩌고 하는 노랫말이었다. 나는 그 말이 무슨 뜻인지 몰랐다. 사람들은 그 노래를 들을 때마다 웃었지만 나는 아무 말도 못하고 속으로만 '대체 무슨 뜻인데 그러지?' 하고 생각했다. 처음으로 생리를 시작했을 때 엄마는 나한테 이렇게 말했다. "이제 뭔지는 알 거라고 생각한다. 그렇지?" 내가 뭐라고 대답했을 것 같은가? 맞다. 나는 그냥 "네" 하고 말았다. 나는 평생에 두 번 정도 생리를 하는 줄 알았다. 한 달에 한 번씩 한다는 걸 알았을 때 정말 얼마나 화가 났는지 모른다.

나는 신체적인 발달이 다른 여자애들보다 무척 빨랐기 때문에 꽤 재미있는 십대 시절을 보냈다. 열두 살이었지만 열일곱 살은 되어 보였다.

같은 학교에 다니던 남학생들은 내 근처에 얼씬거리지도 않았고 나와 사귀어볼 생각조차 못하는 것 같았다. 그들에게는 내가 겁나는 존재였음이 틀림없었다. 그때는 내가 정말 못생겼다고 생각했다. 하지만 그 시절에 찍었던 사진들을 보면 나는 정말 아름다운 소녀였다. 젊은 남자들이 가끔 날 흘끗거려도 나는 그저 모른 척했다.

사실 나는 쉽게 사귈 수 있는 그런 여자애가 아니었다. 나는 늘 친구들이 하는 행동을 지켜봤다. 내 친구들은 모두 착한 아이들이었다. 사실 나는 아무것도 몰랐지만 모든 걸 다 아는 척하기 위해 엄청난 노력을 기울였다. 또 다른 사람에게 물어볼 것이 하나도 없는 것처럼 다 아는 척하고 돌아다녔다. 그렇게 나만의 섬을 만들고서 혼자 무척 행복해했다. 하지만 그 모든 것은 다 나의 연기였을 뿐이었다. 나는 늘 수많은 시를 읽고 직접 쓰기도 하면서 시간을 보냈다.

얼마 후 나는 고등학교에 진학했다. 우리 동네에서 3킬로미터 정도 떨어져 있는 학교였다. 그때는 학교까지 오가는 교통편이 마땅치 않았기 때문에 나는 처음으로 하숙을 하게 되었다.

나는 공부도 못하고 성적도 별로 중요시하지 않는 아이들과 어울렸다. 그들은 한 마디로 히피 집단이었고 모두 시에 빠져 있었다. 우리는 30페이지나 되는 시를 외우기도 했고 외운 시를 서로에게 낭송해주기도 했다. 또 카드를 치기도 하고 음악도 들었으며 미국 가수들의 레코드판도 갖고 있었다. 당연히 수업도 여러 번 빼먹었고 타로를 치기도 했다. 타로 카드는 78개의 카드를 가지고 자기가 알고 싶은 미래를 점치는 놀이다. 여러 명이 같이할 수도 있고 몇 시간씩 계속할 수도 있으며 무척 재미있으면서 복잡한 게임이다. 주말에는 파티를 열기도 했다. 같이 다니던 무리 중에는 집도 크고 부모님이 주말마다 여행 가는 친구가 있었기 때문에 우리는 마치 자기 집인 것처럼 그 집으로 몰려가 음악도 듣고 춤도 추며 놀았다. 구석에서 서로의 몸을 더듬는 아이들도 있었다. 하지만 대부분 섹스는 하지 않았다.

1학년 때는 남자친구를 사귀지 않았다. 나는 내가 누군가를 원하는 모습을 절대 남에게 보이고 싶지 않았다. 하지만 무척 궁금하기는 했다. 성적인 욕구는 없었지만 그냥 너무 궁금했고 '벌써 열여섯 살인데 아직 키스도 못해봤다니.' 하는 생각도 들었다. 결국 '좋았어, 어떤 건지 알아내고 말 거야.' 하는 결심까지 했다.

여름 방학을 하던 날, 나는 집까지 히치 하이킹을 하며 가고 있었다. 그러다 우연히 어떤 젊은 남자의 차를 얻어 타게 되었다. 그는 20대 중반에서 후반 정도 되어 보였고 녹색 눈동자에 검은 머리카락과 올리브빛 피부를 갖고 있는 잘생긴 미남이었다. 나는 조금도 겁나지 않았다. 오히려 호기심이 생겼고 몹시 흥분되었다. 속으로는 이런 생각을 하고 있었다. '좋아, 섹스가 어떤 건지 알아내고 말겠어. 잘생기기까지 했으니 말이야.' 결국 우리는 한적한 도로 한쪽에 차를 세웠다. 늦은 오후였다. 섹스를 하는 동안 나는 내내 웃었다. 킥킥거리며 웃음이 터지는 것을 멈출 수가 없었다. 그는 내가 자꾸 웃어서 신경이 거슬리는 모양이었다. 그 남자는 내가 처녀라는 것을 믿지 않았다. 조금 아팠고 끔찍스럽지는 않았지만 그렇게 황홀한 것도 아니었다. 나의 첫 섹스는 그렇게 짧고 실망스럽게 끝나버렸다. 그는 사정을 했고 다 끝나자 나만큼이나 즐거워 보였다. 그는 내게 이런 말을 해주었다. "있잖아, 섹스는 정말 재미있고 즐거운 거야."

나한테 그 일은 '됐어, 이제 해치웠다고.' 그 이상도 이하도 아니었다. 성취감 같은 것도 느껴졌다. 그는 날 내려주었고 나는 집까지 걸어갔다. 그 뒤로는 한 번도 그 남자를 보지 못했다. 누군가와 키스를 해본 것도 그때가 처음이었다. 그해 여름 나는 친구들 모두에게 편지를 썼고 봉투에는 이렇게 적었다. "처녀란 건 약점일 뿐이야."

그 후 나는 점차 성적인 욕구를 느끼기 시작했다. '또 해야 해.' 하며 건성으로 생각하는 척했지만 분명 처음 느껴본 새로운 기분이었다.

나는 피임약을 먹기 시작했다. 그리고 피임약이 담긴 작은 통을 펜던트처럼 체인에 걸어 목에 차고 다녔다. 남자들에 대한 감정이 바뀐 것 같지는 않았다. 나에게 "야, 나 남자친구 생겼다"라는 말은 "나 휴대전화 생겼다"라는 것과 별 차이가 없었다. 남자친구라는 것을 그 정도로만 생각하고 있었다.

내가 처음으로 진실한 사랑에 빠졌던 남자는 바로 로렌조였다. 그전에도 사귀거나 하룻밤 만에 같이 자본 남자들도 몇 명 있었다. 하지만 나에게 의미 있는 사람으로 다가온 남자는 단 한 명도 없었다. 로렌조를 만나는 순간, 나는 완전히 사랑에 빠지고 말았다. 정말 달랐다. 나는 그를 보자마자 내 마음에 일어난 변화를 알아차렸다. 물론 아무런 육체관계도 없었지만 말이다. 그를 만났을 때 나는 스물세 살이었다. 그는 내가 만나본 남자들 중에 가장 재치 있고 영리하고 재미있는 남자였다. 그는 나와 같이 사는 사람들하고도 좋은 친구가 되었다. 나는 정말 첫눈에 엄청난 사랑에 빠지고 말았다.

우린 만난 지 3주 만에 섹스를 했는데 처음으로 같이 침대에 누웠던 날은 사실 좀 어색했다. 나는 항상 일을 하느라 바빠서 그가 저녁을 먹으러 가끔 들르곤 했다. 그는 내 룸메이트의 오랜 친구였고 저녁 식사 때마다 미리 알리지도 않고 갑자기 나타나곤 했지만 사람들은 그런 그를 조금도 싫어하지 않았다. 그는 롤프라는 이름의 크고 예쁜 개를 키우고 있었고 나는 그렇게 예쁜 개를 키우는 남자라면 절대 나쁜 사람이 아닐 거라고 생각했다. 하지만 그에게도 소문은 있었다. 만나는 사람마다 좋은 관계를 맺지 못한다는 것이었다. 결혼은 한 번도 안 했지만 나이는 나보다 무척이나 많았다. 쉰 살이었다. 우리 둘 사이에 흐르는 짜릿한 감정은 누가 봐도 알 수 있을 만큼 확연했다. 사랑에 빠지자 정말 모든 일에 다 신났고 뭐든지 다 복잡해졌다. 그리고 나는 훨씬 대담해졌다.

그와 섹스를 할 생각을 하자 그전에는 한 번도 해보지 못한 걱정거리가 생겼다. 다음날 아침 방에서 나왔다가 다시 들어갔을 때 섹스를 하고 난 뒤의 어색한 분위기가 느껴지면 어쩌나 하는 것이었다.

다른 사람을 만날 때는 항상 남자 쪽에서 내게 관심을 보이고 내가 그에 응하는 식이었다. 내가 먼저 관심을 보인 적은 한 번도 없었다. 하지만 로렌조는 달랐다. 나는 진심으로 그를 사랑했고 늘 그를 생각하며 마음 설레어 했다. 섹스를 하고 싶은 마음도 내 쪽이 훨씬 강했다. 처음으로 내가 먼저 하고 싶다는 생각도 들었다. 그가 샤워를 마치고 욕실에서 나오는 모습만 봐도 나는 가슴이 두근거렸다. 그를 너무나 사랑한 나머지 그를 만지고 싶다는 생각마저 들었다. 내게는 그의 모든 것이 아름답게만 보였다. 그래서 우리 두 사람의 행동에는 늘 애정과 친밀함이 배어 있었고 모든 것이 무척이나 자연스럽게 느껴졌다. 섹스 기술이나 방법 등은 전혀 문제되지 않았다. 그냥 내가 느끼는 감정과 기분에 몸을 내맡기기만 하면 되었다. 내게는 선물과도 같은 경험이었다.

나는 정말 완벽한 섹스를 경험했다. 내 몸의 시작과 끝이 어딘지도 구분되지 않았고 갑자기 서로의 모습이 하얗게 사라지면서 완전히 투명한 상태가 되는 것 같았다. 살면서 그런 경험을 좀더 자주 가질 수 있었으면 얼마나 좋았을까 싶다. 로렌조와의 관계를 통해 내가 알게 된 것은 섹스에 대한 욕구는 진정한 사랑에 빠졌을 때 훨씬 더 강렬해진다는 것이었다.

어렸을 때 나는 뭐든지 다 아는 척 행동했다. 그냥 "이건 잘 모르겠어." 하고 말할 수 있었다면 얼마나 좋았을까. 늘 뭔가를 조심하면서 지나치게 남을 의식하며 살았던 것이 너무 후회스럽다.

나는 젊은이들이 시를 읽고 또 쓰기도 했으면 좋겠다. 시는 많은 면에서 도움이 될 뿐만 아니라 자신이 느끼는 감정의 본질을 효과적으로 표현할 수 있는 매우 바람직한 방법이기도 하다. 나는 그런 낭만적인 감정의 배출구를 갖는 것이 무척 중요하다고 생각한다.

잘생겼다는 이유만으로 상대를 선택해 침대로 가면 실망스러운 섹스만 하게 될 뿐이다. 장담하는데 백 번 중 아흔다섯 번은 그야말로 끔찍한 경험이 될 것이다. 정말이다. 그런 관계에는 흥분을 일으킬 만한 것이 없기 때문이다. 진짜 전혀 없다. 가장 실망스러울 때는 진실하지 못한 상대를 만났을 때다. 잠자리를 할 상대라면 우정 정도는 미리 쌓아야 한다. 그리고 그와 함께 웃을 수 있어야 한다.

Tip : 성 욕구를 제대로 조절하지 못한다면 원치 않는 마음으로 원치 않는 사람과 성관계를 하게 될 수 있다. 성 욕구를 운동이나 예술적인 활동을 통해 다른 에너지로 전환하고자 하는 노력이 필요하다. 그리고 늘 자신의 미래와 성공에 대해 계획을 세워보는 것도 좋은 방법 중 하나다.

미키(54세/ 스포츠 기자/ 뉴욕)

그녀의 이름은 샤넬이었다. 그때 스무 살이었던 나는 대학에 다니다가 그만둔 상태였다. 나는 매디슨에서 친구 두 명과 같이 살고 있었고 음식과 건강 요리법을 찾고 있던 중이었다. 샤넬은 나와 같은 건물에서 룸메이트 두 명과 살고 있었다. 나는 3층에 살았고 그녀는 바로 우리 아래층에 살았다.

그때는 단체로 음식을 주문하는 제도가 있었는데, 건물에 같이 사는 사람들 중에서 매주 대표를 뽑아 음식을 주문했다. 주문한 음식이 도착하면 그 대표가 음식을 받아 적당히 나눈 뒤 그 건물 사람들에게 골고루 나누어주는 제도였다. 내 룸메이트 하나가 아래층 여자들과 안면을 트자 그녀들은 음식을 나누는 장소로 자기들의 아파트를 쓰면 어떻겠느냐고 제의해왔다.

그래서 결국 여자 세 명과 남자 세 명이 다 같이 모이게 되었다. 아마 그때 샤넬이 나를 찍었던 것 같다. 며칠 후 나는 그녀가 나에게 관심 있어한다는 것을 알게 되었다.

다소 가냘프게 보였던 그녀는 안경을 쓰고 있어서 그런지 조금 똘똘해 보이기도 했고 약간 위로 들린 코와 아름다운 미소와 고른 치아가 인상적이었다. 한마디로 샤넬은 매우 매력적이고 아름다운 여자였다. 또한 그녀는 닥치는 대로 책을 읽는 독서광이었다. 그녀는 단번에 나를 사로잡았다.

우리는 3, 4주 동안 만나면서 많은 시간을 함께 보냈다. 하지만 그때 내 삶은 매우 불안정했다. 직장도 없이 연극만 보러 다녔고 인생의 목적도 분명하지 않았다. 얼마 후 나는 샤넬을 만나게 된 건물에서 나와 던이라는 친구 집에서 지내게 되었다. 원래 살던 곳과는 완전히 반대 방향이었고 20분 정도 떨어진 곳이었다. 나는 그 친구네 집 소파에서 겨우 묵는 신세였다.

나는 매디슨을 떠나 히치 하이킹을 하며 전국을 돌아다니고 싶었다. 자꾸만 어딘가로 떠나고 싶은 마음이 들었다. 샤넬은 그런 나를 나비 같은 사람이라고 불렀다. 그때는 정말 어디론가 훨훨 날아다녀야 살 수 있을 것 같았다. 그녀가 싫어서는 아니었다. 그저 내 자신이 한곳에 정착하지 못하는 사람이었기 때문이다.

우리는 몇 번이나 섹스를 해보려고 했지만 행위 불안증이 너무 심했던 나는 발기가 되지 않았다. 간혹 발기가 되었을 때는 시작도 하기 전에 사정해버리곤 했다. 그녀는 그런 내 모습에 조금 실망하는 것 같았지만 불쾌한 기색은 비치지 않았다. 굳이 섹스를 하지 않더라도 우리 사이에는 늘 사랑하는 분위기가 감돌았다. 사실 실망한 사람은 바로 나였다. 나는 내 자신이 너무나 부끄러웠다.

나는 보스턴으로 가서 친구들을 만나보기로 했다. 그때는 초가을이었고 떠날 날을 이틀 정도 앞둔 저녁이었다. 나는 샤넬과 그녀의 룸메이트들을 만나고 이제 막 나오던 참이었다. 우리는 모두 친구로서 좋은 관계를 맺고 있었다. 그녀들이 사온 새 앨범을 한참 들었기 때문인지 머릿속에서는 아직도 그 노래가 맴돌았다. 나는 던의 집으로 돌아가기 위해 히치 하이크를 할 만한 곳으로 걸어갔다. 그때 나는 시내 건너편을 바라보며 다리 위에 서 있었는데 한 남자의 차가 다가오더니 나를 태워주었다. 내 앞쪽에서도 어떤 여자가 히치 하이크를 하고 있었는데 그는 그 여자도 차에 태워주었다.

그렇게 우리는 같은 차에 타게 되었다. 던의 집에 다 와갈 무렵 우리 세 사람은 무척 흥미로운 대화를 나누고 있었다. 내가 차에 타자마자 그 남자는 내가 방금 샤넬의 집에서 듣고 나온 음악에 대해 이야기를 했고, 나도 "몇 분 전에 바로 그 음악을 듣고 있었어요"라고 대꾸했다. 그렇게 해서 계속 이야기를 나누게 되었고 다들 대화도 잘 통했다. 그 여자는 자기가 일하던 레스토랑에 급료를 받으러 가야 한다고 했다. 그녀의 이름은 케이티였다. 차에서 내릴 때쯤 되자 케이티와 나 사이에는 뭔가 묘한 분위기가 감돌았다. 차를 태워준 남자는 던의 집 근처에 있는 커피숍에 우리를 내려주었다. 차에서 내린 그녀는 "저와 같이 제 급료를 받으러 가주실래요?"라고 물었고 나는 "좋아요"라고 대답했다. 우리는 레스토랑까지 천천히 걸어갔다. 모든 것이 정말 꿈만 같았다.

벌꿀색 머리카락에 안경을 쓰고 있던 그녀는 무척 예뻤고 키와 몸매도 모두 적당해 보였다. 눈부실 만큼 미인은 아니었지만 은근히 매력적인 스타일이었고 재치도 있었다. 그녀를 보니 왠지 기분이 좋아졌다.

급료를 받은 우리는 자연스럽게 그녀의 집을 향해 발걸음을 옮겼다. 그녀 역시 두 명의 룸메이트와 함께 살고 있었는데 둘 다 스물세 살에서 네 살 정도로 그녀보다는 나이가 많아 보였다. 우리는 잠시 이야기를 나누었는데 괜히 꾸물거리고 있던 날 보더니 그녀가 말했다. "자고 가고 싶어요?" 나는 놀라기도 했지만 여전히 꿈꾸는 것 같았다.

우리는 그녀의 방으로 들어가 사랑을 나누었다. 만난 지 두세 시간 만에 그렇게 되다니 왠지 우리는 인연인 것 같았다. 그녀는 따뜻하면서 침착했고 부드럽고 달콤하고 열정적인 여자였다. 나는 삽입할 수 있을 만큼 충분히 흥분되었다. '아, 바로 이런 기분이었구나.' 나는 그 순간에 느꼈던 기분을 지금도 생생히 기억한다. "바로 이거였어"라는 말이 절로 나올 만큼 정말 황홀했다.

우리는 매우 다정하게 사랑을 나누었다. 나도 그녀도 오르가슴을 느꼈다. 그리고 나서 함께 잠들었다. 다음날 아침 눈을 뜬 우리는 다시 사랑을 나누었다. 그 후 침대에 누워 이야기를 나누면서 처음이었다고 말했더니 그녀는 깜짝 놀라는 얼굴이었다. 그녀는 처음일 거라고는 정말 생각도 못했다고 했다. 내가 잘한다는 말처럼 들려 나는 무척 만족스러웠다.

그날 밤과 다음날 아침 그녀와 사랑을 나누며 받은 느낌은 바로 부드러움이었다. 그녀는 정말 멋지고 황홀한 섹스의 세계로 날 안내해주었다. 그녀 자신은 몰랐을 테지만 정말 그랬다. 그녀가 나에게 보여준 것은 바로 다정함과 온화함이었다. 그 후 나는 한 번 더 그녀를 만났고 그 뒤 곧장 길을 떠났다.

나는 처음부터 끝까지 차만 얻어 타고 보스턴까지 갔다가 두세 달 후에 돌아왔다. 나와 친구들 모두 무척 힘들었다. 돌아온 후 케이티부터 찾았지만 만날 수가 없었다. 샤넬은 날 보더니 무척 반가워했다. 케이티와 관계를 가진 후 나는 섹스에 대한 불안을 극복했기 때문에 이제는 잘 안될까봐 걱정할 필요가 없었다.

그래서 샤넬과 멋진 섹스를 나눌 수 있었다. 정말 황홀하고 유쾌하고 열정적인 섹스였다. 우리는 서로를 사랑했고 몇 년 동안 함께 살았다. 샤넬에게는 케이티 이야기를 하지 않았다. 하지만 만약 알았다면 샤넬은 우리 관계가 이렇게 바뀔 수 있었던 것에 대해 케이티에게 고마워해야 했다. 나는 샤넬을 내 첫사랑이자 첫 연인으로 생각한다. 하지만 케이티는 나의 길잡이였다. 정말 근사하고 친절하고 나에게 뭘 가르쳐줬다는 것조차 모르는 길잡이였다.

섹스는 정말 유쾌한 일이다. 사랑이라는 감정이 결부된 섹스라면 더욱 깊고 풍부한 경험을 만끽할 수 있을 것이다. 좋아하는 사람과 하는 섹스 역시 훌륭하다. 당신은 아주 짧은 시간에도 누군가와 관계를 맺을 수 있고 당신의 마음을 보여줄 수도 있다.

첫경험은 분명 그리 즐겁지도 않고 부담감도 너무 클 것이다. 그럴 때는 편안한 분위기를 만들도록 노력하자. 장소도 편안하고 따뜻하고 안락한 곳을 선택하는 것이 좋다. 자동차 뒷좌석이나 추운 방 같은 곳은 제발 피했으면 좋겠다. 안락한 곳에서 편안한 마음으로 사랑을 나눌 수 있다면 분명히 더욱 멋진 경험이 될 것이다.

몇 년 전에 나는 인터넷을 통해 케이티를 찾아본 적이 있었다. 그녀의 성 때문에 쉽게 찾을 수 있었고 앨라배마에 살고 있다는 것도 알게 되었다. 나는 그녀에게 전화를 걸었고 짤막한 대화도 나누었다. 그녀는 결혼해서 애도 둘이나 있었다. 하지만 그녀는 날 기억하지 못했다. 나는 무척 놀랐다. 나는 너무나 생생히 그녀를 기억하고 있는데 그녀는 날 생각해내지 못했다. 하지만 그녀는 영원한 나의 첫사랑이다.

Tip : 많은 남성이 첫경험 때 행위 불안증을 경험하며 당황해한다. 그럴 때는 발기가 안 될 수도 있고 하게 되더라도 1, 2분 만에 끝나버리는 경우가 많다. 이 경우 당황하거나 초조해하지 말고 마음을 편하게 갖고 상대방과 친밀도를 쌓아 해결해나가는 것이 중요하다.

지금 함께 있는
사람에게 충실하라

사람들은 누구나 현재에 충실하게 사는 것을 어려워한다. 그게 어떤 것인지 이야기하는 것도 사실은 어려운 일이다. 차라리 현재에 충실한 사람들이 하지 않는 것들을 이야기하는 것이 훨씬 쉬울 것 같다. 현재에 충실한 사람은 지금 만나는 사람이 마지막으로 사귀었던 남자친구처럼 당신에게 상처를 줄까봐 걱정하지 않는다. 현재에 충실한 사람은 치어리더라거나 수구팀의 스타라는 이유 때문에 자신이 만날 여자를 선택하지 않는다. 현재에 충실한 사람은 자신과 섹스를 해줄 거라는 생각으로 다른 사람 뒤를 쫓아다니지 않는다. 사람들이 현재에 충실하지 못하는 이유는 거의 모두 과거에 받았던 상처와 현재 갖고 있는 환상과 미래에 대한 터무니없는 계획 때문이다. 그런 것들은 지금 당신 앞에 있는 사람과 아무런 관계도 없다. 그 사람이 누구인가가 중요하지, 과거에 만났거나 환상 속에 존재하는 사람 또 미래에 만날 사람이 중요한 것은 아니지 않은가.

만약 지금 당신 옆에 있는 사람에 대해 잘 모르고 있다면 당신은 상처받고 실망할 상황을 스스로 만들고 있는 것이나 다름없다. 그런데 이런 실수를 하는 사람들이 의외로 많다. 머릿속으로 로맨틱한 환상을 꿈꾼다면 당신은 실제가 아닌 허상의 관계를 만들게 될 수도 있다. 가끔 어떤 사람들은 빈약한 정보만으로 상대방이 자기에게 꼭 맞는 사람이라고 결정해버리기도 한다. 즉 눈이 부실만큼 멋지거나 야구팀의 스타라거나 성적인 관심을 매우 적극적으로 표현하는 사람이라는 이유 등으로 말이

 ······ 인생에서 단 한 번 첫경험에 대한 41인의 고백

다. 하지만 한 가지 빠진 것이 있다. 실제로 그가 어떤 사람인지 파악하는 것이다.

일단 성 관계를 갖고 나면 시야가 점점 몽롱해지며 실제로는 잘 맞지 않는 사람들인데도 뭔가 끈끈한 유대감 같은 것이 형성된 것처럼 느껴지기도 한다. 또 섹스는 갖가지 억측을 하게 만들기도 한다. '그는 날 사랑하는 것이 분명해' 라든가 '그는 나와 섹스를 해주지 않을 거야' 와 같은 것들이다. 당신은 그냥 친구로 지내기를 바라거나 분명히 심각한 관계가 되는 것을 바라지 않지만, 섹스를 하고 나면 그런 말을 하기가 힘들어진다. 만약 그 시점에서 당신의 생각을 솔직히 말한다면 둘 사이의 감정은 상처받게 될 것이 틀림없다.

이렇게 고통스러운 상황을 피하려면 머릿속으로 생각만 하지 말고 현재에 열중해야 한다. 당신 앞에 있는 사람이 누군지 알려면 그 사람을 봐야 하고, 상대방에게도 당신의 모습을 분명히 보여줌으로써 당신을 정확히 알려야 한다. 이렇게 하는 것이 바로 친밀한 관계로 발전할 수 있는 첫 단계다.

사람들은 현재에 충실히 살 수 있는 것이야말로 하나의 선물이라고들 한다. 그렇게 할 수 있다면 당신의 두려움, 무모한 환상, 터무니없는 계획 같은 것들도 모두 날려버릴 수 있고 순간의 마법 같은 것도 경험할 수 있다. 현재에 충실하다는 것은 당신의 감정과 상대방의 감정이 완전히 일치하는 것을 뜻한다. 그렇게 된다면 일상의 지루한 삶에서 벗어날 수도 있다. 당신의 모든 감각은 더욱 활발히 살아날 것이며 진정한 관계, 즉 다른 사람과 진정으로 마음이 통하는 관계가 무엇인지도 점차 깨닫게 될 것이다.

리라(50세/ 사진작가/ 이스라엘 헤브론)

나는 리처드에게 완전히 넋이 빠져 있었다. 나는 그가 세상에서 제일 멋있고 유능하고 달콤하며 뭐든지 최고인 남자라고 생각했다. 나는 진심으로 그를 사랑하고 있었다. 그때는 9학년을 앞둔 여름 방학이었고 나는 곧 열네 살이 될 참이었다. 우리는 진한 애무를 주고받기도 했지만 사실은 그보다 내가 더 열중하는 편이었다. 나는 그가 애무해주는 것이 정말 좋았다. 내 그 부분에 처음 손을 넣은 것도 바로 리처드였다. 내게는 정말 엄청난 일이었다. 그는 매우 부드럽고 능숙한 손길로 나의 그곳을 애무해주었다. 그래서 그를 더욱 좋아할 수밖에 없었다.

나는 고등학교 2학년 때 지노라는 남자 애를 통해 처녀성을 잃었다. 그를 만난 건 1학기 후반이었는데 그는 공부를 정말 잘하는 아이였고 세익스피어를 완전히 꿰고 있었다. 나도 세익스피어 작품을 읽어보려고 했지만 역부족이었다. 그는 생각이 많은 아이였다. 그가 날 따라다니기 시작하면서 우리는 사귀는 사이가 되었다. 사귄 지 두어 달쯤 지나자 우리는 섹스에 대한 이야기를 하기 시작했다. 그와 나는 정말 오랫동안 이야기한 끝에 매우 이성적인 결론을 내렸다. 나는 그를 정말 좋아하고 있었고 그와 더욱 가까워지고 싶었다. 그래서 섹스는 우리 관계의 자연스러운 연장이라는 생각이 들었다.

지노와 나는 호텔에 방을 예약했다. 그 호텔은 고풍스럽고 아름다웠으며 매우 로맨틱한 분위기가 풍기는 곳이었다. 처음에는 섹스다운 섹스를 하지 않고 그냥 삽입만 해보기로 했다. 그가 아주 조금씩 차근차근 내 몸 안으로 들어오자 정말 굉장히 야릇한 기분이 들었다. 우리는 꼼짝도 하지 않고 잠시 그대로 누워 있었고 그걸로 끝이었다. 그 일은 무척 중대한 일이었고 나도 그 사실을 알고 있었다. 그는 처음이 아니었고 어떻게 해야 할지도 다 알고 있었다. 그는 매우 다정했으며 진짜 섹스는 아니었지만 좋은 출발을 한 것 같았다. 우리는 섹스를 그런 식으로 생각했다. 그와 나는 키스를 하고 밤새 같이 잤다. 그렇게 우리는 기분 좋은 경험을 함께 가졌고 진짜 섹스를 했다는 생각은 하지 않았지만 나는 이제 처녀가 아니었다. 그 일 이후 우리는 일주일에 한번은 섹스를 했다. 둘 다 무척 보수적이었기 때문에 오럴 섹스 같은 것은 절대 하지 않았다.

그 일은 내게 무척 큰 사건이었다. 나는 무척 진지했고 매우 현실적인 사람이었다. 꼭 이런 리스트가 있는 사람처럼 행동했다. '자, 이제 운전하는 법을 배워야 해. 이제는 대학에 들어가 공부도 해야 하고. 더는 처녀여서는 안 돼.' 나는 그를 정말 좋아했지만 다른 남자들을 만났을 때처럼 홀딱 빠지지는 않았다. 나는 지금도 첫경험의 상대로 그를 택하기를 잘했다고 생각한다.

지노와는 정말 슬프게 끝나고 말았다. 내가 그에게 보낸 편지들을 그의 부모님이 읽고 우리가 연인 사이라는 것을 알아차린 후 우리 부모님께 말해버린 것이다. 내가 자기 아들을 망쳐놓았다고 그야말로 노발대발이었다. 하지만 엄마는 내 편을 들어주었고 매우 침착하게 행동했다. 엄마는 날 변호하는 차원에서 이렇게 말했다. "내 딸에 대해 내가 모르는 이야기는 없어요. 그 애는 내게 모든 걸 다 숨김없이 말하거든요. 무슨 일이 있었는지는 저도 알아요. 저도 딸의 결정을 지지해주었죠. 지노는 정말 사랑스러운 아이에요, 그러니까……." 어쩌고저쩌고 하는 말들이었다. 하지만 지노는 부모님에게 용감히 맞서지 못했고 그걸로 우리 관계는 끝이었다.

나는 매우 진지했고 늘 감정에 충실했다. 새로 관계를 맺을 때마다 늘 그 관계를 우선시했으며 가장 중요하게 여겼다. 그리고는 그 관계를 위해 모든 것을 다 바쳤다. 나는 많은 남자와 잠자리를 가졌고 수없이 많은 남자를 섭렵했다. 열일곱 살 때부터 스물한 살 때까지 나는 정말 닥치는 대로 남자들과 섹스를 하며 살았다. 파티에 가서 처음 만난 남자와도 스스럼없이 섹스를 하기도 했다. 하지만 좋았던 적은 한 번도 없었다.

처음으로 만족하고 가장 좋았던 섹스는 대학교 1학년 때 해봤다. 나는 그때 음악을 하는 사람과 데이트를 하고 있었다. 사실 음악가들은 전에도 많이 만났다. 랠프는 정말 완벽한 사람이었고 외모도 흠잡을 데 없이 훌륭했다. 우리는 한 아홉 달 정도 만났던 것 같다. 그와 함께 있을 때면 늘 너무나 즐거웠다. 우리는 섹스도 엄청나게 많이 했다. 내가 문을 열고 들어가면 갑자기 그가 날 덮친 후 곧바로 침대로 직행한 적도 있었다. 춤도 자주 추러 다녔다. 그는 밴드를 갖고 있었는데 나는 그가 연주하는 곳으로 가서 그를 보기도 했다. 그와는 섹스는 정말 만족스러웠다. 우리는 점점 더 깊은 단계로 발전하게 되었고 처음으로 오럴 섹스를 한 남자도 랠프였다. 우리는 금지되었다고 생각했던 것을 해볼 때마다 더욱 재미를 느꼈다. 그는 내가 한 번도 해보지 않은 것도 쉽게 할 수 있도록 도와주었다.

어느 날 갑자기 그가 헤어지자고 했다. 지겨워졌다는 것이 이유였지만 나는 도저히 이해할 수가 없었다. 그 일은 내가 남자에게서 받은 상처 중에 정말 가장 큰 상처가 되었다. 그는 곧바로 다른 여자를 만나기 시작했다. 나는 그와의 섹스에 완전히 중독돼 있었다. 처음으로 섹스가 즐겁다는 생각을 하게 해준 사람도 바로 랠프였다.

나는 내 감정과 공상에 얽매여 있었고 현재에 그리 충실한 편은 아니었다. 나는 낭만적인 사랑을 나눌 수 있는 좋은 친구를 무척이나 원했다. 너무나 간절히 원했기 때문에 머릿속으로 그런 관계를 만들어내기도 했던 것 같다. 내게 몹쓸 짓을 한 사람은 사실 아무도 없었다. 그저 어떤 관계가 바람직한지 혹은 어떤 관계로 나아가야 좋은지 생각하면서 나 혼자 공상의 세계에 살고 있었던 것이다. 사실 나는 우정조차도 이해하지 못하는 사람이었다.

나는 젊은이들이 우정과 같은 감정을 바탕으로 첫 관계를 가졌으면 좋겠다. 나는 우정이야말로 가장 중요한 것이라고 생각한다. 내가 가장 중요하게 생각했던 관계는 우정이라는 단계에 정착되어 있었기 때문에 안전했다. 때로는 사람을 잘못 선택해 상처를 받게 될 수도 있다. 그러므로 나는 관계를 맺을 때 우정의 단계에 머물라고 말하고 싶다. 그 단계에서는 모든 것이 안전하기 때문이다. 나는 방법을 몰라서 진실한 대화를 나누지 못했기 때문에 많은 고통을 겪어야 했다. 만약 젊은이들이 자신의 생각을 말할 용기가 있다면 관계를 안전한 단계에 정착시키라고 말하고 싶다.

아름다운 추억을 만들어줄 첫사랑을 기다리자

나는 지금까지 첫경험을 잊어버린 사람을 본 적이 없다. 무의미한 일이었다며 기억하고 싶어하지 않는 사람들도 그 일을 잊어버리지는 않았다. 그들 중에는 좀더 많이 알고 있었더라면, 혹은 누군가 조금이라도 가르쳐준 사람이 있었다면 평생 간직할 수 있는 좋은 추억이 될 수도 있었다고 생각하는 사람들이 많았다. 나는 사람들로부터 대화를 통해 자기들을 올바른 방향으로 이끌어주고 첫경험이라는 것이 사실은 얼마나 중요한 문제인지 말해주는 사람이 있었다면 정말 좋았을 거라는 말을 끊임없이 들었다. 간혹 자기가 십대였을 때는 누구에게도 들을 말이 없다고 확신했다는 사람들도 있었다. 마치 모든 것을 다 아는 것처럼 말이다. 하지만 그들도 지금에 와서는 이렇게 이야기했다. "그래도 누군가 말을 해주려는 사람이 있었다면 좋았을 거예요."

나는 이 책을 통해 십대 청소년들에게 첫사랑과 첫경험의 중요성에 대해 알려주고자 노력했다. 나는 여러분 모두가 혼자라고 느끼지 않길 바라며 지금 가깝게 느끼는 누군가와 대화를 시작하기로 결정했으면 좋겠다. 아마 그 결정은 지금까지 했던 것 중에 가장 훌륭한 결정이 될 것이다.

인생에서 단 한 번 첫경험에 대한 41인의 고백

초판 1쇄 인쇄 2006년 7월 20일
초판 1쇄 발행 2006년 7월 25일
지은이 하워드 B. 쉬퍼
옮긴이 김인숙
펴낸이 김연홍

편 집 안현주 조원미
디자인 임 호
영 업 김은석
관 리 박은미 고혜원

펴낸곳 디오네
출판등록 2004년 3월 18일 제 313-2004-00071호
주소 121-865 서울시 마포구 연남동 224-57
전화 02-334-7147 **팩스** 02-334-2068

값 12,000원

ISBN 89-89903-93-9 03840

주문처 아라크네 02-334-3887